中国农业大学“双一流”文化传承创新项目

使命与传承

中国农业大学扎根河北曲周46年服务乡村振兴纪实

中国农业大学党委宣传部 组编

中国农业大学出版社
China Agricultural University Press

图书在版编目（CIP）数据

使命与传承：中国农业大学扎根河北曲周46年服务乡村振兴纪实/中国农业大学党委宣传部组编. —北京：中国农业大学出版社，2020.6

ISBN 978-7-5655-2355-7

Ⅰ.①使…　Ⅱ.①中…　Ⅲ.①新闻报道-作品集-中国-当代　Ⅳ.①I253

中国版本图书馆CIP数据核字（2020）第090955号

书　名　使命与传承——中国农业大学扎根河北曲周46年服务乡村振兴纪实
Shiming yu Chuancheng——Zhongguo Nongye Daxue Zhagen Hebei Quzhou 46 Nian Fuwu Xiangcun Zhenxing Jishi

作　者　中国农业大学党委宣传部　组编

策划编辑　王笃利　席　清　汪春林　　**责任编辑**　王笃利

封面设计　王海强

出版发行　中国农业大学出版社

社　址　北京市海淀区圆明园西路2号　　**邮政编码**　100193

电　话　发行部 010-62733489, 1190　　读者服务部 010-62732336
编辑部 010-62732617, 2618　　出　版　部 010-62733440

网　址　http://www.caupress.cn　　**E-mail** cbsszs@cau.edu.cn

经　销　新华书店

印　刷　涿州市星河印刷有限公司

版　次　2020年6月第1版　　2020年6月第1次印刷

规　格　787×1 092　16开本　38.75印张　570千字

定　价　190.50元

图书如有质量问题本社发行部负责调换

本书编写组

（按姓氏笔画排序）

于　哲　马文哲　王　珊　王　勇　王笃利

吕建忠　刘　铮　李洪栋　杨惠霖　何志勇

汪春林　张　羽　欧阳永志　岳庆宇

周　幸　孟祥慈　闻静超　席　清　董夫才

翟海汝　潘彩清

前言

PREFACE

党的十八大以来，习近平总书记对弘扬爱国奋斗精神做出一系列重要指示，指出爱国主义精神激励着一代又一代中华儿女为祖国发展繁荣而不懈奋斗；新时代是奋斗者的时代，要把爱国之情、报国之志融入祖国改革发展的伟大事业之中、融入人民创造历史的伟大奋斗之中。2019年9月5日，习近平总书记给全国涉农高校的书记校长和专家代表回信，希望涉农高校继续以立德树人为根本，以强农兴农为己任，拿出更多科技成果，培养更多知农爱农新型人才，为推进农业农村现代化、确保国家粮食安全、提高亿万农民生活水平和思想道德素质、促进山水林田湖草系统治理，为打赢脱贫攻坚战、推进乡村全面振兴不断做出新的更大的贡献。

1973年至今，中国农业大学师生扎根河北曲周46年，从改土治碱到科技小院，从综合开发到绿色发展，高扬“责任、奉献、科学、为民”的“曲周精神”，在燕赵大地上服务乡村振兴、培育时代新人，形成了独具中国农大特色的德智体美劳全面发展的实践育人模式，诠释了知识分子“弘扬爱国奋斗精神、建功立业新时代”的精神追求，谱写了一部当代中国知识分子“爱国奋斗、科学报国”的壮丽诗篇。

2019年是中华人民共和国成立70周年，中国农业大学师生扎根农村、矢志奋斗的故事是党带领全国人民建设新中国伟大历程的缩影。在迎接新中国成立70周年的重要时刻，中央宣传部将中国农大扎根河北曲周服务乡村振兴先进事迹确定为庆祝新中国成立70周年的重大宣传典型。中央媒体集中报道了农大师生扎根河北曲周、服务乡村振兴的事迹，大力宣传中国农业大学“曲周精神”，充分体现了党中央对扎根中国大地办大学的充分肯定，全校师生倍感温暖、备受鼓舞、倍加振奋。与此同时，在学校党委的领导下，全校上下开展了广泛而深入的传承弘扬“曲周精神”系列活动，深刻总结建校114年来特别是新中国成立70年来学校服务党和国家重大战略需求、服务人民群众实际需要的做法和经验，在新的历史起点上推动思想再解放、改革再深入、工作再抓实。

为进一步传承弘扬“曲周精神”，学校党委宣传部牵头组编了《使命与传承——中国农业大学扎根河北曲周46年服务乡村振兴纪实》。书中收集了新华社、《人民日报》等重要媒体对于“曲周精神”的全方位宣传报道，回顾了学校师生传承弘扬“曲周精神”的相关情况，希望以此作为诠释“曲周精神”、诠释“农大精神”、诠释知识分子爱国报国精神的一册读本。

由于成书时间较为仓促，书中难免存在疏漏，还望读者不吝指正！

本书编写组

2019年12月

目 录

CONTENTS

上篇　媒体关注

新华社

人民日报

中央电视台

中央人民广播电台

光明日报

经济日报

科技日报

农民日报

中国青年报

中国国际广播电台

中国新闻社

教育部官网

中国教育报

中国教育电视台

北京日报

北京青年报

新京报

北京晚报

北京交通广播

河北日报

河北电视台

河北人民广播电台

河北工人报

长城网

河北共产党员杂志

邯郸日报

邯郸晚报

邯郸电视台

下篇　传承弘扬

上 篇

媒 体 关 注

1

新 华 社

XINHUASHE

编者按 2019 年 5 月起，中央、地方媒体开始对我校扎根河北曲周 46 年服务乡村振兴先进事迹进行集中宣传报道，中国农业大学新闻网将相关新闻整合为专题，便于师生阅读，新闻陆续更新。

把论文写在祖国的大地上

——中国农业大学 46 年扎根河北曲周服务乡村振兴纪实

新华社北京　2019 年 5 月 30 日　报道

新华社记者　孙杰　胡浩　于文静　范世辉

视频报道

初夏温热的风吹过，河北曲周县麦浪翻滚，丰收在望。

难以想象，如今生机盎然的田野，曾是一片白茫茫的盐碱滩。

46 年，中国农业大学科研群体扎根这里，挥洒汗水和热血，有的甚至长眠在此；

46 年，学校和地方、农民和师生，紧密结合在一起，“责任、奉献、科学、为民”的精神，深深融入中国农大人的血脉。

扎根奉献：“改不好这块地，我们就不走了”

在中国农业大学曲周实验站和位于北京的农大校园中，两块刻着“改土治碱、造福曲周”的石碑隔空相望。

曲周，地处河北省南部黑龙港流域低洼地带，历史上是有名的“老碱窝”，曾有 28 万亩盐碱地，占全县耕地近 40%。

“春天白茫茫，夏季水汪汪，只听耧声响，不见粮归仓”是历史上曲周的真实写照。早在明朝崇祯年间，曲周县志上就有“曲邑北乡一带，盐碱浮卤，几成废壤”的记载。

1973 年，北京农业大学（现中国农业大学）的老师们，接到层层转达的周恩来总理关于改良盐碱土的指示。

“当时北京农大副校长给我打电话，说想让我去曲周看看，先摸下情况，再设一个治碱点。”

在回忆录里，两院院士、中国农业大学教授石元春这样描述初到曲周县的景象：麦田里片片白花花盐霜，像天上浮云，时淡时浓，飘忽不定。渠边路旁，田埂沟旁，到处都被涂抹上了盐霜的白色，地里很少有农民劳作。

这里没有麦浪，只有满目的苍凉。

“没想到离北京这么近的地方，盐碱这么厉害，百姓这么苦。我们是学土壤的，是给土地治病的，我们有责任把这块土地治理好，让老百姓生活好起来。”

就这样，1973 年 9 月初的一天，石元春、辛德惠、林培、毛达如、雷浣群、黄仁安、陶益寿几位老师赤脚蹚着水进了盐碱最重的张庄村。

在这里，住的是“三漏房”——几间土房漏风、漏土、漏雨；吃的是“三合面”——高粱面、红薯干、茅草根掺在一起；喝的是“苦咸水”——村里的水又苦又咸，初来的人都免不了拉肚子。

“你们到底能待多久？”当时的张庄村党支部书记赵文心里打鼓。此前来过不少治碱工作组，大多都是不了了之。

“改不好这块地，我们就不走。”农大团队回答干脆。

月光洒进破漏的屋顶，他们开始了治理盐碱的战斗：

查文献，找病根。他们查阅国内外大量文献，四处寻访地方干部群众，对张庄盐碱地的土壤和水质做化验，终于摸清了当地地下水盐运动规律：这里属于半干旱季风气候，春旱夏涝，雨涝使地下水位上升，盐随水返到地面；春旱又让土壤中的水分大量蒸发，让盐分留在地表。常年如此循环，使得盐碱地危害难以根除。

开药方，做试验。他们经过多次论证、研究，提出了一个大胆的方案：采取“井沟结合，农林水并举”，通过灌排渠系规划、井灌规划、林带道路配置、坑塘和沟渠蓄水、平地和深翻、机械化施工等，开展综合治理。

他们夏天顶着骄阳和农民一起挖沟，身上晒出了泡；冬天不顾严寒跳进冰冷的河水打坝；和老百姓一起推独轮车，穿行阡陌之间；喝着咸水吃薯干，拉肚子脱了形……

扎根这里，改土治碱。在张庄村南400亩以荒碱为主的重盐碱地试验区上，农大科研组判断：咸水是可以利用的，改造也是有可能的。

改造效果确实明显。经过几年的治理，试验区防涝能力提高了4倍，中度和重度盐碱地由67%降到7%。

一年夏天，连日大雨，降雨量达到280多毫米。其他地上的庄稼早已趴下，而试验区的玉米仍直挺挺站立田间。“真没见过盐碱地里能长出这么好的庄稼！”附近的农民心服口服。

昔日的“盐碱滩”渐渐变成“米粮川”。1972年，张庄村粮食亩产量只有79公斤，而到了1979年，这里的粮食产量超过300公斤，从此结束了吃国家救济粮的历史。

张庄改土治碱的成功为黄淮海平原的盐碱地治理带来了希望。此后，旱涝碱咸治理成果走出曲周，推动了我国涉及3.8亿人口、4.7亿亩耕地的低产田治理。

进入 21 世纪，解决了温饱的曲周人民，又面临水资源紧张、农业生产资源环境代价大等难题。

扎根这里，持续攻关。农大师生依靠科技在当地进行综合开发，提高土地生产力和水土资源持续利用，努力推广高产高效技术，发展多种作物：

2006 年，时任中国农业大学资源与环境学院院长的张福锁带领师生来到曲周，决心探索一套“作物高产、资源高效、环境友好”的集成技术；

2009 年，中国农业大学在曲周乡村建起科技小院；

2018 年，中国农业大学农业绿色发展示范区在曲周建立；

……

如今，在实施乡村振兴战略的新时代，中国农大师生们踏上为农服务的新征程。

“农作物根深才能叶茂，我们农业工作者就像农作物一样，必须两脚扎在农业生产一线的泥土里，才能更好地实现自身价值。”中国农业大学教授、科技小院创始人之一李晓林说。

创新为民：“作为科研工作者，我们来这里是为了深刻地理解这块土地，为土地带来变化”

曲周的故事，一直围绕土地与人而展开。

46 年来，在这块土地上，有一些东西从未改变。

“我们能成功的关键是坚持科学精神。我们不是在改变自然，而是尊重科学，努力找到自然的规律。”农大人这样说。

穷理以致其知，反躬以践其实。46 年来，科学精神一直指引农大师生不断地探索土地的机理，探究遵循客观规律，使土壤更健康，产出更丰盈，乡亲们的生活更富裕。

2009 年，51 岁的李晓林决定从实验室走向田间。此前，他已经在中国农业大学学习工作了 30 多年。

从事植物营养研究的他坦言转型很难，“究竟能不能把庄稼种得比农民好，我心里没底”。

“163亩的核心方，59户农民，74块地”。李晓林选择曲周白寨村作为自己的“基地”，第一个任务是“建立一个成方连片的玉米高产高效示范方”。

“农大在曲周设有实验站，但我们发现实验站内外，尽管只有一墙之隔，但地里的产量相差很大。如何能让科研成果走出围墙，真正让农民用起来？设立科技小院的想法由此产生。”李晓林说，“人住在哪里，才会真正琢磨哪里的事情。吃住在村里，才会真正考虑乡村的需求。”

从北京到曲周实验站，再从实验站搬到农家小院，生活条件越来越艰苦，但农大师生和农民的心贴得越来越近，对生产的观察越来越真切，解决问题的思路越来越清晰。

白寨科技小院设立的当年，白寨村夏玉米明显增产，科技小院收获了第一场胜利。

10年来，科技小院师生先后研究或引进冬小麦、夏玉米、西瓜、苹果、葡萄、棉花等作物高产高效技术37项。仅小麦深耕一项技术，就使当地小麦产量平均增产6%。

实践出真知，创新无止境。在曲周，中国农大致力于与当地政府、企业等各方不断拓展合作，促进资源汇聚，科技之花在实践的沃土中绚烂绽放：

——绿色种养业不断发展。优良新品种和生态友好种植技术加快推广，种养一体化持续推进，化肥农药减量增效成果初显。

——产业链不断延长。一二三产业加深融合，生物科技产品走向世界，蔬菜、花卉育苗产业兴旺。

——国内外智力汇聚。来自英国洛桑试验站和美国、荷兰等地高校的专家教授，带来世界绿色农业发展最前沿的理念和技术。

……

从改土治碱把土地治理好，到挖掘土地潜力增加产出，再到如今关注土壤健康，探寻人与土地和谐共荣之路，46年来，农大师生在扎根乡土的同时，对于土地的理解不断深入。

“我一直告诉同学们，作为科研工作者，我们来这里是为了深刻地理解这块土地，为土地带来变化。要站在潮头，为国家的农业绿色发展找到好办法。”如今已成为中国工程院院士的张福锁说。

春华秋实。土地孕育果实，滋养希望，人也在土地中不断汲取智慧和力量。

“我们越来越发现，这片土地上要解决的不仅仅是农技问题，更多的是社会问题，于是学自然科学的我们也开始关注社会科学。”中国农大副教授、曲周实验站副站长张宏彦说，留守儿童、农村垃圾、贫困等问题进入越来越多农大师生的视野。

在人与土地不断互动中，人与人的关系也在悄然发生化学反应。

在农大曲周实验站的院子里，常有当地百姓和农大师生来到中国工程院院士辛德惠的墓碑前祭扫。

从改土治碱到此后农业综合开发，曲周倾注了以辛院士等为代表的几代农大师生的心血。辛院士去世后，一部分骨灰留在了曲周——这个他奉献了半生的地方。

曲周，农大；村民，师生。虽有时空变幻，近半个世纪的情谊从未改变。

如今，鱼水深情在无数个科技小院中涌动——

“村民们特别热情，总给我们送菜，常常看到我们就说，地里的菜吃不完，你们快去薅薅吧！”

“今晚在实验站开会，我告诉阿姨会晚点回家，结果夜深时候，在院门口看见阿姨一直打着伞在雨里等我。”

“脚扭了，下地做饭困难，邻居发现后天天让我上她家吃饭。”

……

在科技小院学生日志中，除了推广农业技术，写得最多的就是来自村民们质朴的关怀。

曲周实验站里，一棵39年前栽下的柳树已是枝繁叶茂。大树见证了农大师生和曲周人民的情谊，厚植于土中，不断向更辽阔的天空舒展。

“‘先有实验站、后富曲周县’，曲周和中国农大的情谊水乳交融，历久弥新。”曲周县委书记李凡说。

薪火相传："在田野中书写'青春答卷'"

初夏，天刚蒙蒙亮，曲周槐桥乡相公庄村一处院落已从寂静中苏醒。

院子并不大，几间整洁的砖房前整齐地种满了刚刚冒出嫩芽的满天星、鸢尾花和辣椒苗，几株梨树、枣树和苹果树郁郁葱葱。

一切看起来就像个普普通通的农家院，只有墙上"解民生之多艰，育天下之英才"的校训提示人们，这是一个中国农业大学的科技小院。

来自中国农业大学资源与环境学院的研究生贺敬芝和张俊娜就生活在这里，每天骑着三轮车进果园，下田地，做农业减肥增效试验；和乡亲们一起给果树施肥剪枝、打药防病；晚上回家后还要进行数据分析，写工作日志……

在中国农业大学科技小院特色实践育人机制下，像贺敬芝和张俊娜这样的专业硕士，3年的硕士培养，有2年都在田间地头完成。

科技小院确立了"住一个科技小院，办一所农民田间学校，培养一批科技农民，研究一项技术，建立一个示范方，发展一个农业产业，推动一村经济发展，辐射影响一个乡镇，完成一系列论文，组织好一系列活动"的研究生培养"十个一"模式。

学生们吃住在农家，饭菜简单，厕所简陋。他们还要干农活，学习田间试验技术，进行农户访谈，对农民进行技术培训，帮助农村孩子补习，与村民一起举行联欢会，观察分析农村的各种问题……

张宏彦告诉记者，农大的学生中有不少是城里的孩子，而农村学生中，也不都经常下地干活，农业知识更多来自书本。

通过科技小院的培养模式，实现了科研与实践的双向互动，学生也在不断历练中成为"懂农业、爱农村、爱农民"的具有"三农"情怀的人才。

让白花花的盐碱地改变颜色，这是写在泥土里的论文；让田野处处洋溢丰收的喜悦，这是交到农民手中的答卷——老一辈农大人的精神薪火相传，一代代农大师生在田野上书写爱国与奉献、拼搏与奋斗、严谨与求实的青春篇章。

2009年6月，从小在城市长大的曹国鑫第一次真正走进农村，并在这里一住多年。

曹国鑫是中国农业大学资源与环境学院2009级研究生，也是科技小院的第一批入驻者。

刚刚来到村里时，他极不适应："这里没有安静的图书馆，没有便利店、咖啡馆和快餐厅，没有招手即停的出租车，没有舒适、优越的条件。总之，年轻人的生活元素在这里损失了大半，甚至是一无所有。"

但，这样的失落并没有持续太长时间。

2009年7月，一场罕见的大风造成曲周大面积玉米倒伏。按照农民的传统做法，是赶紧将玉米扶正。然而，这次倒伏发生在玉米抽雄前，不会影响授粉等过程，且可以自行恢复，如果人为扶正，反而容易造成玉米茎部折断，导致减产甚至绝收。

在老师的带领下，曹国鑫等迅速组成队伍，向农民传授相关知识，进行技术推广。

"被吹倒的玉米站了起来，我们与村民之间的感情也因为这场风被拉得更近了。"曹国鑫回忆说，"这个收获的秋天，我心中的满足感与幸福感早已赶走了城市的优越感"。

在一个个实际问题的解决中，科技小院的学生们迅速成长起来，从"一问就倒"，变成了"百问不倒"。

"以前走在路上很怕遇到乡亲们，很多问题都答不上来。后来我们把问题都记录下来，通过各种途径找答案、求结果，现在基本上常见的问题都能解答。"贺敬芝跟果农一起疏果、套袋，研究果树"落叶病"，在摸索、实践中增长见识。

正因为这样在实践中锤炼出来的能力，每到就业季，科技小院的学生们就成了"香饽饽"。

"很多同学还没毕业，就已被'预订'。"李晓林告诉记者。

2009年以来，科技小院已培养了数百名实践能力突出、综合素质高的农科应用型研究生人才。其中，选择去农业相关行业岗位工作的高达90%。

挥洒在泥土中的汗水激发了科研灵感，丰富了科研素材。

自 2009 年以来，全国科技小院先后参与发表学术研究文章近 200 篇，其中与科技小院工作有关的一些研究结果发表在《自然》杂志上。

“实践证明，学生们的科研水平既能顶天，在国际一流期刊发表，也能立地，在田野中书写‘青春答卷’，把论文真正写在大地上。”张福锁说。

从改土治碱，到兴建科技小院，从谋划绿色发展，到思考乡村全面振兴……

46 年来，中国农业大学与曲周的故事中，不断变化的是突破的重点和攻关的方向，永恒不变的是爱国情、报国志，是不忘初心、执着的信念。

“解民生之多艰，育天下之英才”

——中国农大师生扎根田野书写奉献之歌

新华社石家庄　2019 年 4 月 22 日　报道

新华社记者　许苏培　范世辉

位于黄淮平原的河北省曲周县，有 2 000 多年的土地盐碱史，是有名的“老碱窝”。46 年前，多位中国农业大学的教师来到曲周，立誓“治不好盐碱地不回家”。

如今，“盐碱滩”变成了“米粮川”，成为高产高效示范田。

“三漏房”安营扎寨

4 月，中国农业大学曲周实验站，人们来到中国农业大学教授辛德惠院士的墓前凭吊。46 年前，作为曲周改土治碱事业的先行者，辛教授来到这里，和群众一起挖渠打井，改土治碱。1999 年殉职后，应曲周人民的强烈要求，家人将他的一部分骨灰葬在了曲周。

1973 年，石元春、辛德惠等老一代农大人响应国家号召，在曲周建立了治碱实验站。他们在曲周最苦最穷、盐碱最重的张庄安营扎寨，住着漏风、漏雨、漏土的“三漏房”，吃着粗高粱拌粗盐粒和干辣椒的饭，立下“治不好盐碱地不回家”的誓言。

“老师们的土壤、地质和水文等专业知识与农民的经验一结合，立刻就碰撞出了火花，当年就找到了改土治碱的方案。”中国农业大学曲周实验站副站长张宏彦说。

15 个春秋过去了，曲周 28 万亩盐碱地得到全面综合治理，全县粮食单产由 1972 年的每亩 73 公斤增加到 1988 年的每亩 237 公斤。

根据曲周经验，国家将黄淮海平原等五大区域的农业综合治理与开发研究列为国家科技攻关计划。1993 年，中国农大牵头的“黄淮海平原中低产地区综合治理的研究与开发”与“两弹一星”一起，获得国家科技进步奖特等奖。

“黄淮海平原盐碱地的成功治理，在扭转我国南粮北调的历史中发挥了重要的作用。”张宏彦说。

论文写在广袤田野上

如何把技术实实在在交到农民手中？

2009 年起，中国农业大学在曲周乡村建起了科技小院。凡是中国农业大学植物营养学科的专业学位研究生，除了入学后半年学习时间、临近毕业准备论文在中国农大校园外，中间 2 年几乎都在科技小院，与农民同吃同住同劳动，在开展研究的同时搞技术推广，零距离、零门槛、零时差、零费用服务农户。

中国农业大学资源与环境学院教授李晓林每天第一件事，就是查看手机上学生从“科技小院”发来的工作日志。“学生的日志‘有图有真相’，我能时刻关注他们为农服务的收获、所思所想等等。”李晓林说。

渐渐地，师生们习惯并喜欢上了在基层亦学亦研亦工的生活。近 10 年来，科技小院先后研究或者引进冬小麦、夏玉米、西瓜、苹果、葡萄、棉花等作物高产高效技术 37 项。仅小麦深耕一项技术，就使当地小麦产量平均增产 6%。

科技小院将解决小农户发展的探索和高产高效的研究成果先后发表在 *Nature* 等国际一流学术期刊上，其研究生培养模式获得国家教学成果二等奖。

46 年来，从这片盐碱地先后走出了 3 位院士，近 500 名硕士、博士研究生在这里接受培养。几代中国知识分子，用实实在在的行动，将论文写在广袤田野上。

为“解民生”奉献不已

在曲周首个科技小院里，记者提出给几个女研究生拍照，她们选择了以校训墙为背景，上面写着“解民生之多艰，育天下之英才”。

老一辈科学家在改土治碱中形成的担当奉献精神，深深影响了一代又一代年轻人，在与土地、农民零距离接触中，他们的“三农”情怀、实践能力和综合素质都得到了很大的提高。

记者了解，46年来，经过校地深度合作，曲周县农业得到快速发展，先后引进了秸秆还田等先进技术17项、“农大108”等新品种20多个，推广高新技术成果40多项。全县科技对农业和县域经济的贡献率达到72%和56%，农业产业化率达到68%，良种普及率达到90%以上。

在实施乡村振兴战略重大决策部署的新时代，实验站踏上了为农服务的新征程，他们立志为农业可持续绿色发展打造“曲周样板”。

“我们要像40多年前在这里改土治碱一样，在农业绿色发展上有所作为，进行第二次‘黄淮海战役’。”中国农业大学张福锁教授说。

一届又一届农大人一心为农，创造了一所大学和一个地方长期合作的典范。

“学生们走的时候，和村民们难舍难分，有的搂着哭成一团。俺们农民特别需要这种扎根农村，懂农业、爱农村、爱农民的科研人员。”王庄村老支书王怀义动情地说。

爱国奋斗　科学报国

有这样一群大学生：我是这样变成“农民”的

新华社　2019 年 6 月 5 日　报道

视频报道

在河北省曲周县，有这样一群大学生，他们在农家院里生活，为农民解决实际问题，把论文写在大地上……他们是中国农业大学的研究生。王晓奕，就是其中一名，她骄傲地说：“我已经成了地地道道的农民。”

西瓜地里体验人生的精彩

——中国农业大学扎根河北曲周系列故事之一

新华社　2019 年 5 月 31 日　报道

新华社记者　于文静

“你能相信吗，我以前非常内向，除了是和特别熟的人，不然基本不说话，即使是在照片上，眼睛都是朝地上看的。”在和记者聊天时，中国农业大学资源与环境学院副教授黄成东语速飞快、滔滔不绝，时常加上一些手势，眼中闪着跳跃的光。

2009 年，中国农业大学在河北邯郸市曲周县的乡村建起科技小院。通过专业硕士扎根农业生产一线，开展科研和农技推广。黄成东就是早期入驻科技小院、在基层锻炼后成为中农大的一位优秀教师。

2010 年 4 月，在大河道乡后老营村村支书李振海和乡党委政府邀请下，研究生黄成东、李宝深和河北省农林科学院的刘全清老师，分别拎着被子住进了村里刚刚翻新好的村委会房间，建立了后老营科技小院。提起那段时光，两个故事让黄成东至今难忘。

一个是帮助农民解决西瓜种植重茬病。后老营村由于连年种植西瓜导致土壤连作问题严重，西瓜个头越来越小，产量越来越低，瓜农十分焦急。黄成东通过刻苦钻研嫁接育苗技术——把西瓜苗嫁接到南瓜根系上，最终有效抵御连作障碍，西瓜产量提高了 50% ~ 108%，通过推广测土配方施肥，大大改善了西瓜品质，帮助村民们实现增收。

后老营科技小院师生开展多项田间试验，建立了以西瓜嫁接育苗移栽、测土配方施肥、优良品种选用和播期密度调整四大关键技术为核心的小麦 / 西

瓜 / 玉米绿色高产高效技术体系。

“农民对我们特别热情，为了表示感谢，经常上门给我们送菜，有时候屋里的菜都堆得放不下了，很长时间不用出去买。”黄成东感慨地说。

另一次难忘经历发生在 2012 年夏天。村民李平海因为想赶在西瓜涨价时卖个好价钱，没有通知黄成东就收获了一个试验小区的西瓜，两人“不打不相识”。黄成东说，当时他们争执了十多分钟，好在李平海在收瓜时清点了数字，而且把瓜摆放在特定位置，所以能够挑拣出来重新过秤，拿到了试验数据，否则一年心血只能白费。

“想想自己当时真是年轻，不淡定。当天晚上我就后悔了，给平海叔打了电话，他正一个人在马路上走。我找到他，俩人坐在一块把白天的事都说开了。”他说。从此以后他们成了忘年交，平海叔经常邀请他到家里吃饭，几年来已经记不清吃过多少顿饭。

“曲周招待客人极高规格的韭菜馅饺子，我就吃了很多次，现在回想起来都是满嘴的韭菜香。平海叔把我当成了自己的孩子，我把他当成了父亲一样的亲人。”黄成东感慨地说。

组织村民购买放心农资、推介方形和心形西瓜种植技术、为西瓜销路跑

市场、冬闲时候给农民做培训……科技小院师生在当地广受好评，黄成东也经历了成长的蜕变。

“2010 年冬天，61 场农民培训做下来，我再也不紧张了，可以直接上图讲‘干货’。”

“干活之余，农民躺在地里，我们也躺在地里，一起聊天。距离拉近了，信任才更深。”

“农民需要的并不多，有人陪陪他们，和他们聊聊生产上的问题，一起想办法，他们就很开心了。”

……

2011 年，在后老营科技小院成立 1 周年之际，全体村民自愿集资邀请豫剧团到村里演出，感谢师生驻村支农。回首科技小院的日子，黄成东说，成为农民的自家人，将青春美好的时光奉献给服务乡村振兴事业，这是他人生“最精彩的经历”。

“爱折腾”的老支书

——中国农业大学扎根河北曲周系列故事之二

新华社北京　2019 年 6 月 1 日　报道

新华社记者　胡浩

在中国农业大学与河北曲周结缘46年的故事中，老支书王怀义的几次“折腾”加深了这段“缘分”。

在曲周县王庄村村口，记者见到了年逾八十的王怀义。因为曾担任过王庄村党支部书记，人们都亲切地称呼他“老支书”。

20 世纪 70 年代初，王怀义从部队退役后回到家乡。当时的王庄村到处都是盐碱地，村里连喝的水都没有，要喝水只能去邻村提。

“这里的土种地不行，村里靠吃国家救济粮。有灾的年份，全村一年吃救济粮 16 万斤。”想到当年的情景，王怀义仍摇头叹气。

作为当时的村支书，王怀义觉得自己必须得想想法子。1975 年，王怀义打听到一个振奋人心的消息——在石元春、辛德惠等农大科学家努力下，曲周首个改土治碱试验点张庄村有了明显改善。

王庄村和张庄村距离 3 公里。王怀义坐不住了，他跑到张庄，再三说明村里情况，请老师们帮王庄治碱。

“辛先生带着工具就跟着我来到王庄。”王怀义回忆说。

就这样，王庄村开始了艰难的治碱之路。王怀义说，那些年，农大的老师和村民吃在一起，住在一起，干在一起。“有一年冬天，村里的一个小水坝溃坝，农大的老师们直接就跳进水里挡水。我一看，跟着跳下去，村民们也一道干，直到堵住溃坝。”

打井、翻地、整田……在农大老师们的帮助下，王庄村的地里渐渐有了收成。

“头一年干，第二年变，第三年为国家拿贡献。”看到令人欣喜的变化，王怀义这样鼓励大家再接再厉。

多年过去，改土治碱有了成效，王怀义却没有停止“折腾”。

2009 年，已经不再是村支书的王怀义了解到，合作社可以把土地集中起来经营，提高产量。王庄能否成立合作社？他坐上北上的火车，找农大的老朋友讨主意。

“农大老师说，合作社完全符合国家政策，你的想法很好，大胆干吧。”王怀义请来农大曲周实验站的老师做技术指导，合作社慢慢步入正轨。

田间地头总有各种各样的情况，经常得去曲周实验站找老师咨询。王怀义琢磨着，如果农大师生就住在村里，可以随时帮村民解决技术问题，那该多好啊。

他把自家儿子的房子腾出来让师生们住，在王庄村建起科技小院。

从 50 亩地试验田，到 100 亩、500 亩……试验田面积越来越大，产量也明显提升。科技小院得到大家的认可，王庄的农业发展之路也越走越顺。

如今，王怀义还想继续“折腾”，他仍在与农大师生商量，如何实现村里农业的转型升级。

建立生物质燃料厂，发展手工业和养殖业，生产富硒小麦……王怀义有着各种探索的想法。“为了给村里做点事情，我不怕失败，更不怕折腾。”他说。

研究生“包地”种葡萄

——中国农业大学扎根河北曲周系列故事之三

新华社石家庄　2019年6月3日　报道

新华社记者　范世辉

白皙的皮肤、秀气的脸庞、会笑的眼睛，很难想象，中国农业大学研究生王晓奕同时是一个承包土地种葡萄的“农民”。“我包地种葡萄不是为了挣钱，就是想看看书本上学的东西应用在农业生产中是什么样子，防止做技术推广时误导农民，被村民说‘中听不中用’。”谈到包地的初衷，王晓奕腼腆地笑了。

王晓奕是2017级中国农业大学植物营养系专业硕士研究生。从小在城市长大、读书，王晓奕一直是家里的乖乖女。按照中国农大对她这个专业研究生的培养模式，她的大部分学业要在河北省曲周县农村度过。这里有中国农大建立的“科技小院”，她要吃住在此，一边做研究、写论文，一边向农民推广农业技术。

前衙村有近2 400亩耕地，超过2 000亩种植了葡萄，有30多年葡萄种植传统。然而，近几年传统的葡萄种植遇到了麻烦。

“多年种植葡萄，土壤‘累坏了’，病虫害加剧，葡萄产量和品质一直在下降。”前衙村党支部书记龙书云说，群众看葡萄长势不好，就使劲施肥、浇水、打药，可效果并不明显。

前衙村支柱产业遭遇瓶颈，必须更新种植理念，改进种植方式。

2017年9月，龙书云找到中国农业大学曲周实验站，请求师生们提供技术指导。随后，王晓奕和同学们来到前衙村，他们住在一个闲置的农家院落里，建立了“前衙科技小院”。

刚到村，王晓奕就和同学们对全村 120 多块田地进行取样检测和田间管理调研。调查发现，土壤中氮、磷、钾含量太高，而葡萄生长所需的其他重要养分却很少。找到问题根源后，王晓奕等人开始在老师们的帮助下引进测土配方施肥、滴灌、水肥一体等综合管理技术。他们在前衙科技小院里做了非常直观的模型，对葡萄种植户进行“手把手”的培训。

可是，不少村民对科技小院宣讲的技术不以为然。“我种葡萄 20 多年了，你们弄的这套办法是‘纸上谈兵’，真正用起来肯定不好使！”当时，村民郭连成摇着头说。

王晓奕以前从来没种过葡萄，甚至连葡萄树长什么样子都不知道，现在要给群众讲种植技术，她心里也没底。群众问的问题经常答不上来，自己给憋成了“大红脸”。

“自己动手种葡萄，看看这套技术管不管用。”王晓奕和同学们暗下决心。2018 年 3 月，他们自掏腰包凑了 6 000 元，承包了一亩三分地，作为葡萄种植新技术试验田。

对王晓奕来说，这是“背水一战”。“自己种的葡萄树要是长不好，白白损失了承包费不说，以后也就别在村里‘混’了。”她说。

20 多岁的娇娇女，从此成了地地道道的“农民”。虽然爱美的她下地时也会涂防晒霜、穿防晒服，但是那股风风火火的劲头丝毫不逊于真正的农民。农户平时用的普通打药桶，装了半箱药水后她能轻松背起来，穿行在田垄之间。田间的劳作，经常累得她腰酸背疼，浑身像散了架，有时甚至胳膊都抬不起来，吃饭端碗不停地颤抖。但看到新技术在葡萄田里逐渐发挥出优势，她乐在其中。

白天干农活，晚上写日志、分析数据，王晓奕从什么都不懂到葡萄种植“百事通”，渐渐取得了群众的信任，每天一出门就有很多人围过来问这问那。“我们这姑娘可好了，人长得漂亮，葡萄种得也好，乡亲们把她当‘宝贝’。”一位村干部说。

2018 年 8 月，王晓奕种的葡萄丰收了。试验田不仅在水肥上节省了一大笔开支，葡萄的品质还特别好。产量提高了10%，节水率达到41%，综合节肥率达到43.46%，水肥管理省时省工，除草剂使用次数为零……用“硬邦邦”的数据来说话，农户们彻底服了，葡萄种植新技术迅速在田间推广。

然而，王晓奕探索改进水肥管理技术的脚步没有停下来。2019年3月，她和当地两个种植户合作，将试验田扩大到了14.7亩。

“从降低成本、增加产量、提高果品质量等综合计算，如果村里2 000多亩地全部用上新技术，每年可增收400万元。同时，可大大节省人工，减少群众劳作时间和劳动强度。”龙书云说。

“农民教授”李晓林

——中国农业大学扎根河北曲周系列故事之四

新华社石家庄　2019 年 6 月 3 日　报道

新华社记者　范世辉

“农大实验站使用高产高效综合技术，小麦亩产达到 1 200 斤、玉米 1 600 斤；一墙之隔的农民的地里，小麦亩产仅有 800 斤、玉米 1 100 斤。只有一墙之隔啊，怎么会这样？”中国农业大学教授李晓林说，作为农业科技工作者，科研的目的不是简单地发论文、评奖，要让科技真正转化为实实在在的生产力。

自 1990 年回国后，中国农业大学资源与环境学院教授李晓林在植物营养方面做了大量基础研究，发表了多篇论文，获得了多项国家级奖励。然而，随着年龄增长，一个问题越来越强烈地困扰着他——科学研究怎样才能走到田野，转化为农民实用的技术？

距离北京 400 多公里的河北省曲周县有中国农大的实验站，老一代农业科学家们在这里改土治碱，有几十年的合作基础。2009 年，李晓林放弃安逸的都市生活，来到偏僻的曲周农村，开始了农业科技推广探索。

开始，他带着青年教师和研究生四处寻找科技推广试验田，多方努力下，在实验站南 20 多公里处找到一块集中种植玉米、小麦的田地。然而一打听，这一块田地竟被几十户村民承包，分成了几十个小块。

“想让农户做试验太难了，有的嫌麻烦，有的不服气，还有的啥也不说就是不行。”李晓林回忆说。他请乡村干部帮忙协调，总算有 20 多户农民愿意拿出连片的 163 亩地来试验。于是，他们就利用这 163 亩地搞起了高产高效技术推广的核心示范区。后来，他们又在其他村庄陆续建起示范点。

在示范区或示范点，耕种仍以农民为主体，只不过要种植李晓林团队选的品种，按照标准来浇地，施肥，进行田间管理。

为了全程跟踪农民生产活动，李晓林和其他 4 位师生一天两次往返中国农大实验站和试验田之间。为了不浪费时间，他们和白寨镇政府协商，在镇政府附近找了一个院子安顿了下来。放弃了农大实验站舒适的居住环境，他们长年吃住在这个院子里，对外挂起“科技小院”的牌子。

示范区第一季玉米成熟了，比其他地方农民耕种的田地平均产量提高了 16.8%。这样一来，农民们的积极性大大提高，越来越多的农民开始按照示范区、示范点的方法科学种植玉米和小麦。

看到经北京来的专家指导的玉米获得高产，后老营村村民们“眼红了”。这个村是西瓜种植村，当时村民正苦恼于西瓜死苗、产量低等问题。应农民邀请，李晓林在后老营村建起了服务西瓜种植的科技小院。

“小院一来，解决了西瓜连作障碍问题，产量增加，品质改善。后来，我们还成立了合作社，打开了市场。”一位瓜农说。自此，村民的日子越过越红火。

科技小院开始在当地“发酵”。李晓林又陆续应村民邀请在多个村庄建设科技小院，农大植物营养学科的专业学位研究生成了科技小院的常驻队伍，他们与农民同吃同住同劳动，在开展研究的同时搞技术推广，零距离、零门槛、零时差、零费用服务农户。

科技小院越来越多，李晓林也成了大忙人。他每年 30 余次自驾车往返北京和曲周，一年中有 200 多天的时间在曲周和农民群众一起生产劳动。就这样，被大家称为“农民教授”的他一干就是 10 年。

今年 5 月 18 日，村民吕增银在白寨科技小院遇到李晓林后很是惊讶：“我这几年没怎么种地，也不到小院来了，你们还没走啊？”

“任务没有完成呢，走不了！”李晓林半开玩笑地说。

此时，距吕增银和李晓林认识已经 10 年之久。

吕增银说，前些年种地的时候，一有事就找李老师和同学们，有时候半夜把李老师喊起来，现在想想真是苦了他们。

在李晓林的努力下，10 年间，科技小院渐渐从曲周走向全国，在中国大地上遍地开花。目前，已有 23 个省（自治区、直辖市）建设了 127 个科技小院。科技小院不但拆掉了农民和科技之间的篱笆墙，还培养了懂农业、爱农村、爱农民的研究生人才。

“农业工作者和农作物一样，需要把根扎到生产一线，扎到农民之间，才能真正地发现和解决问题，让科技迸发促进农业发展的巨大威力。”李晓林说，作为一名农业工作者，无论什么时候，都要坚持“实、思”两个字，“实”是头戴帽子下田去，“思”是把农民的田放在心上。

靠“减产”挣钱

——中国农业大学扎根河北曲周系列故事之五

新华社石家庄 2019年6月4日 报道

新华社记者 范世辉

在中国农业大学师生们指导下，河北省曲周县德众葡萄种植专业合作社理事长李得宾学会了种葡萄靠“减产”挣钱。

“第一年基本没卖啥钱，种了80亩葡萄，都赔进去了。”李得宾回忆起2012年第一年种葡萄时说，虽然亩产7 000多斤，但因着色不均匀，葡萄卖不出去，大部分都烂在了地里。

对这次失败，李得宾是有心理准备的。他想探索有机葡萄种植，但不用化肥、不打农药，他之前没干过。

听说中国农大曲周实验站里有能人，李得宾就跑到实验站向中国农业大学教授、高级农艺师杨合法求教。杨合法是有机农业方面的专家，随即带着李得宾察实情，找原因，出对策。

“葡萄坐果后至少疏除7成以上果穗，亩产量控制在2 000斤以内。”杨合法和几位老师看后，让李得宾把好好的果穗除去一大半。杨合法解释说，有机葡萄种植需要经过三四年施用有机肥，才能实现改良土壤、增加有机质的效果，如果不控制产量，土壤肥力跟不上，就会出现很多问题。

李得宾半信半疑，但还是照做了。

2014年，葡萄亩产降到了2 000斤左右。李得宾带着他的“精品葡萄”开始到外地果蔬市场售卖。虽然个头小了点，但葡萄的品相不错，口感好、甜度高。开始，他还是按照普通葡萄的价格，每斤三五元向外销售。没想到，卖出的葡萄大受欢迎，后来，他的葡萄以每斤十几元的价格被抢购一空。

“这办法真行，农大老师就是厉害，咱农民种地就得相信科技。”李得宾笑得合不拢嘴。

有了中国农大老师的帮忙，李得宾的葡萄种植合作社经营得越来越红火：种植面积从 80 亩扩大到 500 多亩，并尝试与蔬菜间作种植；应用富硒葡萄种植技术，葡萄品质进一步提高，每斤价格超过 30 元；尝试酿制葡萄酒，延伸产业链，提高附加值……

几年来，李得宾始终控制着葡萄的产量，直到 2018 年，土壤肥力非常好后，他才按照建议把每亩产量提高到 3 000 斤左右。

“我种葡萄不追求高产，只追求品质。客户们每年都盼着我的葡萄下果呢！”李得宾说，中国农大老师指的路子就是“供给侧改革”，这路子走对了。

2018 年 4 月，在李得宾的极力邀请下，中国农业大学研究生姬廷廷和李增源来到合作社，长年吃住在此，研究实验葡萄种植新技术。他们对 36 个大棚进行测土配方，开展了精准施肥；建议安装水肥滴灌设备，水肥使用量每亩减少近一半，又大量节省了人工；研究数据遥感监测技术，实时监测并自动控制葡萄大棚温度、湿度……

眼下，虽然合作社 120 亩早熟葡萄还有一个月才上市，但李得宾已经以每公斤 15 元的价格签下了 5 万公斤订单。

提到今年的收成，李得宾难掩感慨：“我种葡萄能有今天，完全是农大师生的功劳！”

2

人民日报

RENMIN RIBAO

46 年，从“盐碱地”到“米粮川”

——来自河北省邯郸市曲周县的蹲点调研

人民日报　2019 年 5 月 31 日　报道

本报记者　赵婀娜　丁雅诵

科技小院师生与曲周农民在一起　资料图片

距北京 417 公里，河北南部，有座县城，名叫曲周。

这个名不见经传的小地方，却在中国农业发展历史上，留下了浓重一笔：

从“盐碱地”到“米粮川”，改土治碱经验对黄淮海平原 5 000 多万亩土地、2 亿多农村人口的生活产生积极影响；

从“增产量”到“奔小康”，科技小院在广袤乡村谱写出科技富民的奋斗篇章。

而这一切的变化，源自一所学校的到来。

46年，中国农业大学师生来到曲周，留在曲周，奉献曲周，一代接着一代。

他们为什么来，为什么留下？他们想了什么，做了什么？在他们的心中，中国现代农业的未来什么样，乡村振兴的未来什么样？

带着问题，我们一次次走进曲周，回望这里近半个世纪的沧桑变迁，触摸现代科技对乡土中国的改变，探寻绿色发展与乡村振兴在广袤大地上的蓬勃律动。

调研手记之一

从前的日子

2019年1月24日

农历腊月十九　阴

2小时高铁，再转1小时汽车，从北京来到曲周。

同行的，是中国农业大学曲周实验站站长江荣风。

他告诉我们，早些年，到曲周不容易。晚上11点多上车，从北京永定门出发，绿皮火车，咣当咣当一整晚，第二天一早6点多才到邯郸。等2小时，再赶每天唯一一班汽车，到曲周实验站，已是中午。

正值隆冬时节，还有十几天就要过年，地里光秃秃的。出去打工的年轻人还没回来，只剩下老人和孩子，零星地办些年货。

王庄村，一个华北地区典型的小村庄。这里，绝大多数农户以种植小麦和玉米为主。收成还好，但很难有太高的经济收益。

我们赶到时，村委会的会议室内，村支部书记王浩明正带着大家商量明年的打算。

“大家想想，明年继续种小麦、玉米，还是种果树，搞采摘园，种甜叶菊？”

“我看去年甜叶菊收购价不低，6块钱一斤。如果能解决销路问题，利润不小。”

“甜叶菊成本高，如果把除草问题、晾晒问题考虑进去，成活率要到80%才能有赚头。”

“可以先找农户种十亩试试，规模大了，还可以搞合作社。但小麦和玉米不能放松，还得上产量。”

……

七嘴八舌中，明年的种植大体有了方向。

讨论的人群中，老支书王怀义是年纪最长的一位。王怀义今年 83 岁，身体硬朗，记性也好。我们说，想听他讲讲这里过去的事。

王怀义点点头，点起一根烟。烟雾中，46 年前曲周的景象，一点点浮现。

曲周盐碱成灾，是出了名的“盐碱窝”。据曲周县志记载，明崇祯年间，“曲邑北乡一带，盐碱浮卤，几成废壤”，这一样貌几百年来从未改变。

“春天白茫茫，夏天水汪汪，只听耧声响，不见粮归仓”，王怀义回忆，直到他小时候，曲周还是出了名的穷，农民吃的是苦野菜，喝的是苦咸水，只能靠从地里刮小盐卖钱为生。田地里，随处可见大盐疙瘩，最高的可近 2 米。那是农民刮土熬盐之后，剩下的废土堆积而成。

曲周的状况，也是整个黄淮海平原的缩影。

20 世纪 70 年代，在整个黄淮海平原 2.8 亿亩耕地中，盐碱地占了 1/5。每年，黄淮海平原的群众要吃国家返销粮 30 亿公斤。

手中有粮，心中才能不慌。1973 年，抱病主持北方抗旱会议的周恩来总理做出指示：“一定要治理好北方盐碱地！”

就这样，一声令下，原北京农业大学的几位老师，背着铺盖卷，从北京来到了曲周，打响了一场轰轰烈烈的改土治碱战役，拉开了一段用科技改变农民生产生活的历史，也铸就了中国农业大学师生与曲周县群众一段长达 46 年的深情厚谊。

“老师们那时的生活条件艰苦哦，住百家屋，吃百家饭，”老王支书的普通话并不好，我们很难完全听懂，个别字词，要靠当地人做翻译。但有一句话我们听得真切——

“农大老师帮我们把土地变了个样，也把村里人的生活变了个样。没有农大的老师，就没有曲周的今天。这一点，曲周百姓，不敢忘，不能忘。”

调研手记之二

像土地爷开了眼

2019年2月26日

农历正月二十二　阴

正月十五刚过，仍是冬歇期。已有勤快些的农民在处理粪肥，为春耕做准备。

按老王支书提供的线索，也为更好探寻46年前那段历史，我们走进了曲周改土治碱第一站——张庄。

站在老师们住过的漏风、漏土、漏雨的“三漏房”前，我们很难想象，这几间没“根”的土房，竟是旱涝碱咸综合治理的起点？

我们的疑问，随着两院院士石元春的娓娓道来，一点点被解开。石元春是第一批来到曲周的农大教师之一，如今已88岁高龄。

讲述，从1973年夏天开始。

1973年6月，本应是麦浪滚滚、准备开镰的季节，曲周却沟渠纵横无序，不多的几块麦田里，散落着早衰的麦株。麦田里白花花的盐霜，满目苍凉。

中原腹地，竟遭受如此严重的土壤盐渍化，竟有这么穷的农村、这么困苦的农民，作为科技工作者，石元春心痛：“我们搞土壤改良的是‘地球修理工’，这里的地球皮肤生了癣疮，发生‘溃烂’，我们怎能无动于衷？”

就因这一个念头，石元春、辛德惠、林培、毛达如、雷浣群、黄仁安、陶益寿等7位农大老师，一头扎进这里。

为摸清水盐运动规律，越是刮风下雨，老师们越往地里跑。为了做分析化验，老师们在漏土的房子里蒙着塑料布做实验……石元春回忆，那段时间，老师们腿没少跑，书没少看，脑子没少动，连夜里做梦，梦的都是治碱的事。

反复调研后，盐碱形成的原因找到了：邯郸地区西部是太行山，山区岩石风化强烈，岩石碎屑物所含的盐分离子，随浅层地下水流带到平原地区。平原低洼地区排水不畅，水位提升，盐分随之留在地表。常年如此，恶性循环。

摸清"病根","药方"很快给出：水盐运动调节，旱涝盐碱综合治理——平整土地、挖沟渠、浅井水灌溉压盐、咸水经沟渠排走、深机井抽水灌溉、施用有机肥改良土壤，开展系统综合治理。

一切就绪，只等施工。可是，等了许久，张庄大队的施工大军迟迟没上阵。老师们心里急，如果不在冬天土地封冻前将压盐工序完成，春苗长势受影响，这一年就白费了。

石元春找到时任张庄大队支书赵文，"老赵，社员什么时候进场？"

"石老师，你们在这里待多久？"赵文反问。

"你问这话是什么意思？"石元春不解。

"过去工作组来过很多拨，这个说这么挖，那个说那么挖，来年开春就走人，什么问题也解决不了，社员有意见。"赵文道出原委。

农大老师们的心像被扎了一锥子。他们知道，不怪当地百姓心里有埋怨。多少年来，治理队来了一拨又一拨，井打了，井填了；沟挖了，沟埋了；人来了，人走了。最终，盐碱地还是盐碱地。

"治不好碱，我们就不走！"农大老师们说。

等来了这句话，张庄百姓踏实了。第二天天刚亮，推车、扛锹、使镐，浩浩荡荡的施工大军进入村南400亩实验地。农大老师们拿着图纸、标杆和测量仪器一同进了工地。

1974年的春天如约而至。

干裂板结的土地变得松软了。看到绿油油的麦苗从地下钻出来，张庄百姓的眼睛亮了。自他们出生起，还是头一次看到麦子长得如此整齐，他们说，"就像土地爷突然开了眼"。

秋收之后，张庄一夜成名：1974年，张庄大队粮食总产60万斤，比历史最高水平增产近1倍。邯郸轰动了，河北轰动了，整个中国轰动了！

随后，张庄改土治碱的经验，如种子一般，播撒在曲周大地上，治碱进度不断加快：1978年开辟第二代试验区，1980年开辟第三代试验区……

这颗种子也撒向整个黄淮海平原，并铸就日后轰动全国的黄淮海科技大会战。

调研手记之三

谁来养活中国人

2019年3月26日

农历二月二十　阴

再来曲周，已是初春。大地返青。

路边的白杨长出嫩绿的新叶，地里的小麦长势喜人，一天天蹿得欢实。

清明将至，曲周实验站的一座墓碑前，陆续有农大学生、当地百姓前来献花，驻足悼念。

墓碑上镌刻着一个名字——辛德惠。

曲周实验站站长江荣风、副站长张宏彦介绍，辛德惠是第一批来到曲周改土治碱的农大老师，也是中国农业大学曲周实验站的第二任站长。从1973年一头扎进曲周农村参与改土治碱，到20世纪90年代脚步遍布整个黄淮海平原，辛德惠把一生中最宝贵的时光，奉献给了曲周，奉献给了改土治碱和农村综合治理事业，直到生命最后一刻。

1999年5月，前往浙江考察途中，由于连日劳累，心脏病病发，抢救无效，辛德惠猝然离世。他的骨灰一分为三，一份在北京，一份在宁波，一份则留在他心心念念的曲周。

究竟是什么精神成就了这样一份付出？

翻开辛德惠的日记本，一句话给出答案，也给所有奉献在曲周的农大老师们以行动注解——

“无私无畏，忘我无我，利他利国，才能真正为人民服务，为党的事业奋斗到底。”

日记记载，“六五”“七五”期间，曲周改土治碱的经验已推广至整个黄淮海地区，国家把黄淮海平原中低产田综合治理工程列为“001”号重点科技攻关项目，在冀、豫、鲁、苏、皖5省12个县建立了12个国家级不同类型的综合治理开发试验区。这12个试验区，如镶嵌在黄淮海平原上的12颗明珠，闪闪发亮，一举扭转了南粮北调的历史。

1993年，喜讯传来，“黄淮海平原中低产地区综合治理的研究与开发”成果获国家科技进步特等奖，被誉为农业领域的“两弹一星”！

而这时，本可以功成身退的农大老师们并没有离开。因为，吃不饱饭的问题虽已解决，但新的问题很快出现，农业生产水平仍然较低。

更严峻的问题随之出现。放眼整个世界，农业可持续发展面临资源短缺、耕地流失、环境退化等诸多问题。而中国，因人口众多，资源消耗大，让国内外学者不约而同发出了“谁来养活中国人”和“谁为中国人造饭碗”的疑问。

审慎思考后，农大老师们带着曲周进入改土治碱之后的第2个阶段——农业综合治理发展。

怎么干？科学生产！

一方面，提高土壤耕地质量，进一步提高粮食产量；另一方面，农牧结合，种养结合，科学发展。

知易行难。个中艰辛，让人难以想象。

一些老师积劳成疾。一些老师关心农业生产，关心百姓生活，关心同事学生，却唯独忘了自己，忘了家庭。

曲周实验站第六任站长郝晋珉回忆：

辛德惠老师家在北京，孩子年幼，但一年当中，他有300多天待在曲周。离京前，他把女儿托付给邻居，说了句“麻烦您照顾一下”，就背起包走了。直到孩子生病，远在云南的爱人来信责问，他才想起来回京看看。

做油料研究的詹英贤老师，到曲周做杂交芝麻研究时，已年逾七十。每天在地里一待就是8个小时。10天、20天之后，整张脸，除了皱纹的褶皱深处仍是皮肤的原色，其他地方都已黑得不成样子。一次回京途中，詹英贤遭遇车祸，人救了回来，腿却留下了一辈子的残疾。

……

“46年来，究竟有多少农大人投身在曲周，心甘情愿奉献在广袤的农村大地？”

面对我们的提问，郝晋珉沉默许久——

“我不知道究竟有多少人来过。我只知道，我的老师、老师的老师在这儿，我的学生、学生的学生也在这儿。”

调研手记之四

走，到农民身边去

2019年3月28日

农历二月二十二　晴

这几天，在曲周，我们走进了一些小院，神奇的院子，充满故事，充满希望。院子叫“科技小院”。

所谓“科技小院”，就是把科技送到农民身边的小院。在农民家中，在田间地头，在农民需要的任何地方。

调研期间一直陪着我们的中国农业大学资源与环境学院教授李晓林，在白寨乡科技小院，两棵梧桐树下，讲述了小院的由来。

时光回溯到21世纪初，经过30多年的治理，曲周已完成改土治碱和综合治理发展的阶段性目标。部分老师撤回北京，部分老师留守在1973年建立的中国农业大学曲周实验站，继续开展农业科学实验。

这时，一个现象引发老师们的思考：

当地农民种植的玉米，亩产达到八九百斤后，很难再增产。可一墙之隔的中国农大曲周试验田里，亩产最高已达1 600斤。

带着打通科技“最后一公里”的决心，资环学院的老师们做了个决定：向当年改土治碱的前辈学习，走出大学和实验站的围墙，到农民身边去！

2009年，白寨乡一处荒废的院子里，师生们住了下来，入住当天，李晓林亲手种下两棵梧桐树。

抚摸着两棵已近10米高的梧桐，李晓林很感慨：“10年了，梧桐树见证了小院和学生们的成长。广袤大地是最好的课堂，在小院工作生活的过程中，学生们进一步了解农村、农业和农民，也坚定了立鸿鹄志、做奋斗者的决心。”

听说我们要了解小院师生的工作和生活，李晓林推荐我们去前衙村科技小院看看。

前衙村，曲周县出了名的文明村。家家户户种葡萄，相比于附近几个村子，收入很不错。

尽管天还冷，地里的活儿也不多，但小院“院长”、资环学院植物营养系学生王晓奕已早早从家中赶回来，她惦记着尽快在全村推广水肥一体化。

我们到的时候，王晓奕正筹备晚上田间学校2019年的第一堂课，PPT的内容是关于葡萄水肥一体化种植技术的。从防治黑痘病、蔓割病、褐斑病，到科学浇水、科学施肥，技术细节覆盖葡萄种植全生育周期。

知道我们来了，前衙村支书龙书云也来到小院，和我们讲了很多学生们的事儿。

这是一位已任村支书30多年的老支书，读书不多，但很有头脑，带着村民从贫困村发展为响当当的富裕村。他懂得尊重科技的力量。

龙支书给我们算了一笔账：在学生的指导下，农民合理浇水，省水费约300元；减少施肥，省约500元；用地膜，不用除草剂，省人工费约200元，一共节省成本1 000元左右。此外，科学种植，烂果裂果少了，每亩地还能多收入1 000元左右。一亩地多挣2 000元，全村共2 000亩葡萄地，一共增收400万元!

“别看他们年纪不大，本事可是不小！”龙书云呵呵地笑着。

一晃儿，天擦黑了。村里家家户户生火做饭，空气中飘着烟火的味道。

炒一盘西红柿鸡蛋，从冰箱里拿出一点凉菜，再煮一锅粥，很快就利落地解决了晚饭，王晓奕和师弟李兴就忙着赶往村委会布置培训会场。

晚上6点，农民们陆陆续续到场，能容下40人的屋子，满满登登地挤了50来人。因为是实实在在用得到的技术，大伙儿听得很认真，又根据自家地里的情况，提问，讨论，热火朝天。

回到小院，已到晚上9点。王晓奕和李兴开始写日志，这是每一位小院学生的必修课——记录工作，总结思路。

已近11点，到了休息的时间。

卫生间、洗漱间与卧室相距约200米，来来回回，很不方便，尤其是冬天的晚上。王晓奕说，这里的条件在小院里算是好的，有的小院连洗澡的地方都没有，只能隔一段时间去县里洗一次。

打了水洗漱。冰冷的水洗在脸上，一下驱走了睡意。

王晓奕的话一直盘旋在耳边："刚来时，苦。从大城市一下子被扔到农村，生活上不适应，农民们不信任，他们说，种了30年的葡萄，哪还用几个娃娃教！但一段时间后，地里的葡萄越长越好，农民们增收了，也接纳了我们，信任我们。那种感觉，很甜。"

调研期间，我们在曲周走了8个小院，了解了相公庄小院的苹果种植，后老营小院的西瓜、小麦、玉米套种，看到了王庄小院监测小麦、玉米生长的高科技设备，白寨小院在种植业与养殖业一体化上的探索，德众小院运用物联网控制大棚葡萄种植的全过程……

夜深了，王晓奕已睡熟。继续翻看她的日志，一句话映入眼帘——

"科学研究是为了什么，为了写论文，还是为了农民生产的实际需要？学习是为了什么，为文凭，还是为将青春、将生命扎根在祖国大地？在小院这几年，我有了答案：要做与农村、农业和农民有关的事、有益的事，一辈子！"

调研手记之五

绿色发展，最重要的是人

2019年4月13日

农历三月初九　晴

再来曲周，难得的晴天。路边桃花、梨花已开得热闹。

4月13日一大早，曲周实验站就热闹起来。这里正举行2019年曲周县农民科技节。方圆七八十公里的农户都赶了过来。

导苗管式移栽机、直立免耕机、自走式小区播种机、V—A型撒肥机……在一排排新型农机设备前，农民们感受着科技的日新月异。

中国工程院院士张福锁带我们来到毗邻实验站的300亩绿色基地，绿色种植、科学施肥……多种农业实验在这里开展，一眼望不到边。

他告诉我们，2006年前后，绿色试验之初，曲周小麦亩产400多公斤，随着种植技术的优化，亩产平均提升到600公斤。同时，农药、水的投入降低30% ~ 50%，产量增加的同时，资源和环境损耗大大减少。

切实的变化，让当地政府意识到绿色发展的重要。曲周成为全国绿色发展示范基地。

“这个基地有怎样的示范意义？”面对我们的问题，张福锁给出解释：“以小农户为代表的曲周农业，土地面积、经营规模，在全国具代表性，如果绿色发展探索成熟了，就可以同当年治碱的经验一样，在全国推广应用，甚至为全世界做出贡献。”

“为全世界？”我们的惊讶脱口而出。

“我们曾做过计算，如果在我国现有耕地能实现这个发展水平，一年增收的粮食，就可超过整个非洲大陆，而每年减少的污染量，几乎相当于整个欧洲的污染总量。”张福锁进一步解释。

“正因如此，农大在曲周的工作，不仅是为曲周人民带来福祉，也对全国、全球有价值。而这，正是今日中国对全世界应担负的责任。”张福锁语速不快，一字一字，真真切切。

天渐渐暗了，科技节已近尾声，农民们陆续散去。

为了多与张院士聊几句，我们一行人一起踏上返京的高铁。

车上，我们问，绿色发展难在哪儿，不假思索，张福锁给出答案，显然，这问题已在他脑海中思考许久——

第一重挑战来自科学技术创新，尽快从单一学科发展为不同学科协同创新；第二重挑战来自多方合作，打造一个政府、高校、科研院所、企业、农民五位一体的平台，做绿色发展大文章；第三重挑战来自农民，华北地区多是小农户为主的生产模式，要引导小农户与现代化农业生产经营相结合。

高铁继续以时速300多公里的速度飞驰，望着窗外广袤的华北平原，张福锁顿了一下，“当然，最重要的是人，要先提升人的理念。”

“就如科技小院，给农民带去的益处，不仅是解决技术难题，更重要的，是帮他们了解外面的世界，树立信心，敢于摆脱传统观念，接受土地流转、合作社等更符合现代农业发展方向的生产方式，乐于合作。”

是的，人，是最重要的。

疾驰的高铁外，曲周渐去渐远，回首4个月的调研，我们突然发现——

从老一代农大人的改土治碱，到新一代农大人的绿色发展，时代在变迁，社会在进步，几代人解决的问题不同，但情怀从未改变，目标从未改变：

铭记“为中国人民谋幸福，为中华民族谋复兴”的初心和使命，在经济和民生需求中体现价值，在祖国最需要的地方建功立业，在时代洪流中书写精彩人生。

火车即将到站，此时此刻，曲周的农民们在忙些什么？

或许，王庄村的郭巧英阿姨正在给孙子做饭；

或许，后老营的农民史振海正在盘算着，如果村里的土地流转起来，自己手里有1 000亩地，就能做绿色蔬菜大棚基地，把蔬菜直接供往北京；

或许，德众葡萄园的老板李德宾在思考，有了小院学生的帮助，今年葡萄收成肯定好，明年探索深加工，打造葡萄产业一条龙；

或许，老王支书正给在外地打工的孙子打电话，让他早点回来，看看日新月异的家乡，为乡村振兴、家乡发展出一份力……

用行动诠释责任（快评）

人民日报　2019 年 5 月 31 日　报道

放弃北京高校优越的生活与科研条件，一头扎进艰苦的农村，为了啥？没有选择热门、前沿的研究课题，偏偏和盐土、碱土较劲几十年，为了啥？功成却未身退，依然将身子扎在广袤大地，不离开，不放弃，又为了啥？

整整 46 年，一代代中国农业大学的师生用行动给出答案，“治不好碱，我们就不走！”“越是卡脖子的难题，我们越要上！”“一定要把科学的精神种到农民心中！”“这里的问题不解决，未来中国农业绿色发展的难题就不好解决！”

在农民需要面前，在农村需要面前，在国家需要面前，师生们迎难而上，用双脚丈量土地，把论文写在大地上，用一代代人的青春，诠释心有大我、至诚报国，诠释勇担大任、不辱使命。

46 年，弹指一挥间，但农大老师不忘初心、牢记使命，科技为民、科学报国的精神，必将历经时间的淬炼，在河北曲周、在黄淮海平原、在神州大地，绽放璀璨的时代光芒。

把论文写在祖国大地上（人民论坛）

人民日报　2019年5月31日　报道

本报记者　彭飞

一颗种子很难抵御盐碱，但千千万万颗带着感情的种子却能依靠科技的力量，变坑洼盐碱地为平川良田。中国农业大学师生接力帮助河北曲周从千年盐碱滩变身“米粮川”的故事，犹如一个“看得见的哲理”，谱写出科技为民、科学报国的生动诗篇。

历史上的曲周饱受旱、涝、碱、咸综合危害，“春天白茫茫，夏天水汪汪，只听耧声响，不见粮归仓”，是一个连“老鼠路过都会含着泪离开”的地方。从1973年农大人来到曲周盐碱最厉害的张庄村建立“治碱实验站”开始，46年来，农大师生靠着顽强毅力和坚定信念，持续把“改土治碱、造福曲周”的科技兴农事业发扬光大。习近平总书记期许，“广大科技工作者要把论文写在祖国的大地上，把科技成果应用在实现现代化的伟大事业中。”扎根曲周的农大师生，无疑是这一要求的积极践行者。

把论文写在祖国大地上，民生赖之以兴。马克思说：“理论一经群众掌握，也会变成物质力量。”曲周的巨变，正是得益于对农业科技的充分掌握、恰当使用。曲周老百姓回忆，46年前，农大师生“挽着裤腿，背着自己的行李，蹚着泥水进村”；他们与老百姓一个锅里吃饭，“一身泥、一身汗”地在盐碱滩上摸爬滚打。农大师生所孜孜以求的，概括起来就是惠民、利民、富民、改善民生。习近平总书记深刻指出：“人民的需要和呼唤，是科技进步和创新的时代声音。”农大师生的事迹启示我们，推动科技创新、科技报国，必须坚持以人民为中心，真正把满足人民对美好生活的向往作为科技创新的落脚点。

把论文写在祖国大地上，学问赖之以成。从最初的改土治碱，到帮助编制农业发展规划，再到推动产业化经营、绿色发展，农大师生始终聚焦曲周农业生产中的实际问题，用科研创新服务乡村振兴、“三农”发展的现实需要，让学问走出书斋，散放出强烈的实践之光、科技之美。“穷理以致其知，反躬以践其实。”科学研究不单纯是书斋里的创造，也是实践经验的凝结，而广袤的基层大地，恰有取之不尽的科研素材。在经济和民生需求中体现价值，在祖国最需要的地方建功立业，知识分子大有可为也大有作为。

把论文写在祖国大地上，人才赖之以强。46 年来，曲周实验站先后走出两任农大校长、3 位院士，培养出 50 多名教授、500 多名研究生，也为当地贡献了 5 000 多名农业技术人员。源于曲周的“科技小院”模式已经走向全国，让 300 多名研究生长期在农村、农企一线“零距离”学以致用，成长为懂农业、懂经营的科研人才。“纸上得来终觉浅，绝知此事要躬行”，广阔的田野是最好的授业课堂，也是最广的成才舞台。农大在曲周探索出的德智体美劳全面发展的育人模式，为培育时代新人丰富了实践路径。

“纤纤不绝林薄成，涓涓不止江河生。”农大师生急国家之所急，解发展之所难，用实际行动服务于经济社会发展和广大人民群众，赋予了科学研究强大生命力，也在祖国大地上书写下精彩人生。不忘初心、牢记使命，以科技报国的远大抱负，发动科技创新的强大引擎，向着世界科技强国不断前进，我们一定能为实现亿万人民的伟大梦想奠定更为坚实的基础。

【半亩方塘】曲周故事：一捧咸土（视频）

人民网　2019 年 5 月 31 日　报道

视频报道

【半亩方塘】曲周故事：一株心苗（视频）

人民网　2019 年 5 月 31 日　报道

视频报道

【半亩方塘】曲周故事：一座小院（视频）

人民网　2019 年 5 月 31 日　报道

视频报道

中国农业大学扎根曲周的故事

——辛德惠：生命绽放在盐碱地上

人民日报　2019 年 6 月 1 日　报道

编者的话： 中国农业大学扎根河北曲周 46 年，服务农村建设发展。一代代农大师生铭记初心和使命，在经济和民生需求中实现价值，在祖国最需要的地方建功立业，在时代洪流中书写精彩人生。从今天起，我们连续刊发 5 篇小故事，展现他们心有大我、至诚报国、勇担大任和不辱使命的赤子情怀。

本报记者　丁雅诵　赵婀娜

中国农业大学曲周实验站内，有一座墓碑。墓的主人叫辛德惠。

无论寒暑，总有曲周百姓自发前来，给墓碑拭拭土，与辛老师说说话。

从 20 世纪 70 年代一头扎进河北省邯郸市曲周县农村参与改土治碱，到 90 年代跑遍整个黄淮海流域，辛德惠将自己的生命与智慧都奉献给了这片土地。

如今的曲周，金黄的麦田丰收在望，人们很难想象，40 年多前，这里还是寸草不生的盐碱地。农民们以熬卤水、淋小盐为生，靠国家救济粮度日。

1973 年，带着国家的嘱托，石元春、辛德惠等几名农业大学的青年教师来到了曲周县的“老碱窝”张庄，开始旱涝碱咸综合治理研究。

这年秋天，暴雨连降，水涝成灾。《曲周县志》记载，“大面积积水一尺至二尺，深处三尺，房屋倒塌，电话中断，道路不通。”辛德惠和大家一起，挽起裤腿、蹚着泥水进了村。

当地农民不相信教书先生能治碱：多少年了，一拨拨人都说来治碱，井打了，井填了；沟挖了，沟埋了；人来了，人又走了。循环往复，盐碱地还是盐碱地。

为了打消农民的疑虑，老师们立下誓言："如果张庄的盐碱地治不好，我们就不回北京了。就是死后，也埋在张庄的盐碱地里。"

很快，村民发现这群教书匠不一样。"他们天天测水，测土，画线，还带着俺们一块平地，挖沟和打井。"张庄老支书赵文后来常常想起，"他们干起活来，比社员还卖力。夏天下沟挖土，光着膀子，脊梁上都晒出大血泡。"

耕耘就有收获。治理的喜人成果让村民们恢复了信心：1974年秋天，张庄第一代试验区400亩重盐碱地上，小麦亩产达到200多斤，比曲周最好年景的产量还要高。随后，张庄的经验播散到整个曲周大地：1978年围绕王庄开辟了第二代试验区，1980年围绕曲周县农场开辟了第三代试验区……1987年，曲周治碱项目取得预期成效：全县盐碱地面积下降近七成，粮食亩产量比治理前的1972年增长约5倍。

但此时的辛德惠没有离开，他在继续思考中国农业农村的发展之路，并陆续提出了农村综合发展三段论、区域农业发展类型理论、泛生态学理论等。

"马不停蹄地奔波、超负荷的工作、坐卧行走都在思考问题是辛先生的常态。"曲周实验站第四任站长肖荧南回忆道，在实验站的出勤表上，辛德惠的出勤天数高达300多天，几乎一整年都待在实验站。

在曲周，辛德惠有个绰号叫"马司令"。一次，他一边切菜一边看治碱专著，把中指切伤了，他拿着纱布，一边包扎一边看书，纱布却缠在食指上，大家见了哄然大笑；还有一次吃饭时，辛德惠口若悬河地说着治碱的事，饭后有人问他吃了几个窝头，他拍拍肚子说"4个"，大家笑得前仰后合，原来，那4个窝头还都在他的盘子里。

辛德惠关心农业研究，关心农民生产，却很少有时间关心自己和家庭。离京前，他把女儿托付给邻居大妈，说了句"麻烦您照顾一下"，就背起包走了。直到孩子生病，惊动了在云南的爱人刘一樵，爱人来信责问，他才拍着脑门，想起回京看看。

缺乏照顾的孩子瘦弱多病，刘一樵一人带着3个孩子，还要兼顾事业，身心疲惫。1989年，刘一樵被诊断出白血病，35天后不幸辞世。爱人辞世第二天，前去慰问的几个同事看见辛德惠坐在桌边，在本子上写“八五”攻关课题的安排。面对大家的安慰，他没有抬头，只慢慢地说了句：“我写写，分散一下……”

数十年辛苦工作，辛德惠积劳成疾。“辛先生曾大病过一次，大面积心肌梗死。但稍微恢复后，他又立马投身到农业生产的第一线。”肖荧南说，为此，我们专门成立了个工作组，职责就是监督辛先生休息，但效果不佳，他总是有忙不完的事。

1999年，在前往宁波考察的途中，连日劳累的辛德惠心脏病发作，经抢救无效，猝然离世。

人们在整理辛德惠的遗物时，发现了他坚持写了20多年的日记——“无私无畏，忘我无我，利他利国，才能真正为人民服务，为党的事业奋斗到底。这是我的全部信念和行动指南。”

铿锵有力的话语，正是辛德惠一生的追求，也是一代代中国农业大学师生的追求。

如今，辛德惠指导的学生已陆续成为国内相关领域的学术带头人。他们和他们的学生，一代代，一批批，用双脚丈量土地，将“责任、科学、奉献、为民”的精神继续写在中国大地上……

中国农业大学扎根曲周的故事

——闲不住的老支书

人民日报　2019年6月2日　报道
本报记者　丁雅诵　赵婀娜

年过八旬的曲周县王庄村老支书王怀义，是个闲不住的人。

说他闲不住，是指他几十年来始终对新技术、新科技保持敏感，始终相信中国农业大学的师生能带着村民们一起致富。

在中国农业大学与河北省邯郸市曲周县结缘的46年里，从鏖战盐碱滩到黄淮海科技大会战，从改变南粮北运到建设华北粮仓，从增产增收到绿色发展，王怀义是这段岁月的亲历者与见证者。

“全村4 000亩地，基本都是一洼一片、不连块的。一遇干旱、大雨，几乎寸草不生。一亩地能产100斤小麦都算多的，玉米比手指头长不了多少，碱大得完全不能活……”1970年，从部队退役回到王庄的王怀义，看着凋敝的村庄、穷困的农民，心里着急。

“当时大家说，谁当书记谁丢人。”王怀义说，我不怕丢人，村里人让我回来，我就好好干，为乡亲们做点实事。

凭着在水利局工作过的经验，王怀义拿上铁锹锄头，自己挖沟治碱。可惜，没有技术支撑，没有科学方案，一年到头还是白忙活了。

1973年，石元春、辛德惠等一批农大老师来到曲周，开始了改土治碱的伟大工程。他们的首个实验点选在了距离王庄村两公里的张庄村。

看着邻村的盐碱被一点点治理，地里长出庄稼，王怀义坐不住了。他跑到张庄，找到了正在工作的辛德惠，要他也来王庄看看，治治这儿的盐碱地。

“中！张庄搞得差不多了，可以拓展下实验面积，也在王庄搞几百亩！”辛德惠一口应下来。

从1975年到1980年，王庄村开始了艰难的治碱之路。

一开始，王庄的农民有顾虑。按照农大老师的法子，第一步要平整土地。这里世世代代都是靠“淋小盐”为生，如果不从地上刮盐，唯一的收入来源就没了。

王怀义苦口婆心，反复动员，终于说服村民，规划出500亩土地。一年时间，这500亩土地就变了模样。看到绿油油的麦苗从地下钻出来，村民们的眼睛亮了。

当年战天斗地、热火朝天的情形，王怀义至今难忘：“王庄一共7台拖拉机，就没有停下来的时候。专门成立了指挥部，挖渠的挖渠，打井的打井，只要把规划弄出来，一夜就能把渠挖好。”

1980年，王庄村的盐碱地得以全面治理，亩产由原来的100斤提高到800斤，百姓不但不再吃国家救济，还给国家上缴公粮16万斤。

“老师们本事真大！”提起农大老师，老百姓无不竖起大拇指。王怀义心里美得很，多亏当初自己主动跑过去找农大的老师们。

世纪之交，王庄百姓吃饱穿暖已不成问题。王怀义却有了新的烦心事：地里肥料上得不少，产量就是上不去。王怀义冒出了一个大胆的想法，是不是可以成立一个合作社，搞规模经营。

“当时就觉得机械化、规模化是个法子，但能不能搞，不大清楚。”带着焦虑，2009年，王怀义坐上了前往北京的火车，“我去找农大的老师问问，让他们出出主意。”

“办合作社完全符合国家政策，你的想法很好，大胆干吧！”农大的老师们给王怀义吃了定心丸。

回到村里，王怀义在中国农业大学曲周实验站老师的指导和帮助下，成立了500亩规模的合作社，统一管理，机械化耕种。两年下来，王怀义心里越来越敞亮：农业生产不能故步自封，必须往前看，必须跟着科技走！

而此时，第一所科技小院已经在白寨村建立，农大师生们与农民同吃同住同劳动，随时解决农民的技术问题，效果显著。眼看着邻村的农作物产量又上了一个台阶，王怀义又坐不住了。

2011年，王怀义再次把农大师生请进了王庄。这一次，他希望科技小院能帮助村民们走上致富的道路。

可小院建在哪儿呢？当时村里和合作社都没房，王怀义就把儿子的房子腾出来，将农大学生安置在自己家。

当年3月，22岁的中国农业大学学生黄志坚来到王怀义家，成了王庄科技小院的第一任“院长”，指导王庄农民科学种植。

通过监测土壤、环境、气候等，黄志坚发现了当地小麦产量不高的原因，提出推迟小麦水肥灌溉时间。

一开始，王庄的百姓接受不了，“多少年了，每年都是过了正月初五就浇地，现在这个毛头小子说让晚浇地，不信！”

好说歹说，王怀义帮着黄志坚说服村民，从合作社里拿出50亩地做实验。结果，晚浇地的村民当年小麦增产了很多。一下子，大家服了气。

“现在我们村对技术的接受度，比过去高多了。怎么播种、怎么施肥、怎么除杂草，农民口中的专业术语都特别准确。”王怀义骄傲地说，王庄村农民出去后，个个都能当技术员！

几十年过去了，看着一片片小麦地、一排排新民居，看着村里人一点点富起来，作为见证者、参与者与推动者的王怀义心里清楚，今天农民们的幸福生活来之不易，源于中国农业大学师生的奉献，源于科技的力量，更源于当地农民观念的慢慢改变。

如今，王怀义早已不再是村支书，但为全村人操劳了一辈子的他，仍然没有停止探索的脚步——

“今年引进了一些突尼斯石榴，准备试栽看看效果；找农大老师帮忙，在富硒农业上做点尝试；把生物质厂再开起来，把秸秆变废为宝……”王怀义笑着说，“我们都是闲不住的人，只要有力气，就要在地里继续干下去，农民对土地有感情，农民对乡村的未来充满希望。”

中国农业大学扎根曲周的故事

——“先要把自己变成农民”

人民日报　2019年6月3日　报道

本报记者　丁雅诵　赵婀娜

翻开2013年科学出版社出版的《我和科技小院的故事》一书，扉页上，“曲周，我来了！”五个大字映入眼帘。一个生长于城市的青年来到农村，在这里扎根、成长的画面跃然纸上。

农村是什么样子？在第一个驻扎在科技小院的农大学生、中国农业大学植物营养系2009级研究生曹国鑫的印象中，农村是一幅画：一块地、一头牛、一只犁和一位老农。

第一次来到河北省邯郸市曲周县，是2009年。曹国鑫感觉生活一下子变了样，没有了操场的喧闹、图书馆的安静，也没有了琳琅满目的便利店、招手即停的出租车，日常的生活在这里大变样。

“但这里的一切又都是新鲜的，整齐的树林、金黄的小麦、淳朴的村民，还有鲜活质朴的方言。”曹国鑫说，心目中有关农村的那幅画突然在这一刻变得立体了，真实了。

在曲周的麦地里，导师李晓林与曹国鑫重重地握了手，有嘱托，更有期待。

“到了农村以后，先要把自己变成农民，然后才能成为了解农民、为农民服务的科学家。”李晓林的话，曹国鑫一直记在心头。

就这样，曹国鑫全身心投入曲周，投入广袤农村。从硕士到博士，他秉承着当年老一辈农大人改土治碱的精神，在这里一待就是6年。

作为第一个驻扎科技小院的学生，没有“实战”经验的曹国鑫心里其实很忐忑："技术理论虽然都是经过检验的，但是直接用在农民的地里，效果到底怎么样，说实话，心里没底，万一减产了可怎么办。"

此时的曹国鑫才意识到，推广农业技术最难的，是赢得信任。

本着"发现问题—分析问题—解决问题—扩散推广"的思路，从2009年到2014年，曹国鑫为当地农民提供了小麦和玉米生产全过程的指导与服务。除了正常的田间指导调查，他还发动农民成为问题的发现者和反馈者，以便出现问题时，能第一时间给出解决方案。

在推广玉米晚收技术时，曹国鑫选择了最"耗时"的方法——下地巡逻，见到一户就规劝一户，把晚收技术教授给他们。最后，示范基地近1万亩玉米的收获时间推迟了一周以上。而这一项简单的技术，帮助农户们直接增收100余万元。

有了和农民打交道的经验，曹国鑫开始考虑在村里做培训，集中解决农民的生产问题。

"提前备好了讲稿和十几张PPT，结果却被通知在当天一个婚礼现场进行第一次培训。现场吵吵闹闹，什么也没讲清楚便匆匆收尾了。"曹国鑫回忆起那次经历，不好意思地摇摇头。"那次，我认识到自己眼高手低，也认识到培训不是一厢情愿的事，农民真正需要的是满足他们实际需求的、接地气的培训。"

从第一次到第十次再到第N次，曹国鑫慢慢告别了艰涩、生僻的专业术语，开始带着"问题意识"去为农民解决困难。他还拿起笔，记录下在曲周的每一项工作、每一点成长。

2009年6月30日，曹国鑫在曲周的日志从这一天开始，小院学生的工作日志也从这一天开始。一笔一画，工工整整。

如今，十年过去了，小小的工作日记，已经辑成了几十册，高高的一摞。它们记录着曲周一点一滴的变化，也见证着小院学生一步一个脚印地成长。

2016年毕业后，曹国鑫去了企业。问及原因，他这样说："我想把科技小院的模式带到企业中试一试，借助产品、技术、资金的优势，争取为更多的农民提供更有效的服务。"

10年了，科技小院迎来又送走了一批批和曹国鑫一样的农大学子，小麦地、玉米地、葡萄园、苹果园、养殖场……曲周的村村落落，都留下了他们的身影。如今，小院的星星之火已经燎原，以中国农业大学为主，其他涉农高校参与，科技小院已建设了100多座，在23个省份落地开花。他们用双脚丈量土地，将论文写在大地上，用青春书写着中国农业现代化发展与乡村振兴的奋斗故事。

最美的科研誓言是报国（人民论坛）

人民日报　2019年6月3日　报道

本报记者　张凡

信仰无声，拳拳赤子心就是最好的名声；生命无华，殷殷报国行就是最好的芳华。

以身许国，何事不可为？以身许国，何事不敢为？20世纪70年代的曲周，盐碱成灾，满目荒凉。“一定要治理好北方盐碱地！”中国农业大学师生响应党和国家号召，抱着“治不好碱，我们就不走”的誓言，扎根曲周开启一段轰轰烈烈的改土治碱战役。他们用“到农民身边去”的务实学风，论证了科研服务经济社会发展主战场的重要旨归；他们用“只讲奉献，不求回报”的高尚风格，回答了“人的一生应该怎样度过”的经典命题；他们用“想国家之所想、急国家之所急”的薪火相传，树起一座受人敬仰的精神丰碑。心有大我，至诚报国。用热血挥洒爱国之情，用奋斗书写报国之志，知识分子就能勇担大任、不辱使命，在时代洪流中书写精彩人生。

爱国从来都是无私的、奉献的，砥砺爱国奋斗精神，就要服务人民、心有大我。1973年，农大老师辛德惠背着铺盖卷从北京来到河北曲周，一头扎进曲周改土治碱的科研实践。一生中最宝贵的时光，自此奉献给了曲周。翻开他的日记本，“无私无畏，忘我无我，利他利国”的话语，令人动容。46年来，像辛德惠这样的几代农大师生把小我融入大我，坚守初心、接续奋斗，将昔日茫茫碱滩改造成生机勃勃的绿洲。“动人以言者，其感不深；动人以行者，其应必速。”挺立起知识分子的精神脊梁，关键就在于国家需求什么、人民想要什么，在祖国最需要的地方建功立业。

爱国从来都是具体的、实践的，砥砺爱国奋斗精神，就要脚踏实地、实干兴邦。从“住百家屋、吃百家饭”的第一代农大人，到“从城市一下子被扔到农村”的科技小院学生，曲周的土地，刻印下几代农大人艰苦奋斗的身影。在漏土的房子里蒙着塑料布做实验，刮风下雨天蹚着泥水跑到田间；年逾七旬的詹英贤，每天在地里一待就是8小时；孩子年幼的辛德惠，每年有300多天待在曲周……农大人之所以赢得百姓口碑、捧得科技进步金杯、创造中国农业史上的治碱奇迹，靠的正是刻苦钻研、埋头苦干，靠的正是立足岗位、不负使命。“在平凡的工作岗位上，每个人都有成为英雄的机会。”兢兢业业、恪尽职守，所产生的力量必定深沉而持久。

“功以才成，业由才广。”回望过去，一代代知识分子像农大师生那样怀揣赤子之心、砥砺爱国行动，为新中国70年来翻天覆地的变化做出重要贡献。今天我们早已告别了“三漏房”、苦咸水，但无论时代场景如何改变，党和国家对知识分子激扬家国情怀为国奋斗的期许始终没有变。报国正当其时，圆梦适得其势。无论是改变核心技术受制于人的局面，还是破解基层改革发展的难题，都需要知识分子胸怀忧国忧民之心、爱国爱民之情，激荡知识与技术的力量，为中国号巨轮破浪前行蓄力。

广大知识分子激发爱国之情、砥砺强国之志、实践报国之行，将满怀忠诚、毕生所学倾注到实现伟大梦想的坚实步伐中，就一定能创造无愧于时代、无愧于人民的成绩，在祖国大地上矗立起知识分子的时代丰碑。

中国农业大学扎根曲周的故事

——王九菊和她的科技小院

人民日报　2019年6月4日　报道

本报记者　丁雅诵　赵婀娜

在河北省邯郸市曲周县范李庄，王九菊是个挺传奇的人。

说她传奇，是因为10年前的她，还是一个地道的农村妇女，性格泼辣、爽直，喜欢串门聊大天、打牌打麻将，不爱务农，认为种地是男人家的事。但中国农业大学师生的到来，让这位农村妇女变成了农业种植的能手，成为当地小有名气的科技带头人。

转变要从2010年说起。

那一年，中国农业大学教授李晓林带着一批学生，以北油村为基地，在周边农民地里开展玉米高产高效技术示范工作。王九菊家的3亩地入选，成为示范田。当年，示范田的玉米亩产就增加了将近400斤。

“看到产量增加、收益提升，王九菊真真切切地感受到科技的力量，用她自己的话来说，‘一下子，对种地来了电’”。

然而，由于范李庄地块不集中，没办法组成连片示范方，第二年，农大准备撤掉这里的几个示范点。刚刚尝到技术甜头的王九菊心里很着急，准备上门去找李晓林说道说道。

路上，她遇到了当时负责示范方组织的科技小院的农大学生曹国鑫。她拦下曹国鑫的电动三轮车，火急火燎地问：“示范田咋不给我们弄了？你们农大还管不管我们了？”

看到王九菊对科技的渴求，曹国鑫很感动，与李老师商量后，他们告诉王九菊，只要能够凑集连方成片的40亩地，就继续给范李庄进行农业技术指导。

“中！我来弄！”作为村里的妇女主任，王九菊挑起了这个担子。

于是，她挨家挨户去做村民的工作，把周围的十几户组织了起来，形成了一个将近50亩的科技示范方。预订肥料、预订种子、联系大型机械、组织村民参加农大培训、现场观摩……在王九菊的带领下，这50亩地的产量比周围的平均水平高出近20%。

2011年，又一个喜讯传来。

中国农大的3名女同学，主动找到了王九菊。她们想在范李庄建一个科技小院，让农业科技距离当地农民再近一点。王九菊立刻答应下来，还把科技小院安置在自己的家中。

有了科技小院，王九菊的家更热闹了。村里的妇女们没事就来这儿，咨询种植技术、学习文化知识、一起跳广场舞、做手工艺品……

从2011年到2017年，王九菊家里一共住过9名女学生。这些女孩子，既是她们农业技术上的老师，也是她们日常生活中贴心的“闺女”。

“第二批来的学生中，有一个名叫周珊。每个周末，她都在小院教大家跳舞。大伙儿也是从一开始的不好意思跳，到后来每天都想跳，还成立了秧歌队，时间长了，村里妇女的精神头儿都不一样了。”王九菊笑着回忆，“看到大伙儿对跳舞的热乎劲儿，周珊就决定在每次跳舞前，先进行农业技术培训，培训结束了，才能学跳舞。”

王九菊说，农村妇女不容易，她们一边要替在外打工的丈夫照顾好家里的老老少少，一边要扛起锄头拾掇地里庄稼。关心农村妇女的境遇，让她们懂得知识的力量，让她们感到幸福、有奔头，挺重要。

小院学生陆续离开后，王九菊接过了农技推广的任务。现如今，她成了范李庄的科技带头人，把所学的农业知识传授给其他农民。她还带领大家一起致富，发展手工织布。由于贡献突出，2017年王九菊被评为“邯郸市最美女性”。

“现在家里地里还是种着小麦，用的肥料少了、产量高了，生活也好了，但我还是希望农大的学生能再过来，地都给他们留着咧……”时隔多年，王九菊依然对当年的事儿念念不忘，她说：“如果不认识李老师，如果农大的学生没来，我就还是个大字不识的农民。”她还说：“我想念那群农大的‘闺女’，想念那个曾经的科技小院。”

中国农业大学扎根曲周的故事

——探索绿色发展之路

人民日报　2019年6月5日　报道

本报记者　丁雅诵　赵婀娜

一个明媚的午后，我们在中国农业大学资源与环境学院见到了中国工程院院士——张福锁，他是中国农业大学目前在河北省邯郸市曲周县探索绿色发展的学术带头人。

2010年在曲周，张福锁带领团队将小麦、玉米两种作物在一个生长周期里需要用到的所有关键技术——播种、灌水、施肥等进行了梳理。他发现，有10项技术是关键，如果能把这10项技术用好，实现高产的概率就能达到95%以上。

当他把这10项技术拿到曲周的4个村里，调查农民到底用了多少时，结果令人惊诧："有的技术农民不知道，有的技术农民知道了却没条件用，还有的技术农民用了却又用不好。种种问题制约着农业技术的推广普及。"

于是，张福锁和他的团队沉下心，利用开在田间地头的科技小院，为农民做了5年培训。5年后，技术到位率接近60%，虽然不算太高，但高产率已达97%。与此同时，农民的生产投入减少了，农业污染也大幅下降。

张福锁坚定地认为，曲周的小农户种植是我国广大农村生产模式的典型代表，将小农户与现代农业生产经营结合，探索一条曲周之路，才能探索出中国农业现代化和绿色发展的未来之路。

张福锁告诉他的团队：小农户长期受到知识不足、信息和资源缺乏、服务支撑不够、抗风险能力差等一系列问题的困扰，科技进步难以转化为生产力和收益。让他们赶上现代农业的步伐，是当下最需要解决的问题，也是作为科学家最应该追求的目标。

张福锁意识到，不能一味将技术灌输给农民，必须发挥他们的主观能动性。毕竟，农民才是农业生产的主体。

于是，师生们举办了一系列激发农民兴趣的活动：办科技长廊、发科技日历；办农民田间学校，鼓励农民各抒己见、探讨问题。

紧接着，村里有了示范方和示范户。示范方向农民展示从种到收的关键技术，让农民亲眼看到技术到位后的效果。示范户是敢于“先吃螃蟹”的人，既把学到的技术用在自家地里，又与科技小院的老师学生一起，帮助其他的农民解决生产问题。

“我们的目标是让教授变成农民，真正沉下去，把知识、技术、政策、信息、资源带进农村；同时让农民变成教授，掌握科学技术，运用到农业生产实践中。”张福锁说。

在张福锁及其团队的努力下，越来越多的农民知道了未来的农业发展不是“大肥大水”，而是节水减肥、减少污染；不是“面朝黄土背朝天”，而是科学信息化管理；不是自守一亩三分地，而是规模化、集约化经营……改变的过程中，农民的视野越来越开阔。

谈到未来，张福锁感慨万千：“我们常在思考，绿色发展，最重要的是什么？不仅是增产增收、资源循环利用、环境友好，还有很重要的一条是人的眼界和理念的发展，这是最难也是最重要的事。”

秉持着这样的理念，多年来，中国农业大学的团队一直坚持深入农业生产一线，把理论创新、技术突破、规模应用融入对农业的热爱、对农民的关心、对农村的期待之中。他们坚信，只要一步一个脚印，终究能探索出一条中国农业的绿色发展之路。

【公益广告】创新为民　科学报国（1）

人民日报　2019年6月28日　报道

《人民日报》2019年6月28日第15版刊登

【公益广告】创新为民　科学报国（2）

人民日报　2019 年 7 月 19 日　报道

《人民日报》2019 年 7 月 16 日第 8 版刊登

【公益广告】创新为民　科学报国（3）

人民日报　2019 年 8 月 7 日　报道

《人民日报》2019 年 7 月 30 日第 16 版刊登

【公益广告】把论文写在祖国的大地上

人民日报　2019 年 8 月 7 日　报道

《人民日报》2019 年 8 月 6 日第 16 版刊登

3

中央电视台

ZHONGYANG DIANSHITAI

【新闻联播】
中农大扎根曲周46年　盐碱地变良田

中央电视台　2019年5月30日　报道

中央电视台《新闻联播》2019年5月30日播出

视频报道

邯郸市曲周县位于黄淮海平原，自古这里就是一片盐碱地，是出了名的“老碱窝”。46年前，中国农业大学的老师们来到曲周县，立下誓言“治不好盐碱地不回家”。几十年过去了，在老师们的帮助下，昔日的盐碱地已经变成米粮川。

曲周县的麦田里，小麦这几天正处在生长的关键时期。村民说，由于科学管理，现在年年都是丰收年，这在过去想都不敢想。

河北曲周县王庄村原党支部书记　王怀义：

（过去）都是一片荒凉，不收粮食，那个地方连草都不生长。

曲周县地处黄淮海平原，全县72万亩耕地中，28万亩是盐碱地，春天旱夏天涝。黄淮海平原的老百姓常常要靠国家救济，每年要吃国家返销粮30亿公斤。1973年，响应党和国家号召，中国农业大学6位老师来到曲周县盐碱最重的张庄村，立下誓言“一定要把盐碱地治理成米粮川”。

中国科学院院士 中国工程院院士　石元春：

有人说搞土壤的也叫修地球的，这块土地已经长疮了，这块的老百姓吃不上饭啊，我们这搞土壤的人能够看看就走，不来吗?

农大的老师们在村里安营扎寨，向村民们表示，治不好盐碱不回北京。

河北曲周县张庄村原党支部书记　赵文：

（石元春）说我们来治碱，我们下决心了，治不好我们就不回北京了，我们就不走了。

在漏风、漏雨、漏土的“三漏房”里，中国农大的老师们吃糙面、树叶、棉花壳磨成的“三和面”，和老百姓一个锅里吃饭，一个土炕睡觉。

田间地头，看群众下水，老师们也下水；看群众光膀子，老师们也光膀子，他们和农民们一起在盐碱滩上摸爬滚打，没过多久，村子里就出现了很多“四泡老师”。

河北曲周县张庄村原党支部书记　赵文：

嘴上起泡，背上晒泡，手上磨泡，在地里脚上起泡，村里群众都叫“四泡老师”，这“四泡”代表了他的生活，代表了他的劳动，代表了他在这儿的艰苦奋斗。

最终，农大老师们在科学调查的基础上，提出了浅井深沟、农林水并举的综合治理措施。他们把张庄村南80亩盐碱最严重的地块开辟为试验田，第二年粮食亩产就达到230多公斤，而当时曲周县粮食平均亩产只有50公斤。就这样，曲周的土地一年比一年好，农民开始向国家售卖余粮。

河北曲周县王庄村原党支部书记　王怀义：

一提到老师，一提到农大，那都是竖大拇指的。

到1988年，曲周县28万亩盐碱地得到全面综合治理。1993年，由中国农大牵头的“黄淮海平原中低产地区综合治理的研究与开发”获得国家科技进步奖特等奖。

河北曲周县委书记　李凡：

在这46年里，我觉得也创造了一个县和一个高校的合作历史，在曲周老百姓的心里也有这样的一句话，叫作“先有中农大，后富曲周县”，也体现了曲周群众对中国农大的这种感恩心情。

（本报道素材由中央电视台与河北电视台联合拍摄制作）

【新闻联播】
把科学报国的“论文”写在祖国的大地上

中央电视台　2019 年 5 月 31 日　报道

中央电视台《新闻联播》2019 年 5 月 31 日播出

视频报道

在茫茫的盐碱地，科学扎下了根，科学家扎下了根。在将近半个世纪的漫漫岁月里，中国农大的科技专家和农民摸爬滚打在一起，以田野为实验室，把论文写在大地上，让科学报国的理想在服务人民的行动中开花结果，实现人生价值。“治不好盐碱地不回家”的誓言，展现了中国共产党人的初心。新时代、新征程，需要一批又一批矢志不渝的闯关人，不忘初心、牢记使命，创造属于这个时代的新长征史诗。

（本报道素材由中央电视台与河北电视台联合拍摄制作）

【新闻联播】
河北曲周：打造绿色发展“样板间”

中央电视台　2019 年 5 月 31 日　报道

中央电视台《新闻联播》2019 年 5 月 31 日播出

视频报道

46 年前，中国农业大学的师生们扎根河北曲周，让昔日盐碱地变成高产米粮川。46 年过去，老一辈科学家在改土治碱中的奉献担当，感染着一代又一代的年轻人，他们来到曲周的乡村建起科技小院，将论文写到田野上。

眼下正是葡萄藤的开花期，曲周前衙村郭连成的葡萄地里，来学花期管理的村民每天都有。2018 年，中国农大的科技小院在村里推广葡萄水肥一体化示范田，老郭是第一个吃螃蟹的人。“这个穗的粒，比别的粒大，长势旺盛，省肥，省药，还省水。”河北曲周前衙村村民郭连成说。

水肥一体化，就是将水和肥直接施用在葡萄根系，从而提高水肥效率；在葡萄树行间还要覆盖地布抑制杂草生长，减少除草剂的使用。地还是那块地，投入产出却大不同。“我这个亩产去年7 000斤吧，你这个8 000斤，差1 000多斤。一斤就两块多，一亩地差2 000多块钱。”河北曲周村村民关凤仙说。

这里外里一算账，前衙村的村民们很快就接受了农大师生们带来的新技术。从46年前的盐碱地改良攻关，到2009年到曲周的村里建立科技小院，一批批中国农大师生来到曲周推广农业新技术。

但每一项技术应用到村民田里都要有个过程。王拥军是王庄村的种粮大户，一个人承包了300亩地。在浇水上就曾经和农大的学生们意见不一致。“因为祖祖辈辈都是浇三四水，他们来了让浇两水，吃得多长得个儿大。不相信他们，学生他知道个啥呀？”王拥军说。

为了让农民信服，科技小院的师生们搞起示范田，和农民比赛。最终，产量说服了村民。“原先的产量（亩产）六七百斤，现在达到1 000斤了，个别的都达到一千二三百斤”。河北曲周白寨乡甜水庄村民赵亚南说。

10年过去了，一批批学生毕业离开，又有一批批学弟学妹来到这里。来科技小院不到一年，研究生赵俊娜已经做了反光膜等很多实验。她还和师姐贺敬芝一起，帮果农解决了存在多年的落叶病难题。“（村民们）笑着跟我说，说我们家的落叶控制好了。那一瞬间我真的感觉到解决了一件事情是特别值得的，有一种责任感爆棚的感觉。”中国农业大学研究生贺敬芝开心地说道。

自2009年中国农大在曲周建立第一个科技小院以来，目前已经在全国23个省（自治区、直辖市）建起了127个科技小院。

（本报道素材由中央电视台与河北电视台联合拍摄制作）

【焦点访谈】让科技种子扎根沃土

中央电视台　2019 年 5 月 31 日　报道

中央电视台《焦点访谈》2019 年 5 月 31 日播出

视频报道

进入初夏，河北曲周县的大地上，麦浪滚滚，丰收在望。曲周是一个农业大县，曾经连续 8 次 16 年被评为全国科技进步先进县，科技对于农业和县域经济的贡献率达到 72% 和 56%。但您可能想象不到，仅仅几十年前这里还是一片白色的盐碱滩。从曾经的老碱窝到现在的米粮川，这样的变化，离不开中国农业大学，说到当地人与中国农大的关系，当地人甚至用“先有实验站，后富曲周县”来形容，那么这背后站立着一个什么样的群体呢？

“还会给植物盖被子。我们今年冬天想进来一部分试一试，看看能不能行，如果能行的话，相当于给大家节省很多人力、物力。”这是在河北省曲周县前衙村的田间地头，葡萄地里给农民做讲解的是中国农大的研究生，讲的是葡萄生长管理要点。

“今天是田间上课，讲的是怎么给葡萄定枝、定梢、锄土，怎么定芽。过去就是哪个壮，不管它怎么长都定哪个，现在不让了，哪个芽顺定哪个。”“学到东西以后，知道怎么能更好地让葡萄产量或者品质上去了”。河北曲周县前衙村村民说。

这样的田间课堂在曲周已经开办10年了，在不同的村落，根据不同产业的需求，研究生向农户们现场讲解技术应用，进行现场指导。

“老师们和科研人员，他们有成果，懂技术；但农民是操作者，是实践者，但是他不会。这样就形成了两张皮，你会你不干，我干我不会。”曲周县－中国农业大学县校合作促进会会长胡耀东说。

为了打通科研成果与实际应用之间的瓶颈，2009年，中国农大将科研和人才培养的阵地延伸到了农村生产第一线，这一个个在村子中间的科技小院就是研究生们平时生活和学习的地方。

“科技小院解决了一个世界性难题。就是科技成果的转化，就是量地定做，因人制宜。这样可以有针对性地去讲技术，而且实打实，面对面。”胡耀东说。

这些正在务农的学生都是中国农大的专业硕士研究生，区别于学术型研究生，他们更注重应用，学生们由老师带队入驻科技小院，每个小院两三名师生，并以三五个临近村落在生产中遇到的问题作为研究课题，直到得出解决办法，再去示范推广应用。

“我的论文就是我跟踪了有100多户的地块儿，我们那个研究课题是针对农村实际生产问题的，不是从文献里来的，我们在这儿可以拿到一手的数据，这样的数据的结果对农民生产是最有用的。”中国农业大学资源与环境学院硕士研究生赵向阳说。

“只有到了生产一线，你和农民的视角一样的时候，你才会发现这些问题。这个就是和在学校里面做研究有非常大的不同，所以我们的选题有实用性，更能够切合实际，能够解决实际问题。”中国农业大学资源与环境学院李晓林教授说。

在农村，大家祖祖辈辈种地凭的都是经验和感觉，缺少一些科学指导和关键技术的应用，往往是生产投入得越多收获得却越少，比如多数人认为水浇得越多越好，肥料施得越多越好，可这样反而产量不高、品质不好，还浪费资源、污染环境。

“原来都是盲目地上肥料。”“原来不知道怎么管理，打药什么时候打，施肥施多少。所以他们给化验土地里面缺啥成分”。河北曲周县前衙村村民说。

为了解决这些问题，李晓林老师指导学生研究推出水肥一体化技术，推广前他们先租了一块地，从出土管理、收获到销售全过程进行打理，并不断进行研判论证，直至每一个生产环节的技术要领农民能够接受。

“每一个技术的环节，他（学生）都必须要亲力亲为，那么在指导农民的时候你就有说服力，别人就会认可你。”李晓林说道。

“今年调研，村民们跟我说，‘去年你不是上课的时候说了嘛，要少施点肥，我们今年施肥都少了一半儿了’。这也就是说，他们的成本也减少了一半”。中国农业大学资源与环境学院研究生王晓奕说。

“现在的王庄，从科技小院来了以后，水肥合一就一水，以前我们小麦要浇四水，现在只要浇两水。产量由以前的 900 斤到现在的 1 300 斤了，肥料由以前的 100 多斤（降到）现在的 80 斤。”河北曲周县王庄村村民说。

日常生活中，学生和农民在一起同吃、同住、同劳动，并为乡亲提供着“零距离、零时差、零费用、零门槛”的面对面的科技服务，看似付出全部精力的同时，他们也在收获。

“我们既可以把理论的知识运用到实践当中，也可以在实践当中反过来指导我们，去提高我们。”王晓奕说。

现在科技小院不仅在曲周深入人心，还在广西、四川等全国 21 个省份得以推广，目前中国农业大学联合 30 多个涉农高校、科研院所和企业等单位在全国累计建立了 127 个科技小院，有 419 名研究生在读，已经毕业的研究生有 181 名。

“我觉得这是目前我认为最好的一个人才培养模式。因为他（学生）不但学习了知识，训练了能力。最重要的是他（学生）训练了情怀。”中国农业大学国家农业绿色发展研究院院长张福锁院士说。

科技小院扎根基层的十年来，通过该平台实现了产学研用的无缝衔接，实现了农业大学人才培养、科学研究和社会服务的融合，形成了新时代农业应用型人才培养的有效模式，推动了农村的可持续发展。

“科技小院的探索，秉承了我们老一辈科学家过去改土治碱的这种精神。我们农大的几代人，都是希望能够在农业生产的第一线做最好的科技创新。”张福锁说。

其实，中国农大和曲周县在土地上的结缘，还得从46年前的改土治碱说起。曲周县地处太行山东侧的海河流域，属黄淮海盐碱地区，历史上就是个老碱窝。

“当时，西边儿跟这儿基本上都不长庄稼，都是盐碱地。盐碱地长啥呢，长芦苇草。西边这一块儿连芦苇草都不长，就是一片荒地”。河北曲周县王庄村原党支部书记王怀义说。

70年代初，村民生活口粮靠救济，零花靠小盐。也就是，地里长不出庄稼，到处是盐碱，村民就提炼盐巴来卖钱贴补家用。

“春天白茫茫，白茫茫就是泛盐；夏季水汪汪，到夏天的话，一下雨都是水，没有地方排水，一碱水一大，庄稼都淹死了。”王怀义说。

“土办法、洋办法、综合治理，什么办法都用过了，就是没有效果。来治碱的队伍一帮又一帮、一群又一群，但是盐碱地依然是盐碱地，没有改观。”胡耀东说。

不仅曲周，当时整个黄淮海地区盐碱地的面积达到5 000多万亩，直接威胁着国家粮食安全。中国农大临危受命，于1973年由石元春、辛德惠、毛达如等7位老师组团到曲周治碱。治好曲周的碱对整个黄淮海地区意义重大，老师们选择从盐碱最重的张庄村开始治理。

“水都是苦咸的，从外面买个牲口，买了以后三天不喝水。外面买来的牲口喝惯甜水了，来了以后喝苦水？不喝。”河北曲周县张庄村原党支部书记赵文。

“喝那个水嘴都起泡，都不愿意喝。”河北曲周县张庄村村民说。

旱、涝、盐碱是个复杂的水盐运动系统，不能头痛医头脚痛医脚，必须标本兼治，老师们通过深入调查研究，最终采取了浅井深沟、抽咸换淡、农林水并举的综合治理方案。

“我们把它叫浅井深沟体系，旱、涝、盐碱综合治理，而不是单纯地治理盐碱地，而是连涝也治，连旱也管。有农、有林、有水并举，这样的一个做法。”中国农业大学石元春教授说。

用上科学技术，老师们先从 80 亩地小试牛刀，成功后又做了 400 亩的样板地，直到用了 6 年时间，把张庄村将近 3 000 亩的盐碱地全部治好了。

“我看这些人（老师们）中意，都给改造好了，地不碱了，收成多了。”河北张庄村村民说。

“这个效果一年比一年好，3 年里面我们就不用吃国家给我们的救济粮食了。1977 年我们给国家卖了 45 万斤余粮。我们卖粮食，周围村都很眼气（羡慕），都说张庄是真富了啊，是真真正正好过了。”赵文说。

张庄的 3 000 亩治碱成功了，并逐步扩大到曲周县北部 28 万亩盐碱地，涉及近 10 万人的吃饭问题，在曲周盐碱得到有效治理的同时，黄淮海地区的盐碱地治理也不断展开直至成功。从 1973 年到 1993 年的 20 年间，盐碱地的治理扭转了南粮北调的局面，实现了北粮南调的历史性转变，“黄淮海平原中低产地区综合治理开发”项目获得 1993 年的国家科技进步特等奖。

“我们不能说治完盐碱地就凯旋了，盐碱地治完了就吃穷，所以才有了后面我们曲周实验站的建立和帮助他们进行科技成果的转化，提高他们的经济收入。”石元春说。

1982 年，中国农大在曲周建立了实验站，针对曲周县农民增收和涉农企业发展开展技术推广，到今天仅在曲周育苗产业园的日光温室里，就有西瓜、茄子、西红柿、辣椒等 1 000 多个品种的批量育苗，每天从这里运往京津冀地区及山东、河南、陕西等 20 多个省份。

“我自己现在达到 1.5 亿株（蔬菜育苗），如果没有中国农大曲周实验站，可能现在就没有我的今天。将近 20 年跟农大合作，我得了非常大的实惠。”

曲周县金满园农业科技有限公司总经理张庆文说。

2001年，企业主张庆文开了一家塑料农膜厂，经常在工艺配方上遇到问题，实验站的老师给了他很多技术指导，生意红火了几年后，随着市场的变化就慢慢不景气了，于是在专家的指导下转型做起了棉花育苗。过了几年，老师们又及时指导其转产，使公司逐渐进入现在的蔬菜育苗行业。

“技术指导，包括制剂的配比，包括种子的选育，包括病虫害防治这方面的技术，甚至包括市场的预测。”中国农业大学曲周实验站党支部书记牛灵安说。

如今，育苗产业的发展带动全县规模以上育苗合作社发展到了22家，使曲周的蔬菜育苗产业，也成为河北省优势特色主导产业之一，推动了农业结构调整优化。

“我们还要做技术创新，比如说怎么能够最低程度的投入，最大程度的产出，最后能够提高效率，减少环境污染，这是我们研究科技创新需要挑战的，我们把它叫高产高效。”张福锁说。

进入新时代，面对新形势，中国农大继续以曲周为依托，于2018年10月21号在曲周建立了中国农业大学农业绿色发展示范区，推动农业生产由高资源环境代价发展到高产高效，再到绿色发展的根本性转变，全面构建绿色发展的生产生活新模式。

“我们希望通过我们解决曲周农民的这个问题，找到它的规律。我们不仅仅让曲周人民能增产增收，也能够为中国农业的转型发展提供解决方案，提供科技支撑。”张福锁说道。

从改土治碱到科技小院，从农技推广到促进增收，从科技创新再到构建绿色发展，46年来，学校和地方，农民和师生共同努力、接续奋斗，孕育了“责任、奉献、科学、为民”的“曲周精神”，并深深地融入了中国农大人的血脉当中，坚持教育同生产劳动和社会实践相结合，这是新时代教书育人的重要方向，中国农大和曲周的故事再次告诉我们，只要不忘初心、牢记使命，把梦想之根深扎在中国大地上，就一定能结出丰硕的果实。

4

中央人民广播电台

ZHONGYANG RENMIN GUANGBO DIANTAI

中国农大扎根乡村　用知识服务乡村振兴

央广网北京　2019 年 5 月 26 日　报道

央广记者　刘璐

据中国乡村之声《“三农”中国》报道，在河北省南部，有这样一个县：地处华北平原，千百年来却旱涝无常、盐碱成灾，庄稼颗粒无收，历史上，当地人以制作粗盐为生，如今却成为河北省绿色农业发展示范县。这个地方，就是曲周县。实现这个巨大变化的，是中国农业大学一代又一代师生，他们以“解民生之多艰，育时代之新人”为校训，扎根曲周，为改土治碱、乡村振兴付出满腔热血。

十年前，中国工程院院士、中国农业大学教授张福锁等科研人员开始考虑一个问题：如何能够既发展绿色农业，又保证农民增产增收，进而保障国家粮食安全？这是一个十分宏大而复杂的问题，更是一个坐在实验室里无法解答的问题。于是，农大师生开启了一项长期计划。

张福锁：大家好，欢迎来到白寨村科技小院。白寨村科技小院是中国农业大学建立的第一个科技小院……

在河北省曲周县，几乎没有人不知道中国农业大学科技小院的存在。这里就是张福锁和他的团队决定驻扎的地方。为什么选择了曲周？张福锁告诉记者，作为农业县，曲周更有代表性。

张福锁：不管人口，人均耕地面积，现在的经济收入，社会经济的发展水平，基本上处于全国的平均水平。粮食产量比平均水平好点，所以这里是全国最有代表性的。这里面临的挑战，恰恰是科学研究、培养人才最需要解决的问题。

张福锁口中的挑战，是如何让农业生产既增加产量又要把环境代价降到最低。

张福锁：过去都认为要增加产量必须多投入，我们现在做的工作探索是增加产量但不多投入，甚至减少现有的投入，因为现在的投入不合理。

如何打通实验室和田间地头的“最后一公里”，让农业科技顺利转化为农民的生产力，成了农大师生努力的方向。2009年，白寨村科技小院应运而生。但小院从设想到落地经历了一波三折。

中国农业大学教授李晓林是白寨村科技小院的创建者，提起十年前的故事，仍然历历在目。最让李晓林难忘的，是他初到曲周，发现自己连农民的作息规律都无法适应。

李晓林：我们研究出来的成果，不要钱，推广下去。因为我们原来研究的是小麦、玉米，一开始想在实验站周围找一片地，把技术转移到农民的地里，让农民把技术用起来，看能不能把产量提高起来。这一块地大概173亩地，由74户分散承包，是非常典型的华北平原小农户分散种植，当时碰了一鼻子灰。

2009年的初夏时节，李晓林的计划开始实施。按照实验室数据的测算，170多亩地，需要大约3天时间可以播种完成。但让他们没想到的是，实际情况却整整花了11天。

李晓林：一切都和想象的有巨大差异，我们在学校里按理论计算，170亩地，一个拖拉机一个小时可以播20亩地，3天轻轻松松就做完了。第一天我们比农户来得早，然后开始播种，干到9点钟，农户走了，也没跟我们说。我们问人呢？说回家了。我问没干活，怎么回家了？回答说天热了，就回家去了。九十点钟，给我们扔那了，我们不敢走，不知道农户什么时候回来，就在那等着。

更让李晓林没想到的是，他们在实验室里考虑到的限制因素，真正到了田间地头，完全变了样。

李晓林：我说你们赶紧播。回答说不行，要播玉米必须把地先浇了，因为地很干，如果不先浇上，玉米出不了苗。所以播种速度的快慢不在播种机，在多久能把地浇上水。

一个又一个挫折，让李晓林这位从事农业教学多年，有着国外学习经历的教授上了一堂又一堂生动的实践课。如何才能真正融入农民的生产生活当中，真正了解农民、扎根大地，成了农大师生迫切需要解决的问题。

李晓林：为了和农民拉近距离，把后面的活干下去，就住下来了。这段时间发生了一系列让我们终生难忘的、措手不及的事。

如今，8个不同类型的科技小院扎根在曲周大地上，服务于小麦、玉米、苹果、葡萄、养殖、蔬菜育苗等领域，将一项又一项的农业技术“本地化”。从2009年到2015年的7年间，曲周小麦、玉米产量分别提高了24%和23%，而化肥用量增长很少，实现了区域绿色增产增效的目标，农民增收2亿元以上。

在更加广阔的范围里，中国农业大学在广东、广西等20多个省份的20多个作物生产体系建立了100多个科技小院，300多名研究生长期在农村、农企一线，“零距离”服务“三农”。

实际上，农大与曲周的缘分，可以追溯到20世纪70年代改土治碱时期。当时的曲周是邯郸地区盐碱地最重的地方。中国农业大学原校长、中国工程院院士石元春是那一段历史的参与者、见证者。1973年，他正值青壮年，接到任务后义无反顾地加入到了攻克难题的先行军中。

石元春：因为邯郸地区盐碱地最重的就是曲周，曲周县北部是重中之重。那时候就是从曲周县北部开始的。

“春天白茫茫，夏天水汪汪，只听耧声响，不见粮归仓”，这是当地人面对千百年来恶劣自然环境所发出的感叹。粮食几乎绝收，盐碱成灾。以石元春、辛德惠为代表的老一代农大人来到曲周县，开始了一场和盐碱地的艰苦斗争。但刚开始，一切都没有他们想象的顺利。

年近90岁的赵文曾经是张庄村支部书记，也是当年第一位将农大师生领进村的村支书。赵文回忆说，在他们看来，这些“教书先生”无非是来搞搞调研，搞搞锻炼。

赵文：教书的先生来治碱了，你说谁能相信呢？前面这么多人专门来改碱治碱都没有弄成，不但没改造好，还越改造越坏。

化阻力为动力，石元春等人就是在这样的舆论环境下开展起工作的。

石元春：他叫我们“教书先生”，说你们还是回去教书吧。这是第一个难题，很难啃，群众没信心，干部也没信心。第二个难题，生活上不容易，住的“三漏”房：漏风、漏雨、漏土。

逐渐，农大师生的精神感动了曲周的百姓，也给赵文留下了深刻的印象。

赵文：早起吃点早饭，带着干粮，那时候没有暖壶，连水都没得喝，中午在地里啃窝窝头，啃完下午继续干，天黑才走。嘴上起泡，手上起泡，身上起泡，百姓叫我们“三泡”老师。咸萝卜切成丝，弄点葱花炒炒，这就是改善生活了。

努力没有白费。1973年，曲周县粮食亩产只有100多斤，仅仅用了一年时间，农大的试验田粮食亩产就达到了463斤。

赵文：当年80亩就见效了，“刮金板”上长出好庄稼了，刚开始谁相信呀？最后长出来了，就相信了。一亩地收高粱400斤，“地成方、树成行、道路通、排水畅，抽咸补淡，改造土壤”，这一套科学的方法立竿见影。

截止到1987年，曲周盐碱地面积下降近七成，林木覆盖率增加2.8倍，农民人均收入增长3.9倍。现如今，曲周县的农业早已走上了“高产高效”、绿色可持续发展的路子，农大也依托在曲周扎实的科研，走出了三位院士、两位农大校长，培养了60多位教授，200多名硕士博士。中国农业大学扎根曲周数十载，攻坚克难，服务乡村振兴的“曲周精神”，也被原校长石元春总结为“责任、奉献、科学、为民”。

曲周县委书记李凡：我们和中国农大的关系能用两个词来形容，第一个叫水乳交融，第二个叫历久弥新。在曲周有这样一句话：“先有试验站，后富曲周县”，曲周的群众对农大的感情是很深厚的。我们始终有新的目标和新的征程，这个合作会永远地深化下去，持续下去。

46 年坚守曲周！中国农大师生在盐碱地上种出层层麦浪

央广　2019 年 6 月 4 日　报道

央广记者　杜震　王志达

视频报道

石元春院士在接受采访

46 年前，中国农业大学的一批青年教师来到河北省曲周县，和当地群众一道与盐碱地抗争，让盐碱地变身“米粮川”。如今，一批又一批中国农大师生扎根曲周，秉承“责任、奉献、科学、为民”的“曲周精神”，开拓创新、服务“三农”。

教书先生能治碱？
老乡：不信

中国农大老师："我们所在的位置就是我们王庄科技小院的实验田，基本上每年都是我们曲周县，甚至邯郸地区的产量最高的、最稳定的麦田。"

望着眼前的滚滚麦浪，很难想象，四十多年前，这里曾是一片白茫茫的盐碱地。80 多岁的曲周县王庄村原支部书记王怀义回忆，盐碱地曾经是全村的"噩梦"，当地村民只能靠在盐碱地采制粗盐谋生。

王怀义："整个王庄是 4 000 亩地，真正能长苗的才 1 500 亩，其他的都是盐碱地，遇到干旱或者大雨，那王庄就是寸草不生。"

曲周的命运，在 1973 年发生转折。当年，周恩来总理做出"北方干旱半干旱地区水力资源综合开发利用"的指示。从此，中国农业大学的老师们一头扎进燕赵大地、与天抗争。

中国工程院院士、中国农业大学原校长石元春是第一批到达曲周的农大老师之一。石元春的专业是土壤学，在各地见过各种各样的盐碱地。然而，

中国农大曲周实验站外景　张说地　摄

王庄村科技小院实验田　张说地 摄

第一次到曲周时，他还是吃了一惊。

石元春："看着就叫人眼前觉得很暗淡，大片的盐碱地白花花的，挖得沟沟汊汊的，越走越惨。"

大学的专家们来了，可当地村民并不兴奋。在他们看来，这些"教书先生"不过是来做做样子、走走过场。

曲周县张庄村原支部书记赵文："教书的先生来治碱了，你说谁能相信呢？（当时）邯郸专署前面这么多人专门来张庄改碱治碱都没有弄成，不但没有改造好，越改造越坏。"

一心扑在田地里，"三泡"老师战胜自然环境

石元春等人心里憋着一股劲儿，"责任"二字在心头萦绕。为了科学治理盐碱地，中国农业大学与当地政府合作，在情况最严重的张庄村建立治碱实验站。经过艰苦的研究和实践，中国农大的老师们提出了黄淮海平原季风气候带区域水盐运动规律和"工程生态设计方法"，建立了盐渍化障碍因素综

位于实验站一角辛德惠院士之墓　张说地　摄

合治理工程配套体系。与此同时，当地人对农大老师们的态度，也在发生转变。

赵文："（他们）早起吃一点饭带着干粮，那时候还没有暖壶，连水都没得喝，中午在地里啃三合面窝窝头，啃完以后下午继续干，天黑以后才走。嘴上起泡，手上起泡，身上起泡，百姓叫他们'三泡'老师。"

就是这些"三泡"老师，凭借科学的方法，完成了曲周县北部28万亩盐碱地的综合治理任务。1979年，农大的第一代试验区粮食亩产高达300多公斤，1987年，曲周盐碱地面积下降近7成。1993年，中国农业大学创造的这套黄淮海平原中低产地区综合治理开发体系获得了国家科技进步特等奖。

坚守曲周，农大教师探索现代化农业转型之路

治理盐碱地的任务完成，但农大的老师们选择继续坚守。曲周实验站，成了探索传统农业向现代化农业转型的根据地。

2009年，中国工程院院士、中国农业大学教授张福锁和他的同事们开始思索：农业高产高效、绿色发展路在何方？

张福锁："我们上一代前辈们治碱，来解决粮食生产问题、粮食安全问题的一条途径，而我们今天在曲周做的这个工作，就是我们叫高产高效，或者绿色发展。"

农业生产要想提质增效，科研人员是纽带，技术转化是关键。张福锁说，让技术融入农村，是中国农大老师们的共识。

张福锁："你停留在科学的技术方面是不够的，你必须把你的科学技术跟政府的行动，跟农民的行动结合起来。"

如今遍地开花的科技小院，

当初竟是被逼出来的？

科技小院学生有话说

2009 年，中国农业大学创造的第一个科技小院，在曲周县白寨村成立。白寨科技小院的创办者之一，中国农业大学教授李晓林说，与其说科技小院是被设计出来的，不如说是被"逼出来的"。

李晓林："这本身就是我们想把研究的东西向农民推广的过程里面，发生了一系列的困难和挫折，逼出了科技小院。"

最让李晓林难忘的，是 2009 年第一次和农民下地播种的场景。当时，因

中国农业大学曲周实验站内景

为并不熟悉农民真正的作息规律，碰了一鼻子灰。

李晓林："第一天好了，干到九点钟，人家农民拍屁股走了，也没跟我们说，我们说人呢？没了，回家了。我说还没完，怎么回家了。热了，人回家去了。"

更让李晓林没想到的是，他们在实验室里考虑到的限制因素，真正到了田间地头，完全变了样。

李晓林："我们理论是说播种机是我的限定因素，真正到了地里发现不是，而是在什么时候能把地给浇上水。那时候才知道，水是限定因素。所以我们也考虑的和农业生产实际经常对不上，这也让我们不断地受到教育。这一段时间就发生了一系列的让我们终生难忘的，措手不及的事儿，农业上很多难事儿我们好像全尝到了。"

如今，科技小院早已经在曲周县遍地开花。数据显示，在带动农业提质增效、农民增收方面，科技小院从来不打白条。和十年前相比，曲周县粮食总产增长 37%，农民收入增长 79%。

曲周县委书记李凡："他们一直以来 46 年扎根曲周，服务曲周的农业发展，实际上都是一种"不忘初心、牢记使命"，确实改变了曲周的农业生产

张福锁院士接受央广记者专访　张说地 摄

曲周立碑

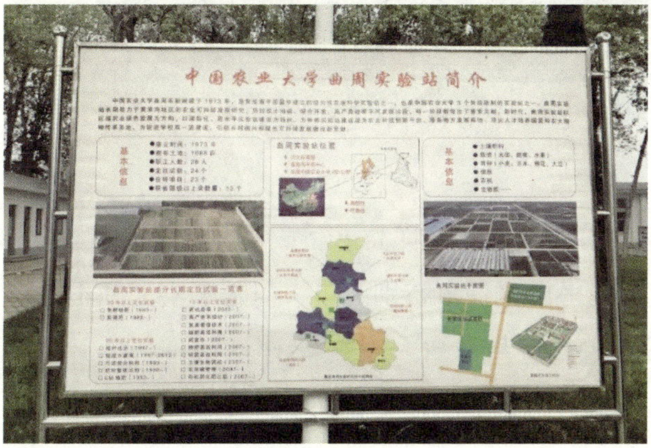

实验站简介　张说地 摄

的样貌，同时也改变了曲周群众的精神面貌。在曲周有这样一句话，‘先有实验站、后富曲周县’，我们始终有新的目标和新的征程，所以这个合作会永远地深化下去，持久下去。”

46年接续相传，
农大师生与曲周乡亲水乳交融

如今，一批又一批的80后、90后的中国农大学生走进科技小院，给小院带来新的活力。

驻扎在王庄村科技小院的赵向阳今年研究生二年级。他的研究方向是如何优化管理小麦—玉米的生产体系。赵向阳说，自己迫切地想把科学知识传

相公庄科技小院为农民铺设的地膜

递给农民朋友，却发现，并不像自己想象得那样简单。

赵向阳：“我们在来之前，觉得做这件事特别简单，但是事实上并不是那样的，农民有自己的方法，他不会去轻易采纳。”

从培养技术示范户开始，赵向阳的科研学习逐渐有了转机，和农民的交流也愈加顺畅。

赵向阳：“变得更坚定了，有很多事情愿意去承担了，现在更多的是思考，更多的是带着思考去干，我觉得这应该就算成长。”

46 年春华秋实，中国农大的师生们与曲周群众水乳交融，感情历久弥新。46 年接续相传，师生们始终不忘初心，扎根曲周、服务“三农”，将责任扛在肩上，使命刻在心里。

中国农业大学曲周试验站站长、教授江荣风：“总书记在纪念五四运动一百周年讲话里讲得非常好，对年轻人来说一个是很大的激励，还是要有这种家国情怀，为中华民族的复兴去奋斗。我们国家的发展、中华民族要复兴都是一代一代人接力来做的，我们希望下一代跑得更好。”

“曲周精神”薪火相传

央广网邯郸　2019 年 6 月 2 日　报道

央广记者　杜震　王志达

46 年前，中国农业大学一批青年教师来到河北省曲周县，和当地群众一道与盐碱地抗争，让盐碱地变身“米粮川”。如今，一批又一批中国农大师生，不忘初心，扎根曲周，秉承“责任、奉献、科学、为民”的“曲周精神”，开拓创新，服务“三农”，将责任扛在肩上，使命刻在心里。

曲周县王庄科技小院
张说地 摄

王庄村科技小院科技示范田
张说地　摄

央广《新闻纵横》2019 年 6 月 2 日报道

【农大人的曲周故事】第一篇　从盐碱地到“米粮川”：曲周的前世今生

央广网邯郸　2019 年 5 月 31 日　报道

央广记者　杜震　王志达

邯郸市曲周县，位于河北省东南部的冀中平原大地上。由于黑龙港流域多条河流长期冲刷淤积形成的封闭地形特征，这一地区历史上饱受旱涝盐碱的危害。而正是在这片几乎寸草不生的地域，46 年前，却与中国农业大学的老一辈科学家结了缘。46 年来，四代农大人扎根曲周大地，不忘初心、牢记使命，解决了一个又一个世纪难题，培育了一代又一代时代新人。

从 5 月 31 日起，《新闻和报纸摘要》节目将播出中国农业大学扎根河北曲周 46 年，服务乡村振兴先进事迹系列报道《农大人的曲周故事》。今天播出第一篇——《从盐碱地到“米粮川”：曲周的前世今生》。

音频报道

初夏时节的冀中平原，微风吹过黄绿色的麦浪。

84 岁的曲周县张庄村老人赵文回忆，40 多年前，这里都是盐碱地，满眼白茫茫。

赵文：沥涝成灾，高的地方是盐碱地，洼地存水，庄稼都淹死了。

1973 年，多名中国农业大学的老师来到曲周，立誓“治不好盐碱地不回家”。中国工程院院士、中国农业大学原校长石元春是其中一员。

石元春：很难啃，群众都没有信心，干部也没有信心。住的三漏房，漏雨、漏土，透风。

在中国农大老师们的改造下，盐碱地这头“倔牛”“听起了指挥”。截至1987年，曲周盐碱地面积下降近七成，靠“淋盐”为生的苦日子，成为历史。2009年夏天，中国农业大学第一个“科技小院”落户曲周，中国农大的老师们意识到，住到农村去，才能打通技术转化的“最后一公里”。如今，8个不同类型的科技小院扎根在曲周大地上，每个小院都长期驻扎有三四名研究生，他们将农业技术“本地化”，辐射周边村庄，带动曲周走向农业高效绿色发展之路。

中国农业大学学生贺敬芝：为“三农”事业挥洒汗水，在农村广阔的天地服务“三农”，这也许就是我们应该担起的时代使命。

目前，曲周高标准农田面积达到35.91万亩，占全县耕地面积的近一半，建立了世界天然提取物等10个种养标准化示范基地。和十年前相比，曲周粮食总产增长了37%，农民收入增长了79%。

中国工程院院士、中国农业大学教授张福锁：总书记一直在号召，我们中国要为全世界贡献中国智慧，提供中国解决方案，然后这一次在园博会上他又特别提出来，我们的绿色发展要为全世界做出样板。这让我们很受鼓舞，因为我希望我们做的能变成全世界的样板。

短评

昔日的曲周，白茫茫飞鸟不留；今日的曲周，盐碱变良田，旧貌换新颜。农大人和曲周群众不忘初心、牢记使命，用自己的实际行动谱写了一曲感天动地的奋斗篇章。一所名校和一座县城牵手46载，创造了我国农业发展史上的奇迹，也形成了“责任、奉献、科学、为民”的“曲周精神”。

【农大人的曲周故事】
第二篇　把自己插在农田里，把论文写在大地上

央广网北京　2019年6月1日　报道

央广记者　杜震　王志达

“一个非常简单的问题，我说小麦，小麦长几个叶？……”

2009年，中国农业大学教授李晓林无意间把这个问题抛给了曲周的一位村主任。对方的回答却是——“六片叶子”。这让李晓林陷入沉思。

音频报道

李晓林：至少种了五十年地，他不知道小麦有几个叶，其实小麦这个地区一般品种是12个叶。

中国农大的老师们也在思索：如何让实验室技术真正落地，更好地服务农业生产？

中国工程院院士、中国农业大学教授张福锁：我们就想干脆住到农民的家里面去，跟他能够零距离、零时差。

2009年，中国农大的第一个科技小院在曲周县白寨村落地。第一批住进科技小院的师生们把这里当成了家。白天在地里取样测土，到农民家调研；晚上开会讨论，了解农民的需要……尽管条件艰苦，师生们却甘之如饴。

驻扎在王庄村科技小院的中国农业大学学生赵向阳：我的课题就是针对科技小院来做的，是针对小麦—玉米生产体系的一个研究工作。

十年来，科技小院从白寨村扩展到曲周县乃至全国各地，数量达到100多个。300多名中国农大的研究生们扎根农村、企业。

中国农业大学学生在曲周实验站做实验

前衙村科技小院的学生在农民的葡萄地里取样测土

中国农业大学曲周实验站站长、教授江荣风：因为学生他的研究论文首先是立足于生产的需要，以这个来作为论文选题。后面我们再重新进行设计、实验，然后再验证，最后再重新来应用到生产上来示范。

江荣风说，将来，科技小院 2.0 版将继续秉持初心，引领时代。

江荣风：什么叫 2.0 版呢？总书记说农业绿色发展是农业发展的深刻革命，就是你要在理念上发生变化。要真正培养我们立德树人这样的目标，要围绕整个绿色可持续发展，从传统农业走向绿色农业的这样一个转型。

【农大人的曲周故事】
第三篇　不忘初心、牢记使命，中国农大人的 46 年接力赛

央广网邯郸　2019 年 6 月 2 日　报道

央广记者　杜震　王志达

音频报道

白寨村科技小院内的展板　张说地　摄

1973 年，受中央委托，中国农业大学的老师们来到曲周，治理盐碱地。中国工程院院士、中国农业大学原校长石元春便是参与者之一。

石元春：当时我们去的那批人都是四十岁上下的，搞了十多年的科研工

中国工程院院士、中国农大教授张福锁接受记者专访　张说地 摄

作，我们就不相信改不好。

经过研究实践，农大老师提出了黄淮海平原季风气候带区域水盐运动规律和“工程生态设计方法”，建立了盐渍化障碍因素综合治理工程配套体系。曲周县北部28万亩盐碱地实现了综合治理。

中国农大老师：我们王庄科技小院的实验田，基本上每年都是我们曲周县，甚至邯郸地区的产量最高的、最稳定的麦田……

盐碱地治理结束，但农大人仍选择坚守。2009年，中国农大创立的第一个科技小院，在曲周白寨村成立。

目前，科技小院早已经在曲周县遍地开花，带动农业提质增效、农民增收。和十年前相比，曲周县粮食总产增长37%，农民收入增长79%。

曲周县委书记李凡：在曲周有这样一句话，“先有试验站、后富曲周县”。他们46年来一直扎根曲周，实际上都是一种“不忘初心、牢记使命”。确实改变了曲周的农业生产的样貌，同时也改变了曲周群众的精神面貌。

与此同时，一批又一批80后、90后的中国农大学生走进科技小院，给小院带来新的活力。白寨村科技小院的田芳芳今年研究生一年级。从最初被养殖户拒之门外的胆小女孩儿，到如今敢“深入”鸡舍的“女汉子”，田芳芳一直在成长。

田芳芳：我们每周都会去称体重，测氨气，取粪样，我们从他身上也学到了很多，这对我们都是很大的鼓励。

46 年接续相传，师生们始终不忘初心，扎根曲周、服务“三农”，将责任扛在肩上，使命刻在心里。

中国农业大学曲周试验站站长、教授江荣风：我觉得总书记在纪念五四运动一百周年讲话里讲得非常好，对年轻人来说一个是很大的激励。国家发展、中华民族要复兴都是一代一代人接力来做的，我们希望下一代跑得更好。

【农大人的曲周故事】第四篇　解决小问题，练就大本领

央广网北京　2019 年 6 月 3 日　报道

央广记者　杜震　王志达

音频报道

张俊娜介绍相公庄科技小院的情况　张说地 摄

山东女孩儿张俊娜在中国农业大学读研究生一年级。今年 3 月，她从学校来到曲周县相公庄科技小院。

三个月多来，在田间地头讲课，和老乡们聊天、调研已经成为她和同学们的日常工作之一。不过，刚来科技小院时，张俊娜甚至不知道怎么和老乡

张俊娜和刘英讨论苹果树修剪技巧　张说地 摄

聊天，也碰过壁。来到相公庄村后张俊娜发现，村里种苹果大户刘英家的树修剪成了纺锤形，有利于苹果生长。张俊娜想学习，刘英却没放在心上。

张俊娜：去家里总能见吧，然后我就想着去他家，我就说我想今天在家吃饭，可厚脸皮了。

果树在春天需要授粉。张俊娜和同学引进了帮助果树授粉的壁蜂，实验区的苹果树和以前自然授粉相比，花序的坐果率提高了11%。而且通过科技小院的培训，蜂卵的平均回收率达到了500%，“一次投入、长期回报”，让老乡们尝到了甜头。

自2009年第一个科技小院建立以来，目前遍布在全国的100多个科技小院先后引进105项各类农业生产技术，培训农民近7万人。对于张俊娜和她的同学而言，在科技小院里，最初的成长，就是学会了如何真正融入农民的生活，练就了服务“三农”的本领。

张俊娜：习近平总书记在纪念五四运动100周年大会上的讲话提出，新时代中国青年要练就过硬本领。我觉得我在科技小院就是要通过解决一件又一件这样的小问题，去练就我在服务“三农”方面的大本领。

【农大人的曲周故事】
第五篇　农业高科技助力农业绿色发展

央广网邯郸　2019 年 6 月 4 日　报道

央广记者　杜震　王志达

曲周县城向北驾车十多公里，便到了中国农业大学曲周实验站。实验站建于 1973 年，占地 1088 亩，见证了老一辈农大人将盐碱地变成米粮川的历史。如今，科技的力量正在助力实验站发展。

音频报道

实验站内，一台类似小型拖拉机的装备引起了记者的注意。江荣风介绍，这是一台土壤 CT 检测仪，它可以快速获取土壤的营养成分，为土壤诊断“病情”，建立模型。

江荣风：只要把这台设备开到地里，就能根据设定好的模型计算出土壤的养分信息和养分需要量，从而实现施肥量的调节。通过这样的精准调控就能很好地满足作物的生长需求。

如果说土壤 CT 检测仪对土壤进行“体检”是在播种前，而利用无人机检测作物生长状况则是在作物生长期间。一台无人机，装载了光谱分析仪，只需在土地上空轻轻掠过，作物长得咋样，中国农大的老师们心里就有了谱。

江荣风：特别中后期需要不需要追肥，我们直接根据这个诊断结果，然后给出推荐的施肥量。

目前，像无人机、土壤 CT 检测仪这样的高科技设备在曲周已经成了农业生产的“新宠”。

科技创新带动现代农业绿色发展。如今，曲周全县农业产业化经营率72%，农业科技进步贡献率达65%。

江荣风：曲周这个地方，我们要做一个绿色示范区。技术作为重要支撑，服务能够实现规模化就必须有这样的手段。

【农大人的曲周故事】第六篇　留学生的曲周情

央广网北京　2019 年 6 月 5 日　报道

央广记者　王志达　杜震

音频报道

法则勒（左）接受央广记者采访　张说地 摄

4 年前，法则勒从巴基斯坦来到中国，在中国农业大学读博士研究生。

研究课题是：土壤中的氮肥过多如何影响地下水和环境。这个问题，欧美等发达国家早有定论，但在发展中国家，还处于研究阶段。最近，法则勒很开心，因为他的研究取得了初步的成果。

法则勒：我们研究发现，在华北地区，多雨的年份，硝酸盐是处于淋洗的状态；干旱的年份，硝酸盐是累积的状态。而且硝酸盐往土壤里面走也和土壤的孔洞有很大关系。

近日，美国科罗拉多州立大学的杰夫·科利特教授专程来到曲周，考察氨的减排。法则勒说，一旦这个难题得到彻底解决，无论是对中国，还是对巴基斯坦，都意义重大。

近年来，中国农大以曲周试验站为依托培养外国留学生，进行国际合作。

2019年3月8日，中国农大曲周实验站国际合作交流中心的落成启用，标志着中国农业大学和曲周在新时代里程碑式的重要合作。

中国工程院院士、中国农业大学教授张福锁：总书记一直在号召，我们中国要为全世界贡献中国智慧，提供中国解决方案，我觉得这对我们很鼓舞。

【农大人的曲周故事】第七篇　科技，让农业生活更美好

央广网　2019 年 6 月 6 日　报道

央广记者　杜震　王志达

仲夏的阳光热烈，葡萄地被晒得像蒸笼。曲周县前衙村村民关付国正把葡萄架绑在铁丝上。

关付国：去年收入挺好，一亩地一万多，一年十几万。

前衙村是葡萄专业村。两年前，村里的葡萄产量和收入却徘徊不前。听说中国农大的科技小院能解决大问题，村里便联系到学校，2018 年建立了前衙村科技小院。

音频报道

王晓奕：那我们明天来这边取点土，看看是什么问题，我们现在先挖开看看根怎么样……

王晓奕今年研究生二年级，在前衙村住了一年多，已经像个本地人，会流利地讲当地方言。

去年，王晓奕和同学们在关付国的葡萄地里搞了实验，让关付国尝到了甜头。

关付国：用水肥一体化最多浇上 3 次水，节约了人力，肥料用的是冲施肥，能节约 2/3。

用上了新技术，葡萄亩产从 4 000 斤增长到 5 000 斤，成本也大幅下降，前衙村 2 000 多亩葡萄可以增收约 400 万元。2009 年中国农大的第一个科技小院建立以来，已经将 20 多项高产高效技术推向了曲周的田间地头。

曲周县委书记李凡：我们今年已经成功地创建完成了国家农业科技园区，未来想完成全国农业高新技术园区的创建，和国家级的农业现代园区的申报创建，这也源于中国农大对我们的这种帮助和支持影响。

5

光明日报

GUANGMING RIBAO

天地一农人（报告文学）

光明日报 2019年5月31日 报道

本报记者 靳晓燕

5月8日无人机拍摄的中国农业大学曲周实验站 新华社记者 王晓 摄

4月19日，中国农业大学学生在曲周一处麦田采集实验数据 新华社记者 王晓 摄

4月19日，中国农业大学学生在曲周实验站做实验　新华社记者　王晓 摄

这是张庄实验室的资料照片　新华社发

【壮丽70年　奋斗新时代——基层蹲点调研】

城市隐退。

素朴大地铺展延伸。火车飞驰，一个个村庄闪过。对大多数人而言，无从知晓这些村庄的名字。

五月，美好可见。果树在结果，麦子在抽穗，人们在耕种。“春耕、夏耘、秋收、冬藏，四者不失时，故五谷不绝而百姓有余食也。”契合农时，农人安顿四季，不慌不忙。

故事隐藏，需走得再近再近些。北京向南经过石家庄、邯郸，中国农业大学曲周实验站就位于河北省南部曲周县一个叫王庄的村子。

曲周人说：先有实验站，后有曲周县。实验站在一片浓荫之中。松柏、杨柳、槐树直立挺拔，院子里最粗壮的一棵柳树告诉人们，当年，它是零星的一种存在，被周围28万亩盐碱荒滩包裹。沧海桑田的变幻写在柳树旁的木牌上，时光消融在泥土之中，深沉、安稳。

有了实验站，就有了科学的奇迹。治碱成功，绿色发展，不再是过往的曲邑北乡或是斥章，曲周成了米粮川，成了“吨粮县”，成了曲周。

风吹麦浪，如大地低吟歌唱。日头当空，戴着草帽的年轻人在田间行进、记录、攀谈。对他们而言，村庄的名字如同化学符号熟稔于胸：王庄、白寨、张庄、范李庄、甜水庄、相公庄、司寨、后老营。在今天曲周这片土地上，依然还有一群现代农人：他们是院士、教授、研究生，他们工作地点更多是在果园、庄稼地、农家，奔波在乡间小路上，取土、施肥、除草、打药、剪枝……又不同于这里土生土长的农人，观察、测量、培训、讲课、答疑、研究、开现场会议、为国际友人讲解，这里发生的故事发表在《科学》《自然》杂志上。

安营扎寨，不是一天两天，一个月两个月，一年两年，从1973年农大7位老师来到这里算起，已走过46年。从这里，走出两任校长，3位院士，70多位教授，300多名硕士、博士。

教授和农民，科研和种地，大学和乡村，中国故事和国际权威期刊……陌生的组合，却催生奇特的反应：盐碱地成为丰产高地；产生中国农业的科学大奖；扭转我国南粮北调的历史；曲周的经验推广到更广的地方，走向国际；拘谨、内向的学生成为《自然》第一作者……

重生。曲周，经历千年之变，重回自然之美；师生，经过大地洗礼，更清晰学人在天地间应有的位置。

非凡之下，是知识分子走出书斋，在大地书写的豪情，是中国农大人“解民生之多艰，育天下之英才”的使命召唤，是农大人“责任、奉献、科学、为民”的精神之光闪耀。

一代又一代农大人在曲周驻守，种下了“科学”的种子。在曲周人心中，“农大老师”成为一个昵称，一个可以依靠的代名词

很难找出一所大学与一个县的百姓有如此绵延不绝的深情。

树立在不同时期的两块“改土治碱、造福曲周”的石碑，被无数农大人瞻仰，也被无数曲周人瞻仰。

一块由中共曲周县委员会、曲周县人民政府立的“改土治碱、造福曲周”碑静静地伫立在实验站。碑文中，记录下1973年至1993年曾在这里工作的老师名字，共64位。

另一块在中国农业大学西区校园，那是由曲周农民自发地、一毛一块的捐款而立的。

怎样的情谊让曲周人民念念不忘？碑文记刻着那段历史：“农大专家学者……二十个春秋，栉风沐雨，备尝艰辛……干部群众铭恩不忘”。

曲周古称斥章，自古就饱受盐碱之害。《汉书·地理志》记载：漳水出治北，入黄河，其因斥卤，故曰斥章。

“盐碱浮卤，几成废壤”，贫瘠是曲周的底色。翻阅《曲周县百年大事记》，文字简短而沉重，最初的部分就是一部年年上演的灾难记录：大风霾。蝗灾，大饥。天降冰雹，砸毁庄稼，砸伤牲口。大雨连绵，冬麦未播。通年无雨，瘟疫流行。滏阳河决口。

在一年一年的消耗中，大地冷酷，期待重生。

“1973年秋，北京农大来县实施盐碱地治理工作。”北京农大（中国农大前身）第一次出现在曲周的历史年鉴中。

“辛德惠、林培、毛达如、雷浣群、陶益寿、黄仁安和我7人是9月5日下午三四点钟，正式入驻张庄村的。”石元春教授在《战役记》一书中写得明白。

遵照周恩来总理“要加强干旱半干旱地区水资源综合开发利用”的指示，农大教师承担了国家重点科研项目“河北省黑龙港地区地下水资源合理开发利用中的旱涝碱咸综合治理”课题。带着周总理的嘱托，他们在曲周开始改

土治碱的艰辛历程。

曲周，是起点。曲周，自此和农大紧紧相连。

土地盐碱化的曲周是黄淮海平原的一个缩影。而今天跨越京、津、冀、鲁、豫、皖、苏 5 省 2 市，有 2 亿多农业人口，耕地和人口均占全国 1/5 的黄淮海平原是全国粮食主产区。

当他们踏上这片土地时，惊到了。在华夏发源繁息之地，竟有这么一大片盐碱地。田块七零八落，不多的几块麦田里，散落着早衰的麦株，地里少有农民劳作。

当年，这里的百姓苦啊！新中国成立近 30 年，曲周粮食单产增加 0.5 公斤，吃国家返销粮 7 000 多万公斤，花国家救济款 3 000 多万元。

这里，曾是“敌后武工队”战斗的地方，民兵靠这些盐疙瘩当屏障和鬼子打游击战。赶走鬼子多少年了，怎么还能让这里的农民这般受苦?

有良知的中国人能无动于衷吗？有良知的中国知识分子能旁贷其责吗?

舍弃县里建议的“白寨方案”，他们选择了“张庄方案”，将旱涝碱咸综合治理试验区设在了张庄——曲周北部的“四大碱”之首。以张庄为首的张庄、高庄、连珠村和史庄，是远近闻名的老碱窝。

当地一位心直口快的老同志给老师们上了一课——这里也曾来过不少拨改碱工作组。来的时候都是信心十足，折腾一阵子，不了了之走了，他们是“飞鸽牌”的。你们是来下放锻炼的，参加劳动就可以，然后回去还是好好教你们的书吧。

是预言？是吓唬？是规劝?

正是大有作为的年纪。那时，他们是清一色的 40 岁上下的“少壮派”，有研究土化的，有师从苏联植物营养专家的，有“洋博士”，都是“个儿顶个儿”能独当一面的“将才”。但在那段特殊时期，他们空有一身本事而无用武之地，憋得难受。

“治不好盐碱就不走！”新中国第一代知识分子的承诺掷地有声。择一事，就钻进去。

喝不惯苦咸水，拉了半个月，适应之后，领到了张庄的“合格居民证”，在张庄大队原大队部的“三漏房”，他们住了下来。

当年的“三漏房”已不复存在，这成为张庄人的遗憾。旧址之上，人们依然还记得这里曾经的布局，哪里是会计室，哪里是厨房，哪里是库房；还记得在漏雨、漏风、漏土的土坯房里，老师们支起了实验台，勘察、采样、测量、分析；还记得在白茫茫、水汪汪的盐碱窝里，他们与群众一起挥锹挖沟，平丘植树。

是老天弄人还是人不懂老天？一会儿抗旱，一会儿防涝，一会儿出盐碱，在黄淮海平原，为什么人们总是顾此失彼，如此被动？春旱、夏涝、土碱、水咸是相互联系、相互制约的一个有机体，在大量科研调查和数据分析基础上，突破咸水禁区，开发浅层咸水，老师们根据“盐从水来，盐随水去，旱季返盐，雨季脱盐”的规律，提出“以浅井深沟为主体，农、林、水并举”的综合治理方案。

唤醒千年沉睡于地下的咸水，增水源、控水位、抑返盐、促脱盐、防渍涝与自身淡化，以带动综合治理。同时，结合总结出来的麦田底墒、底肥、犁耙等土地准备到小麦品种、播量、行距、播种方法等一套农业技术体系实施，张庄成效立竿见影。

“终古斥卤，生之稻粱”，千年盐碱地上的丰收景象终成现实。

1974 年，张庄村 400 亩重碱地经治理后小麦亩产 100 公斤。1979 年，第一代试验区粮食亩产达到 300 多公斤。碱咸的表现只是综合治理的战术目标，而提高农业产量才是战略目标。

以往，张庄社员是去外村拣拾麦穗的常客，现在这里却多了不少附近三村六屯的拾麦者。

“我们村是不是也可以参加试验区？”有人不断询问。科学治理盐碱滩，是对农民无声的宣传与动员。

治理旱涝碱咸是一场硬仗，岂是三拳两脚的简单事情。旱涝碱咸消退刚刚开始，各项措施、观测数据需要持续积累，治理、稳定、巩固都需要时间，十年方能磨得一剑。

蹲下去，蹲得住，一丝不苟，不摆样板，不做游客，这正是农大人的非凡之处。因信任，合作愈发亲密。从试验区到实验站、双高示范基地、绿色示范区，从治碱到绿色发展，随之而来的是千年之变的惊喜，一个又一个桂冠塑造着新曲周：全国首批科技富农强县项目县、全国商品粮基地县、优质棉花基地县、全国科技进步先进县、农业综合开发科技工程示范县。

荣誉不期而至。1985 年，国际盐渍土改良学术讨论在济南召开，世界著名土壤学家萨博尔樊教授称叹：中国盐渍土的改良工作是世界一流的。1993 年，农大领衔的"黄淮海平原中低产地区综合治理的研究与开发"项目与"两弹一星"一起获得国家科技进步特等奖，这是我国第一个获此殊荣的农业科研项目。曲周的治碱成果，走向了整个黄淮海平原、黄土高原、三江平原，推动了我国涉及 20 个省份、3.8 亿人口、4.7 亿亩耕地的低产田治理工程，为结束我国千百年缺粮历史做出了重要贡献。

多难兴邦，多难立人。盐碱走了，农大人留在这里，住进了农民心里。"农大老师"在曲周成为一个昵称，一个可以依靠的代名词。46 年，跨越"六五"至"十三五"，九任站长，接续传承：石元春、辛德惠、李维炯、肖荧南、马永良、郝晋珉、潘志华、吴文良、江荣风，岁月更迭，一代又一代，朴实的初心，滚烫依旧。

接力棒交到了更具创新活力的 80 后、90 后手里。依旧留在曲周的老师会像曲周实验站第六任站长郝晋珉当年一样告诉他的学生："这里有我的老师和老师的老师，这里有我的学生和学生的学生。"

"眼里有光。"农大老师看学生总有种掩饰不住的喜爱。从实验站到科技小院，日渐消弭了和农民之间"最后一公里"的阻隔，这里成为培养人才的沃土

"你不知道，你们的学生有多优秀。"当张福锁院士在一次国际会议上讲述中国农大"科技小院"的故事之后，参会专家们纷纷表示。

有怎样的历练就会有怎样的优秀。

正青春。当土地上的青年人离开乡村之时，一批农大的研究生在 2009 年

开始了曲周乡村两年的“科技小院”生活。

难题层出不穷。当年，改土治碱解决了温饱问题。今天面对的挑战是如何协调粮食生产与资源、环境的关系，协调粮食增产与农业增效及农民增收的关系，走出一条高产高效的绿色可持续发展之路。

“一墙之隔，就是问题所在。为什么实验站的数据和村里相差那么大？实验数据可否变成农民们真正的产量？”数据困扰着教授，实验田与农民的田地中间隔着什么？“最后一公里”的突破在哪里？解决问题的密码在哪里？

张福锁有句常说的话：“想想当年石老师、辛老师，在我们现在这个年纪的时候，他们在哪里？他们蹲在曲周农民的地里！”

这是农大的传统：走出实验室，到田地去！四五十岁的老师可以，二十多岁的年轻学生呢？

都来了。从生产中来、到生产中去的“科技小院”成了新一代学子最好的锤炼。

“你见过哪个研究生有这样的条件，独门独院，要好好珍惜！”学生自我宽慰。

独门独院不假，可当初各种生活设施缺乏，种种不适应。厕所，原生态的。洗澡间，没有。刷锅洗碗，乡亲们不用洗洁精，如果油腻的话，就会从树上拽下几片叶子擦擦。午餐，在田间地头，馒头就大葱。空调，暖气，你想啥呢？

陌生的农村生活没有想象，越来越真实——

“北京梦、研究梦忽远忽近，在皇城根底下读研究生的想法渐渐冷却，将自己变成了地地道道的农民。”

“面没煮熟，汤熬煳了。充了一晚上电的电动车第二天竟然一点电也没有。”

“夜晚，灯泡上围满金龟子和二点委夜蛾，一圈一圈地飞舞着。以前生活在象牙塔里，太过于安逸。”

“在房屋外面挂个牌子就叫科技小院？还要搞文艺活动？农村一两间房就做科研？怎么发文章？能顺利毕业、找到好工作吗？这是读研吗？能有什么出息？”

不似在学校种植几垄蔬菜的小试身手，不似乡野观光的惬意逍遥，“面朝黄土背朝天”“鸡犬鸭鹅满庭院”的现实让他们感受到了艰辛、凌乱。

要命的是在老乡倔强、坦诚下透露出的不信任。

“大学生，你种过几年地？”

“就一季？那你还指导？”

“这些实验做了多少年？”

“有 50 年吗？我种了 50 年的地了，比那些实验的时间长吧。”

毕竟要学习研究，需要获取数据，调研、测量、询问，要放下身段和老乡讲话，一扇门的距离就是厚厚的阻隔。往前行进一步，并没有那么容易。

怎么待下去？

“把自己变成一个农民，然后再从农民变成一个研究人员。中国不缺少农民，也不缺少科学家，缺少的是了解农民，能为农民服务的科学家。”每每，李晓林教授都这样告诉学生。

对这位海归教授而言，“科技小院”的重要绝不弱于他曾经就读过的德国霍恩海姆大学的实验室。曾经的他忙于实验、撰写论文，也获过不少奖项。现在的他深有感触：只有在广阔的田地间，只有当科研成果在农民手里变成了生产力，这才是最大的价值。

走进每一个科技小院，都会看到院墙上写着农大的校训：“解民生之多艰，育天下之英才”。在村子里待久了，学生们慢慢体悟出：解，首先是“了解”，其次才能是“解决”。

这就是密码。

撤下“城里人”“大学生”“研究生”的身份和标签，向农民请教，学会了以怎样的语气讲话才能更让村民接纳自己，学会了如何和村民们变得更亲密。

晒黑了，变粗糙了，不按辈分老黄、老黄叫起来了，心也就慢慢走近了。

一辆电动车、一条或泥泞或尘土飞扬的田间小路、一个充满朝气的研究生、一个渴望科技的农民、一个记录点点滴滴的科研板、一片田地的生活圈构成了农大学子们在科技小院生活的主旋律。

村民们感觉到了科技小院和别的推广服务不一样：学生就住在他们身边，和他们一起进步。

现场指导、科技小车、科技喇叭、科技长廊、组织留守妇女成立“三八农民田间学校”、建立“三八”示范田，“手把手、面对面、全覆盖”的新型农业技术服务模式改变着农民，改变着村庄，也改变着他们自己。

天天按时发送日志是全国127个科技小院、419名研究生每天的最后一项工作。“日志让我每天有了更多的思考。”白寨科技小院2009级学生曹国鑫回忆。

每一天又仿佛来过。

“传说中最累的小麦收获期到了。经过昨天充分的准备，北油村和范李庄分头行动，同时开工，陈广峰师兄也来帮我们一起收获，并为我们做指导。早晨六点多，没来得及吃早饭就下地了。——康佳”

“我和师兄钻进猪笼边上不到40厘米的过道里收粪，转身都有点困难，还要弯腰把猪笼下边的粪刮出来，师姐则站在猪笼里帮忙。随着粪越来越多，袋子也即将装满，再加上空间的限制，我一个人几乎难以移动这一袋猪粪。两个小时过去了，我们终于将低氮处理的猪粪收完。我很庆幸由于感冒导致的鼻子不畅通，让我免受猪粪的侵袭。——郭校伟”

“扬花期到了，‘1351’的跟踪也要接着进行。这次我们加入了植被指数、叶面积指数等指标，对我们的要求更加严格了。今天阴天，还下了小雨，我们四个全员出动到地里取样，测定都要受到影响。先是去地里取小麦样，每个跟踪地块取回15株以上的小麦，后期我们会挑出15株进行叶面积的测量来换算叶面积指数。——赵向阳”

不经意地记录下的每一天，见证着他们的成长。日子累积记录着曲周变化：2009年到2015年的7年间，曲周小麦、玉米产量分别提高了28.2%和41.5%，而化肥用量增长很少，实现了区域绿色增产增效的目标，农民增收2亿元以上。

改变让人欣喜。罕见的大风来袭，大面积玉米倒伏，农民不再是按照以往的经验去扶正；收割棒子，不再凭感觉，要观察乳线；告别“小楼”施肥，引入小型追肥机，采用测土配方施肥、深翻整地……他们知道了小麦水氮后移、西瓜嫁接、苹果壁蜂授粉、反光膜增色、良种推荐、测土配方、宽幅播种、精量播种、春草秋治等多项技术，逐渐改变延续多年的经验，有了属于自己时代特征的种田方式，惊叹于不曾想象的收获。

李宝深常记起李晓林老师对他们成长过程的描述。手是用来干什么的？开始是用来挠头的，后来就开始翻书，最后就放下来指点江山了。可不是，苦尽甘来的幸福让学生们终于笑了，在“发现问题—分析问题—解决问题—扩散推广”的实践教育中，领悟了“被需要真是一种幸福”，小院正是他们自由挥洒的乐土。

烦琐，崇高，喜悦。面对生活的真实，知晓自己要学会什么，课堂可以学习，但更多的学习在天地间，需要自己找寻。

曾经在村屋里苦苦纠结“在农村能写出毕业论文吗？能顺利毕业吗？将来又能做什么”的曹国鑫没想到，他还以第一作者身份，在《自然》上刊发题为《科技小院让中国农民实现增产增效》的研究论文。

在农大师生心间，论文从来都是来源于生产，论文是写在曲周大地上的。《运用浅井 – 深沟体系，综合治理旱涝碱咸》是曲周试验区正式发表的第一篇论文，这也是曲周试验区将已经写在大地上和农民心中的“文章”转录成的第一篇学术论文。

与国家现实需求结合，与生产一线结合，如此特别的转录，让中国农大与众不同。科技小院先后参与发表学术研究文章 173 篇，其中 SCI 论文 29 篇，包括 4 篇《自然》、1 篇《科学》、2 篇《美国科学院院刊》论文；同时还编了 8 部实用技术图书，研发 6 个产品，获得 18 项专利。

发生在曲周的故事用一种新的呈现形式让世人瞩目。在甜水庄一块 40 亩的土地上完成了第一次大方操作，开创了“土地不流转，也能规模化”的先例。在经历 3 个冬小麦 – 夏玉米收获季，大方操作的冬小麦较对照方增产 15.5%，夏玉米较对照区增产 9.2%。这些结果相对于千千万万的农户来讲微不足道，但正是这一点一点的实践，给中国的农户带来希望，对以小农户为主的其他发展中国家有广泛的借鉴作用。中国的故事正是世界关注的故事。

小院师生说：不是科技小院有多牛，而是有一群志同道合的“农人”在为信念而不懈奋斗，努力去改变中国农业的未来，播种乡村振兴的希望。

生活，有无数种可能。常人经历的只不过是习以为常的那一种。小院生活给了师生们从未有过的历练。艰苦，却幸福，或长或短，终生难忘。有时候，脚踏实地，是慢了，但有可能是为了更好的快。

看到自己的学生，老师们总感觉有些不一样。“眼里有光。”那是自信的光芒，那是自然风雨浇淋下的坚强，这样的学生还用担心吗？有什么地方不敢去呢？有什么事情不敢承担呢？不希望重复同样的自己，他们做了最具挑战性的选择，这何尝不是一次机遇。

激情澎湃的年纪，需要诗和远方。远方并不遥远，高铁时代，3 个小时就可以从北京到达。

最好的时代，投身到乡村振兴的大潮中。为民，一切为了农民。未到曲周，农民，也许只是一个抽象的名词。到了曲周，成为农民，理解农民

落脚曲周，刚来的学生常常会听到一些颇感意外的词。

神，那是农民朋友描述李晓林老师。亲人，那是农民朋友描述师兄。佩服，那是农民朋友描述的基地。感激，那是农民朋友对以张福锁老师代表的中国农业大学。

就像当年提起“农大”这两个字一样，分量最重。只要提起，都会受到最热情的款待，不论办什么事，都会畅通无阻。

“汗水，把老碱淋洗。赤诚，把农民变成兄弟。”每年清明，曲周人都会自发到实验站的树林中，祭奠辛德惠院士。这样无声的赞誉大抵是老乡给予的最高礼赞，当一位学者把知识与这片土地融合在一起，就体现出他的人生价值。

即便今天，年轻的学生还能用数据描述出辛德惠院士留给曲周的遗产：在王庄，常年秸秆还田加上深翻，年年都比周围村庄小麦玉米长得好。

曲周老人会用“草帽院士”来称呼他。当年，在农大试验田里，人们经常看到他戴着一顶草帽，带队在田间地头参加劳动，测量数据。

熟悉他的人还知道他有个外号“马大哈”。把 T 恤衫反穿，衬衫的扣子

系成“驴拉磨”，擦脸毛巾与擦脚毛巾总是搁在一起。满脑子都是课题、课题、课题，又怎会注意到生活细节。

一年365天，有不少老师300天都守在试验区，顾不上家，顾不上孩子。激情洋溢在胸，把盐碱当营养，让冰霜化作雨露，辛德惠在曲周工作了27年，27年累积的信任缔结出和曲周刻骨铭心的亲情。

未竟之事业，薪火相传。今天，张福锁、江荣风、李晓林、张宏彦、王冲等老师长期在北京—曲周之间奔波，一如往昔。

几代人前赴后继、孜孜以求写就中国农大“责任、奉献、科学、为民”的“曲周精神”，诠释着中国知识分子为国为民的家国情怀和敢为天下先的创新追求。

2006年，农大教师张福锁带领师生来到曲周，开始“二次创业”。在曲周无偿提供的300亩土地上，大批教师和研究生围绕农业可持续发展开展研究攻关，那里将描绘出曲周未来10年、20年的农业新图景。

2009年，万亩小麦玉米高产高效技术示范基地建立。李晓林等老师在白寨一处荒废的院子里建立第一个科技小院。

“来了，就没想走。”一贯的风格，一样的义无反顾。坚持成就了具有鲜明农大特色的“科技小院”实践育人模式，并从曲周走向全国各地。心系土地，曲周人真心愿意“农大人”长久驻留。

在前衙村，党支部书记龙书云最爱和同学们说的口头禅就是：“科技小院来了可不准走，要永远都在这里！”在王庄村支部换届大会上，村民投票把农大学子黄志坚选为新一届的村党支部书记。在甜水庄，村民将小院研究生奉为贵宾主持自己儿子的婚礼；在大河道后老营村，农民自发捐款，你五元，他十元，为农大师生唱大戏。

当年，老一代农大人就意识到“还得培养当地农民，他们才是‘永久’牌的主力军”。

一张年代已久的黑白照片呈现的是全国著名一级教授、中国科学院学部委员（后改称院士）李连捷教授在田间指导农民学员观察麦情的情景。那时，农民学校开学，已经66岁的他主动担任教学任务。

今天，一群年轻学子加入其中。冬闲时间，正是培训的好时机。小院人就是在这样的培训中被历练出来，不再蜗牛式地钻在自己安逸的壳里，适应和不同年龄的农民打交道，这也正是思政教育与实践育人的有效途径。

2018年1月，科技小院60余名研究生党员、入党积极分子将党的十九大精神宣传到曲周每一个村庄，将农业科技知识送到农民家门口。从村民渴望的眼神中，可以感受到他们对新时代党的惠农政策的关注，对新时代绿色发展的向往。

青春是用来奋斗的。不只是知识的搬运工，还是农业的建设者、参与者。除了培训外，学生们还精心设计了调查问卷，搜集农民期盼解决的问题、建立农户档案。

“别小看这些村容村貌村情的调查，它正酝酿着继黄淮海地区解决盐碱地后，实现由弱变强的第二次战役——为曲周打造国家绿色发展样板县提供一手资料。”江荣风说。

用脚丈量大地，用心丈量生活。懂农业、爱农村、爱农民的“三农”人不能自已。

最早的种植技术从农民那里学到，知道了农民习惯的越冬水、拔节水、扬花水、春一水、春二水、间苗；知道小麦要施多少次肥；知道小麦的病虫害怎么防治；知道中国农民的人均土地产出的粮食顶多值2 000块钱；知道农民为了浇水要排上很长的队；知道很多技术在田间地头不能应用。

习惯了逛庙会，串亲戚；习惯了用粉条、海带、肉、木耳等材料做成的熬菜；习惯了到地里转转，了解麦情，熟悉地块，走累了坐在地上接接地气，或者蹦跶蹦跶；习惯了炎炎烈日下劳作，看农民满足、朴实的身影，同时又被感染。

感动于家人来到小院，喇叭里传来：大家赶紧吃完饭来小院集合，敲鼓也过来，今晚扭秧歌。感动于大婶培训时的专注，培训过后还要加上“要不明天你去我家地里看看。”感动于母亲节晚会，那个让你感觉不到她的存在的小女孩，会突然给你一个吻。

不忍看着农户拿着被褥和手电筒到地里排“夜号”等待灌溉；不忍看着农民辨别肥料时的无奈；不忍看着农民依然用着原始的工具吃力劳作；不忍

看着农户家里只留下妇女、老人、儿童，辛勤操劳；不忍看着雨后的泥巴和无意间捉到的知了可能就是孩子们的玩具。

时代、大学、教育、育人、产业发展、乡村振兴，使命所在，专业所学、人才所立成为社会发展的聚合器。

曲周县委书记李凡道出心声：农大人，系“三农”。正是缘于这种传承，才使得如今的曲周加速了农业现代化，为曲周一产提升、二产腾飞、三产繁荣奠定了坚实基础。

最好的时代，最美的年华。“产业兴旺、生态宜居、乡风文明、治理有效、生活富裕”勾勒出乡村振兴战略的美好画卷。“再打一场解决国家绿色可持续发展问题的‘黄淮海’新战役！”2018 年，中国农业大学农业绿色发展示范区在曲周建立，一个服务美丽中国建设，依托曲周实验站打造面向未来的绿色农业研究示范基地，把曲周建成国家绿色农业样板、把华北平原建成国际绿色农业榜样的设想日益清晰。

每一天都是新的邀约。

赵向阳习惯了站在麦地深呼吸，闻着庄稼地独有的芬芳；姬廷廷在炎热之下，来一根小布丁犒劳自己；王晓奕等着孩子们下课后欢快地跑进小院学英语，学舞蹈，一起哼唱着《快乐的女孩》……青春、孩子、歌声、舞蹈、英语，让沉默的村庄欢腾。

庄稼地，浸透着农人们的付出与努力，静谧之下涌动的是人类与大自然曾经的磨合、纠结、理解。回归天地，回归生产，回归初心，回归理想，一如此刻般自然、平和、沉醉。

“农大老师”是知识分子科学报国的典范

光明日报　2019 年 5 月 31 日　报道

媒体评论员　陈定

在河北南部的曲周县，有一群人默默扎根于此 46 年，他们被当地人唤作“农大老师”。“农大老师”，是曲周人心中对于那些扎根于此的中国农业大学师生的昵称，在曲周人眼里，“农大老师”不仅是一个昵称，更代表着一种可以让他们依靠、安心的力量。

“农大老师”这样的称呼，和院士、教授这样的称呼比起来似乎显得有些“土气”。但正是这个朴实无华的称呼，让我们看到了不同的知识分子形象。科研人员并不是只能出现在大学实验室、图书馆或学术会议等类似场合，中国农业大学的师生们用数十年的实际行动告诉了人们，科学家一样是个好农民，在田间工作，一样可以取得在《自然》《科学》等国际顶级学术期刊上发表论文的科研成果。而在科研成果之外，我们还看到了当代中国知识分子是如何科学报国、服务乡村振兴的。

土地盐碱化的曲周是黄淮海平原的一个缩影，而黄淮海平原作为跨越 5 省 2 直辖市，有 2 亿多农业人口，耕地和人口均占全国 1/5 的全国粮食主产区，土地盐碱化显然是一个必须解决的大问题。想要攻克这一难题，显然待在实验室里是远远不够的。因而，从 1973 年的秋天起，一群志同道合的中国农大人来到曲周，为信念而不懈奋斗，努力去改变中国农业的未来，带给曲周乡村振兴的希望。

在两任校长、3 位院士、70 多位教授、300 多名硕士和博士的辛勤付出下，农大提炼的盐碱地治理经验与“两弹一星”一起获得了国家科技进步特等奖。

而更为令人振奋的是，当年的盐碱地成为如今的丰产高地，曲周的治碱成果，走向了黄淮海平原、黄土高原、三江平原，推动了我国涉及20个省份、3.8亿人口、4.7亿亩耕地的低产田治理工程，为结束我国千百年缺粮历史做出了重要贡献。

这一切成果的背后，是中国知识分子“爱国奋斗、科学报国”的精气神。科技兴则民族兴，科技强则国家强。科技是国之利器，国家赖之以强，企业赖之以赢，人民生活赖之以好。中国要强，中国人民生活要好，必须有强大科技。农大在曲周的治碱成果，正是科技让人民生活变好的现实案例。

科学研究既要追求知识和真理，也要服务于经济社会发展和广大人民群众。广大科技工作者要把论文写在祖国的大地上，把科技成果应用在实现现代化的伟大事业中。我们应该号召更多知识分子向扎根于土地、默默攻坚克难的农大人学习，在新时代不忘初心、牢记使命，面向世界科技前沿，面向经济主战场，面向国家重大需求，加快各领域科技创新，掌握全球科技竞争先机，依靠更多更好的科技创新为经济发展注入新动力。

千里盐碱地上“赶不走”的专家

光明日报　2019 年 6 月 1 日　报道

本报记者　陈鹏

【蹲点在曲周】

开栏的话　中国农业大学和河北省曲周县，相距 400 多公里，因 1973 年一场轰轰烈烈的改土治碱战役而结缘。46 年来，从治理盐碱、农业综合开发到绿色发展，曲周每一寸土地都留下了农大人的脚印，他们以岁月写就“责任、奉献、科学、为民”的“曲周精神”。2019 年 1 月起，本报记者四次前往曲周蹲点采访，探寻他们的身影。今起，本报开辟《蹲点在曲周》专栏，讲述一所高校、一个地方、一群人的难忘故事。

从老永定门火车站上车，坐一夜卧铺抵达河北邯郸，再等吉普车接到曲周县……两院院士、中国农业大学教授石元春，总是能够回忆起这条走过数不清次数的曲折路途。

1973 年，北京农业大学 7 名教师，遵照周恩来总理指示来到河北省曲周县，拉开了黄淮海地区科学改土治碱的序幕。

曲周县位于河北省最南端，地处旱涝盐碱多发的黑龙港流域，是典型的浅层咸水型盐渍化低产地区。历史上，曲周就是有名的“老碱窝”“曲邑北乡一带，咸碱浮卤，几成废壤，民间赋税无出或籍谋升斗”。

曾在新疆从事治碱研究的石元春，第一次来到曲周时惊讶地发现，“这里的盐碱比大西北的戈壁滩还要严重”。

当时，曲周县委原本是想选择一个盐碱程度低、离县城近、方便照顾北京专家的地方，“好治，容易有交代”。但是经过几番争论，治碱小组还是决定从“老盐碱窝”张庄开始。

“几乎是蹚着水进去的。”石元春回忆。当时的内涝几乎淹掉了全部的秋苗。

如今，在张庄村治碱遗址旁，一排土坯房已经略显破败，但是依稀可见的是房前半层深渠。当时，农大老师就是在这里观察当地地表的水盐运动情况。经过数据分析，他们发现黄淮海平原春旱夏涝，只有灌排结合，才能遏制盐碱化。他们随后提出“盐随水来，盐随水走”的方案。

一切准备就绪，但张庄的施工队却迟迟没有动静。

张庄村党支书赵文将石元春拽到一边，直截了当地问：“你们到底啥时候走？”自新中国成立以来，数不清的工作组来过曲周治碱，20多年过去了，人走了，可盐碱还在。

石元春的回答坚定有力：“治不好盐碱，我们就不走了。”有了老师们的保证，村民们就和农大老师们一起，全身心投入治碱工程。男女老少推车、挑担子，测水测土、画线平地、挖沟打井……

现年90岁的张庄村村民赵化，见证了“农大教授们”治碱全过程。聊起46年前的事情，赵化情绪依然激动：“当时，全村男女老少都上了工，义务干，农大老师指哪，我们就打哪。”

在曲周人心中，农大已经成为“科学”的代名词。随后，以王庄为中心建设第二代试验区，曲周北部23万亩“拉腿田”也陆续参与试验。

《曲周县志》记载，治理前，全县粮食最高总产3.47万吨，单产363斤，全县群众每年平均要吃掉国家230多万斤返销粮，而1987年总产达6.76万吨，每亩单产732斤，分别约增长一倍，不仅自给自足，还给国家交粮数十万斤。

黄淮海平原是我国最大的平原，也是重要的农业区和中低产田地区。1988年，根据曲周经验，北京农业大学推动黄淮海平原盐碱综合治理，一举扭转了南粮北运的历史。1993年，“黄淮海中低产地区综合治理的研究与开发”项目获得国家科技进步特等奖，被誉为农业领域的“两弹一星”。

现代农人用青春和奉献书写田野答卷

光明日报　2019 年 6 月 1 日　报道

媒体评论员　常莹

［蹲点在曲周］

位于黄淮海平原的河北省曲周县，有 2000 多年的土地盐碱史。46 年前，中国农业大学的多位教师来到曲周，使千年盐碱地上的丰收景象终成现实。从满目苍凉到风吹麦浪，他们用青春在曲周大地上书写了一份名为奉献的田野答卷。

46 年来，从改土治碱到科技小院，几代中国农业大学师生扎根曲周土壤，高扬“责任、奉献、科学、为民”的“曲周精神”，服务乡村振兴、培育时代新人，形成了独具中国农大特色的实践育人模式，诠释了当代知识分子“弘扬爱国奋斗精神、建功立业新时代”的精神追求。

论文书写在田野间。无论是发表在《自然》《科学》等顶级国际学术期刊，还是常规的学生答辩，农大师生的论文都出自土地，来自生产。天下为公、勇担道义，是广大知识分子应有的情怀。46 年，这片土地培养了 3 位院士，近 500 名硕士、博士研究生。习近平总书记指出：“广大科技工作者要把论文写在祖国的大地上，把科技成果应用在实现现代化的伟大事业中。”让科研走出教室，让学问走出书斋，与国家现实需求结合，与生产一线结合，农大师生们聚焦曲周的实际问题，将个人理想与“三农”事业紧密结合，诠释着中国知识分子为国为民的家国情怀和敢为天下先的创新追求。

情怀传递在代际间。从“草帽院士”到“现代农人”，农大人在河北曲周实现了代际的青春接力，缘于农大人的传承。如今的曲周加速农业现代化，一产提升、二产腾飞、三产繁荣。曲周的变化，也是中国农业走向现代化的写照。促成曲周巨变的农大师生们，在科技小院将“校地合作”的新型农村服务模式推广发扬。“农业要振兴，就要插上科技的翅膀。”习近平总书记在北大荒建三江国家农业科技园区对科研人员的讲话意味深长。不忘初心、牢记使命。从老一代农大人的改土治碱，到新一代农大人的绿色发展，懂农业、爱农村、爱农民的他们，为乡村的振兴和发展提供了扎实的人才支援。默默奉献，砥砺前行，农大师生们用自己的行动生动诠释了社会主义核心价值观的真谛。

实施乡村振兴战略，必须破解人才瓶颈制约。乡村振兴离不开人才，新时代的乡村需要更多新鲜血液。一代又一代的农大师生扎根曲周，他们的知识和汗水一同挥洒在曲周的土壤里，在祖国最需要的地方建功立业，用实际行动服务于社会。一所高校和一座县城共同携手46年，凝心聚力打造农业可持续绿色发展的“曲周样板”。相信在未来，在农大人曲周故事的激励下，各类人才在农村广阔天地大施所能、大展才华、大显身手，奋力谱写新时代乡村振兴的奋斗篇章。

辛德惠：铭刻在石碑上的赤子情怀

光明日报　2019年6月2日　报道

本报记者　陈鹏

【蹲点在曲周】

在中国农业大学曲周实验站里，有一座石碑，碑的正面镌刻着“改土治碱、造福曲周”八个烫金大字，背面则书写着12万曲周人民的深情：“昔日茫茫碱滩，今朝一片绿洲，缘木思本，饮水思源，特树此碑，以志永念。”

碑文盛赞当年北京农业大学（中国农业大学前身）数十名教职员工扎根曲周无私奉献的赤子情怀。辛德惠的名字，与石元春、林培、毛达如、雷浣群、黄仁安、陶益寿等人的名字，被镌刻在这块汉白玉石碑背面。

1973年，留学归来的“洋博士”辛德惠与石元春等人来到曲周，决定扎进盐碱最严重的张庄。辛德惠是这项国家重点科研项目“旱涝盐碱地综合治理”主要参加人。为了掌握第一手资料，查明曲周盐碱地的成因和类型，他经常亲自上手，和农民们一起在农田上挖坑，做剖面，做24小时的水渗透观测实验。每隔一两个小时，他总是独自钻进田地里，挨个查看，记录数据。这些研究在后来扩展丰富成为“半湿润季风气候区水盐运动”理论，成了后来黄淮海中低产田改造的“药方”。

盐碱地改造成功之后，在曲周，农业综合治理的研究逐渐开展起来。农业可持续发展面临的资源短缺、耕地流失、环境退化等诸多问题，让辛德惠加快了研究的步伐。

为了减少空气污染，辛德惠提出了“玉米秸秆整株还田”，既保护环境，又能增加地肥。但他发现，农民们为了省事，直接焚烧。怎么说服农民们相信？

于是，辛德惠亲自带人做实验，做增产效益分析，给农民做示范。面对庞杂的数据指标，他带人加班加点，连续干了4个月，才得到了翔实可靠的实验数据，秸秆还田得以在曲周全县推广。

数十年来，一直在低产、贫困、落后的地区工作，条件艰苦，积劳成疾，辛德惠却在日记中自述“甘之如饴，乐此不疲”。

1986年年底，辛德惠在曲周感到胸部不适，在大家一再催促下到医院检查。经确诊是心肌梗死前兆，必须立刻住院。

辛德惠的学生、中国农业大学教授郝晋珉告诉记者，即使在住院期间，辛老师还在抓紧时间研究课题，帮研究生修改论文，与地方领导商讨农业发展转型……半年后，他的心脏病得到了控制，左臂却没有脉搏。医生再三叮嘱他不能劳累，不能激动，否则会有生命危险。

可是一出院，他又忙碌地奔波在北京—石家庄—曲周这条线路上。中国农业大学曲周实验站第三任站长李维炯经常与辛德惠一起乘火车前往曲周，“即使从车厢的一边走到车厢的另一边，辛老师都要停下来休息。我们总是劝他，多休息，不要过于劳累。但是，他却总是生气地冲我们说，‘我的身体状态就是这样了，再不继续工作，那活着干吗？’”

辛德惠在曲周工作 20 余年，有一年在曲周工作 300 余天。

“谁来养活中国人，只有靠我们自己才能解决这个问题。”辛德惠提出，“制定和实施粮食、农业和农村、国民经济和社会发展的一体化系列战略”，并一直为此坚持研究。

即便在当选中国工程院院士后，他也没有停下脚步。1998 年，68 岁的辛德惠在浙江象山县参加全国松材线虫病考察途中，因心脏病突发，不幸去世。应曲周县人民的请求，辛德惠的骨灰一分为三，分别安放在北京、宁波和他工作 20 余年的曲周。

“辛老师再也不会离开曲周了”。如今，曲周实验站西南角辛德惠墓前的大树亭亭玉立、绿树成荫，总有当地农民自发来祭拜。

郝晋珉面对记者声音哽咽：“我不知道究竟有多少人来过曲周。我只知道，我的老师、老师的老师在这儿，我的学生、学生的学生也在这儿。”

（《光明日报》2019 年 6 月 2 日第 2 版报道）

科技小院：让科技走进田间地头

光明日报　2019 年 6 月 3 日　报道

本报记者　陈鹏

【蹲点在曲周】

“全国没有哪个大学和我们一样，把学生放在农村锻炼整整两年。”中国农业大学教授、“科技小院”创始人之一李晓林说起这句话，底气十足。在农大资源与环境学院专业硕士培养规划里，学生须有两年时间待在曲周县的田间地头。

几年前，河北省曲周县王庄村粮食亩产八九百斤后，无论上多少肥也不再增产，而此时，距离王庄村仅几里地的中国农业大学曲周试验田的玉米，亩产最高已达 1 600 斤。

王庄的老支书王怀义找到中国农业大学曲周实验站，“该浇水的浇水，该上肥的上肥，不管使了啥法子，可地里的产量一直上不去。你们得帮我看看，怎么把粮食产量提上去”。

“找块试验田，推广新技术，产量自然就会上去。”这是中国农业大学曲周实验站副站长张宏彦最初的想法。

随后，中国农业大学老师在王庄挑选了 150 亩地，做“百亩核心示范方”，与村民们的传统种植进行对比试验。2011 年北方遭遇大旱，让王庄的小麦受到了影响。面对这种极端天气，张宏彦和科技小院的学生一道，开出了一个个分类下药的“妙方”：小麦长得弱的，提前管理；长势一般的，在拔节初期管理；长势好的，在拔节中期管理……

麦收时节，王庄小麦产量平均亩产达到 1 320 斤，创造了“旱年高产”的奇迹。

一边是农民的地，一边是科技小院的试验田。几乎每天都能看到的同时劳作，被农民看在眼里，“为啥学生娃就能高产呢？”

当地村民有一个浇地的习惯，过了正月初六便开始给小麦浇水，王庄科技小院学生赵向阳坦言：“但是，这样并不科学。”

记者第一次采访王庄科技小院时，还没过正月十五。赵向阳总能看到一些村民扛着铁锹，要去地里给小麦浇水。他每次都会本能地拦住他们：“大叔大婶，这个时候还不能给麦子浇水，不仅浪费水，还会影响小麦产量。”

“年年都这么浇，怎么就影响产量了？”村民们振振有词。

“冬小麦有两个分蘖期，一个是冬前，一个是冬后的返青期，一般情况下，冬前分蘖为优势蘖，完全可以保证高产需要，而返青的分蘖成穗率，多数为无效分蘖，保证高产的关键措施就是推迟给小麦浇水上肥，这一项技术叫作‘水氮后移’。”

村民们听完，将信将疑。

“技术好懂，但推广是难题。”赵向阳在王庄科技小院待了近两年时间，需要一对一、手把手帮助农户更新技术，“有的时候不盯着，一项关键环节没跟上，提高产量的努力可能全白费了”。

这几年，小麦的产量不骗人，农大师生的能力“看得见、摸得着”，科技小院则成了远近闻名的金字招牌。

“我种了几亩西瓜，长得不好，怎么没等成熟就开裂了？”

“我家苹果树上肥上得多，为啥产量越来越低？”

“我家葡萄掉果多，损失惨重，怎么办？”

此前，李晓林既没研究过西瓜，也没种过葡萄。但他认准一个理儿，“只要村民们有需求，就应该围绕实际需求去转型，科研服务的项目和圈子就应该扩大”。

按照“边学边干”的思路，专门研究西瓜、苹果、葡萄种植技术的科技小院分别在后老营村、相公庄村、前衙村成立，来自农大植物营养学的专业硕士，全都“下沉”到一线。

“学生能解决的问题，会第一时间帮农民解决；不能解决的，可以询问我校相关领域的教授、专家，甚至全国兄弟院校的同行。”李晓林说，科技小院的技术支撑“绝对一流”。

数据显示，科技小院入住 5 年后，曲周农民农业知识水平大幅提高，全县粮食总产量增长了 37%，农民收入增长了 79%。

“具有‘三农’情怀，能够专注科研，坐得了冷板凳。”中国工程院院士、中国农业大学教授张福锁细数科技小院学生的特点，“科技小院不仅解决了农民的生产问题，还提升了我们学生培养的质量”。

原本性格内向的赵向阳，现在已经能“独当一面”处理农民生产中碰到的实际问题；在组织农民培训时，推广新技术。今年年初，他参与全村产业转型的策划，试种甜叶菊的提议也被村民们采纳。

从曲周建立第一个科技小院以来，中国农大陆续在全国各地建立了 127 个科技小院。尽管遍布全国各地，但每一个科技小院进门处，“解民生之多艰，育天下之英才”的农大校训，总被写在最醒目之处。

携手千万农民，探索现代农业发展新模式

光明日报　2019年6月4日　报道
本报记者　陈鹏

【蹲点在曲周】

河北省曲周县前衙村有着30多年的葡萄种植传统，近2 400亩耕地中超过2 000亩种了葡萄。但是，多年连续种植，土壤肥力下降，病虫害加剧，葡萄产量和品质受到严重影响，这些问题成了村民们的心病。大水漫灌、大量施肥、加大人力投入……村民们接连上“猛药”，但效果却不如人意。

更新种植理念、改进种植方式是前衙科技小院开出的“药方”。当记者在村头葡萄地里见到前衙科技小院“院长”王晓奕时，她正在为水肥一体化的管道施工忙得不可开交。

王晓奕和同学李慧丽、李兴都是中国农业大学植物营养系专业硕士研究生。在对全村120多块田地进行取样检测和田间管理调研后，他们发现，土壤中氮、磷、钾含量太高，而葡萄生长所需的其他重要养分却很少。“水肥一体化能够精准投入所需肥料，用更少的水、更少的肥，产出更好农产品。”王晓奕告诉记者。

不管种植的是葡萄、苹果还是西瓜，今年上半年前衙村、相公庄、后老营科技小院的农大学生，都在安装水肥一体化设备。引进测土配方施肥、滴灌、水肥一体等综合管理技术陆续在曲周推广。

“现阶段粮食增长速率明显变缓、化肥投入却持续增长，资源环境代价越来越高。”中国工程院院士、中国农业大学教授张福锁表示，化肥本身是

好东西，但是用哪一种、怎么用、用多少，才能给农业生产和生态环境带来“正向作用”，值得研究。

离前衙村不远，中国农业大学曲周“三百亩”试验田里，正在进行玉米、小麦等华北地区常见作物的对比试验，一些实验时长为20年。张福锁把“三百亩”称作“面向未来的实验”。从2009年起，张福锁团队接过“曲周精神”的接力棒，与曲周人民一道向“作物高产、资源高效、环境友好”的绿色发展目标努力。

2016年9月8日，国际顶级学术刊物《自然》发表研究论文《科技小院让中国农民实现增产增效》；2018年3月7日，《自然》在线发表中国农业大学教授在农业绿色发展领域取得的新成果：“与千百万农民一起实现绿色增产增效。”两项世界级研究成果，张福锁均为作者之一。他说，在过去10年里，共有1 152名研究人员、6.5万名农业推广人员及13万农业相关企业人员，与452个县的2 090万农民参与了这一技术模式的推广应用工作。

依托科技小院，紧密联系农户进行的一系列实验，张福锁发现，当前农民们正在被知识不足、信息和资源缺乏、服务支撑不够、土地产权制约、抗风险能力差等一系列问题困扰，“科技进步难以转化为农户生产力和农民收益，这不仅是我国农业发展面临的巨大挑战，也是全球小农户生产转型的最大难题”。

数据显示，当地农户的作物产量和氮肥生产效率最初仅为高产高效试验基地的63%和57%。科技小院入驻5年后，曲周农民知识水平大幅度提高，高产高效技术采用率从2009年的17.9%提高到了53.5%，2009年至2014年全县粮食单产实现了实验基地产量水平的79.6%，全县粮食总产量增长率37%，养分效率提高20%以上，农民收入增长了79%，曲周一跃成为全国粮食生产先进县。

“老一辈农大人治碱解决了曲周人民吃饭的问题，我们这一代人要靠科技，降低农业生产消耗，提高产出。”张福锁希望把在曲周的做法归纳、总结成可复制、可推广的区域农业发展经验，将科教、政府、企业和农民融合在一起，共同形成科技进步、农民增收、农业发展、相互促进的现代农业发展新模式。

“中国的盐渍土改良工作是世界一流的”

——《光明日报》上的曲周故事

光明日报　2019年6月5日　报道

本报记者　陈鹏

光明日报
GUANGMING RIBAO

“中国盐渍土的改良工作是世界第一流的”

江苏拨款三千万元用于改善办学条件

今年全国将招收三千多名博士生

森林和野生动物类型自然保护区管理办法已经由林业部公布实施

做崇高理想的实践者

依靠法律保护森林和野生动物

晋江假药案来龙去脉已查清正在处理

全国建筑业将开展质量大检查

1985年7月13日《光明日报》头版头条报道了北农大（现为中国农业大学）教师改良盐渍土的故事

[蹲点在曲周]

在中国农业大学曲周实验站展览室里，除了有一座第一批农大专家治碱入住的“三漏屋”模型，还有一张34年前的《光明日报》版面图。

1985年，原农业部在山东省济南市举办了“国际盐渍土改良学术讨论会”，来自美国、日本、加拿大、澳大利亚等14个国家的30多名外国友人，和50多名专家一道，参观了中国重点土壤改良试验区，开展科研交流，而实地参观的首站就是曲周。

1985年7月13日《光明日报》头版头条报道了本次会议，标题引用的正是国际土壤学会副秘书长、著名土壤学家萨博尔奇教授的话：“中国的盐渍土改良工作是世界一流的”。

记者在新闻导语中这样写：“北农大的一些教师，住‘三漏屋’，吃红薯干，在河北省曲周县辛勤工作十二载，终于找到治理盐碱地的‘药方’，他们的实验区中度和重度盐碱地由百分之六十七下降到百分之七，赢得了到我国来考察的二十几位世界知名土壤学家的称赞。”

一篇30年前的报道，却被两院院士石元春、中国农业大学教授李晓林、中国农业大学曲周实验站站长江荣风等在不同场合，多次提起。

“当时，《光明日报》对这个会议的报道，引起了国内外很多专家学者的高度关注，我们在曲周10余年的治碱工作和成绩，第一次被更多的大众所熟知。”石元春表示。

事实上，除了那次重要的国际会议，《光明日报》对中国农业大学46年扎根河北曲周服务乡村振兴的关注，并没有随着时间推移而减退。

《六十余位教授讲师汗洒盐碱地》《加快治理黄淮海平原》《曲周人民为北农大立碑铭功》等稿件登上了不同时期的《光明日报》。记者统计发现，《光明日报》相关报道多达20余篇，其中头版头条5篇，时间跨度40余年。

呈现在报纸上的曲周故事，更让亲历者回味。

2003年年底，中国农业大学曲周实验站站庆30周年刚过，《光明日报》记者宋晓梦就到访曲周实验站，在那里待了5天。即便经过几轮改造后，实验站的艰苦程度，还是超出了她的想象。

当时，宋晓梦入住的是实验站的教师宿舍。她向记者回忆，屋子特别陈旧，只有床和桌子、凳子，墙皮都往下掉，热水瓶倒出来的热水泛红，需要沉淀一会儿才能喝，“真是不敢想象 30 年前，农大人是怎么扎根下来的”。

那些年，她先后采访石元春、李晓林等农大教师，实地采访曲周盐碱地区农民，写下了《科学改变命运的奇迹》等稿件。

人们常说，记者是时代的记录者。《光明日报》的这些报道，记录了不同时期中国知识分子“爱国奋斗、科学报国”的精气神。

在记者即将结束在曲周的蹲点采访时，中国农业大学教授李晓林邀请记者走进即将落成的曲周实验站国际合作交流中心。这座大楼里，农业科研设备一应俱全，更重要的是，首批外国专家将进驻这里，开展科技研究交流。

曾多次接受《光明日报》采访的李晓林动情地说：“看到《光明日报》记者就像看到自家人一样，现在实验站变化很大，希望当年采访报道过曲周实验站的记者们，再回来看看。”

6

经济日报

JINGJI RIBAO

千年“盐碱窝”变成绿色“聚宝盆”中国农大师生不忘初心扎根河北曲周 46 年服务乡村振兴纪实

经济日报　2019 年 5 月 31 日　报道

本报记者　常理　于浩

自 1973 年开始，一代代中国农大师生和河北曲周县干部群众一起，用坚定的意志和科学的方法，不仅战胜了困扰曲周发展的“盐碱恶魔”，还帮助当地科学种粮，发展现代化农业，让曾经的“盐碱窝”变成绿色“聚宝盆”。如今，围绕党的十九大提出的乡村振兴战略，他们不忘初心，又开始了服务当地农业绿色发展、科技发展的新攻坚。出邯郸高铁站，约 1 个小时车程，就进入了河北曲周县地界。一路上，良田沃土，绿意盎然，高标准的葡萄园、苹果园、温室大棚、农业园区随处可见。如今的曲周，像一座巨大的绿色“聚宝盆”，充满了生机和活力。

40 多年前，就是在这片土地上，曾打响过一场轰轰烈烈的“治碱战役”。中国农业大学的老师和当地干部群众一起，肩并肩、心连心，用坚定的意志和科学的方法，战胜了困扰曲周千年的“盐碱恶魔”，让当地百姓从此过上了丰衣足食的生活。

科学治理结硕果

当年的曲周，老百姓过得很穷困：吃的是红高粱加野菜，喝的是苦咸水，

曲周实验站园区内石碑上记载了农大师生改土治碱的事迹

本报记者　于浩　摄

原农业部1979年批准成立的曲周实验站　资料图片

住的是漏雨的茅草屋。

没有粮食，也没有经济来源，怎么活下去？人们只好把盐碱挖出来熬制成盐巴，然后用卖盐的钱去换一点口粮。

中国农大曲周实验站站长江荣风对记者说，新中国成立近30年，曲周县的粮食单产仅增加了0.5公斤，全县群众基本靠吃国家的返销粮为生。

如果有人问，曲周当年的情况，只是个例吧？

那就错了！在黄淮海大平原上，像曲周这样盐碱灾害严重、低产缺粮的土地，共有5 000多万亩。从新中国成立初期到20世纪70年代，国家每年都

20世纪70年代，几位农大教师在田间分析苗情
资料图片

王庄科技小院为曲周农业现代化发展提供了技术支撑
本报记者　于浩 摄

要向这里调入救济粮30亿公斤。

“一定要治理好北方盐碱地！”1973年，抱病主持北方抗旱会议的周恩来总理做出了指示。

同年10月，由北京农业大学（1995年，北京农业大学与北京农业工程大学合并成立中国农业大学）教师石元春、辛德惠、林培、黄仁安、雷浣群5人组成的研究小组响应党和国家号召，来到了曲周最苦最穷的“老碱窝”张庄大队。

他们住着漏雨、漏雪、漏土的“三漏房”，吃着粗高粱粗盐粒干辣椒混

农大学生在田间察看庄稼生长情况
本报记者　常理 摄

合成的“三合面”，誓言不治好盐碱就不回家。

然而，对于科研工作者们的执着，当地农民似乎并不买账：

“什么？大老远跑到这里来治碱？这里千百年来就是老碱窝，要是能治，还用等到现在？”

“你们已经是来这里的第六拨专家了。之前的每次都是信心满满地来，垂头丧气地走。我劝你们也赶紧回去吧，别耽误时间了。”

年轻气盛的农大老师们怎么会轻易向困难低头？经过一段时间的艰苦调查和研究，石元春他们终于摸清了曲周县地下的水盐运动规律：这里属于半干旱季风气候，春旱夏涝，雨涝使得地下水位上升，盐随水返回地面；春旱又让土壤中的水分大量蒸发，盐分留在地表。如此恶性循环，使得盐碱地千百年难以根除。

摸清“病根”之后，农大老师们意识到，春旱、夏涝、土碱、水咸是自然界间相互联系、相互制约的一个有机整体。他们提出，在田间定点定位，打出一批 40 米深的浅井，一个淡水的深机井和四至六眼咸水的浅机井组成一个井组，将井组与田间的深浅沟系统结合起来，主动调节和控制水盐运动，达到抗旱、排涝、脱盐和改造利用盐水的目的。

这一构想在实践中取得了明显成效。随后，农大教师们再接再厉，又提出了“井沟结合，农林水并举”的综合措施，从而根本改变了张庄地区的穷困面貌，世代苦水碱地缺米粮的穷村庄，摇身一变，成了粮棉丰收的富村庄。

据老村干部回忆：张庄大队的粮食总产量，1974年以前最高只有31万斤，到1978年已经达到了119万多斤。过去每年吃国家返销粮4万至10万斤，1978年，不仅实现了自给自足，还向国家交粮50万斤……

“如果没有农大师生，曲周可能还是个‘盐碱浮卤，几成废壤’的盐碱滩。”与农大并肩作战25年的曲周政协原主席胡耀东说。

综合开发惠百姓

1988年教师节，曲周县农民做出一个决定，他们自行集资6 000元，为农大送去一块汉白玉石碑。石碑正面刻着“改土治碱、造福曲周”8个大字，背面记载了农大师生在曲周县艰苦创业、改土治碱的事迹。

国际土壤学会副秘书长、著名土壤学家萨博尔奇教授在看完曲周的治碱情况后，曾激动地称：“中国盐渍土的改良工作是世界一流的。”

据统计，到1987年，曲周盐碱地面积下降近7成，森林覆盖率增加了2.8倍，农民人均收入增长3.9倍。在此基础上，农大师生积极推动旱涝碱咸治理成果走出曲周，造福黄淮海，为我国区域治理和区域经济发展、确保国家粮食安全，做出了巨大贡献。

1993年，盐碱地治理研究成果“黄淮海平原中低产区综合治理的研究与开发”项目获国家科技进步特等奖。

战胜了“盐碱恶魔”，农大师生并没有功成身退，而是开启了新的征程，在曲周不断探索从传统农业向现代化农业转变的致富之路。

在原有成果的基础上，农大师生团队提出了“农业农村发展三阶段战略”。曲周实验站先后承担了多项国家重点、重要科学研究任务，以提高土地生产力和水土资源持续利用为基础，以“三产”综合发展、技术产品系列化开发为核心，以持续发展能力建设为支撑，在土肥、育种、食品、蔬菜、果树、农机、水利等领域不断探索，逐步构建农牧结合、种养加一体的高效、优质、持久和稳定农业生态系统，推动曲周成为全国商品粮基地县、优质棉基地县等。

1996年，中国农业大学以曲周实验站为核心，建成了以高新技术为先导，集科农工贸于一体的省级农业高新技术产业园区，大力发展特色经济，组建26家农业产业化龙头企业，带动了全县农村经济跨越式发展。

“十五”期间，中国农业大学积极帮助曲周县编制了《绿色产业发展总体规划》，确立了“举绿色旗、走现代农业路”，把曲周经济和现代农业发展推上了快车道。到2002年底，曲周县国内生产总值达到21.87亿元，财政收入8 860万元，农民人均纯收入达2 728元，分别较1973年增长103倍、46倍、117倍。

科技小院助振兴

历史的车轮驶入21世纪，我国经济进入快速发展阶段，各项事业取得长足进步。尤其是农业，粮食连年增产，农民生活水平不断提高。

在此背景下，告别“盐碱窝”的曲周人又遇到了新问题：无论上多少肥，粮食产量都上不去了。

这可急坏了曲周县王庄村的老支书王怀义。于是，他踏上了前往北京的火车，去找他的“老兄弟”石元春“讨说法”：为什么王庄村的亩产量只有八九百斤，而仅一墙之隔的农大试验田的亩产却高达1 600斤？

如何让试验田的产量变成老百姓自家农田里的产量？这成了摆在农大师生们面前的一个新课题。

由农大教授李晓林、张宏彦、王冲等组成的科研团队再次来到曲周。他们没有住在实验站里，而是像他们的前辈一样，到农民中去，在白寨乡一处荒废多年的院子里安了家，并给这里起了一个好听的名字——科技小院。

李晓林一住就是一年。每天“脸朝黄土背朝天”的生活让他明白，农民在实际农业生产中遇到的问题，远比书本上课堂上讲授的东西复杂得多。李晓林暗下决心，要让科技成果真正落地生根，为农民提供全方位的农业服务。

中国工程院院士、中国农大教授张福锁说，科技小院体系的最大特色是科研人员深入一线，与“三农”紧密接触。科技小院的灵魂是坚持一个“实”字，即科研人员、科研院所真心实意地为“三农”服务；科技小院体系工作的基本原则是坚持四个“零”，即“零距离、零门槛、零费用和零时差”。通过坚持四个“零”，打破农业科技传播和农业技术转化的障碍，解决农技推广“最后一公里”难题。

2012 年 3 月份，当农大学生张晓琳第一次来到曲周科技小院驻村时，心中充满了困惑。但当她看到已经驻扎在科技小院半年的同学们丝毫没有抱怨时，又产生了好奇，科技小院到底有着怎样的魔力，能够让大家保持如此的动力呢？

怀着这样的好奇心，张晓琳在科技小院完成了人生中的许多“第一次”：第一次自己做饭、第一次给农民上课、第一次教农民跳舞识字……科技小院丰富多彩的生活使她很快忘却了条件的艰苦。

“科技小院就像是一个大舞台，让大家可以‘大展拳脚’，尽情地施展和发挥自己的才能。”张晓琳说。

在科技小院的工作实践中，张晓琳发现，其实农民对科学技术的需求远比她想象得更为迫切。曲周县肥料市场配方多样、价格偏高，农户科技素质普遍不高，在施肥过程中重施氮肥、磷肥，轻施钾肥的问题严重。

在学科老师的支持下，张晓琳在曲周开展了测土配方施肥整建制推动工作，通过在曲周全县主要乡镇、村布点，开展农民培训和试验示范，借助科技农民的带动作用，实现技术的推广，真正将测土配方施肥技术落实到作物，落实到地块，落实到农户。

通过一年多的努力，测土配方施肥技术得到了曲周农民的一致欢迎。仅 2012 年小麦季，科技小院就培训农民 1 098 人，推广测土配方肥 320 吨，覆盖耕地 6 000 余亩。

据江荣风介绍，科技小院为曲周农业的现代化发展提供了强有力的技术支撑。从 2009 年到 2015 年间，曲周小麦、玉米产量分别提高了 24% 和 23%，而化肥用量增长很少，实现了区域绿色增产增效的目标，农民增收 2 亿元以上。

如今，科技小院正走出曲周，走向全国走向世界。100多个不同专业的科技小院在全国20多个省、市、自治区落地生根，开花结果，300多名研究生长期在农村、农企一线，“零距离”服务“三农”，成长为“一懂两爱（懂农业，爱农村、爱农民）”的现代农业科研人才。科技小院的模式也被联合国粮农组织写入了“全球未来粮食环境发展战略报告”。

回顾曲周与农大合作的46年历史，时光荏苒。当年，他们一起携手打响了黄淮海平原科技攻关会战的前沿战役，为国家的粮食安全做出了巨大贡献；如今，他们围绕乡村振兴战略，从“三农”实际出发，再一次打响了新的科技攻关战。

46年来，一代又一代的曲周和农大人接过前辈传下的接力棒，将友谊和合作传承下去。正如江荣风所说：“46年的精诚合作，让农大和曲周凝结了深厚的友情，激励我们不忘初心、牢记使命、砥砺前行！”

传好接力棒　争做“永久牌”

经济日报　2019 年 5 月 31 日　报道

本报记者　于浩

40 多年的接续奋斗，中国农大师生改写了曲邑北乡的苦难史，将老碱窝化作了米粮川。说起当年的改土治碱，村民们都说，在中国农大师生之前，曾有许多工作组信心百倍地来，垂头丧气地走，被他们称为是“飞鸽牌”；没想到后来来了中国农大这个“永久牌”。

中国农大还真是个“永久牌”！自改土治碱工作开展以来，中国农大师生就再没离开过曲周，他们在接续奋斗中形成“责任、奉献、科学、为民”的精神。这种精神又在一代又一代中国农大师生的接力中发扬光大，指引更多奋斗者创造着新的辉煌。

中国农大师生与曲周当地干部群众一起创造了治理盐碱的好成绩。但是，盐碱地治理完成后，他们并没有功成而退，而是紧接着又投身于当地农业发展中，接力棒就这样在一代代中国农大师生手中传递着。

功崇惟志，业广惟勤。在中国农大师生的持续帮助下，曲周人已由“吃饱”转为“吃好”，现在的他们更是在努力向绿色发展迈进。中国农大师生在科学助力曲周发展的过程中，也收获了宝贵的实践经验，取得了丰硕的科研成果，培养出大批杰出农业人才。

中国农大师生帮扶曲周的接力棒之所以能够持续传递，是为国为民的责任使然，是无私奉献的品格使然，是科学的意义使然，是为民的情怀使然。一代人有一代人的使命，一代人有一代人的担当。中国农大师生面临的具体问题会随着时间的流转而不断变化，但他们把党和人民的事业放在首要位置的信念没有变；不求名利，默默耕耘的初心没有变；用科学工具解人民群众之所急的工作方法没有变。由此，取得出彩的成绩自然也不会变。

一路走来，在曲周服务的中国农大师生，由赤脚蹚水走进张庄村的教师们，改变为现在在科技小院里同吃同住、服务农民的专硕研究生。在曲周工作的目标任务也由治理盐碱解决温饱，变成了推动农业生产转型、促进绿色发展。这些年来，一代代中国农大师生稳稳地接过薪火相传的接力棒，与曲周人躬耕稼穑、携手前行。带着前辈余温的接力棒是沉甸甸的，握在手中，激发力量。中国农大师生理实并重、扎根基层，深入实践、奉献社会。正如在科技小院服务的研究生李增源所说，“服务农民过程中遇到困难，我就想想辛德惠老师他们，中国农大来曲周这么多年，我们一定不能给老师丢脸”！

曲周改土治碱、发展农业的成绩是新中国改革开放40年来农业辉煌成果的一大亮点。在国家实施乡村振兴战略过程中，在新发展理念的指导下，我们期待曲周更加美丽，成为新时代绿色发展的样板。

不忘初心！这些年轻人，造就了农业科技的“两弹一星”

经济日报　2019 年 5 月 31 日　报道

本报记者　常理　于浩

46 年前，7 个意气风发的年轻人为响应国家号召，离开了条件优越的大学校园，冒着严寒、风沙，忍着饥饿、干渴，来到了曲周这片寸草不生的盐碱滩。他们立下誓言，不治好曲周的盐碱，不让当地百姓过上丰衣足食的生活，就永不离开！

46 年后，曲周早已不是当年那个“叫天天不应，叫地地不灵”的“盐碱窝”。在这里，一代又一代的农大人不忘初心、艰苦奋斗，将曲周当作自己的家，将曲周百姓当作自己的亲人，他们把心血和汗水抛洒在了曲周广袤的土地上……

今天，当记者再次站在曲周大地，听老一辈村民讲述当年的治碱故事，跟新一代的农大师生们交流乡村振兴的经验和心得，试图从历史的片段中探寻这一段感人、精彩、传奇的“曲周故事”，感受这传承了 46 年的“曲周精神”。

改土治碱，曲周变了天地
（1973 年至 1993 年）

出了邯郸高铁站，约一个小时车程，就进入了河北曲周县地界。一路上，良田沃土，绿意盎然。五六月份，麦田正是好看的时候。

曲周县王庄小麦生产技术田间示范地里的小麦长势喜人

站在王庄小麦生产技术田间示范地里，麦子随风摇荡，饱满的麦穗互相碰撞传来的窸窸窣窣声响，仿佛在倾诉着这片土地上四十余年的佳话。

40多年前，就是在曲周这片土地上，曾打响过一场轰轰烈烈的“治碱战役”。虽然现在的我们，完全看不出过去土地贫瘠的痕迹。

那时候，在黄淮海大平原上，像曲周这样盐碱灾害严重、低产缺粮的土地，共有5 000多万亩。从新中国成立初期到20世纪70年代，国家每年都要向这里调入救济粮30亿公斤。当地百姓种不出粮食，都以从土里淋小盐维持生计，光秃秃、泛着白光的土地上，布满沟壑，触目惊心。

为响应党和国家号召，北京农业大学（1995年，北京农业大学与北京农业工程大学合并成立中国农业大学）7名教师组成研究小组1973年来到了曲周。

“哪里盐碱最严重，我们就去哪里！”几位老师挽着裤脚，住进了曲周盐碱最严重的张庄村。他们吃的是“三红”粮，住的是“三漏”房。碗里盛的“三红”是高粱面窝窝头、红辣椒、红薯面汤。住的“三漏”房，是漏土、漏雨又漏雪。

旱涝碱咸怎么个综合治理？农大老师们把实验仪器拿到了田间地头，用细致的记录摸清地下的水盐规律，制定详细的工程规划。

这里的旱涝碱咸是怎么形成的呢？山区地下径流向平原流动，把山区土壤的盐分带到平原。当水流到平原后流速变慢，地下水位越来越高。如果地下水位超过返盐临界深度时，到了强烈蒸发的旱季，水分大量蒸发，地面就形成了盐碱地。

20世纪70年代曲周盐碱地旧貌

经过长期的研究和实践，曲周实验站提出了黄淮海平原季风气候带区域水盐运动规律和“工程生态设计方法”，建立了盐渍化障碍因素（旱、涝、碱、咸、薄）综合治理工程配套体系，完成了曲周北部28万亩盐碱地的综合治理任务。

数据是惊人的！1979年，第一代试验区粮食亩产达到300多公斤，昔日的盐碱滩变成了林茂粮丰的米粮川；到1987年，曲周盐碱地面积下降近七成，林木覆盖率增加2.8倍，粮食单产增加1倍，农民人均收入增长3.9倍。

1982年的碱窝地新貌

在此基础上，农大师生积极推动旱涝碱咸治理成果走出曲周，造福黄淮海，成功推动了黄淮海平原、三江平原、黄土高原、北方旱涝和南方红黄壤等五大区域的农业综合治理与开发，为我国区域治理和区域经济发展、彻底扭转我国南粮北调格局、确保国家粮食安全，做出了巨大贡献。

1993年，盐碱地治理研究成果“黄淮海平原中低产区综合治理的研究与开发”项目获得国家科技进步特等奖，被誉为农业科技的“两弹一星”。

综合开发，曲周换了新颜（1994年至2006年）

尽管战胜了“盐碱恶魔”，但是以辛德惠院士为首的农大人并没有功成

1999 年辛德惠院士在曲周实验站内的改土治碱石碑前

身退，而是开启了新的征程，在曲周这片热土上不断探索从传统农业向现代化农业的致富之路。

在原有成果的基础上，农大师生团队提出了“农业农村发展三阶段战略”。按照“三阶段”战略，曲周农业发展已经进入综合农业阶段，正在迈向城乡一体化阶段。

中国农大以曲周实验站为核心，建成以高新技术为先导，集科农工贸于一体的省级农业高新技术产业园区，大力发展特色经济。在土肥、栽培、育种、饲料、食品、蔬菜、果树、信息、农机、生物质、水利等领域不断探索，逐步构建农牧结合、种养一体的高效、优质、持久和稳定农业生态系统，推动曲周成为全国商品粮基地县、优质棉基地县等。一系列新品种如农大 108、中长绒棉等技术的应用，推动了曲周县农业综合发展。

到 2002 年底，曲周县国内生产总值 218 714 万元，财政收入 8 860 万元，

2003 年之后，中国农业大学进一步推动曲周综合发展，建立现代农业产业体系，协助培育了一批龙头企业的壮大

中国农大在曲周试验区的持续开发与综合发展探索取得了丰硕成果

农民人均纯收入达 2 728 元，分别较 1973 年增长 103 倍、46 倍、117 倍。

1996 年，“曲周盐渍化改造区高效持久综合农业发展优化决策研究”获农业部科技进步二等奖，“盐渍化改造区农牧结合形式、规模和效益研究”获得河北省科技进步三等奖。2001 年，黑龙港上游农业高效持续发展研究获得国家教委科技进步二等奖。2003 年，“黄淮海平原持续高效农业综合技术研究与示范”荣获国家科技进步二等奖。

全面发展，曲周再续辉煌
（2007 年至 2019 年）

30 多年前，农大老师来到了寸草不生的“盐碱窝”。30 多年后，农大老师再次常驻曲周。他们没有住在实验站里，而是像他们的前辈一样，到农民中去，在白寨乡一处荒废的院子里安了家，并给这里起了一个好听的名字——科技小院。

2009 年起，为了进一步推动高产高效技术的大面积应用，共建“万亩小麦－玉米高产高效技术示范基地”，农大师生深入曲周农村，在科技小院推

2009 年开始在曲周建立科技小院

前衛科技小院

前衛科技小院照料的葡萄园

广技术。

中国工程院院士、中国农大教授张福锁说，科技小院体系的最大特色是广大科研人员深入基层一线，与“三农”紧密接触。科技小院的灵魂是坚持一个“实”字，即科研人员、科研院所真心实意地为“三农”服务；科技小院体系工作的基本原则是坚持四个“零”，即“零距离、零门槛、零费用和零时差”。通过坚持四个“零”，打破农业科技传播和农业技术转化的障碍，解决农技推广“最后一公里”的难题。

“科技小院的生活条件十分艰苦，三月的曲周依然寒风刺骨，没有暖气，没有热水，结冰的自来水管让日常的生活用水都无法得到保障。”2012 年 3 月，当农大学生张晓琳第一次来到曲周科技小院驻村时，心中充满了困惑。在科技小院，她完成了人生许多新尝试：第一次自己做饭、第一次给农民上课、第一次教农民跳舞识字……科技小院丰富多彩的生活使她很快忘却了条件的艰苦，融入了科技小院大家庭。

据曲周实验站站长江荣风介绍，科技小院为曲周农业的现代化发展提供了强有力的技术支撑，有效破解了农业技术推广“最后一公里”难题。从 2009 年到 2015 年间，曲周小麦、玉米产量分别提高了 24% 和 23%，而化肥

王庄科技小院

王庄小麦生产技术田间示范

用量增长很少，实现了区域绿色增产增效的目标，农民增收 2 亿元以上。

如今，科技小院正走出曲周，走向全国，走向世界。100 多个不同专业不同特色的科技小院在全国 20 多个省、市、自治区落地生根、开花结果，300 多名研究生长期在农村、农企一线，“零距离”服务“三农”，成长为“一懂两爱 (懂农业，爱农村、爱农民)”的现代农业科研人才。科技小院的模式也被联合国粮农组织写入了“全球未来粮食环境发展战略报告”。

在 46 年的时光中，中国农大师生在接续奋斗中形成了“责任、奉献、科学、为民”的“曲周精神”。

一图了解：传承中的“曲周精神”

中国经济网　2019 年 5 月 31 日 报道

自 1973 年农大教师驻扎曲周县张庄村起，46 载风雨同舟、携手同行，在中国农业大学师生的接续奋斗中形成了“责任、奉献、科学、为民”的“曲周精神”。“曲周精神”有哪些含义？看图学习吧。向“曲周精神”指引下的一代代耕耘者致敬！

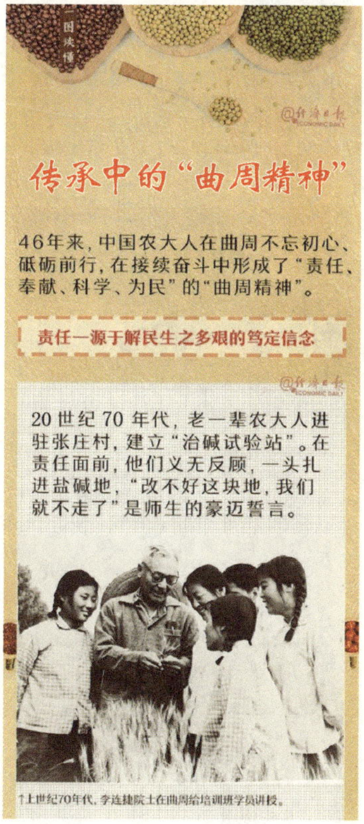

传承中的“曲周精神”

46年来，中国农大人在曲周不忘初心、砥砺前行，在接续奋斗中形成了“责任、奉献、科学、为民”的“曲周精神”。

责任—源于解民生之多艰的笃定信念

20 世纪 70 年代，老一辈农大人进驻张庄村，建立“治碱试验站”。在责任面前，他们义无反顾，一头扎进盐碱地，“改不好这块地，我们就不走了”是师生的豪迈誓言。

↑上世纪70年代，李连捷院士在曲周给培训班学员讲授。

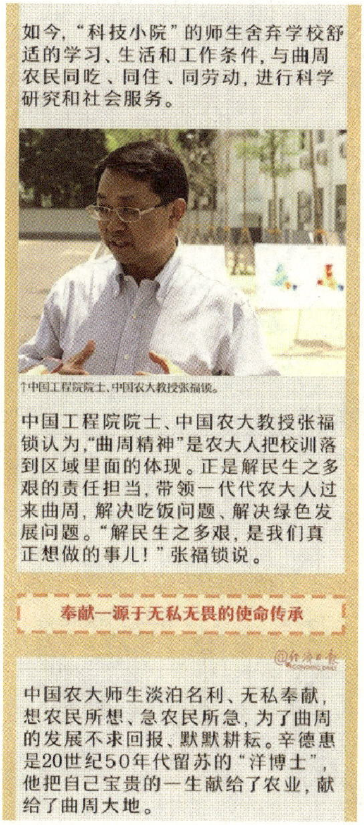

如今，“科技小院”的师生舍弃学校舒适的学习、生活和工作条件，与曲周农民同吃、同住、同劳动，进行科学研究和社会服务。

↑中国工程院院士、中国农大教授张福锁。

中国工程院院士、中国农大教授张福锁认为，“曲周精神”是农大人把校训落到区域里面的体现。正是解民生之多艰的责任担当，带领一代代农大人过来曲周，解决吃饭问题、解决绿色发展问题。“解民生之多艰，是我们真正想做的事儿！”张福锁说。

奉献—源于无私无畏的使命传承

中国农大师生淡泊名利、无私奉献，想农民所想、急农民所急，为了曲周的发展不求回报、默默耕耘。辛德惠是20世纪50年代留苏的“洋博士”，他把自己宝贵的一生献给了农业，献给了曲周大地。

↑1993年后，辛德惠领导的农大教师团队在规划曲周地区治理蓝图。

现在，接力棒交到了更具创新活力的新一代手里，新时代的中国农大人在曲周续写着不求索取、无私奉献的故事。

↑曲周县委书记李凡。

曲周县委书记李凡讲道，中国农大人自1973年来到曲周，一直在这里无私奉献。不同历史阶段有不同的使命担当。他们始终按照自己的初心，接续奋斗，始终耕耘在曲周这块大地上，46年没有间断。

科学——源于对农业发展的不懈探索

46年前，老一代中国农大人把实验室的瓶瓶罐罐搬到盐碱地旁的土坯屋，艰苦扎实做研究。

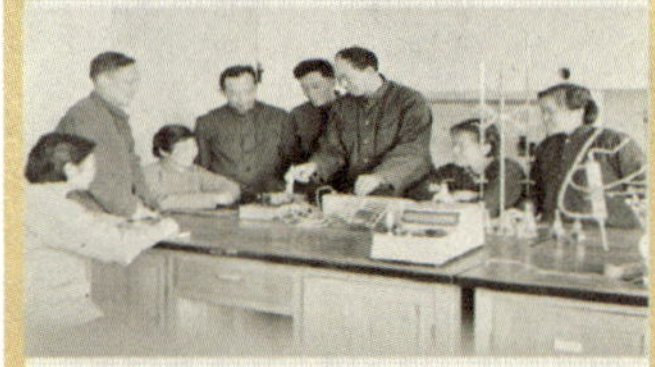

↑农大老师们和1976年的新化验室。

新时期，中国农大师生创造了以科技小院为典型代表的科学研究与技术示范紧密结合的服务“三农”新模式，并把这一创新性成果发表在世界顶级期刊*NATURE*上。

↑中国农大专硕研究生、在王庄科技小院服务的王晨晖。

中国农大研究生王晨晖在科技小院的主要工作是将遥感技术运用到小农户家里。她说，“第一次办农民培训做主讲人的时候，非常紧张，为了能够很好地回答出问题，我提前做了很多功课。科学技术的底子硬了，才能真真正正地帮助到他们。”

为民——源于不忘初心的执着情怀

46年来，从改土治碱，到建设规划，再到产业发展，中国农大师生坚持与曲周人携手同行，他们入驻村民家中，吃群众锅里饭，睡群众家土炕，与曲周人形成了水乳交融的亲情。

↑张庄大队的原大队部，中国农大进驻后的最早住房。

这些年来，一代代中国农大人稳稳地接过薪火相传的接力棒，与曲周人躬耕稼穑、携手前行。带着前辈余温的曲周精神接力棒是沉甸甸的，激发奋斗的力量。

↑中国农大在德众科技小院服务的李增源。

“每年清明，我们都会给辛老师扫墓。比起他们经历过的日子，我们付出的算不了什么。服务过程中遇到困难，我就想想辛德惠老师他们，中国农大来曲周这么多年，我们一定不能给老师丢脸！”在德众科技小院服务一年有余的研究生李增源说。

记者：常理　于浩
制图：于浩

历史图片来源：曲周县委宣传部、中国农业大学党委宣传部

经济日报新媒体出品

中国农大与曲周携手走过的路

经济日报　2019 年 5 月 31 日　报道

视频报道

曲周记忆：刻在石碑上，住在人心里

经济日报　2019年5月31日　报道

本报记者　常理　于浩　责任编辑　胡达闻

自1973年改土治碱工作开展以来，中国农大师生就再没离开过这个叫作曲周的地方。只是年轻的面庞在变，服务的内容在变，“曲周精神”没有变，他们的初心没有变。

光阴流转，沧海桑田。如今的我们还是能在实验站里、在田间地头、在人们的交谈中感受到曲周的记忆。那不仅是曲周的记忆，是中国农大的记忆，还是“曲周精神”的记忆。

曲周记忆铭刻于石碑上

1988年，曲周县代表前往北京农业大学（1995年，北京农业大学与北京农业工程大学合并成立中国农业大学），为农大树碑一块。碑身是乳白色大理石，高2.3米，宽2.2米，碑文：“北京农业大学：改土治碱、造福曲周。曲周县盐碱项目区农民立，1988年8月23日。”

一块石碑，寄托着曲周人多少的感激之情。这段记忆被铭刻于中国农业大学的校园里，也激励着新一代的大学生不忘初心、牢记使命，以科学之工具解民生之多艰。

1993年，北京农业大学在曲周县召开大会庆祝曲周实验站成立20周年。曲周县在实验站内为北京农大树碑立传，铭记多年来60多位专家、学者改土治碱的功德和业绩。

1988 年大学校园内树碑场景　资料图片

曲周实验站内石碑

曲周记忆铭刻在田地间

开展改土治碱工作之前，农民吃的是高粱米、辣椒、红薯、野菜。别说白面馒头，玉米糊糊都是想都不敢想的美味。那些饥饿、绝望的记忆，这片土地一定记得。

盐碱土壤治理好了，地里的大片小麦、玉米，洋溢着丰收的气氛。家家能够不需要救济粮、吃饱饭，还能通过农业种植获得收入的增加。那些喜悦、满足的记忆，这片土地一定记得。

迈入绿色发展阶段，如何科学投入，获得增产？如何在农业生产中保护赖以生存的生态环境？新的时期新的问题，中国农大师生在带着曲周人民进行新的探索。那些科技带来的记忆，这片土地一定记得。

曲周记忆铭刻在人心里

中国农大教师过来之前，有许多工作组来治碱，信心百倍地来，半途而废地走。村民戏称他们是“飞鸽牌”，中国农大师生不一样，他们是“永久牌”。这些故事被曲周人一代代地讲了下去。

中国农大人发扬“曲周精神”，敢教日月换新天，盐碱地的治理成果，是写在大地上的论文，无比真实；让地里的小麦产量增倍翻番，是收纳口袋里实实在在的粮食，不会造假。如今林丰果香的曲周不是一日打造，是一代代人的接续奋斗中实现的腾飞。

46 年来，中国农大帮助曲周从改土治碱到米粮川，从米粮川到增收致富，再到现在的发展高产高效现代农业，中国农大为曲周经济社会发展提供了强大的科技支撑，为曲周培植了创新创业的“科技基因”。这段记忆，铭刻于中国农大和曲周人心里，这段佳话将被更美地续写。

科技小院是扶贫与扶智的结合

经济日报　2019 年 5 月 31 日　报道

本报记者　于浩　责任编辑　胡达闻

中国农大人通过一代代的接续奋斗，助推曲周取得稳步前进。而今，自 2009 年创办“科技小院”起，中国农大师生又常驻进了曲周的农村，在科技扶贫工作中继续发挥作用。

据曲周县委书记李凡介绍，中国农大的学生在科技小院长期居住，与村集体一起来壮大村集体的经济发展，同时，也用他们的方式去帮助一些贫困户改良品种，增产增收。科技小院不仅改良了农业的生产生活方式，更主要的是扶贫和扶智相结合。对于许多贫困户来说，不仅要提高他们的经济收入，也要改变他们的一些思想，所以科技小院的学生和贫困户的结对帮扶，就实现了扶贫和扶智的双赢，也实现了脱贫攻坚的好的效果和目标。

“科技小院也是扶贫小院。”曲周县委副书记黄志勇说，“福锁院士的团队在改变农民意识、推动乡村发展上是非常务实的，因此他获得了‘扶贫攻坚创新奖’。”

同吃、同住、同劳动，科技小院的师生是踏踏实实地住进了村里。他们创建了科学家、研究生与农民深度融合，科技与产业紧密结合，“输血”推广技术与“造血”提升素质有机结合的“科技小院”精准扶贫新模式。这个模式给农民带来的是实实在在的帮扶与改变！

中国农大在读研究生张笑颖

中国农大在读研究生王晓奕

从增产增收的“扶贫”方面讲，农民科技培训、农民田间学校等田间地头的“学校”，让科学工作者在农民的身边进行技术指导，实现真正的零距离。农民在生活、种植、养殖过程中遇到任何问题，都可以直接进到科技小院寻求帮助。

从提升综合素养的“扶智”方面讲，科技小院把科技帮扶以外的时间都用在了农村文化融入与提升中。联谊会、识字班、舞蹈队、西瓜节、苹果采摘节、广场舞大赛、儿童英语培训等活动，拉近了科技小院与曲周农民的距离，宣传了技术，提高了农民文化素质。

科技小院取得的成绩是耀眼的。2009—2018 年，全国的科技小院开展农民培训 1 470 场，培训农民 68 762 人次，开展田地观摩 120 场，累计参观农民 7 114 人次。在曲周的科技小院也取得了很好的发展。

科技小院对村民的帮扶是显著的。据中国农业大学在读研究生张笑颖介绍，“中国农业大学动物科学技术学院在曲周这边推广节粮小型蛋鸡，一方面减少养殖资源的投入，另一方面提升鸡蛋的品质。我们小院目前在做种养一体的推广工作。”

这样的小院还有很多，他们已经变成了曲周农民身边的“热心肠、好邻居”。据村民王志成介绍，科技小院的师生对贫困户的帮扶是三方面的：种植技术不到位，他们来做科技指导；孩子教育上，他们主动辅导功课；农活儿上不会了，马上给出解决办法。“整天叔、叔地喊我，村里人都喜欢他们。”王志成算了一笔账，在科技小院的帮助下，他的每亩地能够节省投入成本100元钱，效益增加300多元。这样的帮扶，是看得见摸得着的。

“你们过来时间比较短，不然我很想带你们一一认识我们村的孩子们。”前衙科技小院王晓奕说，透露着满满的自豪感。“他们真的有很大的潜力，我们教他们说英文，咱们过来了外国专家，他们就会非常大方地和外国专家打招呼，可爱又自信！”

7

科技日报

KEJI RIBAO

在祖国大地书写青春篇章

科技日报　2019 年 5 月 31 日　报道

本报记者　马爱平

4 月 14 日一大早，中国农业大学国际学院师生就来到河北曲周实验站为辛德惠院士墓敬献花篮。

曲周第四疃镇的农大路边，坐落着一个院子，农田环绕，绿树掩映，透出一股温馨、清凉、静谧的气息。院内干净整洁，房屋排列有序。芳草簇拥的两块景观石上，有“鱼水情深”“恩重如山”的红色大字。在院子一角，是一片庄严的墓地，松森柏翠，一片肃穆，安葬着中国工程院院士辛德惠。

这里就是中国农大曲周实验站所在地。

培育时代新人的教育基地

深受曲周人敬重和爱戴的辛德惠，生前为曲周呕心沥血，鞠躬尽瘁。死后他的英灵依然与曲周人民在一起，成为曲周人民心目中不朽的“精神丰碑”。

4 月 13—14 日，中国农大国际学院分党委组织师生 60 余人赴河北曲周县进行主题教育活动。“一代一代的农大人秉承着‘解民生之多艰，育天下之英才’的校训，将“三农”问题放在心上，秉持务实求真的科学精神进行探索，才有了曲周的动人故事和显著成果，这种精神值得我们深入学习领会。”国际学院青年教师柴利说。

“科技小院的研究生师兄师姐们既能辛勤耕耘于田间地头，又能写出高水平的科研论文，并且在融入当地农村的过程中，锻炼了自己的人际交往能力、表达能力，他们身上那种团结、朴实、积极乐观的气质极富感染力，是同学们学习的榜样。”国际学院17级学生丁秋豪说。

中国农大将曲周实验站作为培育时代新人的教育基地。

2011年7月，在庆祝建党90周年之际，中国农大“大学生思想政治教育基地”在曲周实验站挂牌成立。当年，中国农大组织第四期本科生党员骨干培训班的100多名大学生党员到基地开展学习实践。曲周实验站也是中国农大教职工思想教育基地、马克思主义学院教学实践基地。

“我们从老一辈中国农大人和科技小院研究生奉献‘三农’的事迹中汲取精神力量，‘曲周精神’是思政课的生动教材。”马克思主义学院副教授刘武根说。

全国高校思想政治工作会议召开后，中国农大围绕立德树人根本任务，贯彻落实习近平总书记“坚持教育同生产劳动和社会实践相结合”的一系列重要指示精神，传承和弘扬“曲周精神”优良传统，将实践育人贯穿于人才培养的全过程，形成了符合时代特点、青年特征、中国农大特色的科技小院实践育人长效机制。

村村宣讲十九大　农技培训全覆盖

一批批“80后”“90后”中国农大研究生在曲周扎下了根，融入村民之中。

科技小院确立了“住一个科技小院，办一所农民田间学校，培养一批科技农民，研究一项技术，建立一个示范方，发展一个农业产业，推动一村经济发展，辐射影响一个乡镇，完成一系列论文，组织好一系列活动”的研究生培养“十个一”模式。

在科技小院，每天都有感人的故事发生。

冬天培训期间，农民担心研究生受冻受寒，亲手制作棉鞋送给他们；为了表达心意，大河道后老营村农民自发捐款，为师生唱大戏。

夏日炎炎，白寨乡北油村农民吕玉山包饺子，吕增银熬制绿豆汤送到小院；甜水庄村民将小院研究生奉为贵宾，请他们主持儿子的婚礼。

党的十九大召开后，中国农大依托曲周科技小院开展了“村村宣讲十九大，农技培训全覆盖”行动。

“老师同学讲的（我们）听得懂，内容有‘嚼头’。只要一听说有课，基本上都会来听。”白寨镇白寨村村民张香林说。

宣讲队伍克服了数九严寒、生病和道路不便等困难，组成10个组，每天上午、下午各培训一个村，中间不间断，晚上及时总结和交流，每天工作12个小时以上。

“最大的收获是面对面听到了农民的心声，了解到农民群众对农业的热忱、对美好生活的向往、对知识技术的渴求，感到了自己身上的一份责任。”中国农大研究生刘传云说。

新思想引领新征程，新时代呼唤新作为。科技小院也走出了曲周，走向了广东、广西、四川、东北、北京，在全国20多个省、市、自治区的20多个作物生产体系建立了100多个科技小院，300多名研究生长期在农村、农企一线，成长为“一懂两爱”的现代农业科研人才。

科技小院里的农业发展大智慧

科技日报　2019年5月31日　报道

本报记者　华凌

中国农业的绿色发展之路该如何走？

针对这一问题，2009年起，中国农业大学开始探索在河北曲周开启科技小院。十年磨一剑，通过院士、教授和研究生在田间地头，与当地农民一起展开生动的实践，创建了一条适合中国农业发展的绿色路径。且听一听他们的故事——

4月19日，河北曲周县王庄科技小院的学生动身去田里做实验　新华社记者　王晓　摄

大教授扎根农村　燃起科技小院燎原之"火"

场景一：2009年的一个晌午，曲周白寨乡地里

中国农业大学教授李晓林带着几个研究生赶了20多公里路到田间做调研，却没碰到一个农民，烈日暴晒下他们又饥又渴，方知原来农民习惯于早起干活早点收工。看来为了"堵"到农民，只有比他们起得更早，脚板还得

再勤些。

这次调研的缘起还要从2007年说起，当时张福锁、李晓林、张宏彦等农大教授、专家，对河北曲周县两万亩优质小麦标准粮田项目精心指导，使每亩地小麦在产量、节水、省料等方面都有显著提高。欣喜之余，他们发现科研成果仅仅停留在试验站，却并没让广大村民得到收益。为此，农大老师们决定要把科研成果夯实在田埂地里。

为了深入农村，传播科技知识，在曲周县农业局支持下，农大师生在白寨乡政府对面一个荒废很久的小院“安营扎寨”。中国农大创办的全国第一家“科技小院”由此诞生。

在大学做学问、带学生、发论文按部就班的工作生活轨迹，对李晓林来说已周而复始三十多载，似乎大学教授的日子就这样过下去，也蛮有成就感。然而，已然五十多岁的他，毅然决定扎根服务农村。

“真到了田地里，才发现我们在课堂传授的种植方法在实践中并不大适用，这样怎么教学生以后指导农民种地！必须放下教授身段把自己变成农民，跟农民平起平坐交流，俯身大地才能找出解决农业绿色发展良方。”李晓林对科技日报记者感慨地说。

深耕翻、精量播种、节水灌溉、咸淡混浇、测土配肥……师生们带动村民将十几项丰产技术应用在生产中，种出了“高产高效示范田”。这让周边村的村民羡慕不已，纷纷请求“科技小院”进驻。

之后，吴文良、郝晋珉、王冲、江荣风、潘志华等越来越多的农大教授开始扎根曲周，科技小院如星星之火燎原之势在黑龙江、四川、贵州等地方蔓延，开创了一种“校地合作”的新型农村服务模式。

大学生当上“村支书”　火热青春浇灌土地

场景二：2012年春天，曲周王庄科技小院内

兴冲冲来报道的农大研究生黄志坚，一踏进院子就炸了毛。这里没暖气没食堂更没水洗澡，跟北京舒适的校园大相径庭，情绪激动的他跟老师

吵了一架。

李晓林耐心地给他做思想工作，并说“今后王庄都是你的天地”。慢慢地小黄才沉下心来，开始调整自己，并虚心地向进驻小院的师哥师姐学习。此后，他积极为村民办实事，为村里组织举办中秋晚会，渐渐获得了村民们的认可。2012年1月，他高票当选为王庄村党支部书记。

翻开科技小院大学生的工作日志，青春洋溢的笔触令人感动。前衙科技小院“院长”农大研究生王晓奕这样写道：“2018年3月4日，是一个不寻常的日子。第一件事情就是取土工作圆满收官！看着同学们最后一次满载而归的喜悦和满足，我们心中也为他们骄傲，这些时日同学们虽然辛苦，有的甚至腰背酸痛，但是依然坚持奋战，在田间地头奔波而努力着，这样的精神才是我们的‘曲周精神’，这样的面貌才是我们科技小院研究生的面貌！农民与我学知识，我与农民学生活……”

十年来，中国农业大学已形成惯例，研究生阶段要有一年时间从课堂走入田间，在农村实践中找到毕业论文的方向，而在这个过程中，他们也完成了从都市走进乡村，从对农村一片陌生到逐渐懂农村、爱农民的转变。

大院士心系曲周　带动乡村绿色振兴

场景三：2019年3月，河北曲周国际合作交流中心楼顶

荷兰首席农业科学家、诺贝尔奖得主欧意玛凭栏眺望，不禁感慨地说：“这里变化太大了！以前这里还没有这栋实验楼，远处也没有那么多试验田。”“曲周农业以后还会变化更大！”陪行的中国工程院院士、中国农业大学资源环境与粮食安全研究中心主任张福锁说。

为实现作物高产、资源高效、环境友好的目标，中国农业大学的石元春和张福锁两位中科院院士，一直心系曲周农业发展，几十年来一直在研究粮食“增产高效”体系，探索农业绿色发展之路。

2018年3月7日，国际顶级学术刊物《自然》在线发表张福锁等团队在农业绿色发展领域取得的新成果——“与千百万农民一起实现绿色增产增效”。

其关键创新之一就是创建以扎根农村的“科技小院”为核心，以覆盖全国的“科教专家网络、政府推广网络、校企合作网络”为平台，与千百万农民一起大面积推广应用绿色增产增效技术的新型技术应用模式。

张福锁强调：“党和国家一直看重绿色发展，要真正将其实现落地，惠及百姓，作为科研人员就要做创新之事，达到国际领先水平。所以，我们提出在曲周这片土地上实现绿色发展示范区，首先须建立绿色全产业链，然后形成全域产业链，在人才的培养上更要形成全链条。在地域田地上打破条块分割，在学科上交叉相融，让绿色覆盖农村，为乡村经济注入活力”。

记者了解到，过去10年里，在科技小院平台的带动下，共有1 152名研究人员、6.5万名农业推广人员及13万农业相关企业人员和452个县的2 090万农民，参与了这一技术模式的推广应用。在此期间，共开展和组织了14 000多个培训班、21 000多个田间日活动、6 000多场田间现场观摩会，发放33.7万份宣传册。这些举措，在很大程度上改变了农民传统观念和生产习惯的做法，不仅为中国农业的绿色发展树立了榜样，也为全球可持续集约化现代农业的发展提供了范例。

46载改土治碱之路

科技日报　2019年5月31日　报道

本报记者　陈龙

如今的河北省曲周县，广袤麦田令人心旷神怡。可曾想，40多年前，这里饱受盐碱地困扰，莫说粮食高产，就连野草树木都很难存活。

是一群中国农业大学的师生来到了这里，46年里，他们一代又一代扎根基层，将汗与泪洒在这片热土，改善了曲周当地盐碱土壤环境，带动了黄淮海平原农业绿色可持续发展。

农大师生扎根治理　曲周彻底结束吃救济粮历史

当地人告诉记者，自古生活在这里的农民主要靠淋小盐、熬卤水谋生。民间更有着“春天白茫茫，夏季水汪汪，只听楼声响，不见粮归仓”的说法。

1973年，周恩来总理做出“北方干旱半干旱地区水利资源合理开发利用”的重要指示。中国农业大学积极响应号召，以辛德惠、石元春、毛达如、黄仁安、陶益寿教授为首的治理小组进驻曲周县北部盐碱最为严重的张庄村，建设治碱试验站，拉开了曲周乃至黄淮海平原的盐碱地治理序幕。

专家组扎根曲周后，考察研究土壤成分，提出了黄淮海平原季风气候带区域水盐运动规律和“工程生态设计方法”，建立盐渍化障碍因素综合治理工程配套体系；因地制宜采用沟网结合、深沟浅井、抽盐补淡的方法，完成了曲周北部28万亩盐碱地的治理工作。到1978年，亩产粮食达到500公斤，相比1972年亩产79公斤增长了6倍多。

到20世纪90年代初，曲周县全境已不见盐碱地踪迹。盐碱荒地变成了亩亩良田，当地农民第一次有能力向外出售粮食，结束了吃救济粮的历史。为此，农民们以及曲周县政府特意在试验站内立碑，以感谢农大师生多年来的辛勤付出。

试验站不仅走出了院士　也走出了农业发展新路

改土治碱的成功，开创了一流大学与县乡政府合作的先河。

46年来，曲周试验站先后走出了3位院士，培养出70多位教授，300多位博士、硕士研究生，为曲周县培养出5 000多名农民技术骨干和农业技术人员。

曲周试验站先后承担了80余项国际合作及国家和省部级科研项目，研发出20余项农业科学技术，申请专利20多项；荣获省部级科技进步奖10余项，国家科技进步奖二等奖2项、三等奖1项，其中“黄淮海平原中低产区综合治理的研究与开发”获得国家科技进步特等奖。

在曲周县和中国农大的全面合作下，该县连续多年被评为全国农业综合开发项目县、全国首批科技富农县、全国测土配方施肥整建制推进示范县以及全国科技进步示范县。

近年来，曲周试验站围绕黄淮海平原农业可持续发展，开展了现代高产高效农业理论与技术体系。

把课堂搬到田间地头

科技日报　2019 年 5 月 31 日　报道
本报记者　华凌

5 月 29 日，中国农业大学师生在曲周一处麦田查看小麦长势　新华社记者　王晓　摄

长期以来，高校研究生的培养与社会需求脱节、科研创新与生产需求脱节、科研人员与农民脱节的“三脱节”现象，直接影响着农业发展、产业进步和农民增收。如何“破”？

自 2009 年以来，中国农业大学科技小院从河北曲周起步，教授带着学生驻扎在农村和生产第一线，与农民“零距离”接触，把课堂设在田地间，把论文写在大地上。

农民提供试验场，在田地里发现问题求助研究生，学生学以致用，将书本所学知识和技术运用到实践中，遇到难点解决不了的请教“后盾”——学校老师、专家。

一方是学了多年书本理论知识，却几乎没有在田埂乡间实践的初出茅庐大学生；另一方是长期在田间耕作，几乎未学过啥系统理论知识的村民，看似在不同轨道上行进的人群，竟然在河北曲周“科技小院”里发生了交汇。种瓜、施肥、植麦……大学生与农民一起沉浸在土地田埂，互为供需双方，形成良性循环。值得注意的是，中国农业大学并没有把培养人才定义为掌握一定农业科技理论知识和实践技能应用，而是瞄准国家战略，在生动乡村实践中培养大学生爱农村、爱农民，让他们融入乡村生活中，成为村民的贴心人；将知识和技术、新思维带动乡村与时代接轨，成为乡村科技创新、提供技术服务的“小专家”，管理乡村事务的“村支书”。

历经10年探索实践，科技小院已经扎根祖国大地，人才培养模式辐射全国，在20多个省份建有127个科技小院，覆盖45个作物体系，形成了全国科技小院联盟，30个单位的59名教师进入科技小院网络工作。很多学生毕业后成为与农业发展有关的政府部门或是企业骨干，直接服务农民、农村，提升了农民的科技文化水平，促进了乡村文明，提高了农民经济收入。

显然，作为中国农业大学探索应用型研究生培养模式深化综合改革的典型，科技小院创新了实践—理论—实践“三段式”全产业链人才培养路径，形成了集解决生产问题、做国际一流科研，特别是具有家国情怀的“立地顶天”人才塑造模式。

大力弘扬“曲周精神”

科技日报　2019 年 5 月 31 日　报道

本报记者　马爱平

党的十八大以来，习近平总书记对弘扬爱国奋斗精神做出一系列重要指示，指出新时代是奋斗者的时代，要把爱国之情、报国之志融入祖国改革发展的伟大事业之中，融入人民创造历史的伟大奋斗之中。

1973 年至今，46 年来，从改土治碱到科技小院，中国农业大学师生扎根燕赵大地，高扬“责任　奉献　科学　为民”的“曲周精神”，服务乡村振兴、培育时代新人，形成了独具中国农大特色的实践育人模式，诠释了当代知识分子“弘扬爱国奋斗精神、建功立业新时代”的精神追求。

46 年来，中国农大人在曲周不忘初心、砥砺前行。“曲周精神”秉承中国农大百年历史积淀，以为国为民的家国情怀、敢为天下先的创新追求、自强不息的奋斗精神和追求卓越的创新魄力，深刻诠释了“解民生之多艰，育天下之英才”的校训，是新时代师生“弘扬爱国奋斗精神、建功立业新时代”的生动写照。

责任，源于“解民生之多艰”的笃定信念。扎根曲周的中国农大师生时刻以听从党的召唤、把党和人民的事业摆在最高位置，以破解农业科技难题、推动农业科技进步、助力农业农村现代化为己任。

奉献，源于无私无畏的使命传承。扎根曲周的中国农大师生淡泊名利、无私奉献，总是想农民所想、急农民所急，鞠躬尽瘁、忘我工作，为了曲周的事业不求回报、持续接力、默默奉献、砥砺前行，用自己的言行生动诠释社会主义核心价值观的真谛和要求。

科学，源于对农业发展的不懈探索。扎根曲周的中国农大师生始终弘扬科学报国的光荣传统，追求真理、勇攀高峰的科学精神，勇于创新、严谨求实的学术风气，把个人理想自觉融入“三农”事业发展，在农业科技前沿孜孜求索，在重大科技领域不断取得突破。

为民，源于不忘初心的执着情怀。扎根曲周的中国农大师生始终站在人民群众立场上，保持着与农民、与群众的密切联系，真心实意地为农民、为群众做好事，办实事，解难事。

当年，贫困落后、低产缺粮的曲周，全县耕地平均亩产仅在100公斤左右；而今，曲周已是走在全国农业发展前列的“吨粮县”。

当年，曲周一穷二白，经济发展滞后于全市其他县区；而今，曲周已是“科技创新之星”，连续多年被评为“全国科技工作先进县”。

当年，黄淮海平原科技攻关会战的前沿战役声名响彻云霄；而今，按照党的十九大提出的乡村振兴和绿色发展战略，中国农大再次和曲周携手打造国家绿色发展示范县，打响一场新的黄淮海科技攻关战役。

46年，“曲周精神”代代传承。时间在变，问题在变，环境在变，人也在变；可贵的是，曲周和中国农大的合作关系没有变，“责任、奉献、科学、为民”的精神内核没有变。正是这种变与不变，谱写了当代中国知识分子“爱国奋斗、科学报国”的壮丽诗篇。

8

农民日报

NONGMIN RIBAO

田头课堂书写为民答卷

——中国农业大学扎根河北曲周县 46 年科教兴农纪实

农民日报　2019 年 5 月 31 日　报道

本报记者　钟欣　杨梦帆

安寨镇前衙村的科技小院致力于向农户推广水肥一体化技术。5 月 29 日，中国农大硕士研究生李兴（右四）和李惠丽（右二）正在水肥一体化模型前，为小院周边的村民详细讲解在种植管理中如何节水节肥。本报记者戴军摄。

蔚蓝天空下涌动着金色的麦浪，微风中弥漫着丰收的味道。明媚的阳光下，几名身穿红色“科技小院”制服的中国农业大学研究生正挥汗在麦田中取土样，青春的面庞为河北省曲周县这一望无垠的麦田又添了一抹亮色。

“每到即将收获时，学生们都会到田里取土化验，分析土壤与环境的变化情况。”5月29日，在曲周县曲周镇的麦田旁，中国农业大学资源与环境学院副院长、曲周实验站站长江荣风对记者说。

面对眼前这林茂粮丰的美景，谁能想象46年前的曲周大地是另外一番景象：那时盐碱肆虐导致这里土地贫瘠，粮食产量低，农民生活困苦。如今，曾经的“盐碱窝”变身“米粮川”。这些翻天覆地的变化，离不开中国农业大学一代代师生扎根曲周的无私奉献。

1973年至今，一代代农大师生铭记“解民生之多艰，育天下之英才”的校训，与曲周人民并肩奋斗，帮助曲周从改土治碱到农业综合开发、高产高效创建、农业绿色发展。46年来，他们高扬“责任、奉献、科学、为民”的“曲周精神”，依托全国首创的科技小院模式，在这片燕赵大地上奉献青春，完成历练，以实际行动书写了新时代师生“爱国奋斗、科学报国”的壮丽诗篇，诠释了当代知识分子“弘扬爱国奋斗精神、建功立业新时代”的精神追求。

从改土治碱到科技会战

曲周历史上长期饱受土地盐碱之苦。“46年前，这里几乎寸草不生，农业生产非常凋敝，农民以淋小盐、熬卤水为业，生活艰难。”在中国农业大学曲周实验站的县校合作成果展室，中国农业大学资源与环境学院教授、曲周实验站副站长张宏彦感慨道。

那时，当地老百姓流传着这样的顺口溜：“春天白茫茫，夏天水汪汪，只听耧耙响，不见粮归仓。”新中国建立之初，虽然对此几经治理，但由于缺乏科学指导，效果并不明显。

1973年，周恩来总理抱病做出重要指示：一定要治理好北方盐碱地！

老一代农大人石元春、辛德惠等7人研究小组响应总理的号召来到了曲周最苦最穷的“老碱窝”张庄大队安营扎寨。他们建立实验站，住在漏风、漏雨、漏土的房子里，吃着高粱面窝窝头，喝着咸水。环境的艰辛更激发了治碱决心，他们立誓：不治好盐碱就不回家！

“专家来之前，农民也在治理盐碱，但是没有知识；专家来了，虽然有知识，但是不知道工作如何开展。当两部分人会合在一起后，便很快找到了盐碱的成因。”张宏彦说，“盐随水来，盐随水走”这句大白话，是科学家总结出治理盐碱方案的重要理论基础。根据这一规律，科学家们提出了“以浅井深沟为主体，农林水并举”的综合治理方案。

改土治碱造福曲周的伟大实践就这样开始了。科学家和农民并肩作战，挥洒出一幅改天换地、征服自然的恢宏画卷。“这幅画卷让我们始终铭记。农大人初心不改，战天斗地，治理盐碱滩，改造大自然，使得全县的粮食亩产逐年增长，森林覆盖率逐年上升，农民收入逐年提高，昔日的盐碱滩变成如今的‘米粮川’。”现任曲周县委书记李凡深有感触。

经过不懈努力，原来不能长庄稼的“飞机场”变成了良田。张庄的粮食亩产由1972年的79公斤增加到1978年的500公斤，农民结束了吃救济粮的历史，兴高采烈地向国家交售余粮。

“看到张庄村盐碱治理成绩，效果还真是不赖。”第四疃镇王庄村80多岁的老书记王怀义回忆，原来村里土地面积3 000多亩，但能耕种的仅有一半，剩下的1 500亩地几乎寸草不生。1978年，王庄也迈出了治理的脚步。“治理过后的‘飞机场’全都变成了良田。1980年我们不再吃国家救济的粮食了，还给国家交了16万公斤粮。”王怀义告诉记者。

到1987年，曲周盐碱地面积减少近7成，28万亩盐碱地全面得到综合治理。现任曲周县县长尹丽龙特别感激老一代农大人的努力：“我是从这片土地上走出来的，是农大改碱治碱的受益者，如果没有农大来这里治碱，就很难有生活的改善，也就没有我上学、工作以及走上今天岗位的条件。”

在当年的黄淮海平原，像曲周这样灾害严重、低产缺粮的土地有5 000多万亩，占整个平原耕地面积的15%。于是，老一代农大人的脚步从曲周扩展到黄淮海平原，科研实践从改土治碱扩展到了农业综合治理和开发。

1993年，农大领衔的“黄淮海平原中低产地区综合治理的研究与开发”项目被评为国家科技进步特等奖，被誉为农业科技的“两弹一星”，成为我国历史上最大的一次农业科技大会战。农大在曲周的治碱成果推动了我国涉及20个省份3.8亿人口的4.7亿亩耕地的低产田综合改造工程。

“六五”“七五”期间，以改土治碱为核心的科学会战取得了成效，实现了农业发展的第一次飞跃，可农大师生在曲周的工作并没有结束。“改土治碱完成后，曲周粮食产量得到了提高，但农业的综合发展问题还没有解决，经济作物、畜牧业等都需要发展。所以县校合作从未间断，农大师生也一直在围绕当地农业发展的实际问题进行攻关。”江荣风告诉记者。

从“八五”开始，辛德惠院士团队引进蔬菜、棉花、玉米等品种，并进行了配套技术的研究，培养了具有高产、节水等功能的小麦新品种，开展土壤培肥、土壤高效利用研究……

1973年以来，辛德惠把26年的宝贵时间献给了曲周。他病逝后，1/3的骨灰留在曲周实验站的树林里。“对于农大人来说，辛院士是个标杆，我们要向他学习，不仅学习科学科研精神，还有如何跟老百姓交流合作、解决问题的做法。”张宏彦说。

20世纪90年代以来，农大围绕农业生态系统开展了系列基础和应用研究。还提出了农业农村发展“三阶段”战略，要逐步构建高效优质、持久稳定的农业生态系统，推动曲周成为全国商品粮基地县、优质棉基地县。1996年，农大师生协助曲周建成省级农业高新技术产业园区，组建26家农业产业化龙头企业，带动全县农村经济快速发展。

每一阶段的合作都促进了曲周经济社会的快步发展。之后的“十五”期间，农大又帮助曲周编制绿色产业发展总体规划，科技支撑助推曲周经济和现代农业发展上了新台阶。

“外面的专家请都请不来，农大师生却主动留在这儿，对于曲周人民而言是件幸事。”曲周县县校合作促进会会长、中国农业大学曲周实验站顾问胡耀东告诉记者。

农大师生始终站在人民立场上，为曲周人民谋幸福，赢得了曲周人民打心底的感激。1988年9月8日，曲周县委、县政府树碑“改土治碱、造福人民”；2013年10月，曲周人民为农大曲周实验站树碑“恩重如山、鱼水情深”。

“科技小院”应运而生

农大和曲周的县校合作没有随着时间的推移而变淡。“十一五”以来，围绕黄淮海地区农业可持续发展，农大与曲周紧密相连，共建高产高效现代农业发展道路研究基地，开展了高产高效现代农业理论与技术、中低产田改造、小麦和棉花育种等方面的研究。2006 年，曲周县无偿提供 300 亩土地，供农大师生从事农业科研，吸引了大批教师和研究生入驻实验站。

“2006 年我带队到曲周工作，发现粮食增产了，但是水资源问题严重，农业投入越来越高，农民收益却很有限，怎么保证持续增产？如何减少资源消耗？怎么解决环境问题？”中国工程院院士、中国农业大学资源与环境学院院长张福锁介绍，团队想探索一套“作物高产、资源高效、环境友好”的集成技术辐射黄淮海平原乃至全中国。“经过几年试验，我们发现农民在增产的时候，可实现成本降低，投入减少，收益增加。”

团队另一位成员——中国农业大学资源与环境学院教授李晓林也产生了新思考：“学院的植物营养学科主要研究植物营养规律、施肥等问题，这门学科应该是偏向于农业应用技术的学科。所以，我们应该把这些理论应用到实际中，农民应该把这些理论知识变成生产力。2008 年底，我和张福锁等老师形成共识，2009 年就开始行动。”

在实验站管理的 300 亩土地上，小麦亩产能达到 1 200 斤，玉米 1 600 斤，而墙外农民的小麦亩产八九百斤，玉米只有 1 000 斤。

“为什么会有这个产量差？到了围墙外怎么就没有这个产量了？要如何缩小差距？”一系列问题让李晓林反复思考，住在实验站，条件不会差，但却阻隔了与农民之间的距离。“大家从北京来到这里，就是希望农民能够用我们的技术！”

机会来了。2009 年，“中国农业大学－曲周县万亩小麦－玉米高产高效示范基地”在白寨乡成立。为了方便推广实用技术，减少产量差，消灭和农民的距离，李晓林带着两位老师搬到了村里，第一个白寨科技小院也随之诞生。“小院不大，但在里面可以干科技的活，方便农民找到我们，拉近彼此间的距离。”李晓林告诉记者。

农村条件艰苦，比不上城里的实验室。农民质疑声不断，总觉得农大人在村里待不了多久……随着时间的推移，转变也在渐渐发生。农民发现小院的专家们是真干实事，开始主动到小院走动了。玉米收获时节，乡亲们亲眼看到小院专家在村里的示范基地产量高。这个时候，他们就真的认可了小院的价值。

如今，白寨科技小院的一面墙上印有农大的校训，这里还可以看到曾经盐碱上墙的痕迹。在张福锁和李晓林看来，这是科技小院开始的地方，他们的回忆中有汗水、泪水更有收获。

不久，新的问题出现了。“那时候，很多人说小院在曲周做得成功，也对农民起到作用了。但是在其他地方是否具有推广价值和可复制性呢？”李晓林回忆说。

为了回答这个问题，广东省雷州半岛徐闻县菠萝主产地的科技小院诞生了。徐闻县没有科学实验站支撑，也没有政府支持。当初李晓林带着两个学生过去建起了科技小院。到了第二年，学生就把菠萝生产技术学会了，产量还超过了当地菠萝种植大户，科技的力量逐渐赢得了农民朋友的信任。

2012年年初，为了探索科技小院在现代农业中的实际价值，3个农大研究生入驻了全国最大的香蕉种植企业——广西金穗农业集团有限公司。李晓林告诉记者：“老板希望我们帮企业解决肥料用量大、裂果严重等问题。这3位研究生像农民工一样在地里干了3个月，熟悉了香蕉生长的实际情况。随后，他们从专业角度入手，开始帮企业做研究，很快得到了公司的认可。”

从单学科到多学科交叉互动，从粮食作物到45个经济作物，从种植业到畜牧养殖业，从曲周推广到全国各地……农大始终将曲周作为培育时代新人的基地，将实践育人贯穿于人才培养的全过程。科技小院诞生在曲周，如今在20多个省、直辖市、自治区已经有127个科技小院开花结果。每年有300多名农大研究生依托科技小院在农村、农业生产一线学习锻炼，将论文书写在祖国的大地上，正在成长为爱党、爱国、爱人民的现代农业科技人才。

时代新人在田野上成长

推广农业技术，是创立科技小院的初衷，但是它星火燎原般的发展，这是大家当初没有预料到的。“开始就是想看看我们的研究在地里能不能发挥作用，找到农业生产中的问题。但后来发现小院还能培养人才，搞社会服务，一举多得。”张福锁笑着告诉记者。

农大师生在全国首创科技小院，开展自下而上的技术创新，提供“零距离、零门槛、零费用、零时差”的科技服务，进行农业院校专业学位研究生培养模式的探索，形成了农业科技创新、人才培养和社会服务“三位一体”科技小院新模式。

一代代农大师生薪火相传，如今，接力棒已经交接到了富有创新精神的“80后”“90后”手中。

身处科技小院，你就要成为一名农民。“城市里生长的小姑娘也要抡起铁锹下地干活。”安寨镇前衙村科技小院的研究生王晓奕说，以前根本不会种葡萄，只会吃葡萄。去年，小院的3个学生每人出资2 000元，在村头包了一亩三分地，因为是大学生，不想让农民笑话，更不想砸了小院的招牌，如今都成了葡萄种植小能手。

手把手、面对面的传授技术，是小农户更喜爱的方式。前衙村村主任郭连成对于小院学生的到来特别开心：“种了30多年葡萄了，村里葡萄还存在果实大小粒、打药施肥过量等情况。虽然我们实践经验多，但缺乏科学的指导。他们来了以后，葡萄病虫害情况改善了，葡萄的产量提高了30%。由于品质好，葡萄价格由往年的每斤1.6元提高到了2018年的2.5元，更好卖了。”

白寨乡北油村科技农民代表吕增银也有同感，他对记者说：“农民渴望有好的收入，但没有知识和技术，所以很盼望科技的支持。农大师生来了，传播科学技术，他们白天下地干活，晚上组织农民培训。没有农大师生来，地里的产量就没有这么高。现在小麦亩产可达1 200斤，玉米可达1 700斤。”

每天叫醒学生的不是闹铃声，而是老百姓的敲门声。“麦子怎么黄了啊，什么时候打药啊……他们很早会敲我们的门提问题，连去超市都会被问。”白寨乡范李庄村“三八”科技小院的研究生康佳告诉记者。

小院不止推广技术，还能丰富村民的文娱活动，在潜移默化之中改变传统的思想束缚。范李庄村的村民王九菊，获得过“邯郸最美女性”的称号。在她看来，小院不仅可以帮助她增产增收，还提高了村里妇女学习的积极性，大家的思维都被打开了。“你要是翻看我以前的照片，就会发现我土得不得了。”

科技小院已经10个年头了，农大学生从“理论课堂”走到“实践前台”。“我们的同学，只有到了最需要的地方，他们的情怀、能力、潜力才能最大限度地发挥出来。你会发现，小院研究生和实验室里的学生相比，他们眼睛里散发出的光芒是不一样的。”张福锁认为，科技小院通过为农民服务，通过科技创新，培养了大批人才。不仅走出了一条服务“三农”、解决“最后一公里”的路子，而且找到了怎么在生产一线做科技创新的新路子，特别是找到了培养“一懂两爱”有家国情怀的新型综合性人才的新路子。

绿色发展中再谱华章

新时期又有新任务。农业由弱变强，必须要走绿色发展道路，围绕绿色发展，县校必须继续深化合作。在难得的历史机遇面前，曲周提出推动农业生产由传统资源消耗向绿色生产方式转变的目标，并于2018年10月启动曲周绿色发展示范县建设。

曲周与中国农大之间结成的感情历久弥新。李凡介绍，曲周县将以此为契机，以习近平新时代中国特色社会主义思想为指导，深化县校合作，借中国农业大学的智库，聚全民之心，举全县之力，动员52万曲周人民打一场新时代的“黄淮海战役”，加快推进农业绿色发展示范区建设，努力探索全国绿色发展的“曲周模式”。

在中国农业大学高产高效现代农业研究基地，张福锁畅想着未来愿景:“希望在曲周能够实现绿色发展，把曲周案例作为全国榜样在全国推广。为实现农业绿色发展，我们也在紧锣密鼓加紧准备。”

近些年，科技小院的工作都集中在农业绿色生产方面，希望能够减少化肥，改善土壤，实现绿色循环。“从今年开始推动种养一体化。在把种植业、养殖业水平提上去后，能够将养殖业的废弃物循环利用，把污染减下来。”张福锁介绍。

“作为在一线工作的老师、曲周实验站第九任站长，我深有体会。得力于曲周的大力支持，鱼水情深，我对未来发展更加有信心，农大师生也会做出新的贡献。”江荣风介绍，为了推动农业绿色发展，在县校合作方面，将在体制、机制上进行创新，以及多学科开展交叉互动，要在全产业链上进行突破。未来，将谋划曲周农业绿色发展示范区建设，从作物生产、农业投入品、农业产品等方面实现全产业链的绿色种植；推动绿色种养一体化结合，有效利用养殖废弃物；构建曲周绿色的生态环境，实现乡村美、环境美。

一项事业，难能可贵的是薪火相传。如今，农大师生将和曲周人民一起在这片大地上打响又一场“黄淮海战役”，在实现农业绿色发展、为乡村振兴奋斗的征程上谱写更多的动人故事。

情怀是最深沉的动力

农民日报　2019年5月31日　报道

本报记者　刘强

想做好任何一件事情都是需要一点情怀的，而“三农”等领域可能尤甚，因为这个领域民生特质更强、操作起来更需要一种执着和坚持，且得到的物质回报可能并不一定与付出对等。

其实，1973年开始在曲周那块盐碱地上治碱的时候，中国农业大学的师生们并没有想到这次校地合作竟然走了46年之久，且至今看来还会继续走下去。那么，支持师生们一路走来的动力是什么？“三农”情怀使然。具体到曲周实践，可能首先是一种家国情怀。

农大的校训里有一句著名的话——“解民生之多艰”，这句话很好诠释了高等学府存在的意义和价值。也就是说，大学的价值在于为国家和社会的发展做出了多大的贡献。正因如此，第一代农大人才能在极其恶劣的生活条件和生产条件下，创造出属于我们中国的治碱奇迹，才能把自己的人生价值奉献给了那块土地。

习近平总书记指出，幸福是奋斗出来的。奋斗，这正是曲周实践又一重要的精神内涵。大学也罢，科研院所也罢；论文也罢，研究成果也罢，唯有在社会实践中才能显示出它的价值所在。农大与曲周的合作，从一开始的改土治碱，到农业综合开发、高产高效创建，再到今天的农业绿色发展；从单一粮食作物到45个经济作物；从综合治理成果推动全国20多个省份4.7亿亩低产田改造，到科技小院在全国20多个省份建立了127个之多，这46年农大曲周校地合作的历史，就是一部“三农”事业发展的奋斗史。

目前，农大有一个研究生方向就是科技小院专业，这种类型的研究生专业在世界上其他国家很难找到。为什么会有这么一个研究生专业？这是因为，科技小院看着虽小虽不起眼，但其却体现着曲周实践的精神，即“责任、奉献、科学、为民”。这其中体现着人才培养的大方向，其所蕴含着的“三农”情怀、家国情怀、奋斗精神，既是“三农”事业发展的精神基石，也是中华民族走上兴盛之路的精神基石！正所谓，不忘初心、牢记使命！

不治好盐碱地就不回家

——中国农业大学扎根河北曲周县系列故事之一

农民日报　2019 年 6 月 1 日　报道

本报记者　杨梦帆

编者的话：中国农业大学扎根河北曲周县46年，高扬“责任、奉献、科学、为民”的“曲周精神”，不懈奋斗，从改土治碱，到科教兴农，再到谋划农业绿色发展、助力乡村全面振兴，以实际行动展现了中国知识分子“爱国奋斗、科学报国”的赤子情怀。

本报从今日起连续刊发中国农业大学扎根河北曲周46年服务乡村振兴的相关故事，希望通过这些故事，鼓舞大家不忘初心、牢记使命，在祖国的大地上拼搏奉献、建功立业，在新时代为中华民族的伟大复兴再谱华章。

走进中国农业大学曲周实验站，一眼就能看到大门口附近一片杨树林下立着一块石碑。这是河北曲周县人民政府于1993年赠送给曲周实验站的。石碑正面镌刻着“改土治碱、造福曲周”八个大字，石碑的另一面则记录着每一位参与曲周改土治碱的农大人的名字。

中国农业大学教授、中国工程院院士辛德惠的名字就在其中。

1973年，满怀抱负的辛德惠与农大的几位老师一起来到曲周，选择在全县土地盐碱化最厉害的张庄村建站治碱。面对异常艰苦的现实条件和当地百姓的质疑，辛德惠说：“如果张庄的盐碱地治不好，我们就不回北京了。就是死后，也埋在张庄的盐碱地里。”

一场伟大的战役拉开了序幕。农大老师同当地老百姓同吃同住，在治理盐碱上探索实践。1974年，张庄的土地渐渐有了起色，距离张庄村两公里的王庄村依然盐碱肆虐。时任王庄村党支部书记的王怀义坐不住了，他跑到张庄找到辛德惠，请他给王庄村的盐碱地也开个“药方”。王怀义回忆说：“辛老师一点没有架子，很快我们就是好兄弟了，乡亲们有什么困难就去找他们。”

辛德惠等农大的治碱专家每天与村民们一起挖沟渠，同吃红薯干、茅草根和红高粱混合在一起的“三合面”，同住漏风、漏雨、漏雪的“三漏房”。曲周的盐碱地则在逐步改良，昔日的盐碱地变成了高产田。治碱结束后，辛德惠毅然选择继续留在这片奋斗过的热土上，为曲周农业综合发展献计献策。

1986年12月初，辛德惠正在与曲周县领导商谈外资项目和试验区的工作，突然感到胸部不适，会议结束后来到县医院，医生确诊为大面积心肌梗死。在病床上，他继续修改研究生论文，向前来看望的农民朋友了解生产情况……“活着干，死了算。”他说，全然没把严重的病情当一回事。

在曲周工作了27年的辛德惠曾在日记中写道：“无私无畏，忘我无我，利他利国，才能真正为人民服务，为党的事业奋斗到底。这是我的全部信念和行动指南。”

1999年5月27日，辛德惠在赴浙江考察途中突发心脏病离世。在曲周人民的强烈要求下，他的部分骨灰被安葬在了曲周。

“看当年的照片，你会发现，辛院士与农民在一起时特别放松，脸上总是充满发自内心的笑容。老一辈的‘三农’情怀和奉献精神，永远值得当代农大师生学习。”中国农业大学资源与环境学院教授、曲周实验站副站长张宏彦对记者说。

科技小院落户“最美葡萄村”

——中国农业大学扎根河北曲周县系列故事之二

农民日报　2019 年 6 月 3 日　报道

本报记者 杨梦帆

河北省曲周县前衙村是一个有着 30 年葡萄种植历史的村庄，在县里有“最美葡萄村”之称。但是村里 2 000 亩的葡萄经常出现烂果、裂果、大小粒不均匀等现象。“有的年头烂果率几乎能达到一半，农民看着特别心疼，村支书就找到李晓林老师，问他能不能在前衙村建个科技小院，解决葡萄种植中的这些问题。”前衙科技小院的中国农业大学 2017 级硕士研究生王晓奕告诉记者。

2017 年，中国农业大学教授李晓林带领研究生团队进驻前衙村，建立了以科技小院为中心的科技平台。师生们对村里的土壤进行样本采集、检测分析，根据土壤特征为种植葡萄的农户提供技术支持。同时，还引进了“阳光玫瑰”“红巴拉多”等 5 个葡萄新品种。

2018 年 3 月，王晓奕住进了科技小院。对于一个没有种过地的城市女孩而言，种植技术都是在书本上看到的。“我以为葡萄每年都需要重新种。”这是王晓奕最初的认识。

王晓奕和师哥、师姐每人掏了 2 000 元钱，包了前衙村村委会主任郭连成的一亩三分地。每天清晨，他们都会被郭连成的电话吵醒，“甚至有时候去外地开会，也会接到郭主任的电话。我们每天都要在他那儿‘打卡’。”

郭连成当时担心的是：城市里的孩子能懂种地吗？能不能吃得了苦？干活中不中啊？

小院的几个学生认真向郭主任学习葡萄种植。“春天的风特别刺骨，干一会活儿又开始出汗，衣服怎么穿都不对；夏天热，要抹芽、疏果疏粒、套袋……一天套上50个袋，浑身就湿透了。”王晓奕说，每天早晨5点就起来干活，等到了9点阳光强烈的时候，就回去整理种植中的问题形成文本，搜集资料，还要问老师，查文献，打电话回答农民的问题，下午4点以后又要回到地里劳作。

“去年3月份过来就扛着锄头下地，7月天气炎热还坚持下地……他们跟我们农民干一样的活。如果在北京读书，她一定是个娇滴滴的小姑娘，现在会种葡萄了，这既让我觉得意外，又特别感动！”郭连成感叹道。

小院师生们的实际行动赢得了村民的信任。前衙村党支部书记龙书云说：“我要向农大师生表示感谢。科技小院让我们的葡萄品质变好了，每斤葡萄的售价由1.6元左右提高到2018年的2.5元，相信今后的葡萄收入会更好。”

李晓林告诉记者：“王晓奕皮肤特别敏感，农村蚊虫多，被咬了以后她的皮肤过敏很严重。我劝她回北京调整一下，但她还是坚持留在这里。”

王晓奕说，科技小院需要她，曲周需要她。“虽然累，不过我们的葡萄赚钱了，而且收获很多。今年还想在村里推广水肥一体化技术，探索水肥一体化在小农户地块上使用的可行性。”王晓奕笑着说。

九位研究生接力“苹果小院”

——中国农业大学扎根河北曲周县系列故事之三

农民日报　2019年6月4日　报道

本报记者　杨梦帆 文/图

相公庄科技小院位于河北省曲周县槐桥乡相公庄村，是一座建于2010年4月的“苹果小院”。小院依靠国家苹果产业体系的技术专家，引进测土配方、壁蜂授粉、果园生草等技术，提升相公庄苹果的产量和品质。

2018年，中国农业大学资源与环境学院研究生贺敬芝来到了相公庄科技小院。可第一次见到苹果树，她就出了洋相。

“这就是苹果树？这苹果多久能熟一次？”贺敬芝好奇地问。然而就这一问，让当时在场的果农和老师都忍不住笑了。“作为一个农业大学的学生，没意识到自己连这种基础常识都不清楚，真是件丢人的事情。今后一定要好好学习。”贺敬芝说。

后来，中国农业大学教授李晓林让贺敬芝承包村里的一排苹果树，同时把她托付给了当地果农，让这些果农带着她学习技术。在与果农的交往中，她逐渐明白，要多去田间地头才能发现问题，才能真正为农民朋友解决实际问题。

前期师哥师姐的工作让相公庄科技小院已经有了很好的群众基础。“2019年春节前，我取了45户果农地里的土壤样品，检测了其中的有机质含量，并把信息张贴在小院内。有的农户不识字，我就直接告知他土壤中缺什么、应该补什么。农户不仅想了解检测结果，更想知道如何用药。”贺敬芝告诉记者。

相公庄在20世纪80年代就从种植粮食作物转型到种植苹果，关于如何提高效益，村里人费尽了心思。“但是还是种不好，产量提不上去。”贺敬芝

贺敬芝（右）和同学张俊娜正在监测果园的温度和湿度

介绍，相公庄小院建立以来，已经有9位农大的研究生在这儿奋斗过。“苹果种植不是我们的长项，我们找到了山东农业大学的老师，引进了一些生产技术，带来了明显的效果。”

科学技术的到来，让村民更有信心了。村里苹果种植面积从2010年的800亩增加到2018年的1 500亩。村民张景良对记者说，小院的到来对村民的帮助可大了，果园生草技术增加了土壤的有机质，壁蜂授粉让果型端正了……这些学生能吃苦，手把手教大家新技术。以前一亩地产4 000～5 000斤苹果，现在达到7 000～8 000斤。苹果每斤售价从以前1元左右达到了2018年的1.8元，今年估计能卖到2元多。

苹果产量、品质提升了，又面临着如何销售的问题。最近一次苹果成熟后，小院的研究生首次尝试在网上销售苹果，但由于经验不足，卖得不是很成功。“虽然只卖出了十几箱，但也是一次很好的尝试。”贺敬芝说，“在科技小院里学习，就是从课本到了实践。不仅提高了农业实用技术水平，连性子也磨炼了。现在，我已经变得越来越自信。”

有了“被需要”的感觉

——中国农业大学扎根河北曲周县系列故事之四

农民日报　2019年6月5日　报道

本报记者　杨梦帆

河北省曲周县的畜牧业占农牧业生产总值的49%，养殖密度较高，而且小规模的养殖户居多，所以存在饲料品质和饲喂水平不高、农田有机肥施用不合理等问题。为了推动农业绿色发展，全县依托科技小院等平台推动种养高效结合。

白寨科技小院成立于2009年6月，是曲周县第一个科技小院。2018年，小院开始探索以白寨镇为核心的种养结合技术途径与模式。“白寨科技小院作为第一个探索种养结合的小院，需要一个好的开端，这样在以后的发展和探索中才会有很好的基础。”中国农业大学资源与环境学院硕士研究生张笑颖介绍。

当时研究相关方向的只有张笑颖一人。2018年她来到曲周，被安排住进了中国农业大学曲周实验站，开展养殖调研工作。2019年2月，随着新生力量的加入，她正式入住白寨科技小院。“不管是住在实验站还是科技小院，和农户的接触都不少。住进小院后工作更容易展开了，和农民更贴近了，我可以更快地把理论转化到实践中。”

“理想有多美好，现实就有多残酷。所有的事情都要一个人来做。”张笑颖记得，在一次调研中，由于准备工作不够充分，导致饲料样品出现混乱，在行程路线上也浪费了很多时间。而且，问卷设计的问题比较琐碎，让养殖户有些不耐烦。更让她难过的是，有些养殖户还会质疑她，“你的调研能有什么用？能帮我们多卖一点钱吗？”

随着经验逐渐积累，调查工作也变得顺利起来，而且还有很多美好的回忆。“当我调研一个养猪户时，她知道我是中国农业大学的研究生，并且以后会留在曲周工作，便主动要了我的电话号码，希望我能够帮她解决问题。”这让张笑颖觉得自己有了一种“被需要”的感觉，“虽然自己的理论知识有限，但是在他们的眼里，我却是希望。”

第一轮调研工作，张笑颖对曲周县所有的400多家养殖户进行了调研；第二轮调研，她着重走访100多家养猪的农户；第三轮调研，她重点了解蛋鸡养殖户。“只要用心观察和学习，就会有更多的收获。”张笑颖在实践中有了深刻的感悟。

2018年10月，曲周绿色发展示范区正式启动，她感觉自己身上的压力更大了。“去年，我们主要的工作就是和养殖户进行联系。在这个基础上，我和导师一起研究的低蛋白日粮饲料也在一些养殖户那里进行了试点，它可以减少氨气的排放，减少环境压力，同时畜禽也能有良好的生长环境。在曲周县政府和老师的帮助下，我们会做得越来越好。”

用曲周精神照亮“三农”

农民日报　2019年6月5日　报道

本报记者　刘振远

曲周之变，堪称人间奇迹！从昔日“盐碱滩”到今日“米粮川”，中国农业大学的老师和同学们，用46载的智慧和汗水在曲周大地上书写出科教兴农的恢宏诗篇，探索出的“科技小院”模式，为我国农业科技创新、人才培养和社会服务树立了杰出样板，凝华成的“责任、奉献、科学、为民”的“曲周精神”，激励着一批又一批知识分子到农村一线建功立业。

回望历史，以石元春、辛德惠等为代表的老一代农大人，积极响应党中央号召，奔赴条件艰苦的盐碱土地治理一线，以“不治好盐碱就不回家”的决心，呕心沥血、攻坚克难，让“只听耧耙响，不见粮归仓”的曲周盐碱土地换了新天；凝视当下，以张福锁、李晓林等为代表的新一代农大人，自觉投身农村广阔天地，与农民并肩作战，将“科技小院”建在田间地头，将论文书写在祖国的大地上。“曲周精神”，正是两代农大人前赴后继扎根燕赵乡村的实践结晶，是46个寒暑里无私奉献凝成的价值追求，是激励人们在艰苦条件下披荆斩棘的精神动力。

尽管岁月变迁，两代农大人的研究项目、奉献方式发生了变化，但宝贵的“曲周精神”丝毫没有被岁月磨蚀，依然薪火相传、历久弥新。“责任、奉献、科学、为民”这八个字，将“曲周精神”诠解得十分透彻：作为一名农业科研人员，就是要以推动党和人民的事业向前发展为已任，自觉肩负起“解民生之多艰”的责任；就是要将青春奉献给祖国的“三农”事业，鞠躬尽瘁、砥砺前行；就是要大力弘扬科学精神，严谨务实、敢于创新，勇攀科学高峰；

就是要时刻站在农民的立场上，想农民之所想，急农民之所急，解农民之所忧。

而这，与我国知识分子“爱国奋斗、科学报国”的优良传统一脉相承。从“两弹一星”到载人航天，从钱学森、邓稼先到南仁东，海内外许许多多的知识分子，放弃了优越的生活，奔赴祖国最需要的地方开展科学技术攻关。他们不畏艰难险阻，忘我工作，甚至隐姓埋名，把爱国之情、报国之志融入奋斗当中，为祖国的繁荣昌盛立下汗马功劳。“曲周精神”，恰是这一优良传统在乡村大地上画出的最亮眼的一笔。

当下，乡村振兴的战鼓已经擂响。在广袤的乡村大地上，诸如脱贫攻坚、农村人居环境整治、农村“三留守”人群关爱等许多问题亟待攻克和解决，这需要千千万万的知识分子不忘初心、牢记使命，继续弘扬和传承“曲周精神”，用所学所长为农民谋幸福，为乡村谋振兴。要学习将个人成长与国家进步相结合的情怀，把个人价值追求、事业奋斗融入乡村振兴的大舞台；要学习将科研攻关与长期坚守相结合的作风，真正扎根乡村，一关接着一关闯、一代接着一代干；要学习将理论与实践相结合的本领，以农民需求为导向，将技术、知识、管理等要素转化为农民可学可用的生产力，汇聚成推动“三农”事业跨越式发展的磅礴力量。

弘扬和传承“曲周精神”，践于足下，时不我待。愿我们年老时，回忆起自己耕耘“三农”的这一生，都能自豪地说：“我把整个生命和全部精力都献给了人生最宝贵的事业！”

甘做小院的“铺路人”

——中国农业大学扎根河北曲周县系列故事之五

农民日报　2019 年 6 月 6 日　报道

本报记者　杨梦帆

西刘庄村是河北省曲周县以地方特色为主题打造的一个地标乡村。全村共 1 200 亩土地。2017 年开始，西刘庄村围绕推进农村集体产权制度改革，成立了西刘庄土地股份合作社，引导农民进行土地流转，目前土地流转率已达 84% 左右。

“去年，老师带着我们过来，想要在这里建设科技小院。那时西刘庄村流转的土地规划为三部分，一部分用于建造智能大棚，一部分是大田种植区，还有一部分用来种果树。”中国农业大学资源与环境学院硕士研究生赵瑜认为，虽然村里整体规划很好，但是感觉不太符合自己的研究方向。

赵瑜和同学赵成雷成了西刘庄科技小院的第一批研究生。刚来的时候，小院很简陋，但他们依旧满心欢喜地迎接挑战。

赵瑜回忆：“我们去县城买菜，想和农户借自行车用一用，但他们担心我们把他们的自行车‘顺走’。最初，村里想要的是懂蔬菜种植技术的专业人才，可是我却不懂这方面的知识……我当时真的想不通，我们可是真心想来帮他们的。”

赵瑜并不气馁，通过办晚会、做技术培训宣传科技小院。农民慢慢了解了小院和学生们。“有的村民还会主动送来饭菜，有时还找我们帮忙打药。”赵瑜说。

乡里的领导还邀请小院的学生一起规划西刘庄村建设，希望他们可以在种植技术方面把关，能够引进现代化信息技术，并帮助村里发展循环农业。

县里的晨光生物有限公司在西刘庄建设了40亩的甜叶菊育苗基地。甜叶菊是一种低热量、高甜度的天然甜味剂，也是食品和制药工业的原料之一。“晨光公司在县里发展甜叶菊有七八年了，但一直缺少技术支撑。我们认为甜叶菊育苗是村民致富的一个手段，但目前移栽成活率不高，收获质量也不高。”赵瑜说。

“甜叶菊对解决我国食糖自给问题有重要意义。”赵瑜告诉记者，每年种植甜叶菊的时间是4月中上旬至10月，前后时间还可安排种植菠菜。目前，她承担了甜叶菊适时早收技术的研究。赵瑜还给记者算了一笔账：甜叶菊一亩地产量在500～800斤，收获后晨光公司按每斤6元的价格收购，减去肥料、人工等费用约1 800元，每亩地净收益可以达到1 200～3 000元。种植一亩甜叶菊比种一亩小麦或玉米的纯收益要高几倍。

科技小院是个神奇的地方。有的同学以前怕虫子，现在看到蜈蚣都不在乎了；有的同学不爱吃青椒，现在却可以吃得精光……如今，赵瑜这个来自城市的女孩已学会了和农民打交道，更懂得如何解决村里农业生产的实际问题。“西刘庄科技小院的基础不算最好的，我们做得也不算完美，但我们愿意做小院的‘铺路人’，为将来到这儿的师弟师妹们打好基础。”赵瑜说。

9

中国青年报

ZHONGGUO QINGNIANBAO

绽放在盐碱地上的青春

——记中国农业大学近半世纪扎根河北曲周播撒科技星火

中国青年报　2019 年 5 月 31 日　报道

中国青年报·中青在线记者　张茜

视频报道

46 年，麦子的产量翻了八九番，发生在河北省邯郸市曲周县的科技战役，仍在进行。

近千年来，中国一直缺粮。而曲周县所处地区的盐碱地自明朝起便远近闻名，因此更加民不聊生。曲周县北部有个张庄，全村 3 400 亩地，只有 1 780 亩勉强能种植农作物。1943 年发大水，村里 460 多口人饿死了一多半。

张庄就是这场科技战役的起点。1973 年，中国农业大学的青年讲师石元春、辛德惠等人入驻张庄，综合治理旱涝盐碱。此后，他们在将科研成果推广到“黄淮海平原中低产田治理”科技大会战中，为粮食增产做出重要贡献，黄淮海

科技小院学生丰富农村妇女文化生活　中国农业大学曲周实验站供图

张庄治理盐碱地施工现场，赵文（前排右一）带领民兵连挖支渠　中国农业大学曲周实验站供图

曹国鑫给村民进行培训　中国农业大学曲周实验站供图

科技小院学生在田间调研　中国农业大学曲周实验站供图

辛德惠参加小麦夏收　中国农业大学曲周实验站供图

张庄大队的原大队部，“三漏房”中国农业大学曲周实验站供图

科技成果被称作农业领域的“两弹一星”。在这一成果的带动下，到20世纪90年代，我国缺粮的历史终于结束。

进入新世纪，接力棒交到了年富力强的张福锁手上。农业面临的主要矛盾也变了。吃饱饭不再是张福锁这代人的追求，他们的目标是如何高产、高效地发展农业，扭转农药、化肥等污染环境的局面，帮助中国农业探索一条高质量、绿色发展的转型之路。

如今，张福锁和学生们在农村建起“科技小院”，扎根在土地上，一边“育天下之英才”，一边“解民生之多艰”。越来越多的年轻人来到小院，为保障国家粮食安全和资源环境安全探寻答案。

治盐碱科技会战　巧种粮得享饱餐

农大和曲周的故事，还要从20世纪70年代讲起。

“文化大革命”后期，青年讲师石元春和辛德惠等人正在校园里无所事事，憋得难受，恨不能找个机会施展一番。

1973年夏天，农大老师接到了调研盐碱地的电话。听闻河北农村曲周县被盐碱地折磨得生灵涂炭，几位“少壮派”都坐不住了。“去看看！”辛德惠老师瘦高个儿，带黑框眼镜，办起事来“嘎嘣脆”。

几位土壤化学系的教书先生平常也都是理论联系实际的好手，但到了曲周还是被眼前的景象惊到了。

夏日里本应麦浪翻滚，绿油油连成海洋，但曲周地界白花花一片，全是盐霜。“庄稼就像秃子头上的毛发，清晰可数”。

邯郸市东北部有数十万亩这样的土地。生活在这些土地上的农民，靠种庄稼不能过活，只能就地取材，将地上白花花的盐霜私下淋成不太符合食用标准的“小盐”，换点粮食吃。

当地有歌谣传唱：“刮地皮，淋小盐，火燎眉毛顾眼前。”国家的救济粮就是他们的续命金丹。农大老师的到来，便是为了治理盐碱，解决吃饱饭的问题。

但没想到一时间施展的空间太广阔，老师们选址犯了难。当地领导建议，先选一个小试验点。

盐碱地也分好坏，张庄就是情况最糟糕的地区之一。这里兔子不拉屎，姑娘往外嫁；孩子出生后养在温热的沙土袋子里保暖，拉了尿了就换一袋新沙。

是选择先易后难，还是先难后易？几位老师权衡利弊卧谈到后半夜，还是辛德惠拍板："去张庄！睡觉！"

由于天然地理环境差和此前治水失利，张庄除了是盐碱重灾区，还春旱、夏涝。8 月，几位科学家用网兜兜着脸盆和洗漱用品蹚水进了村儿。

年轻的赵文是张庄的大队长，他把最好的房子安排给农大老师住——土坯房被盐碱侵蚀，漏风、漏雨、漏光，后来大家把这里戏称为"三漏房"。

求工作若渴的青年教师就在这里安营扎寨。他们圈了 400 亩地，作为曲周县的第一个试验点。

这一试验点，是 1973—1978 年"黑龙港地区地下水合理利用"科技会战中的一部分。

46 年以后的今天，曲周县第二批改土治碱试验点的村支书王怀义还清清楚楚记得："治盐碱的要领，就是盐随水走。"

综合治理盐碱是个大工程，按学术上的说法是研究"水盐运动"。石元春在回忆录里写道："旱是水少，涝是水多，土壤盐渍化是地下水位太高，旱涝盐碱和地下咸水是一个复杂的水盐运动系统，要摸清水盐运动规律，进行科学调节与管理。"

这些深奥的科学道理，现在曲周县的许多老人都能说得头头是道。

第一个试点轰轰烈烈平整土地、挖沟打井时，25 岁的王海正好退伍回到王庄，当了村委主任和民兵排长。听说张庄科学治碱成效明显，他自己跑去取经。

张庄成效有多好？据记载，经过制定策略、设计施工、科学播种等一套组合拳下来，一年时间，试验区张庄大队的粮食由历史亩产 200 斤左右，变为亩产 463 斤；到 1975 年，亩产达到 526 斤。不仅结束了吃国家返销粮的历史，还能上交数万斤粮食。

"张庄能长苗了，王庄能不能也试试？"王海年轻脑子活，自己画了个规划图。

1975年，农大老师就将战场扩展到了王庄。

王庄大队大院里热闹起来，200来人有的蹲在地上，有的倚着门框，有的坐块砖头，王怀义和王海给村民召开动员大会。随后，平整土地、挖沟打井等工作也在王庄开展起来。

这个过程中，村民也长了不少知识。有一次辛德惠提到“反渗”这个概念，王海问：“是不是就跟腌咸菜一个道理？”辛德惠哈哈大笑：“对！你理解得非常准确！”

到1977年，以张庄大队为例，粮食亩产提升到了802斤。

这时，“文化大革命”已经结束，中国迎来改革开放，也迎来了“科学的春天”，整个黄淮海平原旱涝盐碱综合治理科技大会战迅速打响。石元春和辛德惠依旧是两位关键人物。

此后，黄淮海中低产田的综合治理与开发还带动了全国数亿亩耕地的治理，为结束我国缺粮历史做出了重大贡献。

谋致富综合发展　分骨灰长眠曲周

在改土治碱吃饱饭之后，辛德惠和学生们并没有离开曲周，他们要探索下一阶段的发展方向。

在中国农业大学扎根曲周的46年中，曲周县换了13任书记，杨仲信是第7任，参与了曲周县的“综合发展”阶段。

杨仲信圆脸、粗眉，提问时习惯睁大眼睛等着听回音，讲话时说几句就大笑起来，很会带气氛。1996年刚上任，他就去农大实验站拜访了辛德惠等老师。

“那天他们正坐在枣树边乘凉，辛老师拿个蒲扇。”杨仲信认为，必须依托农大，才能搞活区域经济综合发展。

那次，辛德惠跟他探讨了颇多“超前”的思路。

“当时辛老师就说玉米要当水果种，那个时候谁能想到这个？”杨仲信说，“他还提出要搞长绒棉，搞棉花转基因……”

谈完传统农业，又谈产业发展，从饲料到化肥，从育苗到营养包，从股份制到科技创业……

谈话结束时，60多岁的辛德惠指着初次见面的、40多岁的杨仲信说：“这个小孩行！”

农大的师生在曲周根本不把自己当外人。特别是对于第一批来到曲周改土治碱的老师而言，曲周就是第二故乡。

“文化大革命”期间，知识分子被骂成“臭老九”，老师们来到这里都怕给老乡添麻烦。但当地领导表态，到了曲周你们就是“香饽饽”。这份支持让农大老师湿了眼眶。

也因此，老师们早把自己当成了曲周人，对于“家乡”的发展，不遗余力地支持。私事，自己掏腰包支持；公事，发动全校资源支持。

大家都说，农大和曲周的感情像亲人。

1999年，辛德惠在出差途中突发疾病去世。杨仲信专程带队前往北京吊唁。

座谈会上，他向辛德惠的家人临时提议：“曲周人民有个心愿，能否将辛老师的一部分骨灰葬在曲周？”

“没想到我哥这辈子活得这么有价值。”辛德惠的家人当场应允。

曲周县政府将辛德惠的部分骨灰安葬于中国农业大学曲周实验站内。下葬当天，实验站里挤满了来送行的村民。大家说：“要让辛老师永远都能看到曲周的面貌。”

如今，由辛德惠这代人创立的曲周实验站早已绿树成林，辛德惠的墓碑就在树林之中。

即使是没有见过他的年轻学生，也会自豪地讲述“辛老师”的故事。一块无言的墓碑，成了对后辈最好的教育。

传衣钵师生接力　守初心绿色发展

张福锁是石元春的学生。进入新世纪，时间把探索农业发展道路的接力棒交到了他手上。

“福锁 40 多啦？我当年下曲周时也是 40 多。”县校合作促进会会长胡耀东回忆起石元春当年对张福锁说的话。

“我也下曲周！”张福锁是个直爽的西北汉子。

他粗糙黝黑的脸上架着一副宽大的眼镜，讲话很实在：“我现在一年花掉的科研经费，够我们全村人吃饭了，我必须对农村负责任。”

这位从农村走出来的院士，心里挂着一幅关于农业发展的美丽画卷，为了实现这个“初心”，他和他的学生必须下到农村去。

先吃饱，后致富，下一步目标便是“高质量”发展。

在改土治碱吃饱饭和综合发展谋致富之后，曲周，包括整个中国的农业都面临转型问题。张福锁为高质量发展规划的蓝图是“绿色”的。

这幅画具体长什么样？“产量增加 30%，资源利用效率提高 30%，环境污染排放减少 50%，农民收入增加 100%，食物供应确保安全和营养，增加生产的生物多样性……”

他希望通过“产、学、研、政、用”，把曲周打造成农业绿色发展示范县。为了实现这个目标，2009 年，中国农业大学成立了“科技小院”。

科技小院是建在农村生产一线，集农业科技创新、示范推广和人才培养于一体的基层科技服务平台。科技小院的研究生和科技人员长期驻村工作，在田间地头搞科研。

承继老一辈科学家在曲周的积累，一批批 20 多岁的学生来到了农村。

开始老师们都很担心，但现在他们对科技小院模式信心满满，是因为，农村和学生，给彼此带来了太多收获。

遇老农口尝化肥　立志愿解民多艰

2009 年夏天，曹国鑫从哈尔滨考取了中国农业大学的研究生。想到即将扎根北京，全家人都觉得有面子，直感谢“祖坟冒青烟”。没想到两个月后，他就扎根到了河北农村。

曹国鑫是科技小院的第一个学生，他的导师李晓林是张福锁的师兄，一年有300多天都待在曲周。

在小麦地里，曹国鑫第一次与导师握了手。然后左等右等好几天，等来李晓林说：“别再想北京了。”

彼时，中国农业大学刚刚在曲周县建立起万亩小麦－玉米高产高效技术示范基地，李晓林当仁不让镇守前线。

中国农业大学的校训是“解民生之多艰，育天下之英才”。而对于城里来的曹国鑫，了解农村是解决民生问题的第一步。

“三百六十行，行行出状元！”他心一横，成了白寨科技小院的创始人。

曹国鑫是个大高个儿，壮实、开朗健谈，村儿里的大哥、大爷们都喜欢他，信任他。也因此，曹国鑫更看不得他们受苦。

有一次指导农民施肥，村民袁合众神秘地拉住曹国鑫说：“小曹，你知道过磷酸钙怎么辨别真假吗？”

这个问题曹国鑫已经回答了不知多少遍，可他还没打开话匣子，袁合众又说：“我教你一种新方法，老师肯定都不教你，书本上也找不到。”

袁合众伸手在装满过磷酸钙的化肥袋子里取出一小把，摊在手心里，用右手食指重重的蘸了一下，紧接着就把手指放进了嘴里。

“快吐出来！吐干净！”曹国鑫赶忙叫道。

“呸！”化肥刺激得袁合众挤眉弄眼。吐了口痰，他兴奋地告诉曹国鑫：“劲儿还真大，这肥料是真的！”

“万万没想到”，袁大哥竟然口尝化肥，吓得曹国鑫一下子把心提到了嗓子眼儿。

原来，普通农民缺少必要的科学知识，又担心被化肥贩子欺骗，就自己想了这样一个方法：烧舌头就是真化肥，不烧舌头就是假化肥。他们哪里知道，过磷酸钙是硫酸分解磷矿直接得到的磷肥，如果肥料是假的或者分解不完全，舌头可能就保不住了。

听说农民苦，不如亲见农民苦。如今，袁合众伸舌头尝化肥的照片还贴在科技小院里，学生们看了，“不用扬鞭自奋蹄”。

被口尝化肥震惊后，曹国鑫立刻收集化肥的有关问题，对农民展开集中培训。但第一天开班，课堂就陷入了无比尴尬的气氛。

没有人认识 N、P_2O_5、K_2O 分别指代氮、磷、钾养分。课有些讲不下去，那就降低难度。

曹国鑫特意挑了一个简单的问题，指着字母 P 问一位大姐是什么意思。大姐回答："泼（拼音）。"他指着 K，大姐回答："科（拼音）。"

至此，第一次培训彻底陷入僵局。不过，他总算弄明白了农民为什么会一而再、再而三地上当受骗。

找到症结所在就能对症下药。曹国鑫决定：先办识字班，就从汉语拼音教起！

共甘苦曲周七子　受磨炼成人成才

科技小院的学生，没有安生日子过。他们要么在发现困难，要么在解决困难，要么就在发现和解决困难的路上。

"但是如果让我重新选，我还会选择去小院。"黄志坚说。

在曹国鑫之后，第二批入驻曲周县科技小院的农大研究生共有 7 人：黄志坚、赵鹏飞、方杰、刘世昌、高超男、刘瑞丽、贡婷婷，来自五湖四海的 7 名同学，被称为"曲周七子"。

高产、高效的战役，由他们继续打。

7 人中，黄志坚留给实验站老师张宏彦的印象最深。

"我要洗澡！我有洗澡的权利！你知道一个广东人不洗澡是什么感受吗？！"张宏彦学着黄志坚当年天不怕地不怕的模样，边笑边讲。

这个桀骜不驯的学生把实验站的兼职宿舍管理员王冲气得头昏脑胀。

黄志坚 2010 年春天来到曲周，进实验站的第一天，就因为不能天天洗澡和老师"干了一仗"。

"李晓林老师招了一个什么学生？搞不定啊！"老师们议论。

张宏彦后来分析，李晓林把黄志坚独自一人分配到王庄小院，大概是为了看看他到底能“折腾”出什么名堂，“这股劲儿用对地方，说不定能闯出一番事业”。

赵鹏飞和3个女生则被分配到了白寨村的科技小院，由曹国鑫和雷友两位师兄带着研究小麦和玉米。方杰和刘世昌却不甘心给师兄打下手，很快开辟了自己的“战场”，在相公庄建小院，研究种苹果。

王庄科技小院的前身，是村支书王怀义给二儿子准备的婚房。按照村里人的辈分，黄志坚管爷爷辈的王怀义叫“大哥”，并且经常到“大哥”家里“蹭吃蹭喝”。

“小黄喜欢吃饺子和排骨，饺子必须得是肉馅的，排骨必须得清蒸！”王怀义笑着对记者讲。

“我面临的第一大困难，是孤独。”天不怕地不怕的黄志坚说，“晚上睡不着觉，不知道为什么，就是想再等等，具体等什么呢？不知道，但就是想再等等。”

直到有一天到老师家里吃了顿肉馅饺子，他才再次感到一扫往日阴霾，又活跃起来，期待大干一场。

与黄志坚的境遇恰恰相反，赵鹏飞所在的白寨小院人太多，师兄又太能干，总是轮不上他出头。“方杰和刘世昌已经干得风风火火，而我却没什么存在感”。

赵鹏飞来自内蒙古，内向腼腆，上课回答问题都会脸红。他想，来到曲周，就是要抓住机会锻炼自己。他觉得在科技小院历练，学习专业知识对自己来说还是次要的，最重要的是学会如何做人，发展综合能力。

“后来我参加同学聚会，大家都很诧异，我怎么会从默默无闻变得能侃侃而谈了？”赵鹏飞笑着说。

这项技能是逼出来的。科技小院的学生要给曲周县的近400个村进行科技培训，在集中培训的一个多月时间里，赵鹏飞讲了30多场讲座。

从背对观众念PPT，到站在大街上拿大喇叭喊，赵鹏飞再也不会一公开讲话就脸红了。

事实上，“曲周七子”中的每个人都经历过许多磨炼。3个女生不仅承担日常科研和培训工作，还主动建立起三八科技小院，改善农村妇女的文化和精神生活，教她们识字、跳舞，等等。

因为有了在科技小院的经历，他们自认，没有荒废青春。

黄志坚最终不负众望，他主导的“水肥后移”技术试验大获全胜，夺得当年曲周县小麦亩产量第一。

“亩产1 320斤，这个数字我一辈子都不会忘！”但是他却忘了洗澡。农忙起来，最长的一次，他十来天没洗澡。

离开王庄7年，黄志坚又被拉进了王庄的“八卦”群，村里婚丧嫁娶，远在广西种火龙果的黄志坚一个消息也落不下。

“曲周七子”也建了个群，维系着同甘共苦的感情。

“当时好像是赵鹏飞取的名字，好肉麻，为什么不叫变形金刚？”黄志坚假装很嫌弃这个青春代号。其实，他们心底对这几个字都视若珍宝。

感农村矛盾转变　担使命我辈钻研

一批接一批，科技小院的学生渐渐多起来。

不仅在河北曲周，科技小院的模式已经推广开来。全国目前建立了127个科技小院，研究方向覆盖冬小麦、夏玉米、春玉米、水稻、甘蓝、棉花、苹果、菠萝等45个作物产业。

科技小院的内涵也随着时代发展的需要在不断转变。

当年做小麦－玉米高产高效示范技术的白寨科技小院，现在在绿色发展“种养一体化”探索中打头阵；而昔日的王庄科技小院，现在在研究科技含量更高的农业信息化技术。

大家知道，小农户提供了大部分的粮食和经济作物，但小农户的发展正在接近瓶颈。

一方面，在王庄科技小院驻扎了两年的赵向阳观察到，农村，特别是农村青年的需求正在发生转变。

“正如我国社会主要矛盾已经转变成了‘人民日益增长的美好生活需要和不平衡不充分的发展之间的矛盾’。传统意义上的高产并不能满足当代青年的需要，小麦再高产一年能卖 1 300 元，除去成本约 600 元，收入远不如去打工。”

有知识的年轻人更愿意走向外面的世界，村里农业生产，尤其是粮食生产的重担落在了年龄偏大、知识水平相对不高的人身上。同时，小农户分散经营规模小，效益也不高。

另一方面，在白寨科技小院驻扎了两年的张笑颖观察到，环境的压力越来越大，一些小养殖户也开始意识到环境保护的重要性，产生了效益要和环保相协调的想法。

而张福锁、李晓林、张宏彦等老师现在带领学生们打的这场仗，就是一手引导小农户顺利突破瓶颈，一手引领中国农业绿色发展的新方向。

新方向是什么？张福锁分析，一定是高产量、低投入、污染少、效益高。

毋庸置疑，规模化经营可以大大降低成本，但张福锁认为，中国人对土地有着特殊的感情，让他们交出土地给企业，这不现实。

针对小农户依然占据核心地位的局面，他提倡发展“农业生产型服务业”，倡导农民把土地经营权放出去，统一交给村里的“能人”种植，利用规模化生产降低成本。而科技小院，就是培养“能人”的地方。

关于过渡的问题，院士放在心上，小院里的赵向阳也放在心上。他穿着背心和拖鞋坐在小马扎上，一板一眼地对记者说：“我们需要搞产业化和品牌化。”

而资源高效利用和环保的问题，农大师生也在探索之中。

张福锁介绍，全国目前刚刚实现农业投入的“零增长”，而曲周这些年已经实现了“负增长”，“我们的工作依然走在前面”。而“种养一体化”模式的环保发展理念，也在科技小院学生的实践中渐渐成形。他们希望循环利用畜禽粪污还田，使农业生产的各个环节都“绿”起来。

张福锁知道，科技小院的学生未必一下子就能解决问题，但他们总会找到解决问题的办法。

他说，在科技小院，学生们首先收获了机会，“被需要是一种幸福”，在这里，青年人会发现自己特别有用。其次，收获了艰苦奋斗的品质，“他们可以用 20 天经历 20 年都不可能经历的事情”。再次，收获了综合能力，在田间地头做实践，学到的绝不仅仅是技术。

“我们如何衡量一个学生培养得是否成功？那就看他有没有形成理性的思维方式，有没有发展出综合能力，能不能通过自己的分析和判断解决问题。更重要的是，孩子们是否真正懂得了农业是立国之本，懂得了他们自身和国家、民情甚至人类可持续发展有着紧密的联系。”张福锁分享了通过科技小院培养学生的心得。

从辛德惠，到张福锁，再到“曲周七子”，农大人在曲周的土地上打了一场接一场科技之战。

这些农大人身上仿佛有一种共同的气质，这种气质大约来自他们共同的“初心”——“解民生之多艰，育天下之英才”。

数十年来，参与农业科技战役的农大师生取得了无数个阶段性胜利，但他们不会为此画上句号。因为让农民过得“更好”，是这些人永久的使命。

【公益广告】中国农大扎根曲周四十五周年

中国青年报　2019 年 5 月 29 日

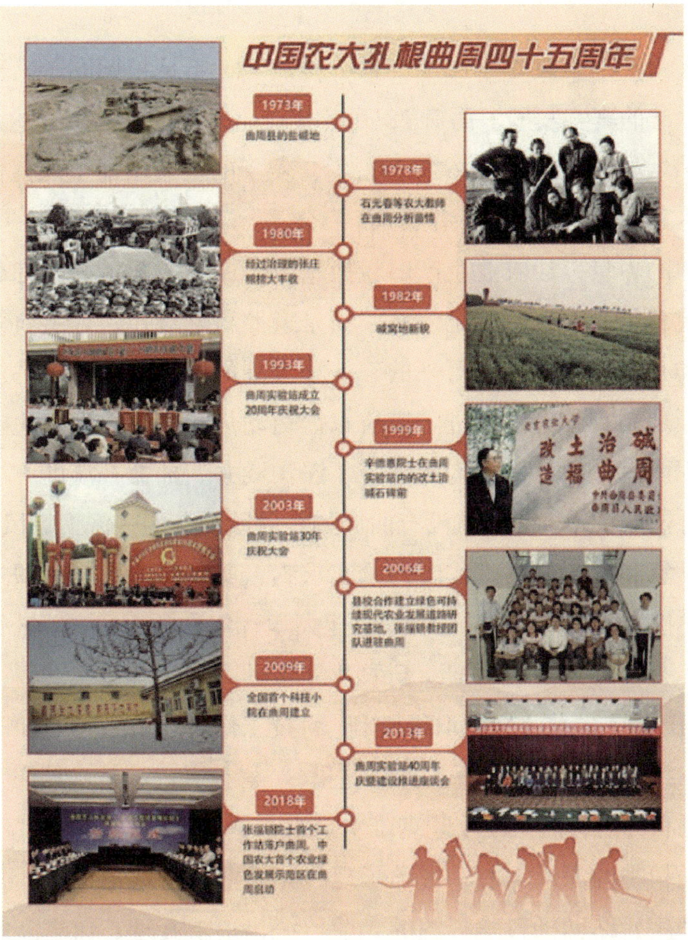

用科学精神创造盐碱地上的奇迹

中国青年报　2019年6月3日　报道

本报记者　仲青平

“春天白茫茫，夏季水汪汪，只听耧声响，不见粮归仓”，这曾是河北曲周农业生产的真实写照。面对28万亩盐碱地，中国农业大学的师生打响了一场没有硝烟的科技战役。46年过去了，麦子的产量增加了八九倍，一条高质量、绿色发展的转型之路徐徐铺展。

是科学的力量，让农业生产旧貌换新颜。曲周改土治碱、综合发展、高效高产的成就不是奇迹，不是偶然，而是遵照科学规律、秉持科学精神，用科学方法和手段一步步探索得来的。从小范围的试点到大规模的应用，这场科技战役因地制宜，循序渐进。摸清水盐运动规律，建立盐渍化障碍因素综合治理工程配套体系，采用沟网结合、深沟浅井、抽盐补淡的方法……没有这一系列科技创新和发明，就没有曲周如今欣欣向荣的一派大好风光。

是科学家和青年科技工作者的踏实求索，实现了曲周从盐碱地到“米粮川”的历史性转折。从1973年中国农业大学青年讲师石元春、辛德惠等人入驻张庄，综合治理旱涝盐碱起，到农业领域的“两弹一星”——“黄淮海平原中低产田治理”科技大会战取得胜利，科技工作者几十年如一日，敢于担当、勇于超越、找准方向、扭住不放。在这里，“科技兴农、技术扶农”不是一句简单的口号和标语，而是在攻坚克难中追求卓越的承诺与奉献。

是科学精神的深入人心，带动了现代化农业生产落地生根。扎根曲周的中国农大师生始终弘扬科学报国的光荣传统，追求真理、勇攀高峰的科学精神，时刻注意把科学理论和科学方法传播到田间地头。“水盐运动”的科学原理，当地许多老人都能说得头头是道。把书本理论知识转化为实践应用技术，中国农大的师生从“象牙塔”走出来，让科学精神哺育乡村大地的角角落落。

是农村与科研机构的紧密互动，打通了科技成果转化的“最后一公里”。从一开始，曲周人民就热烈欢迎城里来的知识分子。在那个知识分子被打成“臭老九”的年代，曲周人把中国农大的师生当成“香饽饽”。中国农大的师生也从来不把自己当成外人，把曲周视为自己的第二故乡。农民与科技工作者互相信任，将心比心，实现了科研与生产的无缝对接，书写了科学家与农民情缘的美好篇章。

产量增加 30%，资源利用效率提高 30%，环境污染排放减少 50%，农民收入增加 100%，食物供应确保安全和营养，增加生产的生物多样性……如今，曲周已经走上了一条绿色发展的科技兴农之路。探索新的农业生产模式，搞产业化和品牌化，追求资源高效利用和环保，中国农大的科技工作者依然肩负着沉甸甸的使命。

几代科技工作者的筚路蓝缕，让农业科技战役取得了无数个阶段性胜利。这对于当代科技工作者和科技事业而言，无疑具有重大的启示意义。正如中国农业大学的校训所说，“解民生之多艰，育天下之英才”，树立敢为天下先的志向和信心，走别人没有走过的路，才能推动科技和经济社会发展深度融合，在新时代的进程中激流勇进、奋发有为。

爱国奋斗谱写盐碱地上的青春华章

中国青年报　2019 年 6 月 5 日　报道

本报记者　仲青平

一代代科技工作者的接力传承，创造了河北曲周综合治理旱涝盐碱的伟大成果。如今，历史的接力棒递到了一群青年学生的手里。中国农业大学的研究生长期驻扎在当地的科技小院，他们收起对都市生活的留恋，克服各种生活上的不便，奋战在科技兴农的第一线，把壮美的青春留在田间地头。

从 2009 年来到科技小院的第一个学生曹国鑫，到后来的“曲周七子”，再到如今科技小院模式在全国范围内推广，这些年轻人从书斋里来，到农田里去，把理论知识不断转化为生产实践，用行动谱写了扎根基层、在盐碱地上奉献青春的华美乐章。

星星之火，可以燎原。青年学生到农村以后，与乡村产生了奇妙的“化学反应”。他们不仅为当地农业增产增收做好服务，还触及农民生活和乡村发展的方方面面。听说农民苦，不如亲见农民苦。向农民普及科学常识，改善乡村文化和农民的精神生活，教当地农民拼音和识字……中国农大研究生在科技小院收获了珍贵的友谊，获得了一段独特的人生经历，更激活了乡村振兴的潜力，勾勒出新农业生产模式的蓝图。

从这些献身盐碱地的科技工作者身上，我们感受到他们对祖国乡村大地的挚爱。“为什么我的眼里常含泪水，因为我对这土地爱得深沉”。爱国主义是最持久、最深沉的情感，是民族精神的核心，是把中华民族坚强团结在一起的精神力量。不管生活在什么地方，从事什么职业，只有心怀国家和民族，才能在奋斗中获得源源不断的驱动力。

科技工作者的鞠躬尽瘁，实现了爱国精神与科学精神的完美统一。“无私无畏，忘我无我，利他利国，才能真正为人民服务，为党的事业奋斗到底。这是我的全部信念和行动指南。”已故中国工程院院士、中国农业大学教授辛德惠在日记本中的话，激励着每一位中国农大的学生。不论树的影子有多长，根永远扎在土里。青年学生继承前辈遗志，奋发报国，在时代洪流中书写了精彩的人生。

强国时代，人生的路如何越走越宽？这是每个当代年轻人都会面临的困惑。成长在物质生活相对丰裕、生活方式与价值观多种多样的时代，选择哪一条路，决定了人生的高度和生命的厚度。“从城市一下子被扔到农村”，刚刚来到曲周的中国农大学生，难免有困惑，难免产生不适感。但是，只有走上最坎坷的道路，才能看到最壮丽的风景。在祖国最需要的地方，刻苦钻研、埋头苦干的农大师生，成就了无悔的青春。

“如果让我重新选，我还会选择去小院。”“曲周七子”之一的黄志坚来到科技小院以后，从因为不能天天洗澡和老师“干仗”，到十几天顾不上洗澡，终于实现“水肥后移”技术试验的成功，夺得当年曲周县小麦亩产量第一。温室里的生活固然是舒服的，但一个年轻人想要真正成长为独立的、大写的人，就要走出“舒适区”，接受风吹雨打的锤炼，在压力和挑战中磨砺自我、建功立业。

青年的人生目标会有不同，职业选择也有差异，但只有把自己的小我融入祖国的大我、人民的大我之中，与时代同步伐、与人民共命运，才能更好实现人生价值、升华人生境界。

当代大学生胸怀远大抱负，视野和见识开阔，具备很多得天独厚的优势。然而，谁都没有资格沾沾自喜、放松懈怠。在忧患中成长，是青年学生应当具备的理性认识。科技小院的学生，未必能够解决当地农业生产所面临的所有问题，未必能够解决农村发展过程中所面临的复杂矛盾，但这段刻骨铭心的实践经历，足以让他们终身受用。他们亲近土地，默默耕耘，看见了真实的中国，培养了担当实干的真本领。

回望近半个世纪以来，中国农业大学师生在曲周的科研实践与创新，再次印证了知识分子的爱国奋斗之情，能够激荡出无穷的时代力量。他们自强不息的身影，闪耀着理想的光芒，也激励着更多青年，担起民族复兴的大任，成就属于新时代的荣光。

10

中国国际广播电台

ZHONGGUO GUOJI GUANGBO DIANTAI

从盐碱地到“米粮川”科技让曲周走进新时代

中国国际广播电台　2019年5月31日　报道

国际在线记者　闫陈雨　王烨

曲周距离北京400多公里。在46年的时间里，这座河北南部小县城的命运因科技而发生了彻底改变，昔日的盐碱地变成了“米粮川”，实现了绿色发展乡村振兴，老百姓从吃饱到吃好吃得健康，日子也越过越红火。

初夏的曲周县王庄村，田野里翻滚着麦浪，绿树掩映着新房，让人们一看便知这里是仓廪丰实之地。王书生说：“四十年前（这里）只能种高粱，只能吃高粱做的窝头加炸辣椒。高粱一亩地差不多就是一百多斤。吃饭靠天，地上都是盐碱。”

今年70岁的王书生是位地地道道的农民。望着眼前丰收在即的麦田，和土地打了一辈子交道的他难掩内心的喜悦。40多年前，那个时候，王书生还是一个年轻力壮的小伙子，当时他望着眼前的这片土地却一点也高兴不起来。这是一片有名的盐碱地。千百年来，吃饱饭是当地老百姓最大的奢望，直到20世纪70年代初，虽然国家会从其他地方调运粮食到这里，但是人们还是每天为吃饭发愁。那段经历，王书生至今没有忘记。王书生说：“那时候就是靠炼盐吃饭，再多（就是）收点高粱、炼点盐、卖点盐，逃荒要饭的基本上那会儿俺们村里还是有。”

改变来自一批农业科技工作者的到来。46年前，中国政府号召科技工作者探索综合治理办法，将盐碱地变成丰产田。几位农业专家离开北京，离开学校，来到曲周建立了实验站，正式向盐碱地“进军”。王书生告诉记者：“当时都是巨大的‘盐碱疙瘩’，这个地不再种粮食了。北京的科学家来了之后才把这些地都平整好了。”

曲周展板（合力治盐碱）

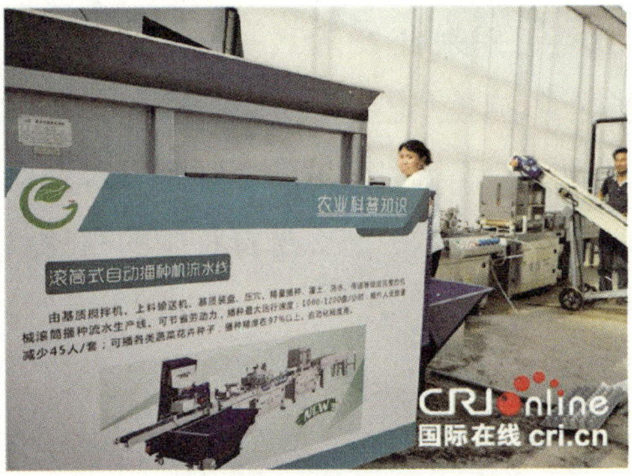

潮汐灌溉系统

滚筒式自动播种机流水线

起初，当地百姓并不相信北京来的科学家能带来改变。多年参与实验站工作的中国工程院院士、中国农业大学资源环境与粮食安全研究中心主任张福锁告诉记者：“农民需要的是我们真正跟他们在一起，去跟他想办法解决问题，而不是我们高高在上，拿着一本书或者什么东西说，‘你就照这个做！’不是这么回事，而是我们真正的要跟他融在一起，这是他们需要的。”

经过长期的研究和实践，科学家们探索出了一整套综合治理方案，并在曲周取得了成功，当地大部分盐碱地被治理成了良田。王庄村村委会主任王浩明告诉记者：“现在我们的粮食（产量）有了大的改观，比原来高得多了。”

2013 年当地粮食亩产达到了 1 100 多公斤，是 40 年前的 10 倍。不仅粮食产量明显增长，农民收入也增加了好几倍。

盐碱地治理取得阶段性成功之后，科技工作者们又开始在曲周探索从传统农业向现代化农业的转型之路。张福锁介绍说：“我们现在在曲周做工作，是因为曲周有这么好的基础。我们用这么好的基础来做创新的工作，不仅仅是改变我们粮食生产，更重要的是推动我们农业科技的发展，推动人才的培养，推动我们整个农业的进步。我们看的是全国怎么改变，全世界将来怎么改变。”

10年前，中国农业大学在曲周首创了“科技小院”模式，开展自下而上的技术创新、人才培养和科技服务。这种模式后来也被广泛推广，有力地推动了当地农业转型升级和乡村振兴。

近年来，曲周取得的成果和经验不仅被推广到中国许多其他地方，还吸引了国际社会的关注。中国农业大学曲周实验站先后与英国、德国、荷兰、美国、加拿大、澳大利亚等相关研究机构建立了密切的合作关系。此外，还成了“一带一路”国家农业技术人员培训基地。迄今已对来自20个“一带一路”相关国家的130多名农业官员和技术人员进行了培训。记者在实验站遇到了从巴基斯坦到中国学习农业技术的李锐。他告诉记者：“实验站的老师到农村去教给农民这些技术，什么时候施肥、浇水、播种的技术，怎么选择种子的品种。农民们知道农大的老师在教他们怎么做。”

11

中国新闻社

ZHONGGUO XINWENSHE

中国农大师生扎根曲周县 46 年
23 万亩盐碱滩变成“米粮川”

中国新闻网　2019 年 5 月 30 日　报道

本网记者　艾广德　谌诗雨

视频报道

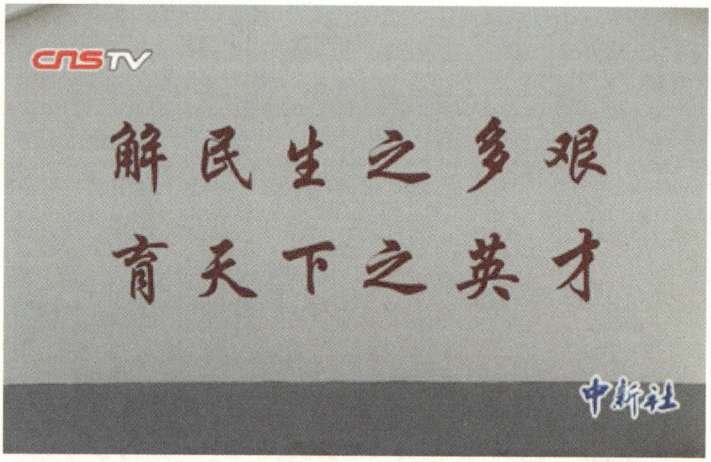

【导语】五月的冀南大地生机勃勃，微风吹来，麦浪翻滚。在河北省曲周县王庄村村南，李凤香正和中国农业大学的几个学生，在自家麦田里查看麦子的长势。

【同期】曲周县王庄村村民李凤香：今年小麦长势还行，（每亩地能收）一千一二百斤。

【解说】李凤香告诉记者，眼前这块地，在 40 多年前却是一片盐碱地，基本不长庄稼。据历史记载，位于黄淮平原的河北省曲周县，有 2 000 多年的土地盐碱史，是有名的“老碱窝”。有首民谣这样形容当地的盐碱地：春天白茫茫，夏天水汪汪，只听耧声响，不见粮归仓。

【同期】曲周县王庄村老支书王怀义：(盐碱地)种粮食的话，如果遇到风调雨顺可以收点，(当时粮食)主要是靠国家供应，一亩地产量一百多斤，二百斤就是高产。

曲周县王庄村村民王志成：(以前)我们村东南有一块地，村民起名叫飞机场，飞机场什么意思，就是草都不长。以前我小的时候，十三四岁的时候，就开始刮盐、刮土、淋盐。

【解说】1973 年，以石元春、辛德惠为代表的老一代农大人，带着周恩来总理的嘱托，来到曲周建立试验站，改土治碱。白天他们与群众一起挖沟、筑坝，晚上住在漏雨、漏风、漏土的“三漏”土坯房里。经过十几年的艰苦奋斗，让千年碱滩变成了“米粮川”。

【同期】曲周县委书记李凡：从 1973 年中国农大在曲周进行改土治碱到现在，整个盐碱地的改良，已经让全县 23 万亩的盐碱地变成了现在的“米粮川”。农业粮食生产这块，（曲周）也从 1973 年的每亩地(产量)不足百斤，到现在已经变成了我们的吨粮县。

【解说】20 世纪 90 年代初，盐碱地治理取得阶段性成绩之后，中国农业大学曲周试验站的师生又开始了新的征程，他们在曲周不断探索从传统农业向现代化农业转变的致富之路，几代中国农大人薪火相传，从改土治碱到粮食高产高效，再到发展现代农业，他们把青春奉献给了曲周，把论文写在了曲周广袤的大地上。46 年以来，从中国农业大学曲周实验站先后走出了两任校长，3 位院士。实验站为中国农业大学培养了 50 多名教授、500 多名研究生，为曲周县培养了 5 000 多名农业技术人员和农民科技骨干。

【同期】中国农业大学曲周试验站实验员兰佳佳：我也是受各位老师的精神鼓励(来到这里)，希望把这些精神继续发扬光大，能够更好地服务于农民。

中国农业大学曲周试验站站长江荣风 ：新的时代我们要朝着绿色发展。

整个农业的绿色发展，我们要让乡村振兴，就必须把每个村生产、生活、生态做好。建设实验站，就是要做好技术创新，让农业从传统向绿色的方向发展。

研究生将课堂搬进农家助增产“科技小院”模式获联合国赞

中国新闻网　2019 年 6 月 1 日　报道

本网记者　艾广德　谌诗雨

视频报道

【导语】赵向阳是中国农业大学 2017 级的研究生，但是从 2018 年 3 月开始，他的课堂便不在大学校园里了，他的课堂搬到了河北省曲周县的王庄村。赵向阳和 3 位同学生活学习的这个农家院，有一个好听的名字——科技小院。

去农田查看农作物的长势，采集土壤样本，为村里的农民解决各种农业难题，是赵向阳每天的课程。据赵向阳介绍，王庄科技小院成立于 2011 年，先后有中国农业大学的11位研究生入住小院。几年来，科技小院已帮助王庄的玉米、小麦实现高产。

【同期】曲周县王庄村村民王志成：

2000年(亩产)在八九百斤徘徊。2010年科技小院进入我们王庄以后，(粮食)产量在2011年一下提升到一千三百多公斤。我种了三百多亩地，算上成本每亩地能节省一百块钱，增加效益，能增加到三百多块钱(每亩)，这一年大概能多增长十来万块钱。

【解说】据科技小院的创始人之一、中国农业大学教授李晓林介绍，从2009年开始，中国农业大学先后在曲周县建立了8个科技小院，目前共有23名研究生、博士生住在小院。李晓林说，成立科技小院的目的是，解决科技到生产“最后一公里”的问题。

【同期】中国农业大学教授李晓林：

开始的时候我们就想，把我们实验站研究(出来的)比较好的技术，能让更多的农户用上。但是后来发现，我们住在实验站里边，这个过程就比较慢，效果也不是非常好，所以我们就住在农村，和农民一起消化这些技术，让他们快速掌握这些技术。

【解说】据李晓林介绍，从2009年到现在，科技小院在曲周研究、引进了测土配方施肥、小麦玉米精播、葡萄水肥浇灌一体化等几十项技术，形成了适合曲周农业特点的小麦、玉米、葡萄等作物高产高效栽培技术模式。李晓林告诉记者，科技小院在曲周的成功起到示范效应，到目前为止，中国农业大学在全国20多个省份建起了127个科技小院。科技小院也得到了国际上的关注，吸引了众多外国专家前来参观。目前，科技小院已被联合国可持续发展战略研究专家组列为全球发展范例，被世界粮农组织和联合国环境署写入全球未来粮食和环境发展战略报告中。

【同期】美国科罗拉多州立大学教授杰夫・考拉特：

这个科技小院给我留下了很深刻的印象，很多的新技术不仅惠及农民还了保护环境。这些技术提高了施肥效率，减少了氨气挥发，氨气跟大气雾霾有密切的关系，所以这些技术是多赢的，能够为农民和环境带来更多好处。

中国农业大学教授李晓林：

今年开始，我们也在招一批非洲的学员，到我们科技小院来学习。我们尝试着去看看在非洲能否开办一批科技小院。

河北曲周千年“老碱窝”助力扭转中国“南粮北调”历史

中国新闻社　2019年5月31日　报道

作者　李晓伟

中新社邯郸5月31日电　题：河北曲周千年“老碱窝”助力扭转中国“南粮北调”历史

孟夏时节的河北省曲周县，一望无际的麦田里挂满沉甸甸的麦穗。这里是中国“全国农业综合开发项目县”“粮食丰产科技工程示范县”。但46年前，有着2 000年土地盐碱史的曲周，还是一片“咸碱浮卤，几成废壤”的盐碱滩。

46年来，一代代中国农业大学人学以致用，与曲周民众一起战胜了“盐碱魔”，还将治碱经验用于造福黄淮海平原，助力扭转中国“南粮北调”的历史。现今，他们在农业高产高效、绿色发展的道路上，续写着艰苦创业的故事。

开拓者

1973年，石元春、辛德惠等老一代农大人带着周恩来总理的嘱托，进驻曲周盐碱最严重的“老碱窝”，创建“治碱实验站”，开始了黄淮海平原旱涝盐碱综合治理研究。

初到曲周，他们住漏雨、漏雪、漏土的“三漏房”，吃高粱面、红薯干、茅草根掺在一起的“三合面”。更大的挑战是，此前有多批专家到当地治碱但均未成功，可见难度之大。

“不治好盐碱就不走”。他们首先从盐碱形成规律着手，数个月时间找准了“病根”，随即制定了一个“井沟结合，农林水并举”的治碱规划，并努力说服早已对治碱丧失信心的村民一起开出400亩“样板田”。

让村民惊喜的是，“样板田”次年喜获丰收。此后20年里，曲周23万亩中度、重度盐碱地和5万亩轻度盐碱地相继改良。

1978年，黄淮海平原旱涝盐碱综合治理启动，200余所科研院所参与其中。石元春等带着曲周治碱经验投入到这场科技大会战中，为黄淮海平原盐碱的成功治理，扭转中国“南粮北运”局面做出重要贡献。

1993年，农大人的治碱成果获得中国“国家科技进步奖特等奖”。6年后，68岁的辛德惠病逝在岗位上，曲周民众迎回他的部分骨灰安葬在实验站，并在这位辽宁籍院士墓地周围种下一片河北杨。

传承者

为治碱而生的曲周实验站，并未功成身退。

“老一代人的主要任务是改土治碱，而我们这代人的任务是实现高产高效和环境友好。”张福锁、李晓林等农大教授开始了新的探索。经过多年努力，他们取得了一系列研究成果，并在*Nature*等国际一流学术期刊上多次发表。

然而，这些科研成果并未让他们真正开心。“实验站里做出来的技术，农民并不接受，他们还是靠经验。”李晓林皱着眉头说。

“到农户身边去”，2009年起，农大师生毅然住进曲周农村，创建多个“科技小院”“村民经营什么，师生就重点研究什么”，为农民提供“零距离”的技术服务。

葡萄种植专业村前衙村的老支书龙书云算了笔账，“自从村里有了科技小院，每亩葡萄增收近2 000元，全村2 000多亩就是400多万。”

“科技小院让科技更加贴近农民。”李晓林终于舒展了眉头。

近年来，科技小院已在中国遍地开花。现在，张福锁、李晓林盘算着要将科技小院推向世界。

新一代创业者

随着绿色发展成为未来农业发展的方向，曲周实验站又肩负起了新使命。

曲周实验站的实验室里，“90后”实验员兰佳佳正在对新建立的土壤和植物无损测试设备进行调试。未来，这套设备将在曲周农业绿色发展示范区建设中发挥重要作用。

“老一辈农大人展现出来的精神让人感动。”皮肤晒黑了的兰佳佳表示，要扎根在这里，成为一名高级人才。

曲周白寨科技小院里，研二学生张笑颖计划深入研究养殖种植相结合的绿色循环经济。她表示，未来要读博士继续留在曲周，推进绿色循环农业的落地。

“很多人向往大城市、高级实验室，但我觉得自己的工作也很有意义，在这里也能实现梦想。”张笑颖表示，要传承老一辈人的精神，不忘初心，牢记科学为民的使命。（完）

China Daily
China's agriculture model suitable for Africa

China Daily　2019 年 6 月 1 日　报道

By Li Hongyang in Handan, Hebei

Zhang Hongyan (right), deputy director of the Quzhou Experimental Station of China Agricultural University, returns from working in an experimental field with students in Quzhou county, Hebei province. [Photo by Chen Zebing/China Daily]

About 30 students from Africa will live in rural China this year to study agricultural technology and then return home to coach farmers in techniques for increasing their crop yields.

The resident adviser model – dubbed Science and Technology Backyard – was developed by China Agricultural University in Baizhai, Quzhou county, Hebei province, in 2009 and has proved successful.

Living in village backyards, students and professors can provide face-to-face guidance to farmers, helping them to be more productive and contribute more to their countries' food security.

More than 120 Science and Technology Backyards currently operate in villages across China.

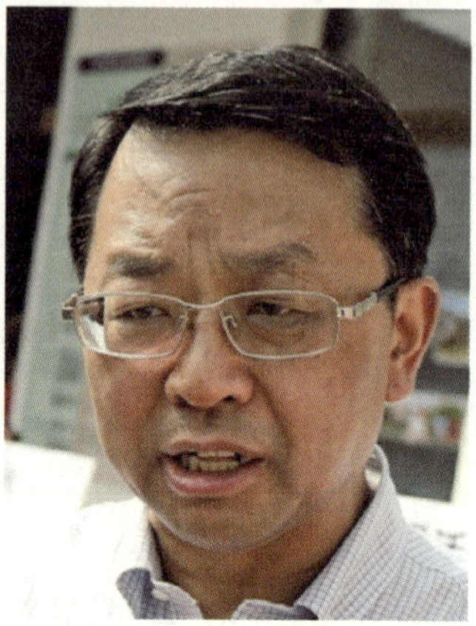

Zhang Fusuo, professor at China Agriculture University, academician of the Chinese Academy of Engineering

Jiang Rongfeng, a professor at the university, said the exchange program helps develop models suitable for the sustainable development of African agriculture and is just one of several ways of supporting the continent. Others include establishing "backyards" with local enterprises and signing agreements with governments.

"African students can learn technology and acquire practical skills in farming and management methods under the backyards program. After a year's study, they will return to their countries and set up their own backyards," he said.

He added that the exchange program is still in the approval process of the China Scholarship Council.

Data from the university show that for seven years after the establishment of the backyards, food production on a 26,680-hectare field in Quzhou increased by an average 115 million kilograms per year.

Li Xiaolin, a professor and one of the three initiators of the model, said that living and doing research in backyards connects researchers with farmers, which helps in turning technology into productivity.

In May 2009, the professors and students lived at an experimental station about 20 kilometers from Baizhai, which made it hard for them to communicate and work with local farmers.

"However, after settling in the backyards, we can keep up with farmers' schedules and gain more knowledge about their habits and farming practices," Li said.

An Zhichao, a CAU student, moved into a backyard in Quzhou this year. He said he felt fulfilled and motivated when he was able to solve problems for farmers.

"One of our major tasks is to give guidance to farmers – such as how to treat yellow wheat seedlings. When our suggestion proved effective, more farmers were willing to trust us and take our training courses," he said.

So far, the university's professors and students have published about 220 academic papers about the backyard model. Two of them were published in Nature, a leading science journal.

Jeff Collett, a professor of atmospheric science at Colorado State University in the United States, paid a visit to the Quzhou Backyard in May, and after talking to several students there he said they had good ideas and could convince farmers to try new practices.

"I think they are on the right track. Students involved in the program have a lot of responsibility," he said.

Oene Oenema, professor of agronomy, nutrient cycling and nutrient management of Wageningen University in the Netherlands, said he found the backyard concept to be an interesting method for bridging the gap between researchers and farmers.

"It helps educate students in a new way. Day by day, it will build a new generation of scientists. I am also working in Africa, so I think it will be effective there because it's still a big challenge to transfer scientific information to extension services for farmers there," he said.

In 2004, I came to Quzhou county, Hebei province, with my colleagues. I found that though the crops' yields had increased, farmers needed to invest more money because natural resources such as underground water had decreased.

So since then, we have been focusing on better utilizing natural resources, which helps sustainably increase yields. In 2009, we adopted a model dubbed Science and

Technology Backyard. It provided services for farmers and educated many agricultural students.

At first, we were not very sure about this model because it was new. However, after several years, it turned out that the students really enjoyed living and studying in villages because they had great opportunities here and could find their values.

They worked with farmers and solved problems for them whenever asked. They found useful scientific laws through practice in the field. Finally, they received recognition from farmers and support from local governments.

After receiving good results from this model, we realized that it was a way to bring scientific research down to earth and improve productivity.

It was also a better way to educate them than in class because here they would search for answers themselves and feel confident after discovering their potential. And it is not rare to see that the eyes of students who are learning in backyards are brighter than those from traditional classes.

They stay here for technological innovation, for the country and for the people and they would always keep this sense of mission after studying in rural areas.

A sense of fulfillment and responsibility made it possible for our teachers and students to persist in this program, and I believe it will last for generations.

In this era, nearly all the people like living in the city. However, talent should come to the villages so that our country will become stronger.

中国农业大学扎根河北曲周46年 盐碱地变良田

中国日报网　6月5日　报道

作者　陈泽冰

河北省曲周县位于黄淮海平原，自古就是一片盐碱地，是出了名的“老碱窝”。1973年，中国农业大学的老师们来到曲周县，立下誓言“治不好盐碱地不回家”。46年过去了，在农大师生们的帮助之下，昔日的盐碱地已经变成“米粮川”。

2019年5月18日，中国农业大学曲周实验站副站长张宏彦（右一）和学生一起从实验田工作归来　中国日报记者　陈泽冰 摄

2019年5月17日，美国科罗拉多州立大学教授Jeff Collett（右二）同中国农业大学曲周实验站的师生们交流　中国日报记者　陈泽冰 摄

2019年5月17日，中国农业大学学生在曲周实验站记录实验数据　中国日报记者　陈泽冰 摄

2019年5月18日，中国农业大学曲周实验站的学生们驾驶三轮车下田地　中国日报记者　陈泽冰 摄

2019年5月18日，中国农业大学曲周实验站的师生们在实验田工作　中国日报记者　陈泽冰 摄

2019年5月17日，中国农业大学曲周实验站站长江荣风（左）指导育苗产业园的工人进行穴盘育苗　中国日报记者　陈泽冰 摄

12

教育部官网

JIAOYUBUGUANWANG

中国农业大学研究生深入扶贫一线助力脱贫攻坚主战场

教育部学位管理与研究生教育司 2019年5月30日 发布

近年来，中国农业大学扎实推进研究生培养模式改革，让学生深入农业农村生产一线，在服务乡村振兴、助力脱贫攻坚的实践中成长为有理想、有本领、有担当的优秀人才。

探索“科技小院”新模式，为脱贫增收做贡献。学校自2009年以来，转变以往以实验室研究为主的科研和研究生培养模式，让研究生深入农业生产第一线，逐步探索出应用型人才培养和农业科学研究、技术创新与示范推广的科技小院（STB）新模式。十年来，先后在全国20多个省份的45个作物生产体系，建立了127个科技小院。科技小院开展农民培训1 470场，受训农民68 762人次；开展田间观摩82场，观摩学习累计7 114人次；编写农民培训教材229套，建设科技长廊16处，制作宣传展板400多幅，示范面积上千万亩；同时与63家合作社和37家企业紧密合作，推广应用技术5.6亿亩，为脱贫增收做出了积极贡献。

参与脱贫攻坚实践项目，为农业农村谋发展。学校积极动员特色农业学科研究生参与脱贫攻坚实践项目，为当地经济谋发展。定点扶贫云南省临沧市镇康县工作中，在镇康县成立了“教授服务团 / 工作站”“博士服务团”，大量研究生参与到扶贫工作中，为脱贫攻坚贡献力量。李小云教授带领教师和研究生团队深入云南省勐腊县贫困瑶寨河边村开展以复合型产业开发、生态居住环境改善、基础设施建设和贫困农户治理能力提升为一体的深度性贫困综合治理实验，着力打造新业态。2018 年仅客房一项就为河边村增加收入 80 余万元。

搭建多元科技服务平台，为扶贫攻坚当参谋。学校充分发挥农大学生专业优势，开展科普宣讲、技术指导等活动，积极为扶贫攻坚当好参谋助手。学校研究生会与中央人民广播电台《中国乡村之声》联合打造的《农博士在线》栏目，已发展成为“农博士”电话热线值班、中央人民广播电台直播、“农博士在身边”“农博士帮帮团”和实践基地建设等线上线下科技服务平台，为“三农”发展提供智力支持。仅 2018 年博士研究生参与热线电话值班 156 次，合作录制《乡村之声》节目 65 期，公众号推文 188 篇，开展基层科技服务 23 次。作为北京高校红色“1+1”活动发起高校，学校研究生一直活跃在“三农”服务一线，农学院种子科学与技术 – 生物质工程研究生联合党支部同怀柔区琉璃庙镇梁根村党支部开展的红色“1+1”活动获得北京市示范活动一等奖。

13

中国教育报

ZHONGGUO JIAOYUBAO

把论文写在祖国大地上

——中国农业大学扎根河北曲周的故事

46 年来，一代代中国农业大学师生深入河北省曲周县的田间地头，帮助群众解决生产实践中遇到的各种技术难题，展现出的是中国知识分子“爱国奋斗、科学报国”的赤子之情和“责任、奉献、科学、为民”的精神。

2018 年 10 月 22 日至 24 日，《中国教育报》连续三天刊发题为《中国农大农业绿色发展示范区启动　千年曲周有望四十五年实现农业“三级跳”》《千年盐碱滩上的“温饱试验”——中国农大一场接力 45 年的“赶考”记（上）》《千年盐碱滩上的“小康试验”——中国农大一场接力 45 年的“赶考”记（下）》的报道，介绍了中国农大扎根河北曲周服务乡村振兴的动人故事，多家媒体纷纷对此进行了采访报道，希望借此鼓舞更多知识分子在新时代不忘初心、牢记使命，在祖国的大地上共同书写爱国与奉献、拼搏与奋斗、严谨与求实的壮丽篇章。

中国农大农业绿色发展示范区启动
千年曲周有望四十五年实现农业“三级跳”

中国教育报邯郸　2018年10月22日　报道

本报记者　柯进　高靓　董鲁皖龙

一个45年前地上几乎寸草不生、“连饥饿的老鼠路过都会流着泪离开”的盐碱重灾区，如今竟然按下了农业绿色发展的“快进键”。

用45年时间，帮助河北省邯郸市曲周县成功治理盐碱地、推动农业综合开发后，中国农业大学今天宣布，其农业绿色发展示范区“落户”曲周。这标志着继中国农大1973年应周恩来总理指示进驻盐碱严重的曲周开展科学治理盐碱地和20世纪90年代初推动农业高产高效综合开发利用后，曲周农业发展将迎来第三次“起跳”。

农业绿色发展理论体系不完备、关键技术亟待突破、以县域为基础的区域绿色发展科技支撑和政策保障机制探索不足，是当前制约我国乡村振兴战略顺利实施和农业绿色发展的主要瓶颈问题。按照规划，中国农大依托新成立的示范区，将联合全国科研院所开展协同创新，凝聚全球专家智慧，通过建设交叉创新平台，开展联合攻关和人才培养，探索县域农业绿色发展模式和中国农业绿色发展之路，为国家乡村振兴战略打造“样板间”。

“春天白茫茫，夏天水汪汪，只听耧声响，不见粮归仓。”地处旱涝盐碱多发的曲周，土地有着2 000年盐碱史。从1949年到1973年，曲周县除了4个年头风调雨顺，粮食亩产达到100公斤，其余20年平均亩产75公斤左右。新中国成立近30年里，曲周县粮食单产仅增加0.5公斤，全县群众吃国家返销粮7 000多万公斤，花国家救济款3 000万元。

“没有国家的重视和中国农大几代人的努力，曲周的地恐怕现在还是咸的！”这是80岁的曲周县王庄村老支书王怀义时常挂在嘴边的一句话。

“从1973年中国农大以石元春、辛德惠两位院士为首的教师团队进入曲周治碱，到20世纪90年代初盐碱地治理取得成效后，以辛德惠院士、张福锁院士等为首的团队不断探索农业高产高效，将粮食亩产由1987年的500公斤提高到今天的1 300多公斤，曾经吃不饱饭的盐碱窝子村，如今变成了葡萄村、苹果特色村，而且大多数农民有了家庭小汽车。”曾多年分管农业、科技、校县合作工作的曲周县原政协主席胡耀东说，“中国农大和曲周45年的校县合作实践，回答了当今中国的一个现实问题——大学如何扎根中国大地，办成国家需要、产业需要和人民需要的大学。”

千年盐碱滩上的“温饱试验”

——中国农大一场接力45年的“赶考”记（上）

中国教育报邯郸　2018年10月23日　报道

本报记者　董鲁皖龙　柯进　高靓

扫二维码
看相关报道

在中国农业大学校园内，一块刻着“改土治碱、造福曲周”的石碑，无声地矗立了30年。千里之外的河北省邯郸市中国农大曲周实验站内，静立着一块刻有同样八个大字的石碑。

稍有不同的是，立碑者一个是曲周群众，一个是曲周县委、县政府，它们浓缩了中国农大与曲周县“牵手”45年的情谊。

“中国农大是曲周人民的功臣、恩人！如果没有中国农大，曲周可能还是个‘咸碱浮卤，几成废壤’的盐碱滩！”与中国农大并肩奋战了25年的曲周县原政协主席胡耀东深有感触地说。

为了周总理的嘱托

出曲周县城，驱车半小时就到了中国农大曲周实验站。

一路上，千里沃野，麦苗吐绿。道路两旁，不时可见低矮的葡萄园和挂满红果的苹果园……

站在那块当年盐碱最严重的台地上，80岁的王庄村老支书王怀义感慨万千：当年，他带着村民和中国农大石元春院士等研究团队一起劳作时的场景，仿佛又在眼前浮现——

中国农大2010级博士研究生黄成东（右一）在曲周县后老营科技小院指导瓜农　资料图片

45年前，土地有着2 000年盐碱史的曲周，是一个连“饥饿的老鼠路过都会含着泪离开”的地方。

20世纪70年代，土地盐碱化重灾区的黄淮海平原有2.8亿亩耕地，其中盐碱地占了近1/5。而邯郸东部的曲周县更是当时出了名的“盐碱窝子”。每年，整个黄淮海平原群众要吃国家返销粮30亿公斤。

“确保国防安全和粮食安全，是新中国成立后很长一段时间国家面临的两大战略问题。”中国农大曲周实验站站长江荣风说，“黄淮海平原土地盐碱化所导致的粮荒，是当时中国的主要内忧。”

1973年，周恩来总理提出，以河北黑龙港地区为试点，围绕地下水开发和旱涝盐碱综合治理组织科学会战，一定要把盐碱地治理成“米粮川”。

任务到了中国农大，学校找到了研究土壤的讲师石元春。

赶赴曲周考察时，石元春愣住了：6月的田野，本是麦浪滚滚、丰收的景象。可他看到的是，沟渠纵横无序，田块七零八落，庄稼像秃子头上的毛发。

回到学校，石元春立刻组织队伍：林培、陶益寿和他同为1956届土化系研究生，毛达如师从苏联植物营养专家沙哈诺夫，辛德惠更是留学苏联的“洋博士”……个个都是独当一面的“将才”。

同年9月初，石元春一行7人进驻曲周县张庄村。由于当年秋涝严重，教师们卷着裤腿，扛着铺盖，拎着生活用品，蹚过齐膝的水，来到千里之外的盐碱滩安营扎寨。

黄淮海平原科学治碱的序幕，由此拉开。

45年倏忽而过。想起往事，王怀义擦拭着布满皱纹的眼角，哽咽着说：“现在，我们的生活好了，没想到，当年一起奋战的辛德惠院士却走了……”

在中国农大曲周实验站院子的一角，一座黑色大理石墓碑——“辛德惠之墓”静静矗立。

“老碱窝子”实现了每亩单产732斤

战斗的青春最美丽。

离开曲周虽然多年，但87岁的两院院士、中国农业大学原校长石元春每每午夜梦回时分，想念最多的，还是在曲周那段战天斗地的岁月。

站在张庄村治碱遗址模型前，石元春被当地群众紧紧围绕着。当年一道奋战在盐碱地上的老战友们重逢，指着模型上的一块块台地，有说不完的故事——

进驻曲周时，面对几十万亩盐碱地，是从白寨下手，还是从张庄开始，治碱小组与曲周县政府出现了分歧。

“白寨离县城近，生活方便一点；碱轻，容易见效果。”时任副县长的赵迎代表县政府建议。

赵迎的话里夹杂着担心。自新中国成立以来，数不清有多少拨工作组来过曲周治碱。然而，20多年过去，盐碱还在。

“白寨改好了，张庄不还在那里吗？”几番争论后，治碱小组决定，就从“老碱窝子”张庄开始。

经过大量调研和数据分析，石元春和同伴们发现，黄淮海平原春旱夏涝，只有灌排蓄协调，才能遏制盐渍化。他们根据“盐随水来，盐随水去”的规律，提出“以浅井深沟为主体，农林水井并举”的综合治理方案。

理论能否站住脚，得靠实践检验。

于是，治碱小组在张庄村南选定400亩重碱地作为试验区。

一切准备就绪。可是，张庄的施工大队却迟迟不上阵。

“重盐碱地还可以淋小盐，万一治不好，连这点卖盐的收入也没了。”“这些年，治碱的来了一拨又一拨，都是‘飞鸽牌’的，你们打算待多久？”村民疑虑重重。

“治不好碱，我们就不走！”石元春语气坚定。

第二天，村民们涌入“400亩”，压盐、平整土地、开沟挖渠。没过几天，24块条田上春麦、冬麦、玉米、高粱全部标好。与此同时，4 500亩试验区工程同步进行。

“第一仗是信心之仗，打不好，群众就不信我们了。”治碱小组每个人的心都是沉的。

1974年春天，如约而至。与过去逢春苗枯不同，经过两次漫灌压盐和科学施肥，“老碱窝子”上的小麦苗实壮硕。

麦收时节，张庄人忙着抢收。田间地头，围满了看热闹的人。

粮食入仓后，治碱小组盘点战果，张庄一夜成名：1974年，张庄大队粮食总产60万斤，比历史最高水平增产近一倍。1970年前，张庄平均每年要吃国家返销粮4万斤；而1974年张庄向国家交粮11万斤。

看到成果，王怀义坐不住了。每天下工，他就去张庄的教师驻地坐着，一连去了5天。辛德惠最后说：“马上就去你们村。”

1978年，王庄被列为第二代试验区。随后，曲周北部23万亩“拉腿田”也参与试验。

据《曲周县志》记载，治理前，全县粮食最高总产3.47万吨，单产363斤；而1987年总产达6.76万吨，每亩单产732斤，分别增长94.5%和101.7%。

1993年，由中国农大牵头的“黄淮海平原中低产区综合治理的研究与开发”与“两弹一星”一起，同获国家科技进步奖特等奖。

就在这一年，曲周县委、县政府将一块刻着“改土治碱、造福曲周”的石碑，立在了中国农大曲周实验站的院子中央。

石碑的背面，是石元春、辛德惠两位院士及众多当年参与治碱会战教师的名字。

黄淮海平原升起中国农业“两弹一星”

“为什么是我们？”

中国农大人常常在思考。

“1993 年是农大最辉煌的时期，奖杯和石碑，代表着科学界和人民群众对我们的最高认可。”中国农大曲周实验站副站长张宏彦说，曲周实验给我们留下的启示，是“一结到底”——学校和地方、理论和实践、农民和教授，紧密结合在生产一线。

回想当年黄淮海平原治碱这样一个大科学项目，张宏彦一口气用了一连串的“正好”来解释偶然性——“正好”选在最严重的点，措施“正好”有效，点上经验“正好”能放大，“正好”校长打了报告，“正好”农业部长来了，“正好”获得了国务院嘉奖，“正好”在国家粮食安全问题最严重的时候，解决了农民的温饱问题。

历史有一定的偶然，也有必然。“如果没有把张庄经验推广到整个黄淮海平原，今天的黄淮海平原，可能不会变成我国的大粮仓。”张宏彦说。

1979 年，国家科委和农业部决定开展黄淮海平原旱涝盐碱综合治理，由曲周实验站牵头负责。至此，石元春才明白，他们正在打一场涉及国家粮食安全的大会战。

中国治碱震惊世界。1985 年，国际盐渍土改良学术讨论会在济南召开，与会代表考察完曲周后惊叹不已。时任国际土壤学会副秘书长、著名土壤学家萨博尔奇称：“中国盐渍土改良是世界一流的！”

十几年的治碱战役，被誉为中国农业的“两弹一星”，扭转了我国南粮北调的历史。

今天，在曲周，“中国农大”成了科学的代名词。

40年前，王怀义将中国农大教师请进王庄，最终“使王庄村民的收入领先周围村子10年”。而今，王怀义再次把中国农大请进了王庄。这一次，他希望，中国农大的“科技小院”能让村民走上致富路。

千年盐碱滩上的“小康试验”

——中国农大一场接力45年的“赶考”记（下）

中国教育报邯郸　2018年10月24日　报道

本报记者　高靓　柯进　董鲁皖龙

斗转星移，时间转眼过去了20多年。河北曲周王庄村亩产达到八九百斤后，无论上多少肥都不再增产。而此时，距王庄村仅几里地的中国农大曲周试验田里的玉米，亩产最高已达1 600斤。

扫二维码
看相关报道

王庄村的老支书王怀义又坐不住了。

他直接去北京，问他的“老兄弟”、中国农业大学石元春院士。于是，从2006年起，中国农大曲周实验站发扬老一辈科学家的治碱精神，开始了高产高效现代农业的系统研究。

如果说，45年前的改土治碱，是一场解决中国农村温饱问题的试验，那么，新世纪以来中国农大在曲周所做的，就是探索农业助力农村实现全面小康的另一场试验。

试验田的成果为何走不到田间地头——一项把二级教授逼哭的试验

“为何一墙之隔，实验站和村里的产量差距这么大？试验田里的产量能否变成农田的产量？”早在王怀义找来前，中国农大专家就意识到问题所在并采取了行动。

“找一块地做示范，用我们的技术成果指导农民，产量自然就上来了。”这是李晓林、张宏彦、王冲3名教师被学院派到曲周实验站开展研究之初的想法。

在有着多年县校合作基础的曲周，找场地、组织农民都不是难事，种子、肥料、农机也都准备齐全。

在华北平原，玉米的播种期只有短短几天。让教师们没想到的是，原计划3天的播种，竟干了11天。

原来，这160多亩地分属70多个农户。播种要先浇水，浇水还得各家排号。更要命的是村民内心充满疑虑。要想让所有人按照统一用种、统一耕作、统一施肥、统一播种的规程操作，教师们必须比农民更早下地。不然，一不留神就会有人偷工减料。

谁知，每天刚到晌午，地里就没了人影。“跟农民不熟”的农大教授被晾在大太阳底下，躲又没处躲，走又不敢走，只能喝生水、啃烧饼。没出3天，3名教师都病倒了。

“研究了大半辈子农业，头一回知道，原来种地这么难。”李晓林望着播了不到一半的种子，这位年过半百的二级教授鼻子发酸，“我这是图个啥？”

打道回府，还是留下接着干？3名教师激烈争论。李晓林的内心也纠结不已。当天回到实验站，走过那块刻着“改土治碱、造福曲周”的石碑，李晓林决定：“不能再住实验站了，必须住到农民中间去。”

就这样，3名教师在白寨乡一处荒废已久的院子里安营扎寨。白天跟农民一起下地干活，晚上走街串巷和农民聊天。慢慢地，有人开始拿着自家的庄稼上门咨询。为了让人好找，他们在院外刷了个“地标”——科技小院。

一个月后，村民好奇：“你们怎么还没走？”李晓林无意中说出了当年石元春说过的那句话——“我们来了，就没想走。”

有村干部调侃：“来我们这儿搞试验的不少，种子肥料一放，插块牌子就完事。你们牌子没插，人‘插’这儿了。”

“当老师的前20多年，我只来过曲周实验站一次，取点土样回去做研究。”李晓林坦言，“那时想的是发论文、获奖，很少考虑自己的研究对农民有啥用。”

在科技小院这一年，李晓林在曲周待了300多天。在田间地头摸爬滚打的体验让他意识到，农民面临的问题，远比在实验室里想的更复杂。

李晓林暗下决心，今后要依托科技小院，探索打通农业科技推广“最后一公里”，为农民提供“零距离、零时差、零费用、零门槛”的贴身服务。

理想中的高产高效能否实现现实中的致富梦——一项让农民兄弟点头的试验

“农民不怕挣得少，就怕赔。”王庄村现任党支部书记、今科富小麦专业合作社理事长王浩明一语道出了农业科技落地难的症结。中国农大的老师们知道，要让农民兄弟点头，除了要拉近距离，更要让他们见到效益。因此，实现高产高效，成了曲周实验站探索的重点。

新世纪以来，华北平原人口、资源和环境压力日益凸显，传统农业难以为继。为此，曲周实验站围绕黄淮海平原农业可持续发展，开展了高产高效农业理论与技术和中低产田改造等研究。

通过“科技小院”，这些科研成果被转化成实用技术：测土配肥、水氮后移、水肥一体化……再通过大学教授、讲师、研究生“翻译”给村民：

“大叔，现在还不能浇水，不然影响产量！”

“婶子，您地里的氮、磷、钾成分太多了，不能再施肥了！”

开科技广播、办田间学校、组织中秋晚会、走村串户劝说……“科技小院”成立之初，师生很大一部分工作就是设法劝住农民少往地里“投入”。“我们年年都这么种，怎么会影响产量？”一些“老把式”不服。

2009年10月，白寨乡试验迎来“大考”：示范方的玉米平均每亩单产1 260斤，最高1 600斤，而非示范方平均每亩单产1 080斤。

“科技小院”一战成名，十里八乡纷纷来请。

“小麦、玉米是我们的长项，葡萄、西瓜、苹果我们没研究过。”面对邀请，李晓林有些犯难。不过，后老营支书田振海的话触动了他：“农大的教授，就是从头学也比我们强！”

村民一句无心的玩笑话，让李晓林深知，金杯、银杯不如村民的口碑！短短8年，曲周的“科技小院”从一个发展到11个。每个小院都有一名教师和几名常驻研究生，村民任何时间遇到任何问题都能“有问必答”。

“以前，农业科技都在电视和报纸上，我们想要，也够不着。现在，村里就有教授、博士，地里种什么，心里都踏实！”王浩明说。

今天，“科技小院”正从曲周走向全国，走出国门。在中国农大的带动下，100多个“科技小院”在全国23个省市落地生根，这种模式被联合国粮农组织和环境署认为，解决了农业科技成果转化的世界性难题，并被写入“全球未来粮食环境发展战略报告”。

未来的中国农业现代化可能是什么样的——一项给乡村带去希望的试验

45年前的改土治碱，使黄淮海平原变为大粮仓；粮食产量的提高，人口密度加大，又造成了农业对环境和资源的过度消耗……

这些挑战成了时代交给农业科技工作者们的“考卷”。

“我们正在做循环经济试验——用牛粪做有机肥，用有机肥种粮食，再用秸秆喂牛、种蘑菇……”王浩明说。

今年1月，“科技小院”的师生们走村串巷，对曲周县342个村的农民进行了一场大培训，宣讲党的十九大精神、乡村振兴和绿色发展理念。

在前衙村“科技小院”，中国农大研究生王晓奕指着小院内试验的水肥一体化系统，自信地说：“我们为前衙村制定了一套绿色发展指标！”

事实上，“科技小院”在曲周的试验，正是在为中国农业现代化探路——

科研成果与农业生产的“零时差”，将传统农业带入绿色发展时代；

高校与乡村的“零距离”，将带动乡村走上产业兴旺、生态宜居、乡风文明、治理有效、生活富裕之路；

师生做媒的“零门槛”技术服务，为高校培养“懂农业、爱农村、爱农民”的“三农”人才，拓宽了道路。

今天，中国农大资源与环境学院 3 年的专业硕士培养期，有两年半的时间在曲周的田间地头：从报到到科研和论文答辩，他们都在曲周这片希望的田野上。对于农业生产中遇到的各种“疑难杂症”，他们只需通过一根网线，就能直通中国农大图书馆和导师团队。

“如果说治碱给曲周留下的是精神，那么科技小院带给曲周的，是乡村振兴的希望！”曲周县原政协主席胡耀东说。

今天，在王怀义腾出来的老宅子里，王庄村科技小院“院长”赵向阳自豪地说：“在这里，我们不仅是学生，还是农民、农技员、培训师、乡村挂职干部和活动组织者，每个人都有一肚子的故事。”

时常来“送温暖”的王怀义，看着那些被晒得黝黑的大学生，常常喃喃自语：“跟石元春、辛德惠他们年轻时一样！反正，谁住进村，谁就会变黑！”

14

中国教育电视台

ZHONGGUO JIAOYU DIANSHITAI

沧桑巨变新曲周　田间地头“农大人”

中国教育电视台　2019年6月11日　报道

视频报道

中国教育电视台《e视界》2019年6月11日报道

15

北京日报

BEIJING RIBAO

中国农业大学研究生驻村两年精准扶贫

——把论文写在山坡上

北京日报　2019年6月4日　报道

本报记者　陈强

记者上周在房山北部深山区采访时，低收入村佛子庄的党支部副书记李正伶找了过来，她欣喜地向记者展示二道沟里矮化苹果树的照片："栽了三年，终于挂果了！"未等记者发问，她又抬高语调说道："多亏'高人'相助！中国农业大学的两位女研究生，要在咱村住上两年，还要把山坡上果园的变化写进论文里呢！"

一条灰白色的柏油路，指引着我们一路奔进二道沟，越往沟里走，地势越高。车行10多分钟，接近半山腰的地方，看到了一处小木屋和一大片果园，木屋前使劲儿冲我们挥手的两人，就是研究生陈雪和阎雪容，刚刚研究生一年级，都是不折不扣的"95后"。穷山村佛子庄之所以能吸引到她们，多亏了中国农大的精准扶贫项目科技小院：选派两到三名研究生驻村两年，将农业发展遇到的问题作为研究课题，直到得出解决办法，再去推广应用。今年，整个北京将陆续出现10个科技小院。

半山腰的小木屋，本是村里今年年初才建好的果园管理用房，为了给研究生提供更好的授课环境，村民一致同意，将小木屋作为"科技小院"。三大间屋，共60平方米，打扫得非常干净，墙上还贴了和苹果树种植相关的知识海报。研究生驻村两个月来，根据果树成长阶段，已经开展了3场培训，每场培训，村民都要先到小木屋学习理论知识，再到院外的200亩果园中进行实际操作。

两位研究生正在指导村民为苹果树开芽。本报记者 陈强 摄

“在山村，大家祖祖辈辈种地，靠的都是经验，缺少科学技术指导。多数村民认为，水浇得多，肥施得多，果树就长得好，事实往往不是这样。”小木屋里，一台崭新的水肥一体化设备正在工作，陈雪告诉记者，苹果树能够成功挂果，这台新设备发挥了重要作用。除此之外，还有她俩带进山里的剪枝、开芽和刻芽技术。

初夏的园子里，已经能够闻到苹果树的淡淡清香。漫步的同时，两位研究生向记者讲述起了剪枝的故事。

今年 3 月，初到佛子庄的二人就发现一个严重问题：果树枝条疯长，似乎是长势不错，但从专业角度看，这很不利于果实成熟。她们立马着手修剪枝条，没想到却招来了一部分村民的反对，原因很简单，经过一顿修剪，树干竟光秃秃的如同一根竹竿，乡亲们没法说服自己去相信这两个初来乍到的小姑娘，“要是把树剪坏了，她们‘撂挑子’回城里了，咱二道沟果园可咋办？”

好在两位小姑娘背后有母校中国农业大学的支持，请来了苹果之乡——陕西洛川的技术专家。村民见到专家，终于把心放肚子里，帮助两位研究生一起剪枝。开春后，一条条新枝从树干冒出，大伙儿又一起为苹果树开芽，增加光照面积。“之前真是错怪两位姑娘了！”种树三年，终于看到挂果的村民燕泽华，兴奋的同时，有些不好意思地低下了头，“今后，姑娘们让咱干嘛咱就干嘛。”

距离小木屋不远，是村里条件最好的一家农家院，里面最好的一间客房，就是研究生的宿舍。老板姜大叔和妻子都是佛子庄本地人，对于二位姑娘的伙食，夫妻俩每天都很上心，“照顾好人家，咱村才会有出路不是？”记者受邀与他们共进午餐，饭桌上，研究生和姜大叔夫妇好似四口之家。西红柿炖牛腩、炒蘑菇、榆叶饭，饭菜虽说不上丰盛，却很有家的温馨。跟着姜大叔，两位研究生还学会了不少山里的特色菜，每次把饭菜图片分享给城里的同学时，都引得大家一片羡慕。

研究生学期总共三年，陈雪和阎雪容却要在山村里住上两年。去年9月刚刚入学，不到半年就来了佛子庄，“刚开始确实很抗拒，甚至想到过退学。”陈雪说，当她来到山村，看到村里为她俩准备的小木屋和客房，立刻转变了想法，一定要为佛子庄脱贫致富出一把力，“乡亲们把最好的资源都给了我们，怎么能辜负呢？”两个月来，陈雪和阎雪容几乎没回过学校。每到周末，她们还要起个大早，招呼村民上山，在果园来一堂“随机问答”。“在外打工的村民习惯周末回来，到果园转转，也是让大家看看村里的变化。”阎雪容说。

在陈雪和阎雪容的办公桌上，有一本工作日志，用日记体的形式记录了两人在佛子庄的工作，每篇文章都在千字上下，图文并茂。这里面，不仅有关于果树修剪开芽、果园浇水施肥的日常，更有二人融入山村生活的点点滴滴。“4月10日，帮阿姨整理木兰芽，这种菜，我之前从没见过。”“4月18日，我尝试跳了会儿广场舞，阿姨们都夸我有天赋。”“4月21日，阿姨家的大黄生了小狗，好可爱！”……

结束采访，记者驱车两小时回到家后给二位研究生报了平安。她俩给记者发来一张刚刚拍摄的佛子庄村全貌：夕阳西下，村里的古宅、果树，全都镶上了金边儿，风景如画。“等苹果丰收了，记得来回访！”

中国农大扎根曲周助推农业发展三部曲之一

——千年“盐碱滩”变成“米粮川”

北京日报　2019年6月5日　报道

本报记者　颉亚珍

“开镰了！”

台上一声呐喊，台下掌声雷动，有人悄悄擦拭眼角。

5月17日晚，据真实故事改编的豫剧《天绿》在邯郸大剧院演出，赢得掌声无数。“太感人了！我要广而告之，请大家都来看这出戏，记住这个故事，传承‘曲周精神’！”一位观众动情地说。

这是怎样的一个故事呢？

记者走进曲周，只见道路宽阔平坦，园区规划有序，树林繁茂葱郁，农田绿浪涌动，处处生机盎然。

然而，46年前的曲周，却是千百年来有名的“老碱窝”，“春天白茫茫，夏季水汪汪，只听耧声响，不见粮归仓”（当地民谣），农民生活苦不堪言。其中张庄灾情最严重，老支书赵俄回忆：“1943年，曲周连下暴雨，村外发大水，家家户户没有粮食吃。张庄总共460多口人，就饿死270多口。我爷爷临死时，希望能喝上一碗玉米糊糊，可就是这么一个小小的愿望，也未能如愿。新中国成立后，张庄的生活条件有所改善，但是群众仍然受盐碱为害。全村3 400亩地，能种的只有1 780亩，最好的地每亩也只能打一百来斤粮食。”

“每年麦熟，别的村子干得热火朝天，我们张庄的社员却显得很清闲。收割庄稼，也不用拿镰刀，背个布口袋，用手把麦穗揪下来，扔到袋里就成。一年磨下来的面，就够逢年过节包顿饺子吃。我们张庄每年要领两三万元救济款，吃七万斤救济粮。”

也曾有很多工作组到曲周来治理盐碱地，但都以半途而废告终。

1973 年，周恩来总理提出：科学会战，综合治理黄淮海平原，一定要把盐碱地治理成“米粮川”。曲周成为试点之一，在曲周建站进行“旱涝碱咸综合治理研究”的任务落在北京农业大学（中国农业大学前身）的肩上。

当农大老师石元春、辛德惠等人来到曲周张庄建立“治碱实验站”时，村民们并没有什么信心。当农大老师们通过求学、调研摸清了曲周盐碱为害的“病根”，并开出“井沟结合，农林水并举”的“处方”时，村民们却不行动，担心“农大老师在张庄待不久”。石元春得知原因，当即代表众人痛快地表示:“治不好碱，我们不走了！”而农大老师住“三漏房”（漏雨、漏雪、漏土）、喝咸水、吃“三合面”扎根张庄的情形，像农民一样一身泥、一身汗地在盐碱滩摸爬滚打的实干精神，村民们也看在眼里。于是，第二天天刚亮，村南工地上，便是一片热火朝天的景象。

1974 年夏天，张庄人第一次看到了齐整、穗大的麦浪。收割时，也不再是用手揪麦穗，而是“开镰了”。这一年，张庄大队粮食总产 55.9 万斤，达到了有史以来最高产量，粮食不仅能自给自足，还破天荒地向国家交售商品粮 11 万斤。此后，张庄大队粮食年产量不断攀升，59.6 万斤、57.4 万斤、92.2 万斤……1977 年后，亩产稳定在 800 斤以上（1972 年时亩产只有 158 斤），盐碱滩的的确确变成了“米粮川”。

张庄的“奇迹”，震动了曲周其他村庄。王庄的老支书王怀义说：“我们村共 3 000 亩地，只有 1 500 亩能种。有了张庄的经验，我们找到石元春、辛德惠他们，一起把不能种的地都改良了。三年见效果，寸草不生的地变成了良田，可以亩产玉米 1 500 斤、小麦 1 000 斤。”

1978 年，农业部拨款 400 多万元，推动张庄经验向曲周北部 6 万亩盐碱地扩散。到 1987 年，曲周 28 万亩盐碱地完成综合治理，盐碱地面积下降七成，林木覆盖率增加 2.8 倍，农民人均收入增长 3.9 倍。国际土壤学会副秘书长、著名土壤学家萨博尔樊教授来考察时称赞：“中国盐渍土的改良工作是一流的。”

在曲周基础上，农大师生推动旱涝盐碱治理成果走向黄淮海平原乃至三江平原、黄土高原、北方旱涝和南方红黄壤等五大区域的农业综合治理与开发，彻底扭转了我国南粮北运的格局，为确保国家粮食安全做出了巨大贡献。

1993 年，“黄淮海平原中低产地区综合治理的研究与开发”项目荣获国家科技进步特等奖，被誉为农业科技的“两弹一星”。

曲周农民则自行集资 6 000 元，建造了一块汉白玉石碑，上书“改土治碱、造福曲周”八个大字，派代表于 1988 年教师节这天，专程赶到北京，送给北京农业大学。由一方百姓给一所大学树碑，在我国尚属首例。

中国农大扎根曲周助推农业发展三部曲之二

——科技小院打通技术应用“最后一公里”

北京日报 2019年6月5日 报道

本报记者 颉亚珍

曲周的盐碱地治好了，农大老师们并未功成身退，而是开始了新的征程。

“我们这一代面临的形势不一样了，我2004年来曲周实验站驻站时，就发现随着粮食增产，农民使用的化肥、农药越来越多，生态环境堪忧。如何既让人们吃得有营养又不影响环境？我们开始探索研究粮食的‘高产高效’体系，提前10年为国家农业的绿色发展找方案。”农大教授张福锁说。

曲周政府给予农大科研工作不遗余力的支持。2006年，曲周县无偿拨给农大300亩地，作为“高产高效现代农业发展道路研究基地”。张福锁、李晓林等人组成的农大科技攻关团队，通过科学测土、配方施肥、选用良种、规范管理，很快摸索出了一套“粮食高产高效”理论指导和实践应用体系。2007年，曲周县打造2万亩优质小麦标准粮田项目，在农大老师们的精心指导下，项目大获成功：每亩地增产小麦100斤，同时节省肥料、人工、电费等开支30元。

试验成功的喜悦并未维持多久，如何让科研成果进入农民地头的问题又摆在眼前。为打通技术推广应用的“最后一公里”，张福锁、李晓林等人决定发扬老一辈农大人的精神，走出实验室试验田，深入农民当中调查和服务。

2009年，农大与曲周在白寨乡共建万亩小麦－玉米高产高效技术示范基地，以此为契机，老师、研究生从实验站走进村里，在农民地里搞科研做试验，“科技小院”应运而生。

问科技小院的缘起，李晓林笑道："是偶然产生的。我们想从农民的角度考虑怎样高产高效，就在村里建了个联系点叫科技小院，传播科技知识，起初只是个门牌号，后来发展为一个神奇的地方。"原来，农大曲周实验站距离白寨乡20多公里，想了解当地农民生产习惯、方式从而有针对性地进行指导的农大师生们，每当从实验站赶到白寨乡地头时，习惯早干活早收工的农民都已回家了，压根就碰不到人。为此，李晓林想到在白寨乡找间房子，既能就近搞科研调查服务农民，又能免了师生们远距离奔波没地儿吃饭和休息的问题。于是，白寨乡政府对面一个荒废已久的小院，收拾后成了全国第一家"科技小院"。

有了科技小院，农大师生们和农民同吃、同住、同劳动，十几项丰产技术全都应用到了生产中，示范基地的玉米平均亩产量比往年多了200多斤。眼见为实，乡村干部和农民纷纷找到实验站，请求建同样的科技小院。除了小麦、玉米，瓜农也来了，果农也来了，实验站来者不拒，边学边干，从传统粮食作物到瓜果蔬菜，一个个不同类型的科技小院出现在曲周大地上。据统计，自2009年第一个科技小院建立以来，科技小院先后研究引进105项各类农业生产技术，集成冬小麦、夏玉米、春玉米、水稻、苹果、香蕉、菠萝、杧果、草莓等45个作物体系的高产高效技术模式65套，发表学术文章224篇，其中SCI论文35篇，编写专著9部，研发6个产品，先后申请专利8个。科技小院的科研成果分别于2016年和2018年两次在国际著名学术刊物*Nature*上发表。

记者采访时，恰遇美国俄克拉荷马州立大学教授杰夫来曲周洽谈科研合作。他说："这里的技术创新让我印象深刻，我就是来谈技术转让的。我们也推广技术，但和农民没有面对面的交流，曲周有很多值得我们学习的地方。"

国际小农户研究专家Ken Giller指出：科技小院这种扎根农村助推小农户增产增效的创新模式是全球最成功的典型案例。

"我们的科技创新是参与式创新，我们和农民一起学习，一起进步，农民的经验有时候比理论更管用。"张福锁举了个例子，"研究得出土地要灌三次水才能保证粮食产量，但农民指出，当地水少，可以灌水后压实土地减少蒸发，灌两次水。实施后不仅一亩地可节水 40 ~ 50 立方米，而且效果比灌三次水还好。”

中国农大依托“科技小院”建立的“科技创新 + 社会服务 + 人才培养”三位一体科研教学新模式，得到社会各界认可。目前，中国农大和其他涉农单位合作，已在全国 23 个省份建立了 120 多个科技小院，为“三农”提供零距离、零时差、零门槛、零费用服务的同时进行科研创新和人才培养。

农大研究生叶松林在王庄科技小院开展工作已经半年，还要待一年半。“生活能力、吃苦耐劳的精神就不用说了，最主要的是把科研放在地里，能真正解决问题帮助到别人，很有成就感。而且我毕业后想做农业物流网，在这儿跟农民交往深了，比自己家人还了解，产生了亲情，也锻炼了交流能力，对我以后的创业非常有帮助。”

46 年来，从农大曲周实验站走出了三位院士，两任农大校长，70 多名教授，300 多名博士、硕士，为曲周县培养了 5 000 多名农业技术人员和农民科技骨干。

中国农大扎根曲周助推农业发展三部曲之三

——实践中的科技创新富民利己

北京日报 2019年6月10日 报道

本报记者 颉亚珍

“解民生之多艰，育天下之英才”，这是中国农业大学的校训。农大的师生们扎根曲周，通过科技创新，很好地践行了这一校训。在中国农业大学的帮助下，曲周不仅从“老碱窝”变成了“米粮川”，而且连续8次16年被评为全国科技进步先进县，科技对农业和县域经济的贡献率达到72%和56%，当地人都说：“先有实验站，后富曲周县。”

建示范区打造绿色发展样板

曲周实验站所在的华北地区，是我国传统的农业主产区，人均自然资源匮乏，环境压力巨大，农业绿色发展十分迫切且挑战严峻。农大和曲周决心把曲周建成国家绿色农业样板，把华北平原建成国际绿色农业榜样。

2018年7月，中国农业大学国家绿色农业发展研究院成立。研究院依托曲周实验站和科技小院，结合科技创新、社会服务、人才培养，全力打造跨学科、多单位、集团式农业绿色发展综合性创新平台。

2018年10月，中国农业大学首个农业绿色发展示范区在曲周县建立，推动农业生产由高资源环境代价发展到高产高效发展再到绿色发展的根本性转变，全面构建绿色发展的生产、生活新模式。示范区近期以将曲周打造成为国家绿色发展示范县，引领京津冀一体化绿色发展，辐射全国为目标；远期以将华北打造成绿色可持续发展全球示范区，推动“一带一路”绿色发展为目标。

农大教授崔振岭如此介绍绿色发展：“通过管理智能化、精准化，发展产业化、绿色化，技术应用全程化、全域化，把资源利用效率增加 50%，养分损失降低 50%，实现经济收入翻番。”

对这样的目标，农大人和曲周人都充满信心。曲周实验站副站长张宏彦说：“时间在变，形势在变，问题在变，环境在变，人也在变，但中国农大和曲周坚不可摧的合作关系没有变，‘责任、奉献、科学、为民’的‘曲周精神’没有变。”

46 年来，一代又一代农大人扎根曲周，在田头地间做科研，“一株小麦有多少根，每条根吸收多少水分、养分，都研究得清清楚楚”；一代又一代曲周人信任科学，积极配合，埋头苦干，不仅各自获益良多，更是推动了农业科技的进步和地方经济社会的发展。

419 名研究生科技小院写论文

科技小院“实践 1（入学前生产实践锻炼，发现问题）—理论（学校理论课程学习，掌握方法）—实践 2（深入生产一线，研究并解决问题）”的“三段式”研究生培养模式，也成效显著。2009—2018 年累计 419 名研究生进入科技小院开展工作，获得各项奖励 503 次，其中国家级 25 次，省、市、校级 404 次，地方政府贡献奖励 74 次。研究生培养模式获得北京市教学成果一等奖、国家教学成果二等奖。

张宏彦告诉记者，农大的学生中不少是城里孩子，即便农村学生，也不经常下地干活，农业知识更多来自书本。科技小院的培养模式实现了科研与实践的双向互动，既让学生们实践出真知，也让学生在不断历练中成为“懂农业、爱农村、爱农民”具有“三农”情怀的人才。

中国农业大学资源与环境学院硕士研究生赵向阳说：“我的论文课题是我跟踪了一百多户人家的地块儿，针对农村实际生产问题产生的，不是从文献里来的，都是一手的数据，研究结果对农民生产是最有用的。”

正因为在实践中锤炼出了实际能力，每到就业季，科技小院的学生们就成了“香饽饽”。“很多同学还没毕业，就已被提前‘预订’。”农大教授、科技小院创始人李晓林说。

如今已是中国工程院院士的张福锁深有感触：“我们为什么能坚持 46 年初心不改？一是受国家培养，有这个责任；二是学到的知识发挥了作用，体现了自我价值；三是我们在生产一线找到了有用的科技创新的路子，学会了进步的方法，激发了潜能和情怀。”

16

北京青年报

BEIJING QINGNIANBAO

农大扎根河北曲周系列故事

——“盐碱滩”变“米粮川”农大人46年扶贫河北曲周县

北京青年报　2019年6月5日　报道

本报记者　雷嘉

赵向阳在麦田中间查看正在灌浆期的麦穗
雷嘉 摄

5月18日接近中午，河北曲周县王庄村附近的麦田里，麦浪随着初夏的热风翻滚着。中国农业大学研究生赵向阳顶着烈日站在麦田中间，低头查看正在灌浆期的麦穗。“还有20天左右就要收割了，这20天里如果（小麦）不倒伏，今年就能丰收。”他告诉北京青年报记者。

今年王庄村的小麦预计平均亩产550公斤。但是在1972年，曲周县的农村粮食亩产量只有80公斤左右，因为这里是历史上有名的“老碱窝”，全县耕地近40%是盐碱地。昔日的“盐碱滩”变成“米粮川”，靠的是像赵向阳这样的千百名中国农业大学师生。从1973年农大首批7名老师赤脚蹚水来到这里开始，一代又一代农大师生从改土治碱到农业综合开发，实践着“把论文写在大地上”。

1973年，以石元春、辛德惠为代表的老一代农大人进驻曲周县盐碱地中心，开始改土治碱。经过长期研究和实践，曲周实验站建立了盐渍化障碍因素综合治理工程配套体系。1979年，第一代试验区粮食亩产就一举从以前的不到

100公斤提高到300多公斤。到1987年，曲周盐碱地面积下降近七成，林木覆盖率增加2.8倍，粮食单产增加1倍，农民人均收入增长3.9倍。在此基础上，农大师生还积极推动旱涝碱咸治理成果走出曲周，成功推动了黄淮海平原、三江平原、黄土高原、北方旱涝和南方红黄壤等五大区域的农业综合治理与开发，为彻底扭转我国南粮北调格局、确保国家粮食安全做出了巨大贡献。

盐碱地治理成功后，农大师生又开始了新的征程，提出“农业农村发展三阶段战略”，推动曲周成为全国商品粮基地县、优质棉基地县等，并协助曲周建成集科农工贸于一体的省级农业高新技术产业园区，带动了全县农村经济跨越式发展。近年来更是把关注的目光投向农村绿色发展、留守儿童等问题上。到2002年，曲周县农民人均纯收入就达到了2 728元，比1973年增长了117倍。

在造福曲周的同时，农大也走出了一条在农田里培养人才的道路。46年间，从这里走出了两任农大校长，3位院士，70多位教授和300多名硕士、博士，中国工程院院士辛德惠去世后甚至把一部分骨灰留在了曲周。

“科技小院”兼顾扶贫与育人

北京青年报　2019 年 6 月 6 日　报道

本报记者　雷嘉

农大扎根河北曲周系列故事

“我是被李晓林教授‘骗’来（曲周）的——幸亏他把我‘骗’来了。”中国农业大学资源与环境学院副教授黄成东笑哈哈地告诉记者。李老师在农大攻读硕士博士期间，有 5 年时间是在河北曲周县农村度过的，在农大设在这里的“科技小院”参与扶贫工作，用自己的技术帮助当地成为西瓜丰产地。

2010 年初，还在农大读硕士的黄成东接到他的导师、“科技小院”创始人之一李晓林教授从曲周县后老营村打来的电话，说当地的西瓜种植有问题，让他去看看。“我说我研究的是黄瓜不是西瓜啊，李教授说反正都是瓜，你快来吧。”原来，作为当地重要的经济作物，后老营村的西瓜当时出现了“重茬”问题：通常亩产 8 000 斤左右的西瓜，种完一季后就会产量猛降，个别地块甚至绝产。住进当地“科技小院”的黄成东马上在导师的指导下开始攻坚。经过反复测试，他们决定用西瓜嫁接育苗移栽技术解决这个学称“连作障碍”的问题。他们师生住进村里，动手做出第一个小温室。其实嫁接育苗是一种成熟的技术，但农民们畏难，他和同学就一步步手把手地教，让农民们觉得“好像也没那么难”。第二年他们用这种技术做了 50 亩西瓜田，取得了极好的效果，西瓜每季亩产量回升到了 6 000 ~ 7 000 斤，2014 年他们的技术得以在全村普及。这一研究成果不仅帮助乡亲们提高了收入，形成的科研成果也以论文的形式发表在国内学术期刊上。在支农的过程中，黄成东从原来“跟不熟的人不能说话、拍照不看镜头”，逐步蜕变成了可以跟村民大声讲课和讨论、在村民家吃饺子、为西瓜销路跑市场的能人。如今留校任教的他，还频繁地回到“科技小院”，继续执导他的学生支农助农。

常年奔波在农大和曲周之间的李晓林教授告诉记者，“科技小院”的目的是解决科技到生产“最后一公里”的问题，服务宗旨是“零距离、零时差、零门槛、零费用”。2009年至今，“科技小院”在曲周研究并引进了测土配方施肥、小麦玉米精播、葡萄水肥浇灌一体化等几十项技术，形成了适合曲周农业特点的小麦、玉米、葡萄等作物高产高效栽培技术模式，论文发表在《科学》《自然》等国际权威期刊上。“科技小院”在支农的同时也培养了人才：农大资源与环境学院“科技小院”专业硕士学制3年，要求至少2年在农村的“科技小院”里工作。从院士、教授，到90后的研究生，都真正做到了“把论文写在大地上”。

17

新京报

XINJINGBAO WANG

“95 后”硕士村里种地一年：让农户看到科技化并不遥远

新京报　2019 年 6 月 10 日　报道

本报记者　马瑾倩　协作记者　彭子洋

近年来，科技小院帮助农户提升效益明显，目前已在全国 23 个省份建起了 127 个。

去往中关村的地铁上，信号时断时续，刚从河北曲周县前衙村回到北京的王晓奕举着电话，跟朋友确认几个月前约定的吃饭地点。

这个“95 后”研究生说，自从去年来到前衙科技小院，吃住在村里，偶尔才有机会回到学校，“虽然累，但科技小院的经历值得一辈子回味”。

“葡萄种植专业村”遇上“科技小院”

鸟鸣嘤嘤的前衙村街道整洁，文化长廊、古风戏楼、特色牌坊……各种文化元素充斥其间。前衙村是当地有名的葡萄规模种植专业村，种植历史有 30 多年，全村 2 349 亩耕地中，2 000 亩以上用于葡萄种植。

就是这样一个农业发展“样板村”，村书记却在 2017 年找到中国农业大学教授李晓林，希望能在村里建设一个“科技小院”，帮村里解决葡萄种植问题。

46 年前，中国农业大学来到曲周县治理盐碱，从此便在曲周建立中国农业大学曲周试验站。2009 年，李晓林带领学生建立了“与农户同吃同住”的科技小院模式，切实解决农户需求。近年来，科技小院科研成果显著，帮助

2019年5月18日，河北省邯郸市曲周县前衙村的葡萄园　新京报记者 彭子洋 摄

2019年5月18日，河北省邯郸市曲周县前衙科技小院里的“菜地”　新京报记者 彭子洋 摄

农户提升效益明显，目前已经在全国23个省份建起了127个。

2017年9月，王晓奕跟着师哥师姐来到前衙村，“这么好的一个村子，会有啥问题呢。”比起已经建立多年的几个科技小院，文化氛围浓厚的前衙村看起来似乎问题并不大。三个初来乍到的研究生在李晓林的指导下，选取了120多块土壤进行调研摸底，才发现远近闻名的葡萄种植专业村，土壤pH显示呈弱碱性，已经不那么适合种植葡萄了。

原来，30多年的葡萄种植历史中，前衙村从没换过其他作物，土壤连作障碍，导致土壤中各种酶和微生物含量远低于本县其他地区，处于亚健康状态。而种植当中，村民水肥投入过高，氮、磷、钾肥料高出葡萄所需的两到三倍；水资源短缺的情况下仍采用大水漫灌的方式使土壤忽干忽湿；不会腐熟鸡粪，导致生鸡粪做肥料给土壤带来大量寄生虫……一系列问题使得农户种植成本增加的情况下，土壤病害却越来越严重，农药用量增加，葡萄品质下降，出现裂果坏果情况。

“其实前衙村并非个例，这样的问题普遍存在于葡萄种植产业当中。”因此，农大师生决定在前衙村建立科技小院，将绿色发展的葡萄种植技术解决并推广至全国。

2018 年 3 月，最年轻的科技小院“前衙科技小院”建立。从小在城里生活的“95 后”植物营养系研一学生王晓奕来到了村里。

研究生拿出压岁钱 包下一亩三分地

一入驻，3 名研究生便为农户提出了解决方案——“水肥一体化”，说白了就是使用一定的方法减少水和肥的使用。但种植葡萄几十年的农户并不信任这几个年纪轻轻的学生。

为了取得村民信任，他们决定亲手种给大家看。3 个研究生每人从压岁钱里拿出两千块钱，包下了一亩三分地，自负盈亏。“我还问农户，葡萄需要每年种吗？”在王晓奕的印象里，姥姥家的葡萄藤爬在小房上，似乎不需要照料，到了秋天只管着摘下来吃就可以了，“我以为葡萄很好种。”

葡萄并不需要每年另种，只是在生长发芽时需要从土里“刨出来”。而在这之前，已经从书本上学习到精尖种植科技的研究生们，却连最基本的种植常识都不太了解。“更别提干农活儿了。”师姐杨燕玲说。教他们种植锄地的当地村民经常挂在口头：“哎呀，大学生，干啥啥不中”。

“不能砸了科技小院的招牌。”3 个人从包下农田开始，每天都到地里干活儿，“我们的试验地块就在路边，所以也想让大家看到我们是脚踏实地做事，不是闹着玩的。”

“望不到头”的 130 米葡萄园

从锄地开始，3 个人便开始像当地农民一样，种植着自己的葡萄。

“第一天干劲还蛮足的，第二天胳膊就抬不起来了。”王晓奕说，尤其“葡

2019年5月18日，河北省邯郸市曲周县前衙科技小院的房间里，挂满了同学们的手套、防晒服和其他下地装备　新京报记者　彭子洋 摄

萄套袋期”，为了保证通过紫外线实现杀死套袋里的病原菌，他们必须每天上午9点到下午2点间进行葡萄的套袋操作。“头一回体验衣服能拧出水的感觉。”

试验田长130米，中间均匀分布着3个小水井。王晓奕就以小水井为目标，从事农事劳作，锄地、套袋……计划着每半天征服一个小水井应该不成问题。“但感觉这130米就像望不到头，这水井好像离我越来越远。”原本对农村环境还不太适应，但每天下地劳作已经让几个人没心思在意，“一躺下就能睡着。”王晓奕说。

到了秋天，经过田边的农户说“葡萄长得还行啊，串还挺大，比我们的都大”，慢慢地，农户开始有意无意地在经过时，顺道问研究生们一些种植问题。就这样，3个研究生通过水肥一体化技术、园艺地布覆盖技术以及套袋技术，一方面减少水肥投入、节省成本，另一方面保证食品安全。“去年一年，我们的种植试验平均一亩地比周边农户节水41%，节省氮肥51%，而且我们一次除草剂也没用过。”比周边农户平均每亩地收益多300到600块钱。

“让农户看到科技化并非遥不可及”

3个不会种地的学生，种出的葡萄比自己好，村民们开始愿意相信他们的技术。

今年，前衙科技小院成功征集了14亩地作为示范田，进行跟踪实验。“你能感觉到他们与外界是隔离的，种成什么样，有多少收益，都是靠自己这双手，农户们还是非常需要新的技术支持的。”去年葡萄成熟，研二的王晓奕也成了“小院长”，她说种了半年地，找到了科技小院的意义。

为了真正实现村里的可持续发展，科技小院创立了农民田间学校，计划培养一批科技农民。从去年4月成立到现在，总共进行了17次培训课程，还包括两次国际交流，科技小院请来以色列专家和英国专家，给农户们介绍其他国家葡萄主产区是怎么种葡萄的。

实践过程中，研究生们发现，前衙村60%以上农户种植的都是“巨峰葡萄”，这个品种口感好、种植方便，但市场竞争优势不足。“去年算非常好的年头了，巨峰葡萄卖两块三到两块五一斤。”王晓奕说，这个价格相对于投入成本效率较低。于是，王晓奕带着学弟学妹在小院的菜地里，种了5个市场价格更高的新品种，进行本地化研究。

“我们小院里这块小菜地现在可以实现自动化、信息化”，王晓奕介绍说，去外地学习开会的时候，他们利用手机App给地里浇过两次水。“想让农民看到，我们能实现的，他们也可以做到，科技化、机械化没有那么遥不可及。”

“科技小院的经历是可以回味一生的。”王晓奕说，在科技小院让她学会了如何把专业知识变成大白话，如何与种植户打交道，如何利用自己优势给乡村带来技术之外的价值。像所有科技小院一样，前衙科技小院在农业技术支持之余，还会进行支教、村民联欢等活动。

现在，王晓奕他们把科研小知识形成了视频课程，希望为这些共性问题提出优化解决方案，对整个葡萄产业提供理论依据，宣传绿色种植理念，推动全国葡萄种植现代化发展。

（编辑　樊一婧　校对　何燕）

46 年扎根河北曲周
他们把“老碱窝”变成“米粮川”

新京报　2019 年 6 月 6 日　报道

本报记者　马瑾倩

旱涝碱咸治理成果走出曲周，推动了我国涉及 3.8 亿人口、4.7 亿亩耕地的低产田治理。

“饥饿的老鼠路过都会含着泪离开”，46 年前，河北曲周县的老百姓这样形容自己的家乡。由于盐碱灾害严重，当地粮食产量有限，居民一度依赖国家返销粮和救济款生活。

去年，中国农业大学“95 后”研究生王晓奕来到曲周，成为最年轻的驻村科技小院“小院长”。她说，很难想象，眼前麦浪翻滚的吨粮田，曾是一片荒凉、久治无果的“老碱窝”。推动实现这一转变的，正是王晓奕的前辈们——

5 月 17 日，河北曲周县，一名住在王庄科技小院的农大学生在地里工作，她要记录麦子这段时期的病虫害情况

中国农业大学的多届师生。

初到“老碱窝”遭质疑：你们能住多久？

20世纪70年代，黄淮海平原约2.8亿亩的耕地，中低产田2.1亿亩以上。邯郸东部的曲周县是当时盐碱灾害最严重的地区之一。据统计，新中国成立后的30年里，曲周县粮食单产增加0.5公斤，吃国家返销粮7 000多万公斤，花国家救济款3 000万元。

5月18日，曲周县前衙村的葡萄园

据《汉书》中的《地理志》记载：“漳水出治北，入黄河，其因斥卤，故曰斥章”。“斥章”即今曲周县。由此推断，曲周土地盐碱已有2 000年的历史。

1973年北方抗旱会议上，周恩来总理提出：科学会战，综合治理黄淮海平原，一定要把盐碱地治理成“米粮川”。

当年8月，石元春、辛德惠、林培、毛达如、雷浣群、黄仁安、陶益寿一行7位农大老师，来到盐碱最重的张庄村。石元春在回忆录里写道，“渠边路旁、田埂沟旁，到处都被涂抹上了盐霜的白色，地里很少有农民劳作。”

“你们到底能住多久？”刚见面，张庄村支部书记赵俄便开门见山。

张庄村是黄淮海平原改土治碱最早的试验区，治理工作一直未停。在这之前，造过台田，挖过盆田，平原挖成了丘陵，治碱的人换了一拨又一拨，可效果并不理想。

“改不好这块地，我们就不走了。”农大团队立马回答。在村民对改变盐碱现状不抱希望的情况下，黄淮海地区科学改土治碱拉开序幕。

突破争议大胆规划:“盐碱滩”变成“米粮川”

在一片不看好声中，立下“豪言壮语”的农大团队开始了他们的研究工作。查阅国内外大量文献，四处寻访地方干部群众，对张庄盐碱地的土壤和水质做化验，农大团队终于摸清了当地地下水盐运动规律。

原来，曲周属于半干旱季风气候，春旱夏涝。雨季水涝，地下水位上升，盐分随水返到地面；到了旱季，水分大量蒸发，盐分却留在了地表。如此常年循环，致使地表盐碱严重，且难以根除。

考虑到华北地区水资源短缺，农大团队决定使用浅层水灌溉农田。“学术界在‘含盐浅层地下水是否能开发’上一直存在争议，认为浅层咸水灌溉会加剧盐碱情况，但其实非饱和水灌溉后，能够实现盐分溶解，并通过重力作用将盐分带向地下。”中国农大曲周实验站高级农艺师牛灵安介绍。

为何此前多年用深层淡水灌溉治理，盐碱情况未得到缓解？原来当年的治理存在“头痛医头，脚痛医脚”的情况，带到地下的盐分排不走，雨季或大水漫灌后，就又返到地表。因此农大团队采用深沟浅井体系，降到地下的盐分通过深沟排走，土壤中的盐分彻底得到了降低。而后农大团队建设了农田林网，以此改变当地干热风的小气候，风速、气温降下来，麦子不再被提前催熟，籽粒饱满度进一步得到提高。

经过几年治理，张庄村南 400 亩重盐碱地试验区防涝能力提高了 4 倍，中度和重度盐碱地由 67% 降到 7%。

由一代、二代、三代试验区扩展到全县 28 万亩盐碱地。1987 年，曲周盐碱地面积减少了近七成，灌溉面积扩大了 1.35 倍，森林覆盖率增加 2.8 倍，粮食亩产由 100 多公斤提高到 500 多公斤。

昔日的“盐碱滩”渐渐变成“米粮川”，结束了吃国家返销粮的历史。此后，旱涝碱咸治理成果走出曲周，推动了我国涉及 3.8 亿人口、4.7 亿亩耕地的低产田治理。

科技小院同吃同住："把自己先变成农民"

"人住在哪里，才会真正琢磨哪里的事情。吃住在村里，才会真正考虑乡村的需求。"实验站一墙之隔，两边地里的产量其实相差很大。2009 年，已经在中国农业大学学习工作了 30 多年的李晓林决定从实验室走向田间，让科研成果更好地走出围墙。

曲周白寨村被选作"试验地"。李晓林第一个任务是"建立一个成方连片的玉米高产高效示范方"。示范方 163 亩，包含 59 户农民、74 块地，推广任何一项技术，必须经过所有农户同意。为与农民建立互信，他们找了一个空置的农家院，从试验站搬到白寨村，第一个科技小院由此建立。

李晓林说，他带的博士，大课堂是曲周农村，小教室就是这个"科技小院"，"必须把自己先变成农民"。

白寨科技小院设立当年，白寨村夏玉米明显增产。10 年来，科技小院师生先后研究或引进冬小麦、夏玉米、西瓜、苹果等作物高产高效技术 37 项。仅小麦深耕一项技术，就使当地小麦产量平均增产 6%。

自 2009 年在曲周建立第一个科技小院以来，中国农大已在全国 23 个省（自治区、直辖市）建起了 127 个科技小院。

曲周县白寨科技小院门口

5 月 17 日，曲周县，中国农大曲周实验站内，学生正在工作

“我们越来越发现，这片土地上要解决的不仅仅是农技问题，更多的是社会问题，于是学自然科学的我们也开始关注社会科学。”中国农大副教授、曲周实验站副站长张宏彦说，多年“科技小院”实践经历，使得留守儿童、农村垃圾、贫困等问题进入越来越多农大师生的视野。

学生们吃住在农家，干农活，学习田间试验技术；农户访谈，对农民进行技术培训；帮助农村孩子补习、组织农村妇女农闲活动、与村民一起举行联欢会，研究生们在一系列活动中，观察分析着农村当前的各种问题。

看似额外的付出获得了回报。自家种的菜长好了，农户们先给学生们带些；晚上下雨回家晚，同住的村民会举着伞在雨里等；脚扭了下地困难，邻居主动承包饭菜……科技小院的学生成了村民的亲人。

多届师生扎根曲周：“把论文写在农田里”

“解民生之多艰，育天下之英才”，每一个科技小院的墙上都有这句中国农大的校训。

中国农大曲周实验站院内的树丛中，静立着一块墓碑，纪念第一批来到曲周治碱的农大团队成员辛德惠，常有当地百姓和农大师生来祭扫。

在曲周工作 27 年，曾有一年在这儿住了超过 300 天，辛德惠的工作经历就是 20 世纪 70 年代农大治碱团队的缩影。挖沟、开渠、平地、筑坝……几位大学老师跟老百姓一样，光着膀子干活。1988 年，石元春、辛德惠等人获得国务院嘉奖。

当时正赶上出国热，辛德惠对自己即将毕业的博士生郝晋珉说，年轻人应该到农业生产一线做些实实在在的事情。

于是，郝晋珉向学校申请来到曲周，后来成为曲周实验站站长，先后获得农业部、教育部等部委的各项奖励。他曾说，“曲周实验站团队具体有多少代是不好划分的，我只知道有我的老师和老师的老师，有我的学生和学生的学生。”

安静的图书馆、便利店、咖啡馆，还有招手即停的出租车，如今年轻人生活中似乎必不可少的要素，在这里几乎不见踪影。2009 年 6 月，从小在城市长大的曹国鑫第一次真正走进农村，成为科技小院的第一批入驻者。

为玉米雨后倒伏问题提供建议并被采纳时，曹国鑫体会到了作为小院学生的价值。就像大多数刚刚来曲周的学生一样，真正为农户解决了第一个种植问题时，不适也跟着终止了。

“以前走在路上最怕遇到乡亲们，很多问题都答不上来。”“95 后”研究生王晓奕如今已经是前衙村科技小院院长。前衙村以种植葡萄为主，王晓奕说，自己刚来时连葡萄怎么种都不知道，“后来我们把问题都记录下来，通过各种途径找答案，再找到村民解答，慢慢积累了越来越多的经验。”

每天骑着三轮车进果园，下田地，做农业减肥增效试验；和乡亲们一起给果树施肥剪枝，打药防病；晚上回家后还要进行数据分析，写工作日志……如今，这群“90 后”“95 后”研究生完全融入其中。

在中国农大科技小院特色实践育人机制下，3 年的专业硕士培养，有两年都在田间地头完成。2009 年以来，全国科技小院先后参与发表学术研究文章近 200 篇，其中与科技小院工作有关的一些研究结果发表在《自然》杂志上。

“实践证明，学生们的科研水平既能顶天，在国际一流期刊发表，也能立地，在田野中书写‘青春答卷’，把论文真正写在大地上。”中国农大植物营养系教授张福锁说。

（编辑　张畅 校对　李项玲　摄影 / 新京报记者　彭子洋）

18

北京晚报

BEIJING WANBAO

扎根曲周 46 年　推动科技致富

——农大师生把盐碱地变成“米粮川”

北京晚报　2019 年 6 月 5 日　报道

本报记者　张航

从北京西站出发，坐两个多小时的高铁列车抵达河北邯郸，再转乘汽车行驶约 1 个半小时，就到了中国农业大学曲周实验站。这段颇费周折的行程，在扎根此地的中国农业大学师生眼里，已经相当便利了。实验站站长江荣风依然记得，早些年前往实验站，需要乘坐夜行列车，再转乘每天只有一趟的班车，第二天中午才能抵达目的地。在过去的 46 年中，就是在这样的条件下，一代代农大人扎根曲周，将一片片白花花的盐碱地，变成了亩产过千斤的“米粮川”。

科技小院的农大学生在地里工作　张航 摄

告别国家救济　昔日盐碱地打出千斤粮

曲周位于河北省南部的黑龙港流域低洼地带。这里在历史上就是有名的“老碱窝”，盐碱地面积曾经达到 28 万亩，占全县耕地近 40%。当地人形容道：“春天白茫茫，夏季水汪汪，只听耧声响，不见粮归仓。”20 世纪 70 年代初，盐碱地已经严重影响了曲周乃至整个黄淮海平原的粮食产量。

1973年，中国农业大学的前身北京农业大学的石元春、辛德惠、林培等几位教师赤着脚、蹚着水走进了盐碱重灾区——曲周张庄村。他们此行的目的就是弄清楚这里盐碱重的根源，为黄淮海平原盐碱地治理探索一条道路。

查文献，找病根。石元春等人查阅国内外大量文献，四处寻访地方干部群众，对张庄盐碱地的土壤和水质做化验，终于摸清了当地的地下水盐运动规律。这里属于太行山以东的平原地区，地下水裹挟着矿物质向东流动，随着地势区域平缓，逐渐沉积下来。同时，由于华北平原属于半干旱季风气候，春旱夏涝，雨涝使地下水位上升，盐随水返到地面；春旱又让土壤中的水分大量蒸发，让盐分留在地表。常年如此循环，使得盐碱地为害难以根除。

怎么办？经过多次论证、研究，石元春他们提出了一个大胆的方案：采取“井沟结合、农林水并举”的办法，通过浅井水灌溉、咸水压盐、咸水经深沟排走等办法，开展综合治理。经过持之以恒的努力，实施方案终于收到显著效果。这片试验区中度和重度盐碱地由67%降到7%。1972年，张庄村粮食亩产量只有79公斤。到了1978年，粮食亩产量达到500公斤，从此乡亲们结束了吃国家救济粮的历史。

乡亲们吃饱肚子了，农大老师却没有走，反而在曲周扎下根。自1973年曲周实验站成立以来，农大师生们帮助一个又一个村子战胜盐碱地。昔日的盐碱地，而今轻松打出千斤粮。

教研搬到农村　照样做出高水平的科研

在许多人眼里，大学师生做科研、写论文，都应该在大学的实验室、图书馆，与田间地头无关。但是，农大人依托曲周实验站，把科研做到田间地头，不仅做出了高标准课题，而且还为撰写高水平论文提供了素材。

西瓜是大家非常熟悉的一种水果，也是给曲周乡亲们创造收入的一种重要经济作物。在10多年前，这里的乡亲们发现，通常亩产8 000斤左右的西瓜，种完一季之后，产量竟然下降到3 000斤左右，个别地块甚至出现了绝产。

2010年初，正在农大攻读硕士学位的黄成东来到曲周实践。听到乡亲们反映的情况后，他在老师的指导下开始科研攻坚。经过反复测试，他们引进西瓜嫁接育苗移栽技术，使西瓜每季亩产量回升到了6 000 ~ 7 000斤。黄成东对记者说，乡亲们重获种植信心时的喜悦表情，至今令人难忘。这一研究成果不仅帮助曲周的乡亲们提高了收入，而且所形成的科研成果也以论文形式发表在国内科普期刊上。

46年来，曲周实验站先后走出了3位院士，培养出70多位教授，300多位博士、硕士研究生。实验站先后承担了80余项国际合作及国家和省部级科研项目，研发出20余项农业科学技术，申请专利20多项；荣获省部级科技进步奖10余项，其中“黄淮海平原中低产区综合治理的研究与开发”获得国家科技进步特等奖。

创建科技小院　利用所学推动生态致富

2009年，中国农业大学在曲周乡村建起了“科技小院”，通过专业硕士扎根农业生产一线，开展科研和农技推广。中国工程院院士、中国农业大学教授张福锁告诉记者，“科技小院”已经成为推动乡亲们生态致富的有力手段。

在白寨“科技小院”高庄村，记者见到了在此蹲点的农大2018级研究生黄晓芙。未来两年，她将和同学们一起与乡亲们同吃住、同劳动。来自广东的黄晓芙对记者说，今年2月，来到高庄村才第一次见到小麦。如今，3个多月过去了，已经与当地各种常见农作物“成了朋友”。“最重要的是，要用自己所学的本领，帮助乡亲们解决农业生产中的实际问题，同时拿出学术成果。这也是研究生阶段要完成的‘必答题’。”

张福锁院士介绍道，这些年，“科技小院”在帮助曲周乡亲们生态致富方面成效显著。以水肥管理为例，过去乡亲们种植一季小麦要浇4次水，现在经过科研试验后进行优化，每季小麦只需浇水两次就能稳定保持产量，大大减少了灌溉水资源的消耗，环保效果显著。

在前衙“科技小院”，农大学生们帮助乡亲们改良葡萄种植的工艺，从过去盲目提高产量，到现在控制产量、提升质量、增加收入。前衙村党支部书记龙书云算了一笔账，通过“科技小院”的帮助扶持，村里每亩地的收入比过去增加了 2 000 元。

以曲周为依托　建成国际绿色农业榜样

曲周县委书记李凡告诉记者，曲周和农大的合作正朝着更高层次迈进。

2006 年，曲周县无偿提供 300 亩土地给农大，双方联合建立了高产高效现代农业发展道路研究基地，大批教师和研究生入驻实验站，围绕农业可持续发展开展研究和攻关，建立了以土壤 – 作物体系综合管理为核心的高产高效理论和技术体系。

中国农业大学相关负责人表示，农大决心以曲周为依托，打造面向未来的绿色农业研究示范基地，把曲周建成国家绿色农业样板，把华北平原建成国际绿色农业榜样。

2018 年 7 月，中国农业大学国家绿色农业发展研究院成立。研究院以曲周为起点，把科技创新、人才培养、社会服务结合在一起，全力打造跨学科、多单位、集团式农业绿色发展综合性创新平台。同年 10 月，中国农业大学农业绿色发展示范区在曲周建立，推动农业生产由高资源环境代价发展，到高产高效发展，再到绿色发展的根本性转变，全面构建绿色发展的生产、生活新模式。

19

北京交通广播

BEIJING JIAOTONGGUANGBO

中国农大扎根曲周46年小麦亩产增15倍，盐碱地变成“米粮川”

北京交通广播　2019年5月18日　报道

音频报道

扎根曲周 46 年全国建 127 个科技小院，中国农大“曲周精神”代代相传

北京交通广播　2019 年 5 月 19 日　报道

音频报道

20

河北日报

HEBEI RIBAO

根扎泥土的无悔初心

——中国农大“曲周故事”感思

河北日报　2019年6月1日　报道
记者　王敬照　尹翠莉

46年前，7名中国农业大学教师从北京乘火车坐汽车辗转来到曲周，带领当地农民拉开了黄淮海平原科技大会战的序幕。

46年来，几代中国农大人在这片土地上拼搏奋斗。从当年的改土治碱到后来的增产增效，再到如今的发展绿色农业，一个又一个农业科研的奇迹在这里孕育、成长、壮大。

不忘初心，牢记使命。中国农大人用近半个世纪在冀南大地上的奋斗，讲述了一个根扎泥土、实干报国的动人故事，抒写了当代知识分子对党、对国家、对人民“绿叶对根的情义”。

初心的力量

——“我们是带着党和国家的使命来的，不是走过场、摆样子，哪里最难治，我们就去哪里！”

5月18日，曲周县河南疃镇张庄村。

微风拂过，麦浪翻滚，一片丰收在即的景色。然而，就在46年前，这里还是曲周乃至整个邯郸市出了名的“老碱窝”。

事实上，张庄的盐碱地由来已久。清朝乾隆十二年版《县志·盐政》中就记载：“曲邑北乡一带，咸碱浮卤，几成废壤。”

近日，中国农业大学的学生们与他们的师兄、现海大集团营养师李全丰（左二）一起查看鸡蛋壳密度　记者　耿辉 摄

1979年6月，原北京农业大学教师辛德惠（左）和黄仁安在曲周县王庄村南改良好的盐碱地上查看小麦长势　资料图片

中国农大治碱工作组为什么要从最难啃的“骨头”开始？这还要从他们接到的一项艰巨任务说起。

当时，在黄淮海大平原上，有盐碱地5 000多万亩，占整个平原耕地面积的15%。从新中国成立初期到20世纪70年代，国家每年都要从其他地区，尤其是南方地区，向盐碱地地区调入救济粮，粮食安全形势十分严峻。

在这些盐碱地中，河北黑龙港地区是旱涝灾害和盐渍危害最严重的地区之一。只要在这里找到治理旱涝盐碱地的方法，也就有了治理整个黄淮海平原的“药方”。1973年，抱病主持北方抗旱会议的周恩来总理提出，要在黑龙港地区搞科研试点。

黑龙港地区涉及河北50个县市，试点放在哪儿？

接到任务的中国农业大学讲师石春元和辛德惠、林培、毛达如、雷浣群、黄仁安、陶益寿6位老师从北京一路南下，找到了盐碱情况最严重的邯郸曲周县。

进驻曲周后，面对几十万亩的盐碱地，是从白寨下手，还是从张庄开始？治碱工作组又面临着第二次选择。

“白寨离县城近，生活方便一点，碱轻，容易见效果。”当时的县领导建议。

“我们是带着党和国家的使命来的，不是走过场、摆样子，哪里最难治，我们就去哪里！”7位老师意见一致。

怀揣一腔报国情，他们立下誓言，一定要让“老碱窝”变成“米粮川”，让老百姓不再吃救济粮。正是这种最朴实的初心，让他们挽起裤腿，扛着铺盖，蹚着泥水，来到曲周盐碱最厉害的张庄。

到了张庄，一个个考验也接踵而至：

生活太艰苦——住的是夏漏雨、冬漏雪、春秋天刮风漏土的“三漏房”；吃的红高粱面窝窝头、红辣椒、红薯面汤的“三红饭”；喝的是苦咸水，如同喝泻药，每天往茅房里跑几次……

农民不信任——“重盐碱地还可以淋小盐，万一治不好，连这点卖盐的收入也没了。”“这些年，治碱的来了一拨又一拨，都是‘飞鸽牌’的，你们能待多久？”

困难面前，这群肩负使命、怀揣梦想的知识分子没有退缩：“治不好，我们就不走了！”

酷夏，辛德惠晒得脊梁上起了血泡；三九，黄仁安跳到水里打坝……在他们和当地群众的共同努力下，沉睡千年的盐碱地被悄悄唤醒——第二年春天，试验田里的小麦苗实壮硕。

张庄的治碱经验一步步在曲周推广开来，也为整个黄淮海平原盐碱地治理提供了经验。1993年，由中国农大牵头的“黄淮海平原中低产区的综合治理研究与开发”获国家科技进步特等奖。

不同的历史时期，赋予知识分子不同的使命。进入新世纪，对于中国农大人来说，科研和教学条件早已今非昔比，但老一辈艰苦奋斗、无私奉献的精神一直在传承：

年过半百的李晓林教授一年中在曲周的时间超过300天，探索打通农业科技推广“最后一公里”；

年轻教师黄成东读硕博期间，有5年是在曲周度过，毕业留校后，坚持每周来一次，立志做一名为农民服务的科学家；

……

心有大我，至诚报国。新时代，知识分子如何在实现中华民族伟大复兴中书写精彩人生？中国农大人已经给出了完美答案——时代在变，初心不变。

到国家最需要的地方去，到老百姓最需要的地方去，把浓厚的家国情怀倾注到实现伟大梦想的坚实步履中，把强烈的社会责任感融入伟大时代的奋斗召唤中，永远是知识分子的无悔追求。

使命的坚守

——“科技工作者要投身国家建设主战场，在生产实践中发现问题、研究问题、解决问题”

郝晋珉是辛德惠院士带出的第一位博士生。

郝晋珉说：“在曲周实验站团队中，具体有多少代是不好划分的。我属于哪一代，我也搞不清楚。我只知道他们中间有我的老师和老师的老师，有我学生和学生的学生。”

作为科研人员，做科研天经地义；作为农业科研人员，下乡也是必然的。然而，几代中国农大人能够在距离学校千里之外的曲周农村扎下根来，坚持46年不间断，却非易事。

本来为改土治碱而设立的实验站，为什么没有在完成任务后功成身退，反而是继续坚守？

“科学研究要顶天、立地、接地气，科技工作者不能整天待在实验室，要投身国民经济主战场，在生产实践中发现问题、研究问题、解决问题，这才是新时期知识分子的必由之路。”李晓林说。

在农村生产实践中搞研究，意味着更多的付出。

2009年，搞了20多年基础研究的李晓林教授，来到了曲周。当他开始自己的第一个课题——“建立一个成方连片的玉米高产高效示范方”时才发现，在农村生产实践中搞研究要比在实验室里复杂得多。“实验室里面对的只是各种指标，而生产实践中面对的是活生生的农民，他们的素质、想法和生产条件都要考虑进去。”

在农村生产实践中搞研究，要承受来自家庭的压力。

20 世纪 90 年代初，博士毕业留校的吴文良跟随辛德惠院士在曲周实验站做研究。有一年年底，他爱人拿着一个小本子让他看，一年来每次出差的时间、地点、天数记得清清楚楚：“你看看，这一年你整天东跑西颠、马不停蹄的，在家好好待过几天？”吴文良反复解释后，才得到爱人的理解。

在农村生产实践中搞研究，还要抵御许许多多的诱惑。

1988 年，郝晋珉毕业时，正是出国热。“那时候，辛先生就说，年轻人就应该到农业生产实践中做些实实在在的事情，出国以后有的是机会。”就这样，郝晋珉留了下来，后来还担任过曲周实验站站长。

耐得住寂寞，经得起诱惑，守得住底线，做大学问，做真学问。是对初心和使命的坚守，让中国农大人 46 年的努力结出了累累硕果。

20 世纪，老一代中国农大人创造了改造盐碱地的“浅井深沟体系”，使遭受千年盐碱为害的黄淮海平原实现了粮食的自给自足。新世纪，中国农大师生探索出了以科技小院为典型代表的科学研究与技术示范紧密结合的服务“三农”新模式，并把这一创新性成果发表在世界顶级期刊 *Nature* 上。

从改土治碱把土地治理好，到挖掘土地潜力增加产出，再到如今关注土壤健康，探寻人与土地和谐关系……46 年来，中国农大人研究的重点和攻关的方向在不断变化，但他们根扎泥土的作风没有变，科技报国的信念没有变。

实践出真知，创新无止境。如今，在国家实施乡村振兴战略的大背景下，中国农大又把首个农业绿色发展示范区放在了曲周。

“我们的目标就是把曲周打造成为全国绿色发展示范基地。如果这个探索成熟了，就可以同当年治碱的经验一样，在全国推广应用。”中国工程院院士、科技小院创始人之一张福锁说。

牢记使命，方能赓续前行；矢志不渝，就能一往无前。

不变的情怀

——“无私无畏，忘我无我，利他利国，才能真正为人民服务，为党的事业奋斗到底”

今年清明节前一天，81岁的王庄村老支书王怀义带着几个老乡，来到辛德惠院士的墓前祭扫。

“拔拔周边的杂草，和老哥聊聊一年来的变化。”王怀义比辛德惠小七岁，一直以兄弟相称。他说，从1999年辛德惠去世葬在曲周实验站开始，每年清明节，周边村的乡亲们都会自发前来。“大家都把他当成了自己的亲人。”

不是亲人胜似亲人。曲周百姓对中国农大师生为什么如此情深义重?

“他们不光帮我们治碱，只要老百姓有需求，他们都尽全力满足。”王怀义说。

分外的事，他们干——20世纪70年代，得知来了中国农大的专家，王怀义就拿着一个模型上门求助，问他们能否帮着绘制图纸，好让村里的橡胶厂批量生产。

虽然当时几位老师和王怀义并不认识，而且与他们的专业也风马牛不相及，可他们没有拒绝：“3天后你来取吧，如果不能用，我们再改。”

没干过的，他们也干——“我们家种了几亩西瓜，产量老上不去，你们能不能帮我们一把？”2010年1月，老营村的村民找到了一直从事粮食作物研究的李晓林。怎么办？没种过西瓜的李晓林就和学生们边学边指导老农。从西瓜到苹果、葡萄，再到现在的鸡鸭养殖，老百姓需要什么，李晓林他们就研究什么。

……

为天地立心，为生民立命。所有的优秀知识分子，无不把经世济民作为知识的最终用途，无不把自己的学习、专业、研究同人民的需要紧密相连。46年来，中国农大人用自己的实际行动告诉人们，什么才是优秀知识分子应有的情怀、责任和担当。

你离人民有多近，人民就对你有多亲。这样的中国农大人，又怎能不让曲周人民以兄弟相称、亲人相待？

从北京到曲周实验站，再从实验站搬到村里的科技小院，生活条件越来越艰苦，工作设施越来越简陋，但中国农大人和当地农民的心越贴越近，观察到的问题越来越真切，解决问题的思路越来越清晰。

住农家屋，吃农家饭，干农家活，把自己变成农民；想农家事，思农家愁，解农家难，再把自己变成农民需要的科学家——在曲周，中国农大师生不仅收获了沉甸甸的感动，还找到了人生奋斗的方向。

“无私无畏，忘我无我，利他利国，才能真正为人民服务，为党的事业奋斗到底。”辛德惠日记本上的这句话，是老一辈中国农大人坚守的信念，也是当代知识分子追求的崇高精神境界。

在服务人民中完成最好的课题

河北日报　2019 年 6 月 1 日　报道

本报评论员

没有哪种情怀，比心系群众更动人。

没有哪种事业，比服务人民更高尚。

“春天白茫茫，夏天水汪汪，只听耧耙响，不见粮归仓。”46 年前，这里是一片贫瘠的“老碱窝子”。

沃野平畴，阡陌交通；麦浪滚滚，瓜果飘香。46 年后，这里早已是年年丰产的“米粮川”。

46 年来，一批批中国农大师生从繁华都市来到曲周乡间，靠理想信念和满腔热情，用青春芳华和无私奉献，谱写了一首当代知识分子“爱国奋斗、科学报国”的壮丽诗篇，形成了“责任、奉献、科学、为民”的可贵精神。回顾他们的事迹，感受曲周的巨变，有一种信念让人动容，有一种执着让人感佩。

“广大科技工作者要把论文写在祖国的大地上，把科技成果应用在实现现代化的伟大事业中。”只有服务于社会、服务于实践，知识才能产生最大价值；只有扎根于人民、造福于人民，知识分子才能实现自己的人生价值。曲周人常说，先有实验站，后富曲周县。正是因为把课堂摆在田间地头，把科学技术送到农民身边，盐碱地才变成“米粮川”，老百姓才得以摆脱贫困、改变命运；也正是因为扎根乡土，和群众一起“一身泥、一身汗”地摸爬滚打，中国农大师生才收获了一项项科研成果，加深了对这片土地的理解，在内心深处更加清楚地认识到了自己在天地间应处的位置。

“穷理以致其知，反躬以践其实。”科学天然具有实践基因，经济社会发展一线是科技创新最大的“富矿”。无数事实告诉我们，在科研领域实践出真知、实践出人才。从改土治碱，到关注土壤健康，探寻人与土地和谐共荣之路；从谋划绿色发展，到思考乡村全面振兴……中国农大师生始终聚焦农业生产中的实际问题，坚持用科研创新服务乡村振兴、“三农”发展的现实需要。46 年来，曲周实验站先后走出两任农大校长、3 位院士，培养出 50 多名教授、500 多名研究生，许多科研成果发表在《科学》《自然》杂志上。中国农大师生的实践再次证明，“在生产实践中发现问题、研究问题、解决问题，这才是新时期知识分子的必由之路”。

教授和农民，科研和种田，中国乡村故事和国际权威期刊……中国农大人在服务人民中完成了最好的课题，赢得了世人的尊重和认可。他们的故事，是知识分子“建功立业新时代”的生动典型。“士不可以不弘毅，任重而道远。”新时代赋予知识分子新的历史使命，也为知识分子建功立业提供了更广阔的舞台。像中国农大师生一样，扎根基层、扎根一线，自觉把个人才智奉献给国家和人民，广大知识分子就一定能在各自岗位上创造辉煌业绩。

“我不知道究竟有多少人来过。我只知道，我的老师、老师的老师在这儿，我的学生、学生的学生也在这儿。”初夏的曲周，暖风吹过田野，麦浪低吟浅唱，仿佛中国农大师生“不忘初心、牢记使命”的动人心声。期待更多知识分子到人民群众中去、到基层一线去、到祖国最需要的地方去，在扎根基层、服务发展中奋发作为，在服务人民中完成最好的课题，为实现中华民族伟大复兴中国梦做出更大贡献。

中国农大的“曲周故事”人物篇①
辛德惠：改土治碱倾一生

河北日报　2019 年 6 月 9 日　报道

本报记者　白增安

连日来，中国农业大学扎根曲周 46 年、服务乡村振兴的感人事迹在广大读者中引起强烈反响。本报记者日前再赴曲周采访，追寻中国农大人的足迹，探访这些奋斗者薪火相传的爱国情、报国志，感悟他们不忘初心、执着坚守的信念。

［人物名片］

辛德惠：中国工程院院士，土壤学家、农业生态学家，黄淮海平原盐碱综合治理主要实施者。生前 27 年扎根曲周改土治碱，发展绿色农业；去世后，其部分骨灰安葬在中国农大曲周实验站。

曲周县第四疃镇中国农大实验站院内西北角一片幽静的树林里，有一块墓地，辛德惠院士的部分骨灰已经安放在这里 20 个年头了。他生前 27 年扎根曲周改土治碱，发展绿色农业；英年早逝后，长眠在这片他倾情奋斗一生的土地上。

每年清明前后，当地许多农民都会自发赶来祭奠恩人，他们把自家地里种的粮食、水果、蔬菜摆放到墓碑前，想让辛院士尝尝经他改造后的盐碱地上结下的硕果。

“治理不好盐碱地，我们一辈子不走”

辛德惠院士生前在曲周　资料图片　中国农大提供

1973 年，辛德惠等中国农业大学的一批青年教师响应国家号召，来到曲周县有名的“老碱窝”张庄安营扎寨，进行“旱涝碱咸综合治理研究”，开始了从改土治碱到和农业可持续发展的实验示范。

“治理不好盐碱地，我们一辈子不走。”面对白茫茫的盐碱地和曲周人民期盼的目光，辛德惠和战友们立下铮铮誓言，挽起裤腿儿，脚踩泥水，全身心投入治理盐碱的战斗中。

“为了让村里的百姓吃上自己盐碱地里长出的粮食，告别苦日子。辛德惠教授白天和我们一起挖沟、开渠、平地、筑坝，晚上在住的茅草房里化验土壤、记录分析数据、查阅地质资料到深夜，他是俺们的大救星和永远的亲人。”张庄村老支书赵文眼含热泪地追忆说。

1973 年 11 月初，中国农大曲周实验站在张庄村南确定的 400 亩重盐碱地治理项目，按规划设计开始施工。1974 年秋，建立了以张庄为中心的第一代 4 000 亩试验区。1975 年春，张庄试验区逐步向西延伸到里疃干渠，第二代试验区扩大为 6 000 亩……

到 1987 年，曲周全县盐碱地面积下降近七成，粮食亩产 732 斤，棉花（皮棉）亩产 111 斤，比治理前的 1972 年分别增长了 4.7 倍和 4.2 倍，农民人均年纯收入由不足百元提高到 1 500 元以上，昔日荒凉的“盐碱滩”变成了稳产高产的“米粮川”，创造了黄淮海平原盐渍化低产地区丰田高产的神话。

农大曲周实验站老职工张书奎回忆：“20 世纪 80 年代，正是借鉴曲周经验，进行黄淮海盐碱区综合治理的关键时期，辛德惠教授有一年连续 300 多天待在曲周，春节也顾不上回北京的家。”

经过以辛德惠为代表的几代农大人与曲周人民的并肩奋战，1993年，“黄淮海平原中低产地区综合治理的研究与开发”项目荣获国家科技进步奖特等奖，被誉为中国农业的“两弹一星”。

“为了未来事业，竭尽余力，死而后已”

辛德惠是一个“工作狂”，工作起来废寝忘食，他把自己的一生献给了农业，献给了曲周大地。他用实际行动践行了自己的诺言：“为了未来事业，竭尽余力，死而后已。”

曲周县人大常委会原主任张东明回忆，1995年夏天的一天，他去农大实验站看望辛德惠，同事说他在棉花地里监测数据。张东明就到地里去找，在那里见到这样一幕：火辣辣的太阳下，辛德惠正弯腰蹲在地里一棵棵、一个个仔细地记录伏桃数量，直到查完后，才满头大汗衣服湿淋淋地从棉田出来。这位年过花甲的老教授、老科学家的敬业精神让人肃然起敬。

还有一次，曲周县农业局一名负责人去找辛德惠，走进他的办公室，只见墙角一台电扇在“吭哧、吭哧”地转动。辛德惠正趴在桌子上专心致志地撰写科研报告，屋子里闷热如蒸笼。这名负责人非常感慨，回到县里后马上打报告，要给他安一台空调。辛德惠得知后摇头拒绝，他说：“实验站的同志都没有空调，我怎么能搞这个特殊？”

辛德惠一生淡泊名利，从来不为自己争取荣誉，索要好处。1995年中国工程院组织评选院士，论资历、条件他都很有优势。“老师没把准备参评院士的报批材料当回事，也没有报名。是我们帮把材料整理上报后，他才高票评选为院士。”他的学生郝晋珉说。

辛德惠婉拒院士的各种优待，直到去世，住的还是和其他老师一样的90多平方米的三室一厅住房。他的爱人刘一樵是北京林业大学教授，两个人一个在曲周，一个在云南，由于不能见面，常常只能是互相留言：“家里的钥匙给你放在树下，回来后你自己开门。”而他们的一个儿子和两个双胞胎女儿，只得在北京林业大学家里由老人照看。

中国农大原校长石元春教授和辛德惠是曲周实验站的亲密战友，两人曾在张庄试验点一个屋里住了8年。他回忆说："老辛患有先天性高血压，却从不放在心上。1986年冬天，在曲周工作期间，因心绞痛加重，在邯郸住院，我去医院看他，主治医生说他是医院里最不听话的病人，一边治疗还一边看资料、搞科研。"

1999年5月，辛德惠从四川考察刚回到北京，当天又应中国科协之邀，马不停蹄地赶赴浙江象山，参加全国松材线虫病专家组考察工作。途中因心脏病突发，抢救无效，不幸离世。

曲周人民痛失亲人，时任县委书记杨仲信代表家乡父老赴中国农大悼念，代表家乡父老要求把辛德惠院士的一部分骨灰安葬在曲周。在骨灰安葬仪式上，当地上千名干部群众无不失声痛哭，辛德惠院士的妹妹辛淑贞女士含着热泪呼喊着："哥哥，曲周人民把您接回来了！"

在中国农大校园里，矗立着一尊由曲周人民塑造的辛德惠院士铜像，连同基座共高2.7米，象征着辛德惠在曲周改土治碱、造福人民的27个春秋。

辛德惠长期保持着记笔记、记日记的习惯。人们在整理他的遗物时，发现他日记中记录着这样一句话："无私无畏，忘我无我，利他利国，才能真正为人民服务，为党的事业奋斗到底。"一位共产党员的无悔初心浸透于字里行间，令人动容，催人奋进。

中国农大的“曲周故事”人物篇②
张宏彦：打通技术推广“最后一公里”

河北日报　2019 年 6 月 10 日　报道

本报记者　刘剑英

［人物名片］

张宏彦：中国农业大学资源与环境学院副教授、曲周实验站副站长，在曲周工作生活已 10 年。其参与的科技小院研究生培养模式获国家教学成果二等奖，其所在的团队获 2016 年中国“三农”创新榜第一名。

4 月 27 日，中国农大曲周实验站，静谧的院落内清香阵阵，泡桐枝头淡紫色的花正开得绚烂。作为中国农业大学资源与环境学院副教授、曲周实验站副站长，张宏彦已在这里生活了 10 个年头。他不仅在这片土地收获了来自生产一线的科研成果，更收获了与农民的深情厚谊。

从北京到曲周，扎根探索新课题

2009 年 3 月 28 日，37 岁的张宏彦和王冲等年轻老师来到曲周，巧合的是，这也正是当初石元春、辛德惠等老一代农大人到曲周改土治碱的年龄。与前辈们不同，这一次，他们肩负的使命是如何发展高产高效农业、打破农技推广“最后一公里”的课题。

在中国农大，张宏彦和老师们早已注意到这样一个问题：一些地区的粮食增产建立在水资源过度开发，化肥、农药过量施用等牺牲生态环境的做法上。长此以往，不仅增加农业生产成本，还会造成耕地板结、土壤酸化等环境问题。如何实现农作物高产、资源高效、环境友好？

4月26日，中国农业大学曲周实验站副站长张宏彦（右）与中国工程院院士、中国农业大学教授张福锁在曲周
记者　耿辉　摄

此前，先期到达的资源与环境学院教授李晓林已在曲周白寨乡建立了一个实验区。每次通电话时，李晓林老师总是有意无意地鼓动张宏彦："下来吧，到村里来，这里不仅实验有效果，吃得也好，睡得也香。"

从北京的农大校园，到冀南平原的小村庄，生活条件的落差他有思想准备，但田间地头的"实践能力恐慌"，一度让大学课堂上侃侃而谈的他顿时噤声。

"农民听说中国农大教授来了，就认为农业生产方面的问题我们都懂。每次下乡入村，村民都会提出各种各样的农业技术难题，有问小麦、玉米的，有问蔬菜瓜果的，问题五花八门。农民需要的是'全科医生'，而我们只有专业知识。"张宏彦回忆说。

搞学问，必须"实"字当先，这是从老一辈农大人身上学到的科研态度。对自己拿不准的问题，他总会拿小本子记下来，然后通过电话向农大研究该领域的同事请教，再把答案反馈给农民，并跟踪服务效果。他还虚心向"土专家"学，向县里农技人员学，慢慢地，不仅在自己研究的小麦、玉米领域越钻越深，而且能轻松处理蔬菜、果树生产中的常见问题。

"现实之问"让一个实验室里的科研工作者，变成了颇具操作能力的实操型专家。

“四零”培训，打通技术推广“最后一公里”

今年4月17日，邯郸市化肥减量增效新技术现场会的参会代表，走进曲周县王庄村村西的麦田，现场了解农田氨排放新技术效果。张宏彦和学生的现场讲解，引起了参会代表和周边农民的极大兴趣。

在中国农大曲周实验站，张宏彦所在的科研团队经过实验，已经摸索出了一套粮食高产高效技术应用体系。科学测土、配方施肥、选用良种、规范管理……有效促进了节水、节肥、增产、增收，如果全面推广，效益将十分明显。

“虽然试验田实现了高产高效，但农民依然在沿用传统种植模式，甚至与实验站一墙之隔的土地上，庄稼效益仍旧平平。”

如何让先进技术到达地头？

2009年底，中国农大“科技小院”应运而生。作为科技创新和人才培养模式的新探索，科技小院通过组织教师和研究生长年深入生产一线，有效破解了农技推广“最后一公里”。

“服务农民，先把自己变成农民。”张宏彦说，作为首座科技小院——白寨乡科技小院负责老师之一，张宏彦和学生一起吃住在这里，白天和农民一块儿下地，晚上开展培训。

“晚上8点之后是培训最佳时间，培训内容要简单易记，时间最好控制在四五十分钟内。”每次培训，张宏彦都精心准备PPT，尽量通过图片把技术要点讲清。由于参加培训的大多数是留守妇女、老人，文化程度普遍不高，张宏彦和同事们探索了“零距离、零门槛、零费用、零时差”的“四零”培训模式，利用农闲时间面对面开展培训。

扎根乡村真情服务，让张宏彦结识了不少农民朋友。他的手机通讯录中，至少有七八十位农民朋友，不少还成了“铁哥们”，时常有人专门跑十几里路到科技小院或实验站，就是为了让张宏彦和同事们尝尝自家的水果、饺子。

把农大的“曲周精神”传给新一代农大人

科技小院的研究生，是最年轻的一代农大人。作为科技小院发源地，曲周县已建成8座“科技小院”，有23名研究生入住。

“作为农业大学的学生，一半来自城市，另一半虽然家在农村，但是平时也很少干农活，这是农大人才培养所面临的问题。”张宏彦说。

为了解决这些问题，近几年，每年新录取的农大研究生都要先到科技小院生活实践一段时间。在与农民的接触中，学生们不仅感觉到了知识的匮乏，还培养了他们的“三农”情怀。目前，这种人才培养模式，已由研究生扩展到本科生。

刚开始与农民打交道时，不少学生听不懂当地的方言，有时走访调查受到冷遇，对农民的问题不知如何回答，这都会产生心理落差。每当这时，张宏彦就成了学生的“心理辅导员”。前衙村科技小院研二学生王晓奕，从小在城市长大，刚到小院时，农村的旱厕和蚊虫叮咬让她很不适应，一度打电话给家长哭鼻子。从学习日志中捕捉到学生的情绪变化，张宏彦和老师们及时介入，耐心疏导。如今，王晓奕不仅成为前衙村科技小院“院长”，还是村里最受欢迎的农大人。

“从田间地头发现问题，扎根生产一线研究解决方法，再去帮助农民解决问题，这是一代代农大人不变的使命。”张宏彦介绍，去年10月曲周县成为中国农大确定的首个农业绿色发展示范区，作为一名农业科技工作者，他觉得自己的责任更重了。

为了大地的丰收（报告文学）

河北日报　2019 年 6 月 4 日　报道

本报记者　龚正龙　崔立秋

太行天下脊，一路向南，与古黄河交汇于冀中平原南端。

黄河、海河、漳河、洺河、沙河、滏阳河亦在此冲积盘旋，遂形成广袤富饶的黄淮海大平原。

曲周，则在这黄淮海平原之低洼处，素有“三山不见，四海卧城”之说。《汉书·地理志》载：“漳水出治北，入黄河，其因斥卤，故曰斥章。”据曲周县志记载，明崇祯年间，“曲邑北乡一带，盐碱浮卤，几成废壤”。

46 年前，北京农业大学（后改称中国农业大学）几名老师怀揣使命，走出书斋，赤脚蹚水而来，在曲周这千年盐碱滩上，力战碱魔，把自己的名字铭刻在大地丰碑之上。

千年“老碱窝”，终变“米粮川”。

曲周治碱成果，从冀南走向更广阔的黄淮海平原、黄土高原、三江平原。从此，扭转了中国南粮北调的历史。

农业稳，天下安！ 46 年，初心不改，使命在肩，中国农大师生续写着一个又一个传奇。

六月，风吹麦浪，浅吟低唱。广袤大地，又一个丰收在望。

（一）

雨，又是雨，下不完的雨，赶不走的雨！

科技小院举行农业技术田间观摩后，农大师生和农民们合影留念

曲周县白寨科技小院墙上的中国农业大学校训

1973年的那场秋雨，《曲周县志》这样记载："连降暴雨，最大降雨量达500毫米以上，积水一尺至二尺，深处三尺，房屋倒塌，电话中断，道路不通。"

大雨过后，水涝围村。

一身泥泞的赵文已疲惫得不成样子，双眼布满血丝。他一把拽起那捆县里送来的隔潮油毡，扛上肩闷声出门，朝破陋的大队部会议室走去。

这个已届不惑之年的庄稼汉，曾当过兵，后转业到天津一所大学工作，但很快就离开。一进学校就生病，得！就个农民命，还是回俺的盐碱滩吧！

回村十来年，赵文接待了无数治碱组。这次，在县里工作的哥哥捎信，说来一拨什么农大的。

——还要治碱？笑话！老天爷让咱祖祖辈辈住这儿受苦，哪儿来人也不中！

“就在我憋着一肚子火，给大队部屋子铺油毡时，农大的老师来了。”

五月里，张庄村一处农家小院，小柴狗悠闲地摇着尾巴，枣树枝上挂着几个鸟笼，百灵、画眉，欢快地叫着。86岁的赵文忆及此事，先是咧嘴一笑，继而泪目闪过光芒。

那一幕深深烙在老人心底——

七个异乡人，卷起裤管，背着破铺盖卷，光脚蹚水，深一脚浅一脚，相互搀扶着，走进了张庄。

这一天，农大人的身影正式镌刻在曲周的历史年鉴上。40年后，当年的农大领队石元春，在回忆录中写道：“辛德惠、林培、毛达如、雷浣群、陶益寿、黄仁安和我，七人是9月5日下午三四点钟，正式入驻张庄村的。”

1973年的春夏之交，风，是热辣的。

为了治疗克山病，石元春等大学老师从陕北清泉沟，返回了昔日的北京农大校园。6月1日，他们突然接到沈其益副校长的电话。

这是一个层层转达的指示任务，关乎温饱。这个电话改变了无数人的命运。

千百年来，中国一直缺粮。20世纪60年代初的全国性饥荒，吃饭成了大问题。黄淮海平原是中国三大平原之一，本应是“天下粮仓”，却因旱涝频繁导致土壤“盐灾”，盐碱地飙升到5 000多万亩，每年都需要国家从其他地区调粮救济。

民以食为天，粮食安全，形势严峻！

河北黑龙港地区，是旱涝灾害和盐渍危害最严重地区之一。1973年，抱病主持北方抗旱会议的周恩来总理提出，要在黑龙港地区搞科研试点。于是，“黑龙港地区地下水合理利用”国家科技大会战组织起来。带着周总理的嘱托，农大团队从北京奔赴曲周，建立旱涝碱咸综合治理试验区，为整个黄淮海平原旱涝盐碱地治理寻找新“药方”。

曲周，号称“千年老碱窝”！ 28万亩盐碱地，占全县耕地近40%。新中国成立后的近30年，曲周经历较大水旱灾害多达7次，粮食单产只增加0.5

公斤，吃国家返销粮 7 000 多万公斤。

石元春等人抵达曲周后，只见沟渠纵横无序，田块七零八落，到处都是白色盐霜，白茫茫如初冬早雪。没人在田间劳作，没有麦浪，没有绿色生机，只有满目苍凉。眼前的景象，甚至让他们想起了大西北茫茫戈壁滩！

“要不换个不太碱的村？”县里领导好意关照。

“不！哪儿最碱就去哪儿！”石元春等人二话不说，直奔张庄！

曲周有“四大碱”，即张庄、高庄、连珠村和史庄，以张庄为甚。“春天白茫茫，夏天水汪汪，只听蛤蟆叫，不见粮归仓。”张庄的盐碱滩，用当地老百姓的话说，那是连兔子都不拉屎的地方啊！耕地少，即便能种的地，亩产也从未过百。1972 年，亩产仅 79 公斤。村民们要么外出扛长活，要么架起锅熬小盐换粮食。遇上天灾，就逃荒，甚至卖儿卖女，一个男孩换 15 斤小米……

盐碱这么凶，百姓这么苦，心被深深刺痛！

“我们是学土壤的，给土地治病，责无旁贷，得把这块盐碱地治理好，让老百姓生活好起来。”在村南那片盐碱最重的“刮金板”上，石元春等人心中涌起沉甸甸的使命感。

一天，农大团队催促村干部召集村民下地动工。蹲在门槛上的村支书赵文，淡淡地问了一句：“你们到底能待多久？”

“啥意思啊？”石元春等人摸不着头脑。

“没啥。唐修寺，宋修塔，而今到处瞎挖哒。多少年了，治碱组来了一拨又一拨，井打了，井填了；沟挖了，沟埋了；人来了，人走了；最后哩？盐碱地还是盐碱地。”

是啊，千年盐碱地，谁能驯服？

“治不好这块盐碱地，我们就不走了！”

几十年后，当 88 岁高龄的两院院士石元春回忆起这段对话时，眼神中有悲壮，更有自豪。

“同甘苦，共命运。”这是共和国培养的第一代知识分子，写在千年盐碱地上的第一句誓言。

（二）

泪是咸的，汗是咸的，水也是咸的。贫瘠多灾，是曲周的底色。

水咸土碱，根儿到底在哪儿？

治碱还没理出个头绪，吃饭和住宿倒是先给农大团队来了个下马威——

住的房子漏风、漏土、漏雨，简称“三漏房”。下雨返潮，半米厚的墙都挡不住潮气，墙面齐腰以下全是盐碱。清晨醒来，要么灰头土脸，要么浑身湿透。苦咸水闹肚子，一拉半个月，人都走了形……咬紧牙关，七个人挺了下来，在张庄安营扎寨。

丈夫前脚扎下根，妻子后脚便跟过来。石元春的爱人李韵珠，林培的爱人邵则瑶，雷浣群的爱人周斐德，以及其他一些女老师也都陆续来到曲周。50% 的高粱面、25% 红薯干面、25% 茅草根面掺在一起，就是一顿勉强凑合下咽的“三合面”……

“千疮百孔，对不起老师们啊！”村民陈文堂话语不多，推开那扇院门，抚摸着院中的槐树，仿佛回到当年。那时，他还年轻，自告奋勇给石元春垒了一张简易书桌。几块砖交叉着架起来，上面搭块木板，摇摇晃晃的，吃饭时是餐桌，工作时便是办公桌。

越是刮风下雨，越往地里跑。做分析化验，用砖头垒垛当实验台，用塑料布遮挡仪器防屋顶掉土，用嘴巴测盐分……太阳毒辣辣的，皮肤很快晒出泡，老师们就有了个响亮的外号“四泡老师”——嘴生泡、手长泡、脚磨泡、胳膊晒出泡。一洗就痛，索性不洗，蓬头垢面。

这哪是大学老师，分明是土得掉渣的农民！

夜晚，当月光从破漏的屋顶洒进来，这些戴着厚厚眼镜的书生们，点亮油灯，忍受着孤寂和寒冷，坐在摇摇晃晃的书桌前，翻着厚厚的书，写呀画呀……

在查阅国内外大量文献，四处寻访干部群众了解情况，对张庄盐碱地的土壤和水质做了大量实验化验后，农大团队终于摸清了当地水盐运动规律——

太行山山区岩石风化强烈，岩石碎屑物富含盐分离子，随浅层地下水流带到平原地区。曲周地处平原低洼处，排水不畅，又属于半干旱大陆性季风气候，雨涝使地下水位上升，盐随水返到地面，干旱又让土壤中的水分蒸发，盐分滞留在地表。常年如此，盐碱叠压，难以根除。

根源找到了！如何治理呢？

当年的一份《邯郸地区曲周县旱涝碱综合治理样方规划草案说明书》和一张石元春手绘的试验区综合治理工程平面示意图，帮人们还原了一些记忆——

春旱、夏涝、土碱、水咸是相互联系制约的有机体。采取“浅井深沟为主体，农林水并举”的治理方案，增水源、控水位、抑返盐、促脱盐、防渍涝与自身淡化。同时，通过平整土地，进行灌排渠系规划、林带道路配置、坑塘和沟渠蓄水、平地和深翻等，开展综合治理。

这是一个极大胆的方案！这意味着，要唤醒沉睡于地下千年的浅层咸水！

从这张发黄的示意图上，可清楚见到需要彻底平整土地、配套各种灌渠。然而，万一越改越糟，岂不连淋小盐的生路都没了？村民们心里没底，犹豫不决。

为了给村民树立信心，农大团队在村南重盐碱地开辟了400亩试验田，和淋小盐的“刮金板”紧邻，测量、采样、放线、打桩……然而，刚刚开始平整，一个难题就出现：一些地上有麦苗，怎么办？

那可是活命的麦苗啊！吃不饱饭的张庄有句农谚：“发妻不可休，青苗不能毁。”

一连数日，石元春眉头紧锁在地头踱着步。最后，他定下一条铁律：不毁一株麦苗。沟渠路林放线施工的地面上有麦苗的，必须一株不少地移栽到邻近田块，并且田间管理环节一样都不能少！

病中的赵文听了，一宿没睡，喉咙像堵着什么。第二天清早，他召集村民，扛着铁锹直奔地头，找到平地总指挥、农大老师黄仁安。蓬头垢面的黄仁安脾气火爆，人称“黄大炮”。当时，他正黑着脸，在空荡荡的地头发呆。

人心齐，泰山移！赵文带着村民帮助农大老师平整了土地，有的还拔了自家的麦苗。“黄大炮”的喉咙里也像堵上了东西，眼圈子红红的。

接下来就是压盐。

1973 年冬，临近春节，气温降到零下 10℃。水面早已结冰，整个试验区工程也近尾声。老师们陆续回京过年，负责冬灌压盐的黄仁安依然坚守岗位。

除夕之夜，黄仁安的爱人敲响了石元春的家门："石老师！怎么老黄还没回来？"原来，忙活了一整天的黄仁安收工回家时，碰巧看到试验区渠道决口了，眼瞅着满蓄的水要白白流走，他就纵身跳进冰冷刺骨的渠水里去堵缺口……

火爆的黄仁安，这回彻彻底底让盐碱滩上最倔强的农民服气了。

1974 年，春风吹过，板结的土地松软了，绿油油的麦苗钻了出来。张庄百姓打出生起，还是头一次见到麦子长得如此齐整精神。待到秋收，400 亩重碱地小麦亩产 100 公斤，比曲周最好年景的产量还高。

千年老碱窝初战告捷！张庄整个试验区防涝能力提高 4 倍，中度和重度盐碱地由 67% 降到 7%。1978 年，张庄粮食亩产达 500 多公斤，结束了吃国家救济粮的历史。1987 年，曲周全县盐碱地面积下降近七成。

这是第一份完美的答卷。邯郸轰动了，河北轰动了，中国轰动了！

（三）

埋下一粒种，造福万千苍生。

1993 年，由中国农大领衔的"黄淮海平原中低产地区综合治理的研究与开发"项目获国家科技进步特等奖，被誉为中国农业领域的"两弹一星"！

当赞誉和浮华沉淀下来，农大师生没有躺在鲜花和掌声里睡大觉。

石元春在笔记本上记录着农大校长王观澜的一段话："农大的同志是来帮助工作的，不是把棋子拿过来自己下，必须要让走棋的人自己下。"

"让走棋的人自己下"，农大团队决定办农民学校，培养农村人才——张庄、高庄、大街、袁庄等村庄的农民，临西等外县农民，都纷纷前来，学习盐碱土诊断、保苗增产、水利土壤改良、抗旱保墒等知识……

当年瘦弱腼腆的青年学员李学彬，现如今已成了敦实自信的乡村能人。

“毛达如讲小麦栽培，黄仁安讲农田水利，黄业海讲施肥，林培讲玉米栽培，石元春讲旱涝碱咸综合治理……”说起当年风华正茂的老师们，李学彬打开了话匣子:“石老师话不多,很温和,属于胸有成竹类型;辛老师是个‘马大哈’,有次在田地里割破了食指,他用布条绑住了中指,还奇怪怎么还流血啊;最感激的是李韵珠老师，手把手传授速测知识，还省下饭菜留给学员们……”

老师来了，老师的老师也来了。

教无机化学的戴汝良老师来了，教物理化学的蒋以操老师来了，年近六旬的周长海教授来了……石元春和林培是同门，其导师李连捷教授，是中国科学院最早的学部委员，也亲自到张庄蹲点，参加劳动、教学……

庄稼人不会说什么感激话，行动就是一切。试验区大街大队长沈风岐，带来16岁的儿子，亲手交给农大老师：“我把广成交给你们了，学治碱，学化验，学种地！他不听话，你们打得骂得！”

速测、遥测、盐分化验、饱和度、模拟场景……沈广成、李学彬、赵统柱等村民成了令人羡慕的土专家。他们有的学成后奔向广阔田野，把知识转化为看得见的生产力；有的深深爱上了农民教育，自己办起农民学校，培养更多农业人才；有的跟着农大老师干了一辈子，甚至成为农大正式职工。

最贫瘠的土地上，种下科学和信仰的种子。它们改变了落后的生产习惯和僵化的思维模式，绽放出绚丽的科技之花——节水节肥、分蘖成穗、水氮后移、测土配方、宽幅播种……种地，不再是凭老经验、老思维。

多年前，面对从各地奔赴曲周学习知识的村民，农大老师戴汝良说：“大学，就是大家来学。”

世纪之交，第二代试验区王庄村的老支书王怀义坐不住了，决定再去找农大老师。

“肥料上了不少，产量一直上不去。为啥？”

“是不是可以成立合作社，搞规模经营？”

不久，曲周实验站农大老师就来到王庄村，指导成立了500亩规模的合作社，统一管理，机械化耕种，产量很快取得大突破。

“农大老师”就是一座金矿啊！今已耄耋之年的王怀义说，种庄稼也不能瞎干蛮干，得跟着科技走。他今年打算在富硒农业上做点尝试，再把生物质厂开起来，把秸秆变废为宝，发展清洁能源……

（四）

中国农大曲周实验站内，小树林深处，有一座院士墓。

20 年来，无论寒暑，总有曲周百姓自发前来，给墓碑擦拭干净，陪辛德惠院士聊会儿天。

这位戴眼镜的“洋博士”，生得高大，爱开玩笑，但邋遢也是出了名儿的。“他有个特点，就是说话做事儿一下就能抓住本质、点出关键。”王怀义回忆。

择一事，终一生。20 世纪 90 年代，辛德惠从曲周出发，跑遍整个黄淮海流域，陆续提出农村综合发展三段论、区域农业发展类型理论、泛生态学理论等。这些理论的意义已超出改土治碱，深深影响到此后几十年中国农业和农村发展。

埋骨何须桑梓地，人生无处不青山。

2009 年，一个叫科技小院的新鲜事物在曲周诞生。

科技小院创始人之一是李晓林教授。他一直在思考：如何让科研成果走出高校和科技站的围墙，真正让农民用起来？

白寨，在一个荒废多年的院落内，诞生了科技小院。入驻当天，李晓林这位在德国霍恩海姆大学实验室做过研究的教授，在小院栽下两棵梧桐树，寓意“引得凤凰来”。驻扎于此的不仅有李晓林、张宏彦等老师，还有后来在《自然》上发表论文的曹国鑫等农大学生。

走向广袤的田野，年轻的学子们可以大显身手。但是也暴露出各种现实问题：独生子，没做过家务，没扛过铁锨……

“我要投诉！没暖气，没食堂，没水，什么都没有，怎么做科研？”2012 年，来自广东佛山的黄志坚炸毛了。他抱着王庄科技小院唯一的伙伴小柴狗，咆哮起来。但冷静下来后，他积极投身科研和技术推广，热心为村民办实事，竟被投票推选为王庄村党支部书记，一时成为田间传奇。

2019年农历正月。夜深了，月亮也不见了，风开始没命地吹，远处传来野狗的叫声……白寨科技小院里，张笑颖、黄晓芙、马明芳、田芳芳等农大姑娘入驻已数天，夜间一有动静，就吓得哭起来。

闻讯后，曲周实验站副站长张宏彦搬了过来。这个干练利落的西北人，无论走到哪儿，外套就像田间老农用来擦汗的毛巾，一会儿夹在腋下，一会儿搭在宽厚的肩膀上。只要学生有事，他随叫随到，风雨无阻。

张老师不仅是学生们最坚实的后盾，而且总有讲不完的故事。姑娘们破涕为笑，安然入眠。

初夏之夜，庭院中央，两棵梧桐，开枝散叶，已然亭亭如盖。小院内院墙上“解民生之多艰，育天下之英才”的农大校训，在月光下泛着光彩。

“把论文写在大地上！”

2009年至今，中国农大在全国陆续建起127个科技小院，2 090万农民参与其中，为中国现代农业绿色发展树立了榜样。科技小院还被世界粮农组织和联合国环境署写入全球未来粮食和环境发展战略报告中……

46年，于人，是大半生；于史，只是弹指一挥间。

巍巍太行披绿，大地上河水静谧而恬淡。昔日盐碱窝曲周，今已是一座生态宜居的和谐小城，一座崛起于黄淮海平原上的产业新城。

离开曲周前一晚，夜宿于农大实验站112房间，那是辛德惠院士生前住的屋子。

一弯晓月下，数棵苍松虬枝婆娑。那是辛德惠的爱人刘一樵老师亲手所植，今已荫蔽一方。

院内不远处，那座“改土治碱、造福曲周”的石碑，静静伫立。石碑的背面铭刻着64个人的名字：马永良、马步洲、毛达如、尹幼奇、王经武、王树安……

石碑有形，丰碑无价。

（本版图片均由中国农业大学曲周实验站提供）

中国农大的“曲周故事”人物篇③
贺敬芝：让青春在田野闪光

河北日报 2019 年 6 月 17 日 报道

本报记者 乔宾娟

［人物名片］

贺敬芝：中国农业大学资源利用与植物保护专业研二年级学生，2017 年入驻曲周相公庄科技小院。为了进行果树技术的研究与推广应用，她和师妹在村里“承包”了 96 棵苹果树。

1994 年出生的贺敬芝，是如今中国农大居住在曲周 8 个科技小院的 23 名研究生之一。从 2017 年秋季读研前的那个暑期开始，小贺已在曲周农村生活、学习了一年多时间。“能够在农村这片广阔天地放飞科技翅膀，能够给当地农民带去帮助，是我们新一代农大人的责任与担当！”

从城市独生女到农村“果农”

贺敬芝是承德市人，她说：“因为是独生女，父母很宠爱我，上大学前几乎什么活儿也没干过。现在你看我这肤色变化，读研之前是手表下边这样白净的；去年在小院生活一年，就变成胳膊上这种颜色了；今年已经是手上这种黑色了……”取下左手腕上的手表，她指了指自己的左臂。

按照学校惯例，研究生在入学前的那个暑期，就要先到曲周，到农户家住上一个月，与住户同吃、同住、同劳动。得知要住到农户家里，一家人都觉得新鲜、兴奋。可等到了村里，小贺才知道根本不是设想的那么浪漫。两个同学挤在一张大床上，厕所是旱厕，再有，就是听不懂当地方言、吃不惯当地的饭食……不过没过几天，她也顾不上给父母“诉苦”了，在老师指导下，她很快投入到取土调研活动中。“取土都是一大早，小麦上都是露水，等取完土从麦田里出来时裤子都湿透了……挺受罪但也很充实。”

4 月 26 日，中国农大学生贺敬芝（左）在指导师妹张俊娜进行苹果树疏果作业　记者　耿辉　摄

正式入住到相公庄科技小院以后，饭要自己做，每次做饭不是给爸爸打电话请教，就是边刷手机边学着做；出行是在当地农村十分普通的农用三轮车，驾驭着这个硕大的交通工具，每天从小院到地里去，上面放着所需工具，她们看上去比当地的农民还农民……

相公庄科技小院设立于 2010 年，位于一村民家旧居内。当地家家户户种有苹果树，小贺主要是利用所学知识为果农服务。“虽然我们理论知识丰富，但是并没有实践经验。”为了与村民们更好地交流种果树经验方法，也为了进行苹果化肥农药减施增效技术的研究与应用，小贺与师妹张俊娜在村民家果园中开辟了示范田，“承包”了 96 棵苹果树，亲自打理并进行科学试验，成为一名地地道道的“果农”。

从师兄师姐身上感受精神传承

刚到相公庄科技小院时，师兄李瑞洪也在这里住。“我一来，师兄就给了我好几本关于果树种植方面的书籍。”小贺说，“师兄告诉我，要更好地解决村民们提出的问题，帮他们解决实际困难，最好的途径就是多学习。至今还让我敬佩的是，师兄不光可以解决苹果树的难题，小麦、玉米、棉花等方面的问题，只要有村民问他，他也都能找到答案。”

“为了给苹果树精准施肥，我们在4排树两侧都挖了沟，再把称好的肥料一点点撒到沟里，然后埋好……那次可把我和师妹累坏了，从早一直忙到晚上八九点，第二天腰疼得都直不起来。”小贺说，实践过程中遇到了很多困难，吃了很多苦，但每次想到前辈们的鼓励和支持，就能积极乐观面对现实。“我们年轻一代能把科技小院工作做好，就是对40多年来‘责任、奉献、科学、为民’曲周精神的传承。”

在小院中坚定乡村振兴信念

每个科技小院院墙上都写有中国农大的校训：“解民生之多艰，育天下之英才”。在小院的学习、生活中，在与村民密切的沟通交流中，在理论运用到实践的过程中，小贺也更深切地理解了校训的内涵。

“种苹果可不容易了。”小贺说。无论什么时间，只要你来地里，总有活儿要干。春天要除草、剪枝、施肥，等结了果还要套袋、打药，秋天还要摘苹果、卖苹果，日常每天的病害监测更不能少。

“只有感受‘三农’之艰，才能做到解民生之多艰。亲身的体验，让我真切感受到农民的辛苦和农业现代化的迫切。如何改善农业和农村的面貌，不仅是村民们的需求，更是我们未来学习工作的方向。”贺敬芝说。

中国农大的"曲周故事"人物篇④
教授与农民：绿叶对根的情义

河北日报 2019年6月18日 报道

本报记者 赵书华 乔宾娟

［人物名片］

王怀义：曲周县第四疃镇王庄村人。1973年至1981年任村党支部书记，1988年至1992年曾在曲周实验站工作；2012年，在石元春院士支持下，建起中国农业大学王庄生物质燃料基地。

吕增银：曲周县白寨镇北油村人。2009年，中国农大在白寨镇设立科技小院后，他积极与农大师生接触，20亩承包地不断获得高产，被中国农大师生誉为最忠实的"农民朋友"。

走在曲周的城乡原野，你不时被这里所呈现出的乡村振兴新气象所感染：整齐划一的田野、规划有序的园区、懂技术爱农业的新农民……这里不仅留下了中国农大扎根曲周科学为民的一处处踪迹，更留下了农大师生与曲周农民相濡以沫的一个个故事。

曲周县第四疃镇的张庄与王庄两村相距6公里，这也是46年前王怀义几乎每天要骑车奔走的路程。

1973年，时年34岁的王怀义任王庄村党支部书记。面对村里的一穷二白，他首先想到的是办企业。经过努力，一家小型橡胶厂办起来了。有一桩活计是为一家矿山生产机械配件，对方拿来一件样品说："如果你能造出来这个，我们高价付款。”

没有图纸，如何把产品生产出来，这可难坏了王怀义。走投无路之际，他忽然想到，能否找正在张庄村改土治碱的农大老师们给设计一下？

这是王怀义第一次骑车到张庄去。在那里，他见到了石元春、辛德惠等几位老师，他们看上去都是三四十岁的样子。当他把自己的困难说出来时，老师们热情地说：“行，我们试试吧，三天后你来拿。”三天后，当他再次骑车来到张庄时，图纸已经设计好了。回到王庄，拿到机械设备上一试，相当成功。也就是从那时起，一种对于农大老师的信任与尊敬在他的心中油然而生。

与农大老师渐渐熟识了，王怀义又提出了新的想法：

“你们能给张庄治碱，能不能也给王庄治治呢？王庄的地比张庄还碱呢！”老师们问他：“王庄想治碱，动力是什么？”从部队复员回来的王怀义拍着胸脯说：“我们要治碱，是希望为国家做贡献。”被他的诚心所打动，老师们说：“那就先改500亩试试。”

这年冬天，一场浩大的生态治理工程在王庄的盐碱地上开始了。开沟挖渠、排水压盐，农大老师管测量、放线，王庄群众负责实施，农大老师和村民吃在一起、住在一起、干在一起……

第二年春天，王庄群众惊喜地发现，昔日寸草不生的盐碱滩第一次出苗了。这之后，王庄的改土治碱范围从500亩扩大到3 000亩。“冬天干，夏天干，一年干，两年干。”1980年，王庄向国家上缴粮食8万公斤；1981年，缴纳粮食13万公斤；1982年，缴纳粮食18万公斤。昔日“废壤”，变成了“米粮川”。

今年64岁的吕增银是白寨镇北油村人，身材不高，一双眼睛炯炯有神，曾在部队当兵6年。可能得益于那段当兵的经历，吕增银做什么都要做到最好，种地也一样。

吕增银曾承包了20亩地，但无论怎么用心，产量总是偏低。“收入刨去浇地、施肥的成本，几乎留不下什么钱”，回忆之前的种地经历，吕增银叹了口气。

2009年春天，中国农大选择在北油村建设200亩示范田，并在白寨镇建立了科技小院。“农大免费把技术送咱家门口了，可得利用好！”得知消息，吕增银十分激动，却又有些怀疑。

为了验证农大高产高效技术的效果，他把其中的两亩地交给科技小院的学生曹国鑫种，而剩下的农田则由自己倾心耕种。

“多浇水多施肥，小麦长得肯定错不了”，抱着这个传统观念，吕增银“偷偷”在地里施了很多氮肥，水也比那两亩地多浇了一次。没想到几个月过去了，收获时一实测，他种的小麦亩产量竟比曹国鑫种的低 100 多斤。“施肥的时候不对，量也多，麦秆长高了，反倒引发倒伏，影响了产量。”曹国鑫耐心细致的讲解，让吕增银第一次有了“科学种地”的概念。

没事就到地里观察粮食长势，发现问题后及时向“老师”咨询，晚上还积极到大学生们开办的田间学校去听课……很快，吕增银掌握了科学的种植方法，小麦亩产一下从 300 公斤增长到了 600 多公斤。

北油村有 3 400 多口人，村里的农民多以种植玉米、小麦为主。在小院师生的指导下，不仅吕增银的田地获得了高产，全村人的种植观念也都发生了变化：小麦种植密度减少了，种植时间以最恰当的时节为准；小麦以前浇水都在年后，现在则提到了年前；玉米、小麦施肥也都比之前量少、精准……“别看水肥种子用得少了，产量还高了。现在农民都外出打工了，但我在家一人种 100 亩收入也不低！有农大师生们做后盾，我干啥都有劲儿。”吕增银自豪地说。

在王怀义生活的王庄村，中国农大的影子无处不在：科技长廊、田间学校、测土配方工厂，农田里不仅家家户户实现了测土配方和水肥一体化管理，村民们哪怕是禾苗枯黄了一片叶，或者植株意外长高了一截，都会跑到村里的科技小院来询问。村里还成立了小麦专业合作社。“因为有了农大的帮助，我们这里才发展得这么好！”街头坐在小板凳上的老人笑眯眯地对记者说。

在王庄村外，有一座小小的工厂：中国农业大学王庄生物质燃料基地。王怀义说，这是 2012 年石元春院士为解决当地农民秸秆焚烧和冬季燃煤污染而设立的，由中国农大提供设备，王庄村负责生产经营。工厂运营一度出现资金紧张时，是石元春院士个人捐款 20 万元维持了它的运转。

多年来，中国农大老师一直关注着吕增银，而吕增银也始终与小院师生保持着联系。面对记者，吕增银指着手机中的通讯录说：“曹国鑫在小院住了

6 年，离开时已是博士了，如今他在广东工作；张福锁院士、李晓林教授，只要他们来曲周，我们总会找时间见上一面。有他们这些高科技人才做后盾，我心里面可踏实呢。”

21

河北电视台

HEBEI DIANSHITAI

【爱国情　奋斗者】
中农大扎根曲周46年　盐碱地变良田

河北电视台　2019年5月31日　报道

视频报道

（本报道素材与中央电视台联合拍摄制作）

【爱国情　奋斗者】
河北曲周：打造绿色发展“样板间”

河北电视台　2019 年 6 月 4 日　报道

视频报道

（本报道素材与中央电视台联合拍摄制作）

22

河北人民广播电台

HEBEI RENMIN GUANGBODIANTAI

中国农业大学扎根曲周 46 年，盐碱地变良田

河北人民广播电台　2019 年 6 月 17 日　报道

音频报道

23

河北工人报

HEBEI GONGRENBAO

中国农业大学师生46年来坚持扎根曲周县改土治碱、服务乡村振兴，使“盐碱窝”变为“吨粮县”，盐碱荒滩翻麦浪

河北工人报　5月29日　报道

本报记者　孙广军

日前，邯郸市曲周县白寨乡王庄村的老党支部书记、今年近70岁的王怀义，站在村头待收割的麦田边，看着长势喜人、穗大粒饱的麦田说：“40多年前，这里还是兔子都不拉屎的‘盐碱窝’，现在却成了旱涝保收的‘米粮川’，这要归功于中国农业大学的师生长期改土治碱的结果。”

据曲周县志记载，曲周县土地盐碱已有2 000余年的历史，曲周人民治碱改滩的活动一直没有停止过。尤其是新中国成立后，曲周县曾掀起多次大规模治碱活动，但由于缺乏科学指导，收效甚微，当地群众吃粮、花钱靠救济，部分村民靠刮碱土熬硝盐为生。在新中国成立后的30年间，共吃国家返销粮7 000多万公斤，花掉国家救济款近3 000多万元。

据了解，1973年，北京农业大学（中国农业大学前身）肩负着周总理的嘱托和治理土地盐碱的使命重任，由石元春、辛德惠等7名讲师组成的“盐碱土改良研究组”来到曲周县，与当地群众一起睡草房、吃咸菜、喝苦水，在盐碱最严重的张庄村建立了试验区和实验站。经过调研和对土壤进行分析，挽起裤腿，和群众一起下地挖沟、打井、测水文、查地质、化验土壤，采取了以“深沟浅井结合、农林水并举”的综合治理，到1987年，将曲周县28万亩盐碱地改造成了丰产田，并成功地推动了黄淮海平原、黄土高原、北方

旱涝等五大区域的农业综合治理和开发，彻底扭转了我国南粮北调的格局。1988 年 6 月 14 日，时任中共中央政治局常委、国务院总理李鹏来到曲周县实验站，对试验区的盐碱地治理给予了高度评价。

农大师生在长期工作中，与曲周群众建立了深厚的感情，并将曲周县当作了第二故乡。在曲周县实验站工作了 27 年的第二任试验站站长辛德惠院士，病逝后根据辛德惠院士的遗愿和当地群众的请求，并征得其家人的同意，将部分骨灰安放在了曲周县实验站。

知恩图报的曲周人，在 1988 年教师节前夕，自发集资 6 000 元钱，建造了一个高 2.2 米、宽 2.3 米刻有“改土治碱、造福曲周”的汉白玉石碑，并推选了几个代表，专程赶到北京，为北京农业大学立碑。他们还以农大师生在曲周的感人故事，编排了戏曲舞台剧《天绿》。

据了解，从 1973 年至今，北京农业大学在曲周县设立实验站以来，站长的接力棒传到江荣风已是第九棒了。江荣风教授介绍，在曲周实验站，没有教授、博士生导师之分，只有一颗为农民兄弟服务的心。46 年来，曲周实验站获得了“国家科技进步奖特等奖”“国家科技奖二等奖”等多个奖项，走出了石元春、辛德惠和张福锁 3 位院士，培养了 70 多位教授和 300 多位硕士、博士，也为当地培养了 5 000 多名农业技术人员和农民科技骨干。

研究生曹国鑫，是首批进驻“科技小院”的中国农大的学生。2009 年，中国农业大学为进一步推动曲周县高产、高效技术的大面积应用，在曲周县白寨乡白寨村首创了全国首个“科技小院”，为农民开展自下而上的技术服务。“我的硕士毕业论文，就是在‘科技小院’完成的。”曹国鑫说。

据了解，截至目前，中国农业大学在曲周县的王庄村、前衙村等设有 8 个“科技小院”，研究课题涵盖了小米、玉米、葡萄等，为曲周“吨粮县”建设提供了强有力的技术支撑，破解了农业技术推广的“最后一公里”的难题。从 2009 年到 2018 年的 10 年间，曲周小米、玉米产量分别提高了 24% 和 23%。

24

长 城 网

CHANGCHENGWANG

【长城评论】与土地结缘，他们凭什么在曲周坚持了46年？

长城网　2019 年 5 月 31 日　报道

记者　芦静

初夏温热的风吹过，河北曲周县麦浪翻滚，丰收在望。难以想象，如今生机盎然的田野，曾是一片白茫茫的盐碱滩。

46 年，中国农业大学科研群体扎根这里，挥洒汗水和热血，有的甚至长眠在此；46 年，学校和地方、农民和师生，紧密结合在一起，“责任、奉献、科学、为民”的精神，深深融入中国农大人的血脉。

一边是“没有农大的老师，就没有曲周的今天”的感恩，一边是“被需要是一种幸福”的满足，一所大学与一个县的百姓有如此绵延不绝的深情，让人动容。

左图为位于北京中国农业大学校园中的“改土治碱、造福曲周”石碑（资料照片）；右图为 5 月 8 日拍摄的中国农业大学曲周实验站的“改土治碱、造福曲周”石碑　新华社记者　王晓 摄

都说土地就是农民的“命根子”，而在曲周，“春天白茫茫，夏季水汪汪，只听耧声响，不见粮归仓”曾是那里的真实写照。可想而知，当时守着28万亩盐碱地的当地农民们是何等绝望。

拯救“生病”的土地，人是重要的，专业负责的团队更是可遇不可求。接到改良盐碱土的指示后，中国农业大学团队的到来为曲周农民点燃了未来希望。查文献、找病根，开药方、做试验，抓创新、谋未来，知识分子与曲周的故事由此上演，为中国农业高质量、绿色发展做出了积极探索。

如果说最初“改不好这块地，我们就不走了”的承诺，是中国农大人“解民生之多艰，育天下之英才”的使命召唤，而从改土治碱把土地治理好，到挖掘土地潜力增加产出，再到如今关注土壤健康，探寻人与土地和谐共荣的46年奋斗历程，则是系“三农”的不变初心和执着信念在支撑着他们。

凡事贵在亲力亲为，难在持之以恒。一批又一批的农大师生在激情澎湃的年纪，义无反顾投身到乡村振兴的大潮中，在实践中锤炼，一切为了农民。这是与土地、与农民、与同伴互相感染的过程，为土地带来变化、让农民过得“更好”的信念在传承之中逐渐升华。

进入新世纪，我国农业面临的主要矛盾已经由总量不足转变为结构性矛盾。对于新时代农民来说，传统意义上的高产不再是追求目标，高产量、低投入、污染少、效益高的农业生产新模式更有吸引力。因此，以科技创新支撑引领农业供给侧结构性改革，加快培育农业农村发展新动能的需求，比以往任何时候都更为迫切。

先有治碱成功，后有绿色发展，一代又一代农大人在曲周驻守，种下了“科学”的种子，也在“改土治碱、造福曲周”中不断汲取智慧和力量，让曲周变成了一群志同道合“农人”的诗和远方。他们是懂农业、爱农村、爱农民的“三农”工作队伍的生动实践，一手引导小农户顺利突破瓶颈，一手引领中国农业绿色发展的新方向。

国以才立，业以才兴，农业农村的发展也不例外。从焦裕禄到杨善洲，从李保国到如今的中国农业大学科研群体，实践证明，在推动农业全面升级、农村全面进步、农民全面发展的征程中，离不开“能人”的倾囊相授“传帮带”。

在奋斗中勇往直前，在创新中攻坚克难，把论文写在大地上，青春正在广阔田野上绽放。

（责任编辑：芦静）

【不忘初心　牢记使命】
中国农大人：治不好盐碱就不走了！

长城网　2019 年 6 月 6 日　报道

记者　郑建卫

1973 年至今 46 年来，从改土治碱到科技小院，中国农业大学师生扎根燕赵大地，高扬“责任、奉献、科学、为民”的精神，服务乡村振兴，使昔日的“盐碱滩”变成今天的“米粮川”，诠释了当代知识分子“弘扬爱国奋斗精神、建功立业新时代”的精神追求，谱写了一部当代中国知识分子“爱国奋斗、科学报国”的壮丽诗篇。

使命担当，治不好盐碱就不走了

5 月末，曲周县王庄村中国农大科技小院示范方 700 亩农田里，麦浪翻滚，一片丰收景象。“麦子好吧！”中国农大教授张福锁院士指着麦苗对记者说，好像当面夸赞自己出色的孩子，语调里充满掩饰不住的自豪。

“最近几年，这块地一直是邯郸市产量最高、最稳定的农田。一年小麦玉米两熟，年产量达到了 1 300 ～ 1 400 公斤。”指导王庄科技小院的崔振岭教授自豪地说。

这里可不是历史上的粮食高产区。20 世纪 70 年代任王庄村党支部书记的王怀义说，40 多年前王庄是“天苍苍，地茫茫，只出小盐不长粮”的景象，顶好的地亩产也只打百十斤粮食。明崇祯年间曲周县志上记载的“曲邑北乡

崔振岭教授介绍科技小院示范田的情况
郑建卫 摄

一带，盐碱浮卤，几成废壤”描述了这一带土壤盐渍化的久远历史。

那时候，麦收本是农村最忙最累的季节，可是这一带却不紧不慢，收麦子不用镰刀，只需背着一个大布口袋，在稀稀拉拉的麦地里，东揪一把、西揪一把地将麦穗放在布口袋里就完成了。这里也不需要打麦场，将布袋里的麦穗拿到自家院子里，用旧鞋底碾巴碾巴就算完成打麦场的任务了，一年收的麦子，只够年节包饺子吃。

20 世纪 70 年代初次来到这里的石元春、辛德惠等 7 位农大老师被这里的贫困景象震惊了，白茫茫的土地上到处是淋小盐形成的土堆，农民一天三顿吃的是“三红”，就是“吃红高粱面窝窝头，就红辣椒，手里捧着一大碗红薯面汤，面汤清亮得可以当镜子照”。当地流传着这样的话：“要想富，不在盐滩住；要想好，挑起担子往外跑。”

“这是中原大地上的一幕真情实景，每一个有良知的中国知识分子能旁贷其责吗？”这是石元春在他的《战役记》一书中写下的话，知识分子的责任感，“解民生之多艰”的使命担当，激发农大老师们扎根曲周，立下“治不好盐碱就不走了”的誓言。

同甘共苦，城里人变成了庄稼人

“农大的老师和学生们，刚来的时候一个个细皮嫩肉的。住农家、干农活，没过多久，皮肤就黑了，也粗糙了，和我们曲周农民没什么两样。”5 月末，在大巴车上，一个曲周县的小伙子这样对记者说，话语中充满了对农大师生的敬佩之情。

历史上，曲周饱受旱、涝、碱、咸综合为害，粮食产量低下，农民生活

农大老师最初居住的“三漏房”。摘自石元春著的《战役记》

十年间石元春积累的 19 本工作笔记。摘自石元春著《战役记》

贫苦。“春天白茫茫，夏天水汪汪，只听耧声响，不见粮归仓”是其真实写照。河北省黑龙港流域，像这样的盐碱地就有一千多万亩。整个黄淮海平原，盐碱地多达 4 800 万亩。1973 年，周恩来总理做出“北方干旱半干旱地区水力资源合理开发利用”的指示，以石元春、辛德惠为代表的老一代农大人，应邯郸地委请求进驻曲周县北部盐碱地中心的张庄村，建立了“治碱实验站”，开始了“改土治碱、造福曲周”的伟大事业。

他们刚来的时候，农民并不信任这些来自北京的城里人。群众对治碱根本没有信心，宿命论思想很严重。农民认为他们生在这里受穷是老天爷的安排，是命里注定的。

在当地农民眼里，农大老师是拿工资的“飞鸽牌”干部，留不住、干不好。已经立下“治不好盐碱就不走了”誓言的农大老师，主动选在曲周最苦最穷、盐碱最重的张庄安营扎寨，住着漏风、漏雨、漏土的“三漏房”，吃着粗高粱拌粗盐粒和干辣椒的饭，白天和农民一样到田地里采土样、水样、测量盐碱，晚上研究从北京、石家庄等处收集的水文、气象、地质资料，讨论治理盐碱方案。

千百年来的老盐碱窝，不是那么容易治理的。黄淮海平原的水分与盐分复杂多变，前面来的工作组没有搞清楚水盐运行规律，就开始动工，所以才屡屡失败。

几个月过去，农大老师们人变瘦了，脸变黑了，从城里人变成了“庄稼汉”。治碱方案也终于形成了，先用400亩盐碱最重的地做试验田。1974年麦收，原来单产100多斤的盐碱地，单产达到463斤。从此当地农民不再信命，他们开始信科学、信农大。

造福乡里，农大老师与曲周农民亲如一家

在农大老师的指导下，试验田年年增产，盐碱地治理面积不断扩大。到1987年，曲周盐碱地面积下降近七成，林木覆盖率增加2.8倍，粮食单产增加1倍，农民人均收入增长3.9倍。

从改土治碱，到建设规划，再到产业发展，46年来，中国农大师生入驻村民家中，吃群众锅里饭，睡群众家土炕，与曲周人民形成了水乳交融的亲情。他们保持着与农民、与群众的密切联系，真心实意地为农民、为群众做好事，办实事，解难事。为国为民的赤子情怀已经融进了师生的基因和血脉。

曲周人民也以满腔热忱回报着这份真挚的感情。一次，农大的两位老师初次来张庄。坐夜车，清晨到邯郸，转长途汽车，中午赶到曲周，在曲周县城一家餐馆吃午饭。“你们是农大老师吗？”服务员看着他们两人的模样问。“对，我们是农大老师。”“服务员，请结账。”两位老师吃完饭说。“不用结账了！”服务员说。“为什么？”两位老师感到很奇怪。“我们经理说，农大老师帮曲周办了那么多事，到我们店吃饭都是不收钱的。”

1988年9月8日，曲周县委、县政府主要领导和农民代表驱车前往北京农业大学，为北京农业大学树碑——“北京农业大学：改土治碱、造福曲周”。

2013 年 10 月，曲周实验站建站 40 周年之际，附近村民在实验站立碑两块，上书“恩重如山”“鱼水情深”。2018 年 10 月，恰逢曲周实验站建站 45 周年，曲周县为中国农大师生专门编演了一台豫剧《天绿》。

曾经在曲周工作 27 年的辛德惠老师，在 1999 年 5 月去世后，留下遗愿，把部分骨灰安葬在中国农大曲周实验站，和他深爱的曲周人民在一起。

“每年清明节，曲周中小学生都会来给辛先生扫墓，也有很多村民自发来看望辛先生。”中国农大曲周实验站站长江荣风说。

（责任编辑：郑建卫）

【不忘初心　牢记使命】
中国农大曲周实验站：立德树人　薪火代代相传

长城网　2019 年 6 月 7 日　报道

记者　郑建卫

视频报道

中国农业大学的源头之一是成立于延安的自然科学院生物系（后成为华北大学农学院），中国农大师生在曲周 46 年的奋斗历程和在延安办学的精神传统一脉相承。曲周实验站先后接待了 4 000 余名本科生的教学实习任务和 5 批日本东京农业大学外事实习任务，在这个实验站培养成长起来的人才，有两任校长（石元春、毛达如），3 位院士（石元春、辛德惠、张福锁），70 多位教授，300 多名硕士、博士。实验站还承担了“一带一路”国家农业技术人才

中国农业大学研究生王晓奕在前衙村科技小院给农民们做葡萄种植新技术的示范讲解　郑建卫 摄

前衙村科技小院充满农家生活气息　郑建卫 摄

培养任务，先后有25个国家近200名外宾来此接受培训。学校将实践育人贯穿于人才培养的全过程，形成了符合时代特点、青年特征、中国农大特色的“科技小院”实践育人长效机制。

服务“三农”零距离

5月末，曲周县前衙村，15亩葡萄长势正旺。这是中国农大前衙村科技小院的研究生们负责管理的果园，采用了覆膜和水肥一体化种植技术，不但大幅度减少了化肥的用量，也减少了杂草和病虫害的发生，不需要打农药和除草剂，节约了成本。

“我来前衙村之前都不知道葡萄是怎么种的。”科技小院的“院长”、农大研二的学生王晓奕说，“我们自己都不懂，怎么指导农民呢？我们几个人每人拿出2 000元钱，承包了农民1.3亩地，向农民学习种植管理，查资料引进先进技术，去年的葡萄丰收了。”

“农大学生们种的葡萄，一亩地比我们村民种的多产1 000斤，品质比我们的好，1斤比我们村民种的多卖1毛钱。”前衙村党支部书记龙书云对记者说。

几户农民看到学生们的实力，把土地交给学生统一管理，今年科技小院的示范田由1.3亩扩大到15亩。

“你讲科学，太高深的知识我们听不懂，你做出样来，眼见为实，我们就服你。我们曲周农民一直都是这样。”一位村民对记者说。

“科技小院诞生于10年前，”中国农业大学李晓林老师说。2009年，张福锁、李晓林、张宏彦等农大教授，对曲周两万亩优质小麦标准粮田项目精心指导，使每亩地小麦在产量、节水、省料等方面都有显著提高。欣喜之余，他们发现科研成果仅仅停留在试验站，却并没让广大村民受益。为此，农大老师们决定把科研成果夯实在田埂地里。

在曲周县农业局支持下，农大师生在白寨乡政府对面一个荒废很久的小院“安营扎寨”，一个住在农村、“零距离”服务“三农”的科技小院在曲周诞生了。

被需要是一种幸福

曹国鑫是中国农业大学资源与环境学院2009级研究生，也是科技小院的第一批入驻者。刚来到村里时，他极不适应：“洗澡很不方便，没有便利店、快餐厅，生活条件比城市艰苦很多。”老师们担心：农村这样艰苦的条件，农大的学生能像老一辈农大老师那样在曲周扎下根吗？

“你种过几年地？种庄稼就是粪大水勤、不用问人。”在一次测土施肥的讲座上，曹国鑫被一个60多岁的“老把式”将了一军。村民的不信任激起了小曹的斗志，他和“老把式”约定，选“老把式”家两块地，设置成4块对比样板田，分别按照各自的方式管理，看谁的成本低、产量高。

2009年7月，一场罕见的大风造成曲周大面积玉米倒伏。按照农民的传统做法，是赶紧将玉米扶正。然而，这次倒伏发生在玉米抽雄前，不会影响授粉等过程，且可以自行恢复，如果人为扶正，反而容易造成玉米茎部折断，导致减产甚至绝收。在老师的带领下，曹国鑫等迅速组成队伍，向农民传授相关知识，进行技术推广。

村民自发捐款为科技小院的师生唱大戏　中国农大曲周实验站　供图

科技小院师生向农民宣讲十九大精神　中国农大曲周实验站　供图

“被吹倒的玉米自己站了起来，我们与村民之间的感情也因为这场风被拉得更近了。”曹国鑫说。

到了秋收季节，和“老把式”的对比结果出来了，小曹的实验田投入少产量高，“老把式”输得心服口服。从此，曹国鑫成了村里的香饽饽，村民有什么问题都爱找他。曹国鑫说，他感到了被需要的幸福。

去年，王晓奕他们的1.3亩地葡萄丰收了，她的父母非常自豪地带着亲朋好友来采摘，几户村民也愿意带着土地来“入伙”。“被需要、有价值，这种成就感带来的幸福，在校园里是体会不到的。”王晓奕说。

目前，多个不同类型的科技小院扎根在曲周大地上，服务于小麦、玉米、苹果、葡萄、养殖、蔬菜育苗等领域，将一项又一项农业技术“本地化”。

在更加广阔的范围里，中国农业大学在广东、广西等20多个省（自治区、直辖市）的40多个作物生产体系建立了100多个科技小院，300多名研究生长期奋战在农村、农企一线。

在“科技小院”，每天都有感人的故事发生。冬天培训期间，当地农民担心师生受冻受寒，亲手制作棉鞋送给他们；为了表达心意，大河道后老营村农民自发捐款，你五元，他十元，为师生唱大戏；夏日炎炎，白寨乡北油村农民吕玉山包饺子，吕增银熬制绿豆汤送到小院；甜水庄村民将小院研究生奉为贵宾主持自己儿子的婚礼。

科技小院硕果累累

经过十年探索，科技小院逐步形成特色鲜明的研究生培养“十个一”模式——住一个科技小院，办一所农民田间学校，培养一批科技农民，研究一项技术，建立一个示范方，发展一个农业产业，推动一村经济发展，辐射影响一个乡镇，完成一系列论文，组织好一系列活动。

科技小院培养了一批具有“知农、学农、爱农”情怀、扎实的基础理论功底、过硬的实践技能、较高的综合素质和一定的实践创新能力的高素质、应用型研究生。研究生在科技小院平台上承担多项任务，扮演多重角色，他们不仅是学生，还是农民、农技员、培训教师、乡村挂职干部和各种活动的组织者。多角色的转换使研究生开阔了视野，体验了人生，磨炼了意志，培养了情商。促使研究生融会贯通所学知识，提高综合素质，收获自信与从容，性格变得更外向、更开朗，提升社会适应性和行业竞争力。

2009—2018 年，全国科技小院网络累计开展农民培训 1 470 场，培训农民 68 762 人次；开展田间观摩 120 场，累计参观农民 7 114 人次。开办农民田间学校 10 个，培养农民技术骨干 2 400 多人。示范推广各类农业新技术 1 000 多万亩以上。编写各类技术手册和技术宣传材料 20 余份，建立各类科技长廊和科技胡同 16 处，制作宣传展板 400 多幅，协助建立 26 个各类合作社，推动了农业生产的规模化，为地方和企业农业发展做出了贡献。因此，2016 年获得中国“三农”十大创新榜样第一名。科技小院对曲周县吨粮县、超吨粮县建设起到了很大的推动作用，得到当地农民和政府肯定。

为了深入落实党的十九大精神，宣传党的乡村振兴战略，提高农民科技文化素质，2018年1月，中国农业大学与曲周县合作，组织科技小院研究生党员、入党积极分子等60余人，联合曲周实验站职工和曲周县农牧局技术人员共百人，利用1个月的冬闲时间，深入曲周县农村，开展“村村宣讲十九大，农业技术送农家”活动。将十九大精神宣传到每一个村，将农业科技知识送到农民家门口，受到农民热烈欢迎。

科技小院建立以来，将发展农村文化融入研究和示范工作之中，结合高产高效技术的宣传培训开展中秋联谊会、妇女识字班、舞蹈队、西瓜节、苹果采摘节、广场舞大赛等多种形式的农民喜闻乐见的农村文化活动。文化活动的开展，拉近了科技小院师生与群众的距离，宣传了技术，提高了农民文化素质，愉悦了群众心情，改变了农民的精神面貌，调动了农民采用农业新技术、发展高产高效农业的积极性，推动了农业增产。

自2009—2018年，累计419名研究生进入科技小院开展工作（毕业181名），获得各项奖励503次：国家级奖励25次，省市校级奖励404次，地方政府贡献奖励74次。研究生培养模式先后获得中国农业大学教学成果特等奖、北京市教学成果一等奖、国家教学成果二等奖。科技小院毕业研究生也得到了用人单位和社会各界的认可和积极评价。

（责任编辑：郑建卫）

【不忘初心　牢记使命】曲周盐碱地成为绿色农业世界样板

长城网　2019 年 6 年 8 日　报道

记者　郑建卫

视频报道

如何深化农业供给侧结构性改革？怎样在生产更安全、优质的农产品的同时减少资源消耗？中国农业大学在扎根曲周服务乡村振兴的实践中，探索出一条“与千百万农民一起实现绿色增产增效”的道路。他们的成果不但取得了巨大的经济社会效益，也引起了国际社会的广泛关注。

与农民零距离互动，对症解决生产难题

在盐碱地治理取得阶段性成绩之后，中国农大扎根曲周的团队没有功成身退。为了在小农户分散经营、水资源紧缺的黄淮海地区实现绿色增产增效，并保障粮食安全和环境安全，中国农大曲周实验站与曲周县紧密合作，于2006年共建“高产高效现代农业发展道路研究基地”，开展高产高效理论技术研究攻关。

李晓林教授说，我国每年有6 000余项农业方面的研究成果，但大部分研究成果和农民真正的需要有偏差，无法直接应用到农民的生产中，只有40%的成果能被应用到生产实践中。

2009年初夏时节，曲周实验站在附近找了一片地，计划把实验站研究的小麦、玉米技术成果转移到农民的地里。这一块地大概有173亩，由74户分散承包，是非常典型的华北平原小农户分散种植，在我国具有普遍代表性。

师生们按理论计算，一个拖拉机一个小时可以播种20亩地，170亩地3天轻轻松松就做完了。李晓林告诉农户赶紧播种，农户回答说不行，要播玉米必须把地先浇了，因为地很干，如果不先浇上水，玉米出不了苗。所以，播种速度的快慢不在播种机，而在多久能把地浇上水。第一天播种，干到上午9点钟，农户就回家了。因为天热，农户都是早晨五六点钟开始干活，干到9点左右就回家了。

他们在实验室里做出的计划，真正到了田间地头完全变了样。计划3天可以播种完成，实际却花了11天。一个又一个的不适应让农大师生意识到，只有真正融入农民的生产生活当中，真正了解农民、扎根大地，才能带领农民走上提质增效的绿色发展之路。

农大的师生们在村里找个院落住了进去，教授和研究生“变身”庄稼汉，通过和农民“零时差、零距离、零费用、零门槛”的科技小院模式，做起了研究、示范、推广、育人、服务工作，很快获得了农民的信任。过去，农民在生产中遇到的问题像滚雪球一样，越攒越多，始终无法得到彻底解决。自从有了科技小院，农民遇到问题可以随时咨询，得到专业解答。科技小院将高校的

张福锁院士在王庄科技小院示范方介绍促进农业绿色发展的创新模式　郑建卫 摄

“一带一路”国家技术人员考察科技小院　农大曲周实验站 供图

美国科罗拉多州立大学的杰夫教授介绍与中国农大的合作项目　郑建卫 摄

科技创新直接传递到农民的生产中去，真正帮助农民解决了生产问题。

打造全新模式，促进农业转型

过去，农民使用化肥是直接撒在地里，化肥成分挥发不但降低肥料利用效率，还污染大气。农大师生示范推广了施肥覆土技术、测土配肥技术，在大幅度节省水肥的情况下，还保证了粮食增产。

过去，农民种植葡萄相信“粪大水勤，不用问人”，通过农大师生的示范，他们知道在果穗开花授粉期不能浇水，否则影响坐果，而在葡萄果粒膨大期，应该充分浇水，才能提高产量。

过去，农民把养猪、养鸡产生的粪便直接用到大田里，不但污染环境，没有经过腐熟处理的动物粪便对农作物还有伤害。农大师生进行的种养一体化研究，可实现粮食增产、资源高效、环境保护相结合的目标。

深耕翻、精量播种、节水灌溉、咸淡混浇、测土配肥……师生们带动村民将十几项丰产技术应用在生产中，种出了高产高效示范田。

从北方到南方，从粮食作物到经济作物，从小农户到大农场……农大师生科技小院取得了一项又一项的突破，应用于农业生产，促进了农业转型。过去10年里，在科技小院平台的带动下，共有1 152名研究人员、6.5万名农业推广人员及13万农业相关企业人员和452个县的2 090万名农民，参与了这一技术模式的推广应用。在此期间，共开展和组织了1.4万多个培训班、2.1万多个田间日活动、6 000多场田间现场观摩会，发放33.7万份宣传册。这些举措，在很大程度上改变了农民传统观念和生产习惯，不仅为中国农业的绿色发展树立了榜样，也为全球可持续集约化现代农业的发展提供了范例。

为发展中国家农业可持续发展提供中国方案

2018年3月7日，国际顶级学术刊物《自然》发表了张福锁团队在农业绿色发展领域取得的新成果——“与千百万农民一起实现绿色增产增效”，把中国“科技小院”的故事传播到世界各地。这项成果的关键创新之一就是以扎根农村的科技小院为核心，以覆盖全国的“科教专家网络、政府推广网络、校企合作网络”为平台，与千百万农民一起大面积推广应用绿色增产增效技术的新型技术应用模式。

《自然》杂志审稿人、国际小农户研究专家K.Giller说：“科技小院这种扎根农村助推小农户增产增效的创新模式是全球最成功的典型案例。”

今年5月下旬，在曲周县王庄村科技小院700亩示范方，张福锁院士对记者说：“我们探索出的模式，有效解决了小农户在土地不流转的情况下，如何进行统一管理的难题，对以小农户为主的其他发展中国家也有广泛的借鉴作用。”

来自美国科罗拉多州立大学的杰夫（音译）教授在700亩示范方前接受了记者采访。他说，他和农大曲周实验站合作进行的低挥发化肥应用项目进展顺利，他很高兴地看到高产减排、绿色发展模式在这里取得的成绩。

2009年以来，仅曲周科技小院就接待了来自美、法、德、英等10余个国家院士、专家考察指导30多次，来访者均对科技小院做法给予高度评价。科技小院已被联合国可持续发展战略研究专家组列为全球发展范例，也被世界粮农组织和联合国环境署写入全球未来粮食和环境发展战略报告中。

英国洛桑试验站表达出与科技小院开展深度合作的强烈愿望。盖茨基金会资助科技小院研究其在推动非洲小农户发展中的作用。国际粮食安全专家、英国牛津大学的Charles Godfray认为："在过去的30年里，中国创造了一个农业奇迹，张福锁等人的研究证明减少投入实际上可以大幅提升农业、环境和经济效益。"

国际农业可持续发展专家、美国著名生态学家David Tilman认为："该研究是科学知识被合理应用于农业实践的一个宝贵例子。"

（责任编辑：郑建卫）

25

河北共产党员杂志

HEBEI GONGCHANDANGYUAN ZAZHI

拳拳初心藏热土
——中国农大师生扎根曲周服务乡村振兴纪实

河北共产党员杂志　2019年6月24日　报道

作者　耀峰　编辑　甄志文

一代又一代、一批又一批中国农业大学师生，以强农报国为己任，扎根曲周46年，改土治碱、服务乡村振兴，用辛勤汗水谱写了一部感人至深的“爱国奋斗、科学报国”的壮丽诗篇。

邯郸市曲周县，地处冀南平原，历史上旱涝无常、盐碱成灾，许多人以制作粗盐为生。而如今，却成为河北省绿色农业发展示范县。

实现这个巨大变化的，是中国农业大学一代又一代师生，他们扎根曲周，为改土治碱、乡村振兴无私奉献。当地农民说：先有试验站，后富曲周县。

一

整齐划一的绿色高效示范田、生机勃勃的万亩育苗产业园区、“五彩缤纷”的天然色素农业产业……如今的曲周，像一个巨大的“聚宝盆”，处处涌动着无限的生机和活力。

然而，在历史上，曲周县是有名的“老碱窝”，曾有28万亩盐碱地，占全县耕地近40%，农民生活十分困苦。当地民谚说：“春天白茫茫，夏天水汪汪，只听耧声响，不见粮归仓。”所谓“白茫茫”，就是指地上泛起的白花花的盐碱浮卤。曲周县也因此在20世纪六七十年代曾被称为黄淮海平原的“盐碱滩”。1973年，周恩来总理做出“北方干旱半干旱地区水力资源合理开发利用”的指示。以石元春、辛德惠为代表的老一代中国农大人，应邯郸地委请求进驻曲周县北部盐碱地中心的张庄村，建立了“治碱实验站”，开始了“改土治碱、造福曲周”的伟大事业。他们在曲周最苦最穷、盐碱最重的张庄安营扎寨，住着漏风、漏雨、漏土的“三漏房”，吃着粗高粱拌粗盐粒和干辣椒的饭，立下了“治不好盐碱地不回家”的铮铮誓言。

科研组认为，虽然黄淮海平原降水多，但是雨量并不均衡，加上低洼地多，会出现雨季脱盐旱季又返盐的情形。要解决平原上旱涝和盐碱灾害相生伴随的问题，必须先搞清楚平原上水分与盐分在地下的运行规律。

张庄实验室的资料照片

科研组负责人石元春和同事们经过查询国内外各种关于治理旱涝盐碱的文献，对张庄盐碱地的土壤和水质进行采样和化验，终于总结出曲周县地下的水盐运动规律：这里属于半干旱季风气候，春旱夏涝，雨涝使地下水位上升，盐随水返到地面；春旱又让土壤中的水分大量蒸发，让盐分留在地表，常年如此恶性循环，使盐碱地危害难以根除。简单来说就是十六个字：盐随水来，盐随水去，水随气散，气散盐存。

结合当地实情，科研组很快制定了科学综合治理曲周县旱涝碱地的规划：主要采取“井沟结合、农林水并举”的方法，通过灌排渠系规划、井灌规划、林带道路配置、坑塘和沟渠蓄水、平地和深翻、施用绿肥有机肥和化肥、机械化施工等开展综合治理。

人心齐，泰山移。经过广大干部群众的密切配合，以“地成方，树成行，道路通，排水畅”的原则进行地面施工，紧接着灌溉农田冲盐压盐。1974年春天，张庄这块试验田里的小麦长势旺盛，当年粮食即获得丰收。

在此基础上，曲周实验站提出了黄淮海平原季风气候带区域水盐运动规律和“工程生态设计方法”，建立了盐渍化障碍因素（旱、涝、碱、咸、薄）综合治理工程配套体系，完成了曲周北部28万亩盐碱地的综合治理任务。1979年，第一代试验区粮食亩产达到300多公斤，昔日的盐碱滩变成了林茂粮丰的“米粮川”；到1987年，曲周盐碱地面积下降近7成，林木覆盖率增加2.8倍，粮食单产增加1倍，农民人均收入增长3.9倍。

二

20世纪90年代初，盐碱地治理取得阶段性辉煌成绩之后，以辛德惠院士为首的团队没有功成身退，而是又开始了新的征程，在曲周这片热土上探索从传统农业向现代化农业的致富之路。

“十五”期间，中国农业大学积极帮助曲周县编制了《绿色产业发展总体规划》，确立了“举绿色旗，走现代农业路”目标，把曲周经济和现代农业发展推上了快车道。到2002年底，曲周县国内生产总值218 714万元，财政收入8 860万元，农民人均纯收入达2 728元，分别较1973年增长103倍、46倍、117倍。

40多年来，曲周县委、县政府始终不遗余力地支持实验站的科研工作。2006年，曲周县无偿拨给实验站300亩土地，用于建设“高产高效现代农业发展道路研究基地”。实验站专门组成一支科技攻关团队，通过科学测土、配方施肥、选用良种、规范管理等研究和摸索，很快建立起了一套粮食高产高效理论指导和实践应用体系。研究成果喜人，可实验站的老师们发现，试验田的庄稼长得好、产量高，而在相邻的土地上，很多农民自种的庄稼却产量一般。原因出在技术推广应用的“最后一公里”：先进的生产模式和技术没有真正、及时地推广应用，农民们依然还在延续传统的生产思维和种植习惯。

发展现代农业，根本靠科技，关键是让广大农民掌握科学种田的本领。2009年，中国农业大学在曲周乡村建起了“科技小院”：凡是中国农业大学植物营养学科的专业学位研究生，除了入学后半年学习时间、临近毕业准备论文在北京农大校园外，中间2年几乎都在科技小院，与农民同吃、同住、同劳动，在开展研究的同时搞技术推广，零距离、零门槛、零时差、零费用服务农户。2009 年以来，科技小院在曲周调研引进了测土配方施肥、小麦玉米精播、玉米机械追肥、小麦水氮后移等 25 项技术，在田间校验基础上进一步简化、物化和机械化，形成了适合曲周农业特点的作物高产高效种植栽培技术模式。与此同时，他们还带领农村致富能手成立专业合作社进行产业开发，把“老营村（西瓜）”“今科富（面粉）”等一大批当地农副产品推向市场。科技小院将解决小农户发展的探索和高产高效的研究成果先后发表在 *Nature* 等国际一流学术期刊上，其研究生培养模式获得国家教学成果二等奖。

科技小院为曲周“吨粮县”建设提供了有力技术支撑，有力破解了农业技术推广“最后一公里”的难题。2009—2015 年的 7 年间，曲周小麦、玉米产量分别提高了 24% 和 23%，而化肥用量增长很少，实现了区域绿色增产增效的目标，农民增收 2 亿元以上。

国家最高科技奖获得者、中国科学院院士李振声专门致函称赞说：“‘科技小院’既是你们开创的引导农民致富的一条新路，又是响应中央提出的‘精准扶贫’的一种新模式。”

三

从改土治碱到“米粮川”，从“米粮川”到增收致富，再到现在的发展高产高效现代农业、农业产业化和建设国家农业科技园区，中国农大师生扎根曲周创业奉献的脚步从未停歇。

依托中国农大的科技优势，在曲周县，晨光公司建立起棉籽综合利用、万寿菊全产业链加工、皮渣番茄红素工业化高效制备等项目，涉及天然色素、天然香辛料提取物等 6 个系列 100 多种产品的生物产业集群；北农大节粮蛋鸡带动周边 5 个省蛋鸡品种的更新换代；巨桥仓营养食品项目开创了小米泡食的先河。一批批项目的高效实施，助推了曲周经济社会的持续快速发展。

借助与中国农大的合作平台，曲周县面向全国高等院校寻求智力支持，先后与中科院、清华大学等 20 多家国内知名科研院所建立了深层次、宽领域的产学研合作关系。截至2018年，16家企业与高校院所联合攻关，18家企业与高校院所签订了合作项目。科技创新已经是曲周企业的“标配”，成为县域经济发展的一大亮点。

2018年7月，中国农业大学国家绿色农业发展研究院成立。研究院以曲周为起点，把科技创新、人才培养、社会服务结合在一起，全力打造跨学科、多单位、集团式农业绿色发展综合性创新平台。2018年10月，中国农业大学农业绿色发展示范区在曲周建立，推动农业生产由高资源环境代价发展到高产高效发展再到绿色发展的根本性转变，全面构建绿色发展的生产、生活新模式。示范区近期以将曲周打造成国家级绿色发展样板示范县、推动京津冀一体化绿色发展、辐射全国为目标，远期以将华北打造成绿色可持续发展全球示范区、推动“一带一路”绿色发展为目标。

如今，曲周县科技型中小企业达446家，高新技术企业达23家；全县专利申请量累计达1 283件，授权808件，万人拥有有效发明专利2.83件；先后获得国家科技进步二等奖4项，国家专利优秀奖1项，河北省科技进步一等奖6项、二等奖8项……曲周与中国农大的携手合作，给曲周的创新发展提供了不竭动能，让曲周在科技创新的道路上实现了一次又一次的跨越。

46年来，一代又一代中国农大人薪火相传，不仅在曲周创造了丰硕的科技成果，凝练出了“责任、奉献、科学、为民”的“曲周精神”，更深刻诠释了当代知识分子“弘扬爱国奋斗精神、建功立业新时代”的精神追求，谱写了一部当代中国知识分子“爱国奋斗、科学报国”的壮丽诗篇。

26

邯郸日报

HANDANRIBAO

中央媒体集中报道中国农大扎根曲周服务乡村振兴先进事迹

邯郸日报　2019 年 5 月 30 日　报道

本报记者　王翔

自 5 月 30 日开始，人民日报、新华社、中央广播电视总台、经济日报、光明日报、中国青年报、科技日报、农民日报等中央级媒体，以及河北日报、长城网等省级媒体，对中国农大扎根曲周 46 年、服务乡村振兴先进事迹进行了集中、深入报道，在全国引起了强烈反响。

5 月 30 日，新华社刊发长篇通讯《把论文写在祖国的大地上——中国农业大学 46 年扎根河北曲周服务乡村振兴纪实》；《新闻联播》播发时长 3 分半的新闻《中农大扎根曲周 46 年——盐碱地变良田》。

5 月 31 日，人民日报用整版刊发《四十六年，从盐碱地到米粮川——来自河北省邯郸市曲周县的蹲点调研》报道，并刊发评论《把论文写在祖国大地上》；新华社播发《西瓜地里体验人生的精彩——中国农业大学扎根河北曲周系列故事之一》；《新闻联播》播发新闻《河北曲周：打造绿色发展“样板间”》；《焦点访谈》栏目以《让科技种子扎根沃土》为题进行报道；经济日报刊发《千年“盐碱窝”变成绿色“聚宝盆”——中国农大师生不忘初心扎根河北曲周 46 年服务乡村振兴纪实》；光明日报刊发长篇报告文学《天地一农人》。

6 月 1 日，人民日报刊发《中国农业大学扎根曲周的故事——辛德惠 生命绽放在盐碱地上》；新华社播发《“爱折腾”的老支书——中国农业大学扎根河北曲周系列故事之二》；光明日报开辟“蹲点在曲周”专栏并刊发首篇稿件《千里盐碱地上“赶不走”的专家》；河北日报刊发《根扎泥土的无悔初心——中国农大“曲周故事”感思》并转发新华社相关报道。

6月2日，人民日报刊发《中国农业大学扎根曲周的故事——闲不住的老支书》；新华社播发《研究生“包地”种葡萄——中国农业大学扎根河北曲周系列故事之三》；光明日报刊发《铭刻在石碑上的赤子情怀》。

……

据悉，未来一段时间，各中央媒体还将持续关注并进行系列报道。

同时，我市的主要媒体也对该事迹进行了深入报道，先后在《邯郸日报》《邯郸晚报》《中原商报》、“新邯郸”客户端、邯郸新闻网等刊发系列稿件，并及时转载新华社稿件，“两微一端”总阅读量突破“10万+”，取得了良好的宣传效果。

新闻背景链接：1973年，肩负着治理土地盐碱为害的使命重任，一支来自中国农业大学的科研组来到曲周县，在农业一线搞科研，与农民携手斗盐碱，至此拉开中国农大与曲周县数十年县校合作的序幕。曲周干部群众将农大师生视作亲人，全力为他们在曲周工作生活创造良好的环境，双方在合作中建立了兄弟般的深厚感情。如今，中国农大与曲周县的合作已逐步走向深层次、宽领域，他们携手前行，共同推进全县“三农”工作大发展。

各级媒体聚焦中国农大“曲周故事”

邯郸日报　2019 年 6 月 4 日　报道

近日，从中央到地方各级媒体聚焦中国农大“曲周故事”，中国农大扎根曲周县 46 年，服务乡村振兴的先进事迹在网络上引起热议。截至 6 月 3 日上午 10 时，在 7 天时间内，网上共有 5 028 篇相关报道。其中，新闻客户端 2 653 篇，新闻网页 1 929 篇，微信公众号 175 篇，微博 108 篇，报刊 75 篇，论坛 88 篇。

经过梳理发现，“曲周”“中国农业大学”“农业”“科技”“小院”成为众多报道前五位热门主题词。

未来一段时间，各中央媒体将持续关注并刊发系列报道，网络平台相关报道也将掀起又一个新高潮。

中央省市媒体报道后，中国农大曲周实验站师生表示：为曲周乡村振兴再做贡献

邯郸日报　2019 年 6 月 4 日　报道

本报记者　王翔

连日来，《人民日报》、新华社、中央广播电视总台、《经济日报》《光明日报》等中央和省市主要新闻媒体对中国农大扎根曲周 46 年、服务乡村振兴先进事迹进行了集中深入报道。报道在中国农大曲周实验站师生中引发热烈反响，他们纷纷表示，要继承老一代农大人奉献、为民的优秀传统，扎根曲周，凭借过硬的专业知识和良好的工作作风，为曲周乃至邯郸市农业绿色发展、乡村振兴做出新一代农大人应有贡献。

中国农大曲周实验站站长江荣风教授说："最近，中央媒体多日、连续报道曲周精神，作为中国农业大学一名教师、曲周实验站站长，感到十分光荣。作为新时期的农大人，我们有责任、有义务把曲周精神继承好、发扬好，不忘初心、牢记使命，一方面做好曲周精神的传承者和宣传者，另一方面要做好曲周精神的践行者。把曲周实验站各项工作做好，吸引更多的国内外专家，共聚曲周，扎根基层，为曲周县农业绿色发展示范区建设添砖加瓦，为推动曲周和邯郸，乃至黄淮海农业绿色发展、乡村振兴做出新一代农大人应有的贡献。"

中国农大资环学院教授李晓林表示，中央媒体的集中报道既是对我们工作的激励和肯定，同时也让我们感到肩上的责任更大了。作为一名农业战线

上的科技工作者，在新的历史时期，在国家乡村振兴战略的指引下，为解决华北地区农业绿色发展面临的现实问题，推动我国农业绿色发展，中国农大将继续与曲周县紧密合作，众志成城，在曲周建成国家农业绿色发展示范区，再打一场解决国家农业绿色发展，实现乡村振兴的硬仗！

中国农大曲周实验站副站长张宏彦表示，中央媒体的报道既是对我们农大人几十年来工作的肯定，也是新时代对我们提出的新要求。我们将不断继承和发扬“曲周精神”，不负社会各界的期望，继续扎根曲周大地，与曲周人民一道，积极探索县域农业绿色发展新模式，进一步完善科技小院机制，全力推动农业产业绿色发展，通过产业发展推动乡村振兴。

曲周白寨科技小院一年级硕士研究生马明芳说：“看了中央媒体的报道，作为中国农大的学子，作为白寨科技小院的新成员，我感到深深的自豪。但我们的工作做得还远远不够。我们要时刻牢记‘曲周精神’，并用我们的行动去诠释‘曲周精神’，全心全意为农民服务，帮助他们实现科学养殖和高效种植，降低成本，提高收益，在这里绽放我们的光彩！”

曲周后老营科技小院二年级硕士研究生蔺瑶瑶说，老一辈农大科学家一心一意为农民解决生产问题、全心全意投身于农业发展的伟大精神，值得我用尽一生去学习与继承。乡村是一个可以大有作为的广阔天地，迎来了难得的发展机遇。我一定要抓住这个机遇，积极投身到乡村振兴中去，不断提升自我，发挥创新创业精神，迎难而上、开拓进取，将“责任、奉献、科学、为民”的“曲周精神”一直传承下去。

曲周前衙科技小院一年级硕士研究生李惠丽说，中央媒体的报道让我感到自豪。我们新一代农大人在老师们的带领下，建立了科技小院，走到生产一线中，以实际问题为导向，开展科学研究工作，真正做到学以致用。虽然在实际学习生活中会遇到各种各样的麻烦，生活环境也不及在城市、在学校那样好，但我们深知，我们在做对社会、对农业有贡献的事情，我们将充满自信地坚持沿着这条实干兴农的道路走下去。

曲周西刘庄科技小院二年级硕士研究生赵成雷说，看了央媒的报道，感怀于老一辈农大人“治不好盐碱就不走了”的豪情壮志，感动于他们吃“三和面”、住“三漏房”、练就“四泡老师”的艰苦奋斗。老一辈农大人在用实际行动践行着中国农大“解民生之多艰”的校训，我们作为新时代的农大人也要继承和发扬“曲周精神”，不忘初心，继续前行。

不忘初心　牢记使命

——干部职工热议中国农大“曲周精神”

邯郸日报　2019 年 6 月 6 日　报道

本报记者　杨扬

连日来，全市各级干部职工收听收看央媒省媒集中报道中国农大扎根曲周事迹后，反响如潮，纷纷表示要不忘初心、牢记使命，要以新时代、新担当、新作为的工作作风，为建设新时代美丽邯郸、富强邯郸做出新贡献。

第四疃镇中学八年级地理教师牛玉平说，二十年多前，他曾在中国农业大学曲周实验站工作过，亲眼看到中国农大师生在实验田采集数据，和群众一起探讨农业种植，那种战天斗地、以苦为乐的奉献精神一直激励着他。后来，他调到实验站毗邻的第四疃镇中学任教，看到一批又一批中国农大师生在实验田里工作，当年意气风发的少年变成了双鬓斑白的长者，而不变的是，始终有年轻人扎根在这里做课题、搞研究，指导村民科学种田。

“是他们让曲周从‘盐碱窝’变成‘米粮仓’。”市农业农村局技术推广站站长段美生感触颇深。作为一名在泥土地工作几十年的农业技术人，段美生经常与中国农大师生接触，感受到他们对农业农村的热爱和对农民的深厚情谊。他说，中国农大师生是全市广大农技人员的学习榜样，市农技站全体农技员要以中国农大师生为楷模，扎根农村农业第一线，为推广农业新技术、发展现代农业、推进农业供给侧改革、改善农村人居环境、振兴乡村发展做出新贡献。

市科技局干部职工表示，淡泊名利、扎根基层的“曲周精神”值得全市科技从业人员学习。作为科研工作者，要努力钻研技术难题，到一线了解百姓需求的科研项目，集中力量加大技术研究。作为科技部门，要努力为科技工作者搭建平台，提供良好沟通渠道，鼓励科技人才在成果转化方面努力作为，努力研发“邯郸创造”，实现科技强市。

市农业农村局全体干部职工表示，中国农大师生为了曲周治碱、为了农民有饭吃，扎根农村、战天斗地，上演了一幕幕把青春和汗水洒在曲周大地上的感人故事。作为农业战线工作者，要继续投入到帮助困难群众脱贫致富、精准帮扶、建设美丽乡村、促进农业供给侧改革的火热工作中去，积极帮助农民找致富出路，培训技能，为深化农业供给侧改革、实现乡村振兴做出新贡献。

市教育局代表全市全体一线教职员工表示，作为人民教师，要学习中国农大师生这种奉献精神，学习他们舍小我、顾大局、扎根基层、奉献社会的崇高精神境界，在教育一线努力钻研业务，全身心投身于教育事业中去，培养全面发展的素质型人才。

中国农大“曲周故事”感动驻邯高校师生

邯郸日报　2019 年 6 月 11 日　报道

河北工程大学园林与生态工程学院党委书记侯占平深深地被中国农大师生扎根曲周 46 年服务乡村振兴的事迹所感动。他说，农业是一个艰苦行业，如何让从业者定下心神、敬业爱岗，是新时代大力弘扬中国农大“爱国奋斗、科学报国”精神的意义所在。侯占平说，作为高校老师，应以此精神为指导，在教学与科研中身体力行，为国家用心培养“一懂、两爱、三有”的农科学子，报效国家。

作为中国农大的老毕业生，河北工程大学园艺系果树专家陈敬谊感慨万千。在中国农大上学时，他就被老一辈农大知识分子敬业奉献的精神所感动，毕业 32 年来，作为一名农大人，陈敬谊始终不忘初心，一直以爱国奋斗的精神激励自己，利用所学和实践经验，带领团队深入河北各地果树种植区，进行现场技术指导，传授先进技术，引进和推广新品种，带动无数果农脱贫致富，成为科技扶贫路上的先行者。

河北工程大学园艺系主任贾兵国说，一直以来学校与中国农大曲周试验站都有科研课题的合作，本系的一些毕业生在该试验站工作，试验站有些老师也是学校的外聘硕士生导师，该校师生对曲周试验站相当熟悉，但看到中央电视台播放有关中国农大在曲周无悔奉献的报道后，还是有很大触动。“这么多年来，我校带领本系师生扎根农村，服务边远贫困地区、边疆民族地区和革命老区，做了很多工作，在实践中践行着知识分子报效祖国的使命与情怀，但与中国农大 46 年扎根曲周、服务乡村振兴的事迹相比，还是有很大差距。”贾兵国说。

“中国农大师生从北京来到贫瘠的盐碱地，把青春和热血都献给了曲周，个中艰辛令人泪目。”邯郸学院文史学院老师闫潇宏说，这种坚守充分体现了知识分子的爱国情怀，而爱国是知识分子永恒的精神动力。时代在变，但爱国精神薪火相传、弦歌不辍。爱国精神要落到实处、付诸实施，离不开奋斗。作为一名 80 后年轻教师，无论科研还是教学，都应立足本职工作，发扬敬业精神，真正做到干一行爱一行精一行，发挥自己应有的作用。

河北工程大学园林专业邓文凯是邯郸本地学生。看了有关中国农大扎根曲周的报道后，邓文凯被一代代农大人的爱国奋斗精神所感动。河北工程大学园林与生态工程学院学生会主席蔡进说，中国农大人在曲周一干就是 46 年，这一切源于他们对党和人民事业的忠诚。新时代知识分子要继承和发扬这种家国情怀，许党许国、报党报国。记者采访时获知，邓文凯和蔡进已申报并通过建设边疆选调生资格，决定在国家最需要的地方坚守，用实际行动回报学校、老师的培养，实现科学报国的理想。

“从中央到省、市级媒体对中国农大扎根曲周服务乡村振兴的报道，我一篇篇认真阅读，感动于一代代知识分子‘爱国奋斗、科学报国’的精神。作为新时代的大学生，我们要继承老一辈知识分子的爱国情怀，不忘初心、牢记使命。”邯郸学院中文系大四学生余哲说，他计划近日去曲周试验站观摩学习，汲取力量。“我即将毕业，决定前往国家最需要我们的地方去，实现自己的理想。”

在外邯郸人关注中国农大“曲周故事”

邯郸日报　2019年6月14日　报道
本报记者　刘圆圆

中国农大师生扎根曲周、改土治碱46年的感人故事近日在中央电视台《新闻联播》播出后，引起在外地工作的邯郸人的共鸣和反响。他们表示，农大人“治不好盐碱地不回家”的举动，改变了曲周千百年来的“老碱窝”历史，改善了曲周农民的生产生活，让邯郸人感动，更让邯郸人敬重。

正在黔南布依族苗族自治州洪江国际艺术村写生的画家李向明说，由于农大师生的坚守与努力，曲周盐碱地变成了丰收田，靠农业、靠土地吃饭的曲周人民，改变了贫穷落后的面貌，令人欣慰。农民致富奔小康，没有文化、没有科学、没有先进的理念是难以实现的，大学介入乡村是对当下乡村短板的弥补，值得提倡。

邯郸籍诗文书画家韩修龙的老家离曲周县不远，他对曲周印象非常深刻。他说，从过去的“老碱窝”到如今的风吹麦浪，巨变缘于一批又一批中国农大师生在这里的辛勤劳作，邯郸人民不能忘记他们。

青年导演刘俊峰是曲周人，中国农大师生扎根曲周的事迹让他感触颇深。“曲周农大实验站距离我家不足十里地，小时候常听家人说起盐碱地上生活的贫瘠。正是因为农大治碱后，曲周农村发生了翻天覆地的变化。”不久前，刘俊峰拍摄一部反映家乡的电影《腊月正月》时，想找一块类似于当年的盐碱地貌，但已无迹可寻。他说：“感谢农大师生几十年来在曲周大地上的辛苦付出，让家乡摆脱贫困，让父老乡亲们过上富足的生活。”

年轻画家贾晓刚表示，中国农大师生46年扎根曲周农村，不畏艰辛，用科学技术帮助当地农民脱贫致富，在这片贫瘠的土地上实现自我价值同时，为邯郸农业发展做出巨大贡献。“在今后的工作，我要学习农大师生艰苦奋斗的精神，努力工作，希望有朝一日也能为邯郸发展贡献自己的力量。”贾晓刚说。

80后画家刘璐认为，农大人用一代又一代的青春践行了自己的诺言，努力探索出一条符合曲周实际的科技兴农之路。这不仅是科技的胜利，也是精神的胜利，更是信念的传承。作为新时代青年艺术工作者，要牢记时代赋予的使命感，牢记社会责任感，不辱使命、砥砺前行，不负时代、不负青春。

文学爱好者冯海龙看到报道后，以《大地的赤子》为题，即兴赋诗一首，诗中写道：四十六载啊 / 大地的赤子 / 赶走贫瘠带来良田 / 让我和我的儿子、孙子 / 耕种希望 / 收获幸福……字里行间表达了一个邯郸人对农大人的感激之情。

27

邯 郸 晚 报

HANDAN WANBAO

让“曲周精神”扎根邯郸大地

邯郸日报社记者　王翔

连日来，中央省市各级媒体纷纷讲述中国农大“曲周故事”，据邯郸日报社新闻大数据统计，截至昨日上午 10 时，在 7 天时间内网上共有 5 028 篇相关报道。报道在中国农大曲周实验站师生中引发热烈反响。

新闻链接

据邯郸新闻网官方微信公众号消息，最近一段时间，从中央到地方各级媒体纷纷聚焦中国农大“曲周故事”，中国农大扎根曲周县 46 年、服务乡村振兴的先进事迹在网络上引起热议，截至昨日上午 10 时，在 7 天时间内，网上共有 5 028 篇相关报道。其中，新闻客户端 2 653 篇，新闻网页 1 929 篇，微信公众号 175 篇，微博 108 篇，报刊 75 篇，论坛 88 篇。

经过梳理发现，“曲周”“中国农业大学”“农业”“科技”“小院”成为众多报道中前五位的热门主题词。

未来一段时间，各中央媒体还将持续关注并进行系列报道，而在网络平台上，关于中国农大“曲周故事”的报道也将掀起又一个新高潮。

28

邯郸电视台

HANDAN DIANSHITAI

中央各大媒体集中报道
中国农大扎根曲周服务乡村振兴先进事迹

视频报道

中农大曲周实验站师生：为乡村振兴再立新功

邯郸新闻　2019 年 6 月 5 日　报道

视频报道

连日来，《人民日报》、新华社、中央广播电视总台、《经济日报》《光明日报》等中央和省市主要新闻媒体对中国农大扎根曲周 46 年、服务乡村振兴先进事迹进行了集中深入报道，在中国农大曲周实验站师生中引发热烈反响。

大家纷纷表示，要继承老一代农大人“奉献、为民”的优秀传统，扎根曲周，凭借过硬的专业知识和良好的工作作风，为曲周乃至邯郸市农业绿色发展、乡村振兴做出新一代农大人应有的贡献。

【中央各大媒体对中农大扎根曲周 46 年事迹在我市反响热烈】让科学小院更好地服务乡村振兴

视频报道

【中央各大媒体对中农大扎根曲周46年事迹在我市反响热烈】王怀义：不忘农大恩情　余热奉献乡村

视频报道

300亩试验田里续写“曲周精神”

邯郸新闻　2019年6月13日　报道

视频报道

从改土治碱到如今的绿色示范区建设，一代又一代的中国农大人接续奋斗在曲周，用46年根扎泥土的无悔初心，锻造了“责任、奉献、科学、为民”的“曲周精神”，也成为一代又一代农大师生奉献“三农”的不竭动力。

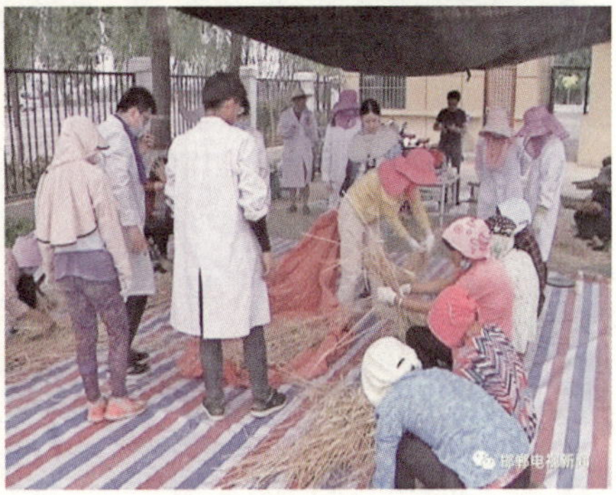

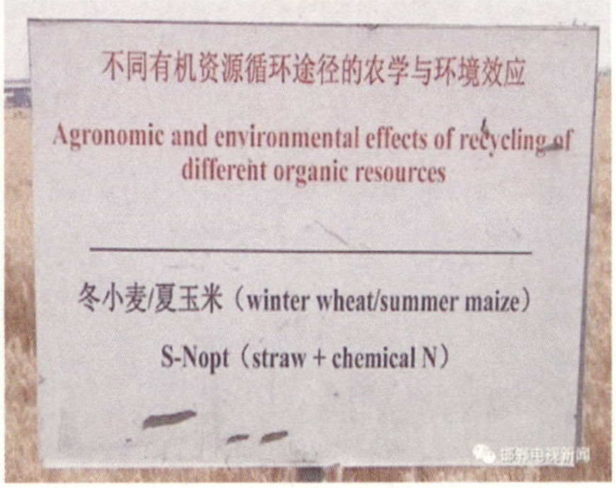
不同有机资源循环途径的农学与环境效应
Agronomic and environmental effects of recycling of different organic resources
冬小麦/夏玉米（winter wheat/summer maize）
S-Nopt（straw + chemical N）

中国农业大学曲周“三百亩”试验田，这两天正在收获小麦，来自中国农大的十多位硕士研究生和博士生与当时的农民朋友一起收割、打籽、称重，认真细致地进行着最后的试验结果鉴定。

张玲告诉记者，自己在曲周这300亩试验田里已经摸爬滚打了4年时间，而她的学长们有的在这儿已经奋斗了六七年，大家已经对这里的一草一木有了很深的情感。

据了解，在这300亩试验田里，目前开展了十多项试验，一些试验时长为20年。中国工程院院士、国家农业绿色发展研究院院长张福锁把这“三百亩”称作“面向未来的试验”。从2009年起，张福锁团队接过“曲周精神”的接力棒，与曲周人民一道朝着“作物高产、资源高效、环境友好”的绿色发展目标去努力。

下篇

传承弘扬

中央媒体集中宣传曲周典型　学校迅速掀起学习高潮

发布日期：2019-05-30　信息来源：新闻中心

5月30日，学校领导班子全体成员集体观看了“使命与传承——中国农业大学曲周精神事迹展”，一起回望中国农业大学师生扎根曲周46年爱国奉献、科学报国的光辉历程，学习领悟“责任、奉献、科学、为民”的“曲周精神”，感怀几代农大人服务“三农”的动人故事，并就在全校迅速掀起学习弘扬践行“曲周精神”进行了研究和部署。

在迎接新中国成立70周年的重要时刻，新华社发表长篇通讯，专题报道了中国农业大学扎根河北曲周46年服务乡村振兴的先进事迹，以此为开端，中央主要媒体将持续推出系列宣传报道，充分体现了党中央对高等农业教育事业的关心厚爱，对学校坚持立德树人根本任务、扎根中国大地办大学的充分肯定，全校师生倍感温暖备受鼓舞倍加振奋。

1973年至今，从改土治碱到科技小院，我校师生高扬“责任、奉献、科学、为民”的“曲周精神”，服务乡村振兴、培育时代新人，形成了独具特色的德智体美劳全面发展实践育人模式，诠释了当代知识分子“弘扬爱国奋斗精神、建功立业新时代”的精神追求，谱写了一部当代中国知识分子“爱国奋斗、科学报国”的壮丽诗篇。

曲周的典型经验，是新中国社会主义建设和改革开放以来农业辉煌成果的显著标志，是学校践行“解民生之多艰，育天下之英才”办学理念的集中体现，是学校精神传统一代代薪火传承的光辉典范，是师生奉献担当、情系“三农”

的一面旗帜，是新一代农大人不忘初心、开拓创新的壮丽篇章，是学校将服务社会与创建世界一流大学有机融合的生动实践，也必将是全校师生“弘扬爱国奋斗精神、建功立业新时代”的力量源泉，必将是“不忘初心、牢记使命”主题教育的生动教材。

学校党委号召全校师生要学习老一代农大人身为民先、淡泊明志、乐于奉献的高尚品格，艰苦奋斗、贴近群众、脚踏实地的工作作风，认真严谨、尊重规律、求真务实的科学态度，锐意进取、敢为人先、勇于探索的开创精神，呕心沥血、孜孜以求、实践育人的执着追求。要在新时代不忘初心、牢记使命，自觉学习“曲周精神”、弘扬“曲周精神”、践行“曲周精神”，勠力同心，攻坚克难，接力奋斗，书写中国农大师生“爱国奋斗、科学报国”的崭新篇章。

党委要求，全校上下要以此次中央媒体宣传报道为契机，深刻总结建校 114 年来特别是新中国成立 70 年来学校服务党和国家重大战略需求、服务人民群众实际需要的做法和经验，在新的历史起点上推动思想再解放，改革再深入，工作再抓实。

一是迅速掀起学习宣传扎根曲周 46 年服务乡村振兴先进事迹热潮。各单位要认真抓好中央主要媒体宣传报道的学习宣传，将学习宣传与庆祝中华人民共和国成立 70 周年活动结合起来，与“不忘初心、牢记使命”主题教育结合起来，与开展“弘扬爱国奋斗精神、建功立业新时代”活动结合起来，教育引导干部师生筑牢理想信念，担当时代责任，始终砥砺奋进。

二是深刻认识扎根曲周46年服务乡村振兴先进事迹的历史意义和时代价值。扎根曲周46年服务乡村振兴是建校114年以来，特别是新中国成立70年以来学校坚持扎根中国大地办大学的典型缩影，集中体现了当代中国知识分子“爱国奋斗、科学报国”的精神风貌，是学校宝贵的精神财富，全校干部师生要自觉学习弘扬传承“曲周精神”，从中获得启迪和汲取新的精神力量，以更加奋发有为的精神状态，更加求真务实的工作作风，紧紧围绕立德树人根本任务，更加自觉地承担起培养德智体美劳全面发展的社会主义事业合格建设者和可靠接班人的使命任务。

三是全校各级党组织、校属各单位及广大师生员工要更加自觉地以习近平新时代中国特色社会主义思想为指导，深入学习贯彻党的十九大精神，全面贯彻党的教育方针，贯彻落实全国教育大会精神、全国高校思想政治工作会议精神，始终不渝坚持扎根中国大地办大学，加快推进建设具有中国特色、农业特色的世界一流大学，续写“曲周精神”新篇章，为决胜全面建成小康社会、夺取新时代中国特色社会主义伟大胜利、实现中华民族伟大复兴做出新的更大贡献。

—

新闻评论之一：传承弘扬“曲周精神”

发布日期：2019-06-18　信息来源：新闻中心评论员

是什么力量让“天苍苍、野茫茫，只产小盐不产粮”的曲周盐碱地变成了“米粮川”？是什么力量让中国北方的粮食主产区黄淮海平原焕发了勃勃生机？又是什么力量让生态农业、绿色发展在新时代乡村振兴的大潮中引领风骚？

从一个贫瘠的村庄出发，从 1973 年开始，中国农大人旱涝碱咸治理的成果走出曲周，扩展到整个黄淮海平原，一举改变了中国南粮北调的格局，并推动了全国涉及 3.8 亿人口、4.7 亿亩耕地的低产田治理，为国家粮食安全做出了重要贡献；还是从曲周的村庄出发，进入 21 世纪，中国农大师生探索“作物高产、资源高效、环境友好”的现代农业绿色发展之路，建立服务乡村发展的科技小院模式，在全国遍地开花，并产生了世界影响，为中国生态文明建设作了最好的诠释。

中国农业大学 46 年的曲周故事，以及由曲周延伸出来的数不清的农大故事，熔铸成为四个沉甸甸的词汇：“责任、奉献、科学、为民”。正是这样的精神力量成就了中国农业大学在新中国社会主义建设和改革开放以来农业发展过程中的辉煌，也推动了中国农业现代化进程，助力中国由农业大国向农业强国迈进。

“党和国家需要我们，老百姓需要我们，我们有责任把这块土地治理好，让老百姓生活好起来”“我们一直在思考，如何能够既发展绿色农业，又保证农民增产增收，进而保障国家粮食安全？”为国为民、勇于担当，这是责任。住“三漏房”，吃“三合面”，喝“苦咸水”，被称为“四泡”老师，立誓“治不好盐碱地不回家”；放下城市优渥的生活，扎在乡村、扎在农业生产一线，为农民解决实际问题，无私无畏、忘我无我，这是奉献；“我们不是在改变自然，而是尊重科学、努力找到自然的规律”“将小农户与现代农业生产经营结合，探索一条曲周之路，才能探索出中国农业现代化和绿色发展的未来之路”，求真务实、勇于探索，这是科学；“一切为了曲周人民，一切依靠曲周人民”，入驻村民家中，“吃群众锅里饭，睡群众家土炕”，与曲周人民形成了水乳交融的亲情，深入基层、立根群众，这是为民。在这些铿锵的言语和睿智的思索中，在一个个真实的故事中，“曲周精神”变得生动鲜活、可触可感。

“曲周精神”属于中国农业大学，是几代中国农业大学的师生扎根乡村，用心血、汗水、勤劳和智慧铸就的，是学校精神传统的集中体现；“曲周精神”不仅属于中国农业大学，她是一百多年来中国开始探索现代农业复兴之路的志士先贤、新中国成立70年来对中国“三农”问题殚精竭智的知识分子爱国奉献、科学探索的精神汇聚。“曲周精神”是中国农业大学留给历史的回答，也是中国农业留给世界的回答，她凝聚了中国农业大学这所百年名校的光荣与梦想，也凝聚了中国这个有着辉煌与悠久的农业文明古国在农业现代化进程中的光荣与梦想。

一所大学的精神传统，需要历史记忆的现实载体，当中国农业大学的曲周故事被媒体一一细数的时候，其内在精神的价值因为这些讲述而熠熠生辉。作为农大故事中最动人的一部分，过往的曲周故事已经载入共和国发展的历史，但新的曲周故事还在继续，传承并不断丰富和深化“曲周精神”，惠及当下，更指向未来。

中国特色社会主义进入了新时代，中国农业发展也将迎来更大的机遇和挑战，让农业发展满足人民日益增长的美好生活需要，进而实现中华民族的伟大复兴。中国农业大学在“曲周精神”的指引下，必将有更大的作为，创造新的历史！

新闻评论之二：精神的力量熠熠闪光

发布日期：2019-06-25　信息来源：新闻中心评论员

独特的气质和精神传统，是一所优秀大学的灵魂。它蕴含于深厚的历史积淀之中，凝聚在推动国家发展和社会进步的具体实践之中。

在共和国70年华诞到来之际，中国农业大学46年扎根曲周服务乡村振兴的故事成为媒体的焦点，这体现了党和国家对中国农业大学的高度肯定，对70年来服务乡村的知识分子的巨大褒奖。曲周故事中蕴含着中国农业大学最独特的气质，“曲周精神”是这所百年名校精神传统的集中体现。

“曲周精神”是农大人把爱国之情、报国之志融入伟大奋斗之中的精神凝聚。“中国政府无法解决中国人的吃饭的问题”，这是新中国成立前夕，美国国务卿艾奇逊的轻蔑放言。如何让此类预言破产，是摆在社会主义中国面前的头等大事。粮食问题的解决离不开土地，需要用科学让土地焕发生机。乡村和土地是国家最需要农大的地方，农大人义无反顾地去了，在艰苦的条件下，扎根曲周，改土治碱，改天换地。“谁来养活中国人？”20世纪90年代中期，当又一个美国人布朗向中国和世界发问时，中国做出了铿锵有力的回答：“中国人自己养活自己！”正是从曲周出发，“黄淮海平原中低产地区综合治理”彻底改变了南粮北调的历史，粮食短缺在中国不再成为问题。周光召先生把“这场在世界上史无前例的土地治理”誉为“中国农业的‘两弹一星’”，因为它与“两弹一星”蕴含着一样的“爱国奋斗、科学报国”的精神力量。改土治碱、农业综合治理、高产高效绿色发展，曲周故事的每一个阶段，都在回应中国农业的重大问题。这种精神传统让中国农业大学始终把自身的发展同国家发展和民族复兴的伟大事业紧紧联系在一起。

“曲周精神”是农大人把人民幸福、乡村振兴装在心中的责任担当。当农大人第一次来到曲周，看到老百姓守着田地辛勤劳作，却连饭都吃不饱，年年靠救济；听到“碱是天生的，盐是地长的，谁来都没办法”近乎绝望的叹息，他们感受到沉甸甸的责任。“治不好盐碱地，我们就不走了！”这是他们的誓言，也是他们的行动，农大人真的没离开曲周，从帮助曲周人民解决温饱到推动他们奔向小康，农大人扎根这片热土，成就了曲周的农业传奇。盐碱地治好了，老百姓吃饱了，他们还要富起来，还有对美好生活的新向往。进入新时代，建立科技小院，发展绿色农业，推动乡村振兴，让农村美起来、活起来、火起来，让农民有更大的获得感、满足感、幸福感，农大人担当起新的使命和责任。“科技小院来了就不走了，要永远都在这里！”这是46年未断的精神传承，也造就了延续46年的深厚情感。农大人成了曲周人民最亲近的人、最可信赖的人。不仅在曲周，在农大人奋斗过的以及还在奋斗着的每一个乡村、每一片土地，几乎都能得到这样发自内心的认同。这是中国农业大学最独特的精神气质。

“曲周精神”是农大人脚踏实地、科学奉献、前赴后继的创新追求。在田间地头探索中国农业的真问题，把论文写在大地上，让科学研究与国家现实需求结合，与生产一线结合。农大人到曲周之前，并非没有人治过碱，因为不懂科学，不仅没治好，反而加重了盐碱化。老一代农大人经过深入研究和细致的观察，科学地总结出了水盐运动的规律，运用浅井-深沟体系综合治理旱涝碱咸，很快实现了粮食的增产，为黄淮海平原，乃至全国的低产田治理提供了宝贵经验。脚踏实地、孜孜以求、无私奉献地开展科学探索是他们成功的金钥匙。这样的探索创新精神在进入新世纪后，再次结出了硕果。从实验室到田间地头，教授、研究生去做农民，打通科技成果转化的“最后一公里”。发展绿色农业，推动乡村振兴，张福锁、李晓林等新一代农大人的创新追求不仅产生了巨大的经济和社会效益，也为世界农业发展提供了中国智慧。做接地气的科学研究，解决国家发展中的重大“三农”问题，蕴含其间的精神力量，同样是农大宝贵的财富。

“曲周精神”是几代农大人践行“解民生之多艰，育天下之英才”校训的结晶，“曲周精神”让中国农业大学熠熠闪光。在这样的精神传统引领下，中国农业大学走在时代的前列，走在了现代农业发展的前列。这样的精神传统是生生不息的力量源泉，激励着每一个农大人以更饱满的热情服务乡村振兴，投身于新时代中华民族复兴的伟大事业中。

新闻评论之三：扎根中国大地办大学

发布日期：2019-07-02　信息来源：新闻中心评论员

世界上没有一所“一流名校”是别人的翻版，世界一流大学都是在服务自己国家发展中成长起来的。扎根中国大地办大学，习近平总书记为中国走自己的高等教育发展道路、建设中国特色世界一流大学指明了方向。

扎根曲周服务乡村振兴是一个持续46年的伟大实践，是建校114年以来，特别是新中国成立70年以来中国农业大学坚持扎根中国大地办大学的最生动诠释。“我不知道究竟有多少人来过。我只知道，我的老师、老师的老师在这儿，我的学生、学生的学生也在这儿。”一代又一代农大人投身在曲周，奉献在广袤的乡村大地。曲周经验是中国农业大学实践中国特色、农业特色大学的宝贵财富，是争创世界一流名校的坚实基础。

扎根大地，创造一流的科研成果。“中国盐渍土改良工作是世界一流的！”这是1985年，在考察曲周后世界著名土壤学家萨博尔奇的惊叹。老一代农大人扎根曲周大地、解决中国农业重大问题的同时，也完成了世界级的科学研究，为“土壤保持长期和持续生产力的这一重大问题提供了中国的经验和办法”。就像当年治碱一样，农大人在曲周对绿色农业发展的探索也具有世界意义。“如果中国的现有耕地能实现这个发展水平，一年增收的粮食，就可超过整个非洲大陆，而每年减少的污染量，几乎相当于整个欧洲的污染总量。”农大在中国大地上的探索，在田间地头完成的论文发表在《自然》《科学》等顶级学术刊物上，为世界绿色农业发展贡献中国智慧、提供中国方案，体现了大国的责任担当。不同时代的曲周实践都告诉我们，在中国的大地扎好根、深扎根，解决中国农业的现实问题，创造中国农业的奇迹，就是在开展世界一流的学术研究。

扎根大地，培养一流的农业人才。立足中国国情、农情，在广袤大地培养人才，曲周是农大开展科学研究的试验站，也是立德树人的大课堂。46年中，曲周走出了三位院士、两位农大校长，培养了70多位教授，300多名硕士、博士。当年在曲周参加改土治碱或受到“曲周精神”影响的农大人，成长为知名的专家与教授后又在新世纪回到曲周，扎根大地，服务乡村。“全国没有哪所大学和我们一样，把学生放在农村锻炼整整两年。”让学生到农村、做农民，这是新时期谁都不会想也不敢想的事情。农大在曲周探索科技小院育人模式，为培育时代新人提供了新的实践路径。因为身在乡村，学生可以直接围绕农业生产中的问题来设计、开展科学研究；因为扎根大地，他们的研究又可以直接解决实际问题。通过这种学习，学生们的科研能力、专业素质、实践能力都得到了极大提高，也培育了更深的“家国情怀”“‘三农’情怀”和更强的社会责任感。十年间，农大的科技小院已经培养了一大批优秀的农业人才，得到社会的认可与赞誉，也受到了世界的瞩目。

扎根大地，真正服务乡村振兴。来到满目苍凉、挂满盐霜的曲周土地，与农民同吃、同住、同劳动，老一代农大人真正体味到农业之艰、民生之苦，在一次次实地的检测、研究之后，探索总结出治理盐碱地的方案并最终取得成功。没有扎根大地、改造曲周的试验，就没有黄淮海农业科技大会战的波澜壮阔，也就没有之后涉及20个省份、3.8亿人口、4.7亿亩耕地的低产田治理工程。彻底解决了温饱问题，中国农村才可能实现小康，新时代的乡村振兴才有了基础。“人住在哪里，才会真正琢磨哪里的事情。”同样抱着爱国奉献、扎根大地的初心，一条教学研究相结合、理论与实践相结合、服务乡村振兴的新路——科技小院模式才落地生根、开花结果。8个不同类型的科技小院扎根在曲周大地上，7年时间就实现了区域绿色增产增效的目标，农民增收2亿元以上。服务乡村振兴，中国农业大学不是说出来，而是扎扎实实干出来的。从改土治碱时的曲周农民大学到科技小院的培训会，中国农业大学扎根大地办学，不仅直接推动农业生产和乡村经济的发展，通过提升当地农民的科技素养，增强乡村振兴的内生潜力。今天，120多个科技小院遍布全国各地，

300 多名研究生长期在农村、农企一线，“零距离、零门槛、零费用、零时差”服务“三农”，中国农业大学成为服务乡村振兴的重要力量。

扎根曲周，中国农业大学主动回应国家农业发展的重大问题，在科学研究、人才培养、社会服务、文化传承创新和国际交流合作的创新实践中，凸显了中国特色与农业特色。曲周的实践极大提升了农大的办学水平、社会声誉和影响力。把握时代方位和历史机遇，扎根中国大地办大学，就是农大建设中国特色世界一流大学的方向。

曲周典型事迹在师生、校友中及社会上引起热烈反响（1）

发布日期：2019-05-31　信息来源：新闻中心

本网讯　5 月 30 日，新华社、中央电视台《新闻联播》、教育部《微言教育》以及《人民日报》《光明日报》《农民日报》《科技日报》等媒体平台相继刊发、播出了我校师生扎根河北曲周大地，46 年如一日，不忘初心、牢记使命，爱国奋斗、科学报国的先进事迹。从改土治碱到综合发展，从乡村振兴到绿色发展，一代代农大人把青春的汗水洒在曲周大地，以大地为书，以阡陌为笔，书写着锦绣时代的青春答卷。我校“曲周精神”感人的事迹在师生中引起热烈反响。

农学院教授何绍贞说，46 年前，中国农业大学的教师们来到曲周县，在“治不好盐碱地不回家”的铮铮誓言下，克服了艰苦条件，扎根在田间地头，用几十年的执着与坚守诠释了“责任、奉献、科学、为民”的“曲周精神”。这一精神始终影响着一代又一代农大人，作为新时代农科高校的人民教师，一方面要继续传承与发扬曲周精神，立足基层，服务“三农”发展，助力脱贫攻坚；另一方面要以立德树人为己任，培养“一懂两爱”人才，为“三农”发展和乡村振兴持续输送卓越的后备力量。

信息与电气工程学院教授赵明说，20 多年前，曾有幸在前辈的带领下参加了在曲周开展的国家“九五”“十五”和“十一五”的科技攻关项目。至今还清晰地记得第一次从北京去曲周的情景，先坐一整夜的绿皮火车到达邯郸，然后从邯郸又坐上曲周实验站唯一的一辆老式吉普车，经过两个小时的路途颠簸才到了实验站。可想而知在更早的70年代，石元春、辛德惠等老一辈科学家是在多么艰苦的环境条件下，从北京到曲周，和当地的农民同吃、同住、同劳动的困难情景。尤其是和辛德惠院士近距离接触的那些日子里，深切感受到老先生的家国情怀，一辈子都在践行为人民服务的宗旨，这点深深感染和影响了自己，也更加坚定了要做好一名传承和践行“曲周精神”的农大教师的决心。

马克思主义学院中国化马克思主义系教授陈东琼表示，46年默默奉献，46年风雨兼程。46年前，一批农大师生怀揣爱国情、奋斗志，把知识和热血洒在曲周大地上，谱写了一曲战天斗地、科技兴农的校地合作新篇章。作为新时代的农大人，应当不忘初心、牢记使命，秉承“曲周精神”，服务国家战略，续写新时代强农富农新辉煌！

资源与环境学院博士182党支部成员李胜龙说，看完长篇通讯和新闻联播，那种身为农大学生的自豪之情油然而生，同时也被“曲周精神”所打动。“四泡”老师，名字虽通俗，但内涵深渊。若没有深深扎根基层，不曾身体力行，不亲自投入生产生活，是无法深刻体会“四泡”的艰苦的；“治不好盐碱地，不回北京”，这不仅是老师的土地情怀，更是他们的呐喊，是对盐碱地下的战书。那种豪迈之情，历久弥新、源远流长。作为农大学子，个人更应该不忘初心、牢记使命，积极投身生产生活！

资环学院硕士2017级环境党支部书记辛秀秀说：“爱国情、奋斗者，作为一个在曲周实验站进行试验的学子，深受‘曲周精神’鼓舞，曲周的今天是农大先辈们不懈奋斗而来，也是需要我们当代青年为之继承与发扬；作为新时代新青年，我们一定要脚踏实地，秉持‘解民生之多艰，育天下之英才’

的校训，以实际行动践行‘曲周精神’，树立家国情怀，在平凡的岗位上发光发热。”

动科学院草业本科党支部书记田丽梅表示：“四十多年来，一代代农大人扎根曲周，挥洒青春热血，改土治碱取得了重大成果，将一块块盐碱滩变成了万亩良田。老一辈科学家们和我们新生代的农大人薪火相传、生生不息，在曲周这片热土上，传递着农大人解民生之多艰的信念。作为新一代农大学子，要勇担时代使命，在乡村振兴、一带一路和生态文明建设等事业中贡献自己的青春力量。”

机关干部闻静超表示：“几代农大人的青春年华都凝聚在这46年中，让曲周大地变了‘色’——从盐碱的白色变成了丰收的金色；让农大师生变了样——老一辈从‘少壮派’走到了耄耋之年，而承继者也在飞速成长；让校地变了‘情’——农大师生从‘飞鸽牌’逐渐成为曲周人民的亲人。而唯一不变的，是师生心中的爱国情、报国志，是‘解民生之多艰，育天下之英才’的初心和使命。”

辅导员李菁菁表示，和大家一起学习“曲周精神”，听到“治不好盐碱，不回北京”的时候，忽然泪目……一句承诺，纵使半个世纪光阴已逝，如今听闻依然令人动容。

在同一天，“使命与传承——中国农业大学‘曲周精神’事迹展”在文化艺术馆展出。学工部组织本科生党员骨干前往参观。

土地科学与技术学院梁硕表示：“作为新时代的大学生党员，我们不仅要学习‘曲周精神’，更要把它落实到我们的学习和生活中，同时还要用自己的实际行动带动周边的同学，以‘责任、奉献、科学、为民’的‘曲周精神’严格要求自己，把论文写在祖国的大地上，用知识和勤奋为祖国的发展贡献自己的一分力量！”

动科学院解湉表示：“中国农大师生始终把党和人民的事业摆在最高地位，秉持对‘三农’事业的责任担当，扎根曲周46年。如今，奉献‘三农’的接力棒传到了我们手中，身为一名大学生党员，更应该身怀推动农业科技进步的使命，传承这种自强不息的奋斗精神，为我国农业发展贡献自己的力量。”

工学院王琳表示：“‘曲周精神’正是我们中国农业大学校训‘解决民生之多艰，育天下之英才’的一个缩影，也是农大人心底的一颗种子，在我们心中生根发芽。曲周有了今天的发展，离不开老一辈老师的辛勤付出与劳动，我们应该时刻向他们学习，把‘曲周精神’发扬光大！”

曲周典型事迹在师生、校友中及社会上引起热烈反响（2）

发布日期：2019-05-31　信息来源：新闻中心

当天晚上，科技小院的师生在曲周实验站集体观看了新闻联播、新华社和北京卫视等媒体关于曲周典型事迹的报道。科技小院的同学们表示，老一辈农大人当年“治不好盐碱地不回北京”的誓言掷地有声，他们在改土治碱中形成的担当奉献精神，深深影响了每一个人。作为新时代的大学生，一定会接好“爱国奋斗、科学报国”的接力棒，一心为农，为国家现代农业绿色发展贡献自己的力量，继续践行将“论文写在祖国的大地上”的誓言。

植物保护学院副教授李虎说：“老一辈科学家治理曲周盐碱地的精神令我非常触动，老先生们能够亲力亲为、艰苦奋斗，不怕苦怕累，能够将理论运用于实践为人民造福值得我们学习，是我们教师的榜样！作为一名教师和科研工作者，在实现中华民族伟大复兴的中国梦的道路上‘曲周精神’必不可少。实现民族复兴不是轻轻松松、敲锣打鼓就能实现的，我们要将自己科研工作与国家重大战略对标。‘曲周精神’就是一步一个脚印，克服艰难险阻，不折不挠的农大科研工作者精神的代表。我们要积极走出学校，到乡村田间为老百姓解决实际中的问题，服务乡村振兴、建设美丽乡村，将一代代农大人的论文写满祖国大好河山！”

水利与土木工程学院副教授郑炜超说：“46 年前，‘治不好盐碱不回家’的誓言依然在耳边回荡，老一辈农大人扎根基层改土治碱，‘不忘初心、砥砺前行’，给我们新一代农大人树立了模范和榜样，激励着我们年轻教职工党员，传承和发扬‘责任、奉献、科学、为民’的‘曲周精神’，将论文写在祖国

大地上，谱写‘爱国奋斗、科学报国’的新篇章。”

理学院副教授庞慧慧在听到村民们说“四泡”老师时，深受触动。她说：“最熟悉中国农大的‘四泡’老师的人不是在三尺讲台下认真听课的学生，而是曲周县麦田里起早贪黑、辛苦忙碌的农民百姓。这说明我们的老师们完全摒弃了温文尔雅、文质彬彬的书生气息，他们和地里的农民一起吃、一起住、一起面朝黄土背朝天。年复一年，他们把智慧与汗水挥洒在曲周这片盐碱地上，他们书写的奋斗与坚守、开拓与创新、责任与奉献最终为当地农民换来了这珍贵的‘米粮川’。身为农大教师，真心为这样的‘四泡老师’感到骄傲，他们才是百姓心目中的最美教师！”

经济管理学院教授臧日宏说：“‘曲周精神’充分体现了作为全国最高农业学府的中国农业大学‘发挥专长，科学为民’的真理探索和学术追求，抒发了中国农大‘情系乡土，忘我奉献’的‘三农’情怀，激发了广大师生在乡村振兴的大潮中‘扎根农村，传承创新，再创辉煌’的昂扬斗志，坚定了中国农大‘不忘初心，突出特色，砥砺奋进，积极带动’的历史定位和坚强决心。”

资环学院硕士 2017 级环境党支部成员冯丽媛表示：“看完今晚的纪录片备受鼓舞和感动。一方水土养一方人，一种精神鼓舞所有人。‘责任、奉献、

科学、为民’是农大师生服务曲周时始终铭记的关键。作为一名农大人，‘解民生之多艰，育天下之英才’的校训。‘不计名利、埋头苦干、服务民生’的精神，应该继续在这一代农大人身上发扬光大。希望我们都能牢记‘曲周精神’，将来为社会贡献自己的一分力量。”

硕士气象党支部党员张镇涛表示：“‘治不好曲周盐碱不回北京’，这是农大老师们对曲周人民的承诺，‘把科学报国的论文写在祖国大地上’，这是农大老师们在曲周践行的准则，而曲周成为米粮之乡的事实，则是对农大师生最大的回报。还记得大二曲周实习，当我们踏入曲周地界，当地的老百姓知道我们来自中国农业大学，都对我们竖起大拇指，那种发自内心的感激和赞扬，如果不是切身感受过，我真的无法体会。作为农大学生，我们必须更加努力，才能不负老师们付出，才能对得起‘中国农业大学’这六个字，才能对得起‘解民生之多艰，育天下之英才’的校训。”

动科学院本科生邓蓉蓉表示：“我校师生深入河北省曲周县的田间地头，在曲周实验站走过四十余年，以峥嵘岁月铸就了‘责任、奉献、科学、为民’的‘曲周精神’。他们发出‘不治理好盐碱地就不回北京’的誓言，用一生诠释了‘解民生之多艰，育天下之英才’的校训，作为新一代的农大人，我们应该从中获得启迪和汲取新的精神力量，不忘初心、开拓创新，为实现中

华民族伟大复兴而努力奋斗！”

资环学院硕士气象党支部预备党员冉佳表示：“每当看到校园内矗立着的‘改土治碱、造福曲周’石碑，就会想起 2015 年夏天和同学们去曲周实验站实习的经历，深切感受到曲周人民对农大师生的感激和亲近之情，‘先有中农大，后富曲周县’。1973 年我校老师进入张庄村开始治碱工作，2009 年在曲周建立科技小院，直到今天，有许许多多农大师生扎根一线、为农服务，把论文写在土地上，科技之花不断绽放。我们为老先生们的伟大功绩感动和骄傲，自己也要将这种精神传承下去，努力做有信念有担当的农大人。”

我校师生曲周典型事迹在媒体刊发后，也受到了广大校友及社会人士的热烈关注。许多网友纷纷留言，对师生们的壮举表示敬意。

@ 胡老师留言说：因母校骄傲，为母校点赞。

@ 廷：作为农大的毕业生感到无比的骄傲和自豪，希望国家及各领域都能重视“三农”，也重视农业科技工作者，我相信，我们还会创造更多的奇迹！

@ 罗渊：为曾经在农大学习过而感到自豪！

@ 刘奇胜：农大人倍受鼓舞，牢记校训，不忘初心，以母校为骄傲！

@ 突然想到理想这个词：昨日在母校的点滴时光，历历在目。大爱母校！

@Totipotence：十几年前有幸成为第一批到曲周实验站进行农事实习的

本科生，当时我的小纪录片处女作还被老师作为礼物专门送给了实验站回访人员，现在想来，既有感慨，也是荣耀。

还有家长们纷纷为学校点赞，并对自己的子女提出了殷切希望。

@江海燕：去年送儿子到中农大上本科，走进校园深深被农大的校训吸引，把孩子送进农大，心里踏实。农大值得骄傲！

@昱慧：中国农业大学是最棒的，向老师们致敬，我儿子是农大毕业的，现读研究生。谢谢农大的老师们，你们辛苦了。

@林瑜：我女儿正在中国农业大学读研二，希望她学成之后，成为对祖国有用之人。

@淡泊明志：这才是真实的农大人，谦虚务实，真正的从根本上解决实际问题。期待读研的孩子毕业后也会像老师们一样，成为对社会对人民有用之人。

网友们对中国农业大学曲周典型事迹给予褒扬和点赞。

@部坡：这就是农大向人民交出的一份合格的答卷。

@李开荫：修理地球的科学家光荣！向农业专家致敬！

@yangg：以田野为实验室，把论文写在大地上！

@草原雄鹰：这个校训是我见过最务实、最名副其实的。为中农大点赞！为一代一代的中农大老师点赞！人民群众不会忘记他们最可亲可敬的人，丰碑光照后人。

@静水深流：中国农业大学一直引领着中国农业科研。农大最棒！

@saber：百年农大，育人益民！

@CHINAUDITW：这就是论文写在大地上的真实写照！

@上善若水：这才是当今中国最可爱的人！

@善待：向中国农业大学的师生致敬，你们是中国农业实现创新发展的脊梁！

@古月：46年，不忘初心、牢记使命，为中农大老师们点赞！

曲周典型事迹在师生、校友中及社会上引起热烈反响（3）

发布日期：2019-06-04　信息来源：新闻中心

动物科技学院副教授荆晶莹说：“从 46 年前我校老一辈科学家赤脚蹚水来到曲周盐碱重地张庄村，住在漏风、漏土、漏雨的屋子里，吃着高粱面、红薯干、茅根草掺在一起的‘三合面’，喝着苦咸水开始，农大人就已经开始将‘解民生之多艰’深深根植在心中，并在农大人中一代一代的传承下来。一直到现在，一批一批的研究生来到曲周，在田野中书写青春的答卷。我们一定要‘曲周精神’传承下去，在田野中书写青春答卷，把论文真正写在大地上，努力成为顶天立地的科研人。”

国际学院副教授栾志强说：“‘曲周精神’让我对科研教学有了新的认识。教学实践到了农民身边，为当地农民提供“四零服务”，即零距离、零门槛、零时差、零费用，从生产中发现问题、在农民的田地里做实验、找到解决问题的方法，从实践中来、到实践中去，原来是这样的简单，又是这样的重要。曲周实验站的科研服务社会的模式、人才培养的模式，加深了我对教学、科研工作的社会功能和人才培养方式的认识。”

马克思主义学院近现代历史系党支部副书记苏若群说：“我校一代代师生在曲周的事迹报道，让我想起了 2017 年学院组织去曲周社会实践时的感受。46 年从改土治碱到科技小院，农大师生把辛勤的汗水洒在了曲周的热土上。作为一名农大教师、一名共产党员，应当深入学习‘责任、奉献、科学、为民’的‘曲周精神’，继承和发扬老一辈农大人的精神，将自己所学的学科知识和科研经验应用于农村建设、乡村治理中去，为乡村振兴做出贡献。”

生物学院副教授周波说："这几天一直在关注曲周事迹的报道，想到自己13年前带领学生前往曲周实验站实习，深刻地体会到农大人46年扎根河北曲周服务乡村振兴的'责任、奉献、科学、为民'的'曲周精神'，这是'不忘初心、牢记使命'主题教育的生动教材，是学校坚持立德树人根本任务、扎根中国大地办大学、把论文写到祖国大地上的充分体现。我作为教学科研一线的教师、生院动物系党支部书记，在今后的科研和工作中会自觉学习'曲周精神'、弘扬'曲周精神'、践行'曲周精神'，并号召更多师生共同学习和传承'曲周精神'，助力学院和学校发展。"

科技小院研究生姬廷廷说："作为曲周科技小院的一员，'责任、奉献、科学、为民'的'曲周精神'不仅是我们工作的准则，也是我们传承的精神源泉，是46年来农大师生服务曲周时始终铭记于心的关键词。从改土治碱、扎根曲周、艰苦创业，曲周一代代老前辈、一波波专家老师、一届届师兄师姐，经过多年的实践探索向我们诠释了'曲周精神'，生动讲述了几代农大人艰苦创业和与人民群众保持鱼水之情的感人故事。作为科技小院硕士二年级的学生，一定要把这种精神传承下去，用自己的所学服务乡村产业发展，助力乡村振兴。"

科技小院研究生李增源表示："新的时代有新的使命，农大人一直以'责任、奉献、科学、为民'为核心，身体力行，上下求索。在农业发展面临诸多问题继续改变的当下，我们依旧要坚持老一辈农大人的精神，用我们的行动来为绿色发展、乡村振兴做出应该做的贡献。"

资环学院硕士气象党支部书记王娜表示："看到新闻联播里播放农大老师扎根曲周的场景，出现熟悉的'改土治碱、造福曲周'石刻时，一股动力涌上心头。作为农大成员，为老先生们的伟大功绩感动和骄傲，自己也要将这种精神传承下去，努力做有信念有担当的农大人。"

人发学院社会学系本科生李宜霖表示："学习了曲周典型事迹的系列宣传报道，更加理解了'责任、奉献、科学、为民'的含义和分量。当代大学生要扎根祖国、心系人民，才能让个人的人生价值得到真正地实现。"

信电学院本科生吕传翰表示："作为一名农大人就应该有逢山开路、遇河架桥的意志，勇做走在时代前列的开拓者、奉献者，争做中国特色社会主义事业的建设者和接班人。”

连日来，很多农大人的微信朋友圈都被有关中国农业大学扎根河北曲周46周年服务乡村振兴先进事迹的相关报道“刷屏”了。小友认为，这一方面是因为看到关于母校的报道而备受鼓舞，另一方面则是因为引发了内在的强烈共鸣。校友们在转发分享时所发表的观点中，对于“解民生之多艰，育天下之英才”校训的感怀和对作为一名农大人的骄傲与自豪洋溢在字里行间。校友们说：

不忘初心，牢记使命。相信这些令人振奋的喜悦，将化为每一位农大校友继续投身爱国奋斗、科学报国事业的强劲动力。祝福我们的母校越来越好，为实现中华民族伟大复兴的中国梦贡献更多力量！

一代代农大人的担当，一代代农大人的奋斗，一代代农大的传承……我农威武！

向扎根广袤土地、解决实际问题的专家学者致敬！

解民生之多艰，育天下之英才！感谢母校对家乡的付出和努力，以及对我的教育和培养。

爱国情，奋斗者，扎根曲周46年，盐碱地变良田！中农人的担当！

46年，他们治盐碱，搞增产，稳增收，创绿色发展，一步一个脚印，把最美的青春留在曲周，留在田间地头，谱写了一曲曲动听的时代赞歌！为他们点赞！

社会人士也纷纷对我校曲周典型事迹给予关注，为一代代农大人扎根曲周大地、把论文写在大地上的故事点赞。

网友@春哥表示：看了好几天，这个真的牛，点赞！我爹看新闻说了好几遍，看人家农业大学真了不得，农民伯伯的心声。

广州网友@用户132****1699发表评论说：科研，为了中华民族的伟大复兴！

天津网友@jia_佳美4928评论说：做好新时代科技强国而奋斗！

湖北十堰网友@种草君8098评论说：无私无畏，忘我无我！

四川凉山彝族自治州网友@昨夜星辰11_89877评论说：最美的科研誓言是报国！

曲周典型事迹在师生、校友中及社会上引起热烈反响（4）

发布日期：2019-06-04　信息来源：新闻中心

农学院教授陈源泉表示："百余年的历史孕育了'解民生之多艰，育天下之英才'的农大'魂'，近半个世纪的开拓进取诞生了'责任、奉献、科学、为民'的'曲周精神'！这是一代又一代的农大人坚持潜心问道和关注社会相统一，积极投身社会实践与服务，同步培养'一懂两爱三有'人才的缩影。未来，我们将更加发愤图强，面向国家需求和社会发展，坚持做到'育人、顶天、立地、报国'无缝结合，为国家农业农村现代化建设，为中华民族伟大复兴而不懈奋斗！"

资环学院副教授金可默说："中国农大师生扎根曲周46年，从改土治碱到综合发展，从科技小院的建立，到现在的绿色发展，在这一过程中，体现了农大人的家国情怀，他们用执着和韧性生动诠释了'解民生之多艰，育天下之英才'的校训。如今，接力棒已经到了我们手中，这既是责任更是动力。作为青年教师，如何将所学与实际存在的生产问题结合起来，既在前沿基础科研上有所突破，获得的成果又能让农民用得上，是我在规划今后科研方向必须考虑的。让科学问题来源于土地，让文章生于土地，把自己扎根在土地，不忘初心、牢记使命，爱国奋斗、科学报国，用我们自己的实际行动践行'曲周精神'！"

食品科学与营养工程学院副教授宋弋说："中国农大的科学家们在曲周扎根46年，以"咬定青山不放松"的毅力和决心将盐碱地变为新粮田，让科学扎下了根，体现了农大人始终不忘初心、始终把老百姓放在心上、始终牢记‘解民生之多艰’的使命。在新中国即将迎来70华诞之际，在脱贫攻坚战的关键时期，新时代的农大人必将继续坚守老一辈科学家的初心，坚定必胜的信心，将更多的论文写在祖国大地上，让更多的老百姓享受到科学发展带来的成果，创造属于这个时代的新长征史诗。”

工学院青年教师王玲表示：“中国农大扎根曲周46年，将昔日的万亩盐碱地变成了‘米粮川’，真正做到了以田野为实验室，把论文写在祖国的大地上。几十年来，‘责任、奉献、爱国、为民’的精神深深融入中国农大人的血脉。作为一名普通的教师，我们要积极响应国家乡村振兴战略，将解决好‘三农’问题放在首要位置，牢记‘解民生之多艰，育天下之英才’的校训，培养一批‘懂农业、爱农村、爱农民’的具有‘三农’情怀的人才。”

科技小院研究生张笑颖表示：“在科技小院有时候也会遇到村民不能理解、不被信任的情况，毕竟村民们有着十几年的种养殖经验，他们更关注利益的关系，对是否科学、环保养殖并不太关心。这也是目前我们需要做的事情，就是去传播与推广科学养殖的理念，让他们从心里面去接受，才能真正地愿意去改变现状，做到科学养殖、绿色发展。在科技小院最大的体验就是，只有住进小院，真正地与农民打交道，了解他们所需要的，再把我们从课本上学习到的知识真正运用到实践中去，才能更好地解决生产一线遇到的实际问题。”

科技小院研究生田芳芳表示：“科技小院特殊的培养模式让我们对‘三农’有了更多的认识，也增加了我们的‘三农’情怀。时代一直在发展，从改土治碱到综合发展再到今天的科技小院，人员换了一批又一批，但是唯一不变的就是传承发扬‘曲周精神’。我们要本着科学的态度，发挥自己的奉献精神，驻扎农村，为农民做出一些我们可以做的事情。尽管一个人的力量很小，但是我们共同努力，以服务‘三农’为自己的责任，一定可以为农村、为农民做出更多更大的贡献。”

动科学院遗传本科生第二党支部书记张萌萌表示：“实践出真知，创新无止境。一代代农大师生拼搏奋斗于曲周，让科技之花在实践的沃土中绚烂绽放，是值得我们当代青年学者学习的榜样。”

资环学院硕士气象党支部成员王子忠表示："扎根农村，献身农业，忘我付出，是每一位农大人应有的品质。老一辈农大人，不忘初心，在曲周战天斗地、'不治好盐碱地不回家'的誓言，'四泡老师'的称号，是对'解民生之多艰，育天下之英才'的最好诠释。如今的曲周已经成为'米粮川'，但奉献的步伐不能停止，曾经的初心不能忘记，'曲周精神'需要宣传，更需要传承，而我们正在接过接力棒，跑好绿色发展路程。"

社会人士也纷纷在各大新闻媒体平台发表言论，为中国农大点赞。

微博用户 @ 年少轻狂纵马且歌在留言中说：学以致用，知识为国，不惧艰苦，勇于担当，勇于奉献，真是现代知识分子的榜样，为中国农业大学点赞！

微博用户 @ 冰镇芥末酱在留言中说：就是要加大对这些基层一线真正为国家为社会做出贡献的人的宣传。

微博用户 @ 瓦尔登湖边看花留言说：农业科研人员辛苦了！

微博用户 @ 襄阳坤哥留言说：新时代的焦裕禄精神！

微博用户 @ 华子敬言留言说：奇迹源于执着的奋斗！致敬！

微博用户 @ 饺子圆滚滚鸭留言：将论文写在祖国的大地上！

微博用户 @ 女侠本侠 lucky 称赞他们是值得尊敬的人！

微博用户 @ 一条贪吃的懒蛇表示：感谢勇于奉献的中农大老师，才有了富饶的土地。

微博用户 @居士凡夫表示：深入基层，深入生活，解决实际问题，经世致用，改变中国！

曲周典型事迹在师生、校友中及社会上引起热烈反响（5）

发布日期：2019-06-06　信息来源：新闻中心

园艺学院党委书记初春霖表示："46年前，以石元春、辛德惠为代表的老一代农大人，响应国家号召，奔赴黄淮海平原盐碱地最严重的曲周县张庄村，改土治碱。几位老师住'三漏房'，吃'三合面'，喝'苦咸水'，抱定'改不好这块地，我们就不走了'的誓言，经过十几年的艰苦奋斗，让千年碱滩变成了'米粮川'。今天，我们回顾老一代农大人的奋斗历程，就是要学习和传承他们'责任、奉献、科学、为民'的精神，助力乡村振兴战略。"

资源与环境学院党委副书记吴华杰表示："'曲周故事'讲述的是几代农大人围绕如何克服恶劣的自然环境，提高农业生产水平以解决农民的温饱问题；如何通过农业综合发展，提升农业产业水平来提高农民的收入；如何通过绿色发展、乡村振兴，提升农民的获得感和幸福感。'责任、奉献、科学、为民'的'曲周精神'彰显的是农大师生面向国家发展的重大战略需求，不畏艰辛、扎根基层、依靠科学、为民造福的跨越时空的精神传承和行动延续。作为一名农大人，应怀揣解决'三农'问题的使命和责任，在生产一线的实践探索中倾情奉献，成就自我，实现成长。"

理学院教授徐春晖说："看了《让科技种子扎根沃土》，很是感动，内心里，对扎根基层、服务农民的老师和同学们的敬意油然而生，也又一次为自己身为农大人而感到骄傲和自豪。46年，他们详尽解读了'责任、奉献、科学、为民'，也再次明确了进入新时代教书育人的重要方向，那就是一定要坚持教育同生产劳动和社会实践相结合。身为一名中国共产党员、一线教师，一定要不忘初心、牢记使命，踏踏实实做好本职工作，把梦想之根深扎在中国大地上，期待结出丰硕的果实。”

农学院副教授朱万斌说：“‘曲周精神’是我们一代代农大人扎根中国大地、解决中国问题、不计名利深入一线，排除困难艰苦奋斗的结晶，是我们勇于创新创业、服务中国农业发展的初心。老一辈农大人扎根曲周改土治碱，将寸草不生的‘盐碱滩’变为‘米粮川’，为解决中国人吃饱饭的问题做出重大贡献；新一代农大人以科技小院再次扎根曲周支撑农业提质增效，引领农业绿色发展，开创了农业农村现代化的新途径。46年持续的农业一线服务，赢得了农业科技的至高荣誉、曲周农民的高度认可，也在农业科技史上刻下了不朽的丰碑。这是农大顶天立地精神的最贴切写照。继承曲周传统，发扬‘曲周精神’，再创业绩，是今天农大人新时代的历史使命。”

动物科技学院讲师张帅认为：“‘科技小院’是在对改土治碱‘曲周精神’的传承下，结合新时代农业发展特点而对新农科教育进行的一次探索和创新。研究生能够深入农业农村一线，针对一线存在的问题凝炼出研究课题，并提出科学的解决办法，真正做到了‘把论文写在祖国的大地上’。如何做到既‘立地’，又‘顶天’，是未来畜牧业人才培养教育中需要向‘科技小院’学习的地方。”

信电学院副教授井天军说：“再次看到‘中农大扎根曲周46年，盐碱地变良田’的报道，心情仍久久难以平复，‘曲周精神’虽已经多次学习了，但每每想到农大人凭借着这份执着与坚持，将科学研究与地方发展实际问题紧密结合，将社会服务与老百姓种地养家的基本生活需求结合，将科研成果转化与农业生态环境治理实现绿色发展结合，心情仍然激动不已。‘曲周精神’已深深植入了每一个农大人心中，我们也正在以智慧农业与绿色能源技术推动乡村振兴、服务扶贫产业园的高质量绿色发展。”

资环学院副教授彭静静表示：“46年来，一代代农大人在广袤的乡村谱写出了科学富民的奋斗篇章，创立了科研平台、育人基地、服务窗口和决策智库为一体的曲周模式，形成了‘责任、奉献、科学、为民’的‘曲周精神’。作为新一代农大人，要更加坚定把文章写在大地上的信心和决心，把党和人民的事业摆在最高位置，以破解农业科技难题推动科学进步为己任，弘扬爱国奋斗、追求真理及勇攀高峰的科学精神，勇于创新，严谨求实，把科学研究融入‘三农’事业发展，争取在科技创新领域为国家和人民积极做贡献。”

资环学院硕士气象党支部成员魏然说：“我校师生扎根曲周46年，从治理土壤、改土治碱到帮助村民脱贫攻坚、绿色发展，一代又一代、一批又一批的农大人前仆后继进入曲周，面对荒凉的环境和艰苦的条件，他们没有退缩，而是脚踏实地，以严谨务实的科学态度，在实验中发挥所学知识，在实践中弥补不足。我作为后辈，要学习‘艰苦奋斗、无私奉献、认真严谨、脚踏实地、求实务真’的优秀精神品质，从中汲取精神力量应用于今后的学习生活，脚踏实地地学透每个知识点，求真务实地设立目标。”

资环学院硕士2017级环境党支部成员谢振东表示：“看到《新闻联播》连续两天播放我校的曲周故事，激动、自豪的心情洋溢在心中。‘先有中农大，后有曲周县’，一个高校与一个县城的故事，‘治不好盐碱地不回北京’‘四泡老师’，老师们战天斗地的精神深深印在了我们每个农大人的心中。作为新一代农大学子，我们应该继承和发扬‘曲周精神’，踏实学习、科研，不断进取，在新时代书写新的答卷。”

理学院博士第一党支部周启圳表示：“‘改土治碱、造福曲周’的石碑镌刻着我校师生奉献曲周的艰辛和汗水，同时也激励着我将自己的科研应用到实际生活中，只有当我们的科研能为人民的生产、生活提供帮助或做出贡献时，才是有意义的。”

科技小院研究生马明芳表示：“作为科技小院的学生，就要时时刻刻牢记‘责任、奉献、科学、为民’的‘曲周精神’，牢记我们的石元春老先生和辛德惠老先生当年治碱改土的艰辛与坚持。我们要向老先生们学习，做到住在这里一天，就实实在在地为农民们着想，尽我们全力为农民解决生产问题！”

科技小院研究生黄晓芙表示：“通过在小院的实践深深体会到，基层一线才是我们应该待的地方，这里才是我们施展才华，运用知识，实现自我价值的地方。作为学农的研究生，我觉得自己应该学习老一辈农大人，待在艰苦的农村，走近农民，解决农业中的生产实际问题。在新时代，我们应该坚守在这片土地，传承‘曲周精神’，为中华民族的伟大复兴贡献自己的力量。”

我校师生扎根曲周写文章的故事也赢得了正在曲周实验站考察的外国专家的点赞。

英国皇家学会院士、英方项目主持人、阿伯丁大学 Pete Smith 教授表示，他是第一次到河北曲周，从图片上看到这里几十年前是那样的盐碱地貌，现在到处是丰收的景象，真是做得非常成功；中国农大研究生就住在村里开展研究、服务小农户、服务乡村，这让他印象极为深刻。

英国洛桑试验站 Tom Misselbrook 教授说，这是他第三次来到曲周，每次来都看到变化，中国农大服务乡村做得好。

苏格兰农学院 Bob Rees 教授认为，在他们国家也需要乡村振兴，乡村人口在减少，乡村文化在衰退，曲周科技小院的做法也值得借鉴。

曲周典型事迹在师生、校友中及社会上引起热烈反响（6）

发布日期：2019-06-06　信息来源：新闻中心

经济管理学院教授李春顶说："从 46 年前的改土治碱，到曲周实验站的农技推广和服务，再到科技小院的绿色创新，几代中农大科学家深耕曲周，将昔日的'盐碱滩'变成今日的'米粮川'，身体力行地培育了'责任、奉献、科学、为民'的'曲周精神'。作为中国农业大学的一名科研工作者，在深深地感动和骄傲之余，更需要践行'曲周精神'，将科学研究成果与实践运用以及服务社会结合起来。以勤勉的科学态度做出一流的成果，以高度的责任感推动成果的转化应用，以奉献和为民的心态服务社会。"

动科学院党委副书记曹志军表示："'曲周精神'作为我校校训的集中体现和缩影，深刻阐释了中国农业立足本土、自强向上的奋斗历程，必将激励我们年轻一代牢记使命，不忘初心，继续前行。就像习近平总书记在纪念五四运动 100 周年的讲话中谈到的，'一代人有一代人的长征，一代人有一代人的担当'，我们会强化畜牧实践和理论学习，加速模式总结和推广，为培养与祖国同向同行的畜牧业领军人才而奋斗。"

生物学院副教授王磊说："这两天观看《新闻联播》和各方面报道，内心深有感触，农大人扎根曲周 46 年改碱治土，盐碱地变良田，真正体现着农大人的'解民生之多艰，育天下之英才'，46 年间几代人前仆后继，时刻践行着'责任、奉献、科学、为民'的'曲周精神'，诠释着中国知识分子为国为民的家国情怀和敢为天下先的创新追求。作为农大人，作为一名奋斗在科研一线的教师，作为一名共产党员，作为一名教师党支部书记，我一定践行和弘扬科学报国的光荣传统，追求真理、勇于创新，把个人理想自觉融入学院、学校事业发展，在科技前沿孜孜求索。”

食品学院党委书记张普光表示：“农大师生扎根曲周46年的感人故事正是农大人心系‘三农’，解民生之多艰的实践证明。乡村振兴、精准扶贫乃至健康中国2030，每一项国家战略的扎实落实需要足够的人才力量支撑。作为教育工作工作者，要深入贯彻落实好全国教育大会精神，发扬‘责任、奉献、科学、为民’的‘曲周精神’，培养莘莘学子发扬五四精神，教育引导广大青年学生，树立远大理想，热爱祖国和人民，担当时代使命，勇于砥砺奋斗，练就过硬本领，锤炼品德修为，培养知行合一、德才兼备的优秀人才，服务于中国特色社会主义伟大实践中。”

信电学院党委副书记秦颖表示：“‘曲周精神’中有两个字一直在脑海中回想，一个‘实’，一个‘思’。‘实’，即头上戴顶帽子行走在骄阳下，‘思’，即把田放在我们的心上。两字虽然简单，却深刻地概括了农大人扎根曲周、服务农民的精神，这种深入基层去接触农民、了解农村，从实际问题出发，用自己的专业知识去解决农民生产生活中遇到的问题，解决问题的同时还与这里的曲周人民建立起深厚的感情。以上种种都是作为一名农大人为之自豪和感动的，希望未来的农大学子们在自己的专业领域也能发挥出自己的光和热，将农大精神赋予更多的精神内涵。”

理学院党委副书记古丽表示：“‘曲周精神’的宣传让我回想起自己从学生到老师，经历的赴曲周实践、带学生实习、专题学习‘曲周精神’的场景。每次到曲周，或与曲周相关的老师、学生接触，都能深切感受到他们‘责任、奉献、科学、为民’的精神，他们改土治碱，扎根曲周，与农民建立深厚的友谊，不忘初心的奉献，矢志不渝地助力乡村振兴感染着每一位农大的师生。我们每一位农大人应该熟知这段农大故事，讲好我们自己的故事，辐射带动更多的新进典型。”

理学院化学163团支部的赵益禄认为：“‘曲周精神’告诉我们，应该思考实验室与实际应用之间的距离，只有突破了这道坎，才能让实验室里的研究发挥出最大的价值，用农业科学服务乡村振兴是我们当代大学生应该做的事，也是我们成为社会主义接班人的责任！”

资环学院硕士气象党支部预备党员彭明喜说：“这几天各大媒体都在播报中国农大教授扎根曲周、改土治碱、造福农民的感人事迹，让我深受触动，同时也更加让我觉得选择选调生这条路是对的。我一定会发扬老一辈农大人的精神，扎根基层、不忘初心，在新时代建功立业！”

动科学院研究生任成表示：“‘曲周精神’激励着一代又一代的农大人前赴后继地扎根基层，把解决农民群众的现实问题视为己任，将提高农民群众的生活水准作为自己的使命。将论文写在祖国大地上，这不仅仅是简简单单的一句话，深刻体现了我们农大人‘解民生之多艰，育天下之英才’的责任感与荣誉感，更是我们农大人执着一生的追求。”

工学院硕士研究生柯呈鹏表示：“46年前，中国农业大学的老师们来曲周，抱着‘治不好盐碱地不回家’的决心和壮志，终于将盐碱地变成了‘米粮川’。实事求是是马克思主义的精髓，中国农大的老师们将所学知识应用到实践生产中去，以田野为实验室，把论文写在大地上，充分展示了知识分子报效祖国、以人民为中心的思想，体现了共产党人的初心和使命，身为新一代即将步入社会的青年，生活在‘两个一百年’的关键时期，更应该把‘曲周精神’牢记于心，时时刻刻激励自己努力拼搏、奋勇前进。”

人发学院本科生孙浩钟表示：“看了各大媒体的报道，参观了中国农业大学‘曲周精神’展览活动之后，对‘曲周精神’有了更加深刻的认识和了解。数代农大人扎在曲周的土壤里，从盐碱窝到高产田，从深沟浅井到科技小院，农大师生与曲周村民们一齐奋斗，给予了这片土地新的活力。作为一名农大人，一名新时代的青年人，要牢记对国家、对人民的责任感，牢记时代赋予青年农大人的历史使命，敢于担当，无私奉献，心系‘三农’，胸怀天下，兼济苍生！”

经管学院本科生孙思敏说：“通过对各大媒体报道的学习以及参观曲周实验站和科技小院的成果展，更加深刻地理解了‘解民生之多艰，育天下之英才’这一校训的真正含义。一年又一年，在那些条件并不理想的‘科技小院’里，我们的教授师长、师兄师姐们和乡亲们共话家常，探讨农业技术，完成了一篇又一篇学术论文。这里的条件远没有校园舒适，生活也显得单调乏味，但他们却在这里结交了一个又一个农民朋友，解决了他们生产中的难题，骑着电动车，穿行田间地头，开办田间学校，宣传农业知识，手把手指导农民种田。农大的科技小院，在做着一项非常有意义的事情。每一个在这里的年轻人，正在用他们的实际行动，帮助农民致富，改变农村的旧面貌。正是他们一步一个脚印的努力，才有了粮食产量翻了又翻的可喜成果，才有了村民们爱科学、学科学的新面貌、新生活。我们每一个农大人都应秉持这样的精神，服务乡土，奉献乡民！”

曲周典型事迹在师生、校友中及社会上引起热烈反响（7）

发布日期：2019-06-10　信息来源：新闻中心

食品科学与营养工程学院副教授尹淑涛说："听到曲周县委书记说'先有中农大，后富曲周县'这句话，我为一代代农大人的付出和收获感到骄傲。这句话同时也深深地触动了我，作为食品科技工作者，在今后的工作中，我们应该更加立足于食品产业发展实际需求，将论文写在大地上、写在工厂里，更好地服务于行业发展。更要立足于食品产业发展和健康中国战略需求，以食品加工技术提升我国初级农产品、特色农产品的附加值；同时创新科学技术手段，突破食品加工关键技术和'卡脖子'技术，实现我国食品产业的转型升级和发展的提档增速。"

农学院党委副书记兼副院长胡云表示："46年来，一代又一代农大人扎根曲周，不忘初心、牢记使命，将论文写在祖国大地上，用实际行动践行了'解民生之多艰'的校训。作为农大学生工作队伍的一员，要围绕立德树人的根本任务，积极为学生提供实践锻炼的平台和机会，引导学生实现科研与实践的双向互动，在实践中成为'懂农业、爱农村、爱农民'具有'三农'情怀的人才，把爱国情怀融入奋斗报国的具体行动中。"

动物科技学院讲师张鲁表示："新闻画面里的大部分人和地方，接受入职培训的时候我们都接触过和去过，再次通过屏幕和文字温习这些故事，身为农大人无限的骄傲，也在思考我们这一代年轻人应该如何为'三农'服务。'解民生之多艰'是埋在中华民族每个知识分子血液里的理念，农大人在不同时代，奉献着不同的力量，从治理盐碱地，到科技小院，再到绿色发展，时刻和'三

农’血脉相连。一代代农大人在实践中发现问题，解决问题，培养学生，发展科技，实打实地把自己的科研和教学与农业生产相结合，符合学科特色的真学问。新时期，农业发展提出了新的要求，对我们畜牧科研工作者提出了新的挑战和机遇。畜牧业是农业的重要组成部分，今后农业的绿色发展，势必需要将种养进行结合，解决畜牧业原料和污染的问题，也为种植业提供有机肥和产品去向，最终实现农业的可持续发展。作为年轻人，要继承农大前辈们创下的‘责任、奉献、科学、为民’的‘曲周精神’，从生产中发现问题，解决问题，推动科学的发展，更好地服务‘三农’。”

动物医学院副书记兼副院长李鹏表示：“从事农业是需要家国情怀的，对于个人，从事农业相对会比较清贫，从事农业会比较艰辛，但是对于民族和国家，农业是基础，农业是保障，农业是生命线。中国农大人是有情怀的，始终把个人事业融入祖国人民的需要之中；中国农大人是有情怀的，始终把个人发展融入国家农业战略需求之中；中国农大人是有情怀的，始终把个人命运融入国家民族的复兴之中；习总书记指出，‘一个国家、一个民族不能没有灵魂’。我们的中国农业大学也应该有属于我们自己的精神，‘曲周精神’就是我们中国农大人百十年来在服务人民、服务祖国的过程中传承下来的农大魂，作为一名中国农大人我为母校感到骄傲和自豪！”

理学院数学系副教授、党支部书记杨建平说："近半个世纪的时间里，中国农业大学的师生在茫茫的盐碱地扎下了根，以实验站为合作平台，以服务民生、服务地方为导向，将盐碱地改造成了如今的'米粮川'。作为新时代的农大人，我们为老一辈农大人艰苦奋斗、无私奉献的精神所感动。学习'曲周精神'，就要发挥专业优势和特色，大胆走出去，将科研延伸到农村第一线，拓展新的人才培养模式，更好地为国家乡村振兴战略服务。"

工学院党委副书记陈度表示："中国农业大学作为我国现代高等农业教育的发源地和排头兵，始终以'解民生之多艰，育天下之英才'为己任，在多年的实践中，形成了独具学校特色的文化内涵和德智体美劳全面发展的人才培养模式，而'曲周精神'就是其中最为生动、最为鲜亮、最具特色的传承。我校师生 46 年来扎根燕赵大地，怀着'责任、奉献、科学、为民'之情，做弘扬爱国奋斗精神的模范引领者，把个人理想追求融入国家富强、民族振兴、人民幸福的伟大事业之中。作为中国农业大学的一员，将以'曲周精神'为引领，把服务乡村振兴、培育时代新人作为各项工作的核心，勇于承担历史赋予我们的重任，不忘初心、砥砺前行！"

生物学院专职辅导员孙浙表示："在黄淮海的盐碱地上，传承着老一代农大人身先为民、淡泊明志、乐于奉献的高尚品格，艰苦奋斗、贴近群众、脚踏实地的工作作风，认真严谨、尊重规律、求真务实的科学态度，锐意进取、敢为人先、用于探索的开创精神。这些品格、作风、态度、精神都是我们年轻农大人学习的榜样。‘责任、奉献、科学、为民’的‘曲周精神’是我校宝贵的精神财富，是我校‘解民生之多艰，育天下之英才’办学理念和优良传统的集中体现，也是我校当前深入开展‘不忘初心、牢记使命’主题教育实践活动的生动教材。作为一名专职辅导员，要认真学习、弘扬和践行‘曲周精神’，以更加奋发有为的精神状态，为培养新时代社会主义合格建设者和可靠接班人贡献自己的绵薄之力。”

科技小院研究生张苏芮表示：“从来到王庄科技小院后，从村民口中听到了许多关于科技小院的故事，村民们对师兄师姐无私奉献、勇于担当的精神赞不绝口。这对初来乍到的我心中充满了敬畏和好奇。三月、四月的取土工作让我更加深入地接触到了村民，每次去地里的时候，都会有农民问我看看他家的地是怎么回事，叶子为什么黄了，为啥总是长不好啊，等等。他们对知识的渴望让我们深受触动。同时也让我更深刻地体会到了‘一懂两爱’的意义，只有懂农业、爱农村、爱农民，才能真正地打心眼里留在这片土地上，将自己的知识与青春挥洒在农业农村的大地上。作为科技小院的一员，我感到非常自豪，希望我可以通过自身努力多为农民做贡献。”

科技小院研究生杨晓彤说：“来到曲周已经一年多，从暑期培训到现在，‘曲周精神’一直深深地影响着她。作为年轻学生，更应该学习‘曲周精神’、弘扬‘曲周精神’、践行‘曲周精神’，用自己的专业所学，去科学地指导农民，帮助他们增收增效，为乡村振兴做出自己实实在在的贡献。”

资环学院硕士气象党支部成员毕玉婷说：“几天来一直在关注着‘曲周精神’的报道，感触颇深。为自己是一名农大人感到骄傲和自豪。中国农大与曲周之间的故事，不仅仅是中农老师、中农学子毫不犹豫地放弃城市的舒适生活扎根于农村，还是与当地农民艰苦奋斗，克服重重困难，共同治理好这片盐碱地，并带领曲周农民脱贫致富、绿色发展。这一过程中所形成的‘曲周精神’将鼓舞着我们一代又一代学子，成为引领农大不断前进的精神力量。”

理学院数学 151 党支部何国星认为：“关注‘三农’，发扬‘曲周精神’

是农大人的义务。作为大学生党员，更应该身怀推动农业科技进步的使命，传承自强不息的奋斗精神，不忘初心、牢记使命，为我国农业发展贡献自己的力量。”

人文与发展学院2018级硕士蒋振表示：“把论文写在大地上，这告诉了人们一个简单的道理——知行合一，实践是检验真理的唯一标准。象牙塔里的大学生应该去社会这所大学里去历练成长。老一辈科学家们在曲周战天斗地的故事告诉我们，世界上最怕‘认真’二字，认准了的目标，就是要咬住不放、锲而不舍地去完成它，一辈子踏踏实实干好一件事，为社会发展贡献出自己的力量，就是伟大的成就。”

曲周典型事迹在师生、校友中及社会上引起热烈反响（8）

发布日期：2019-06-11　信息来源：新闻中心

国际学院党委书记陈明海表示："近期通过各种形式认真学习了曲周人民和农大师生战天斗地、改土治碱的生动事迹，被老一辈农大人怀揣理想、扎根基层、服务人民的无私奉献精神深深感动着。从改土治碱到科技小院，这是农大精神一代代薪火相传的典范。勇于担当、善于作为，把论文写在祖国的大地上，他们用实际行动秉承着'解民生之多艰，育天下之英才'的校训，践行和凝练了'责任、奉献、科学、为民'的'曲周精神'。这种精神值得我们深入学习领会，值得我们在教书育人工作中不断地学习和传承。"

土地科学与技术学院党委书记刘尚民表示："46年前，老一辈农大人走进曲周改土治碱，充分诠释了中国农大'解民生之多艰'的校训，新时代的农大人走进'科技小院'，开拓了'育天下之英才'的新途径。农大人在曲周半个世纪的历程是全体农大人坚定地践行校训的缩影，让我们作为一名农大人深感骄傲，也让我们将中国农大建成中国特色、农业特色的一流大学更有信心。"

经济管理学院教授苏保忠说："秉校训，为民服务解难题；守初心，扎根土地农大人。这些天来，一直被'曲周精神'所感动，作为中国农业大学的一名教师，一定要不忘初心、牢记使命，秉承'解民生之多艰，育天下之英才'的校训，做好教书育人工作。一是不断加强学习，进一步提升自己的思想、意识和能力；二是要在工作中将老百姓的需求当作是自己的工作动力；三是要把自己在工作上热情投入积极转化为实际成果，有奉献、有担当，切实解决实际问题。"

马克思主义学院副教授赵少华说："我校师生扎根河北曲周 46 年服务'三农'的事迹，令人感慨，让人振奋。'曲周精神'，既是新中国成立以来我国农业探索精神的集中体现，也是一代又一代农大师生奉献精神的体现，更是农大人"爱国奋斗、科学报国"的生动展现。作为马克思主义学院的一名思想理论课教师，我坚信：只有将理论送进学生的心田，将论文写在祖国的大地上，才能真正做到不忘初心、情系'三农'、矢志奋斗、为国添彩。在今后的教学中，我将把'曲周精神'融入'思想道德修养与法律基础'课程的教学中去，在理想信念教育，'爱国主义'教育、人生价值教育、道德情操教育等专题教学中讲清讲透'曲周精神'，把曲周故事作为农大思政课的特色故事，把'曲周精神'打造成为农大人的精神家园。"

生物学院副书记兼副院长饶晓盼表示："'曲周精神'系列宣传报道在朋友圈刷屏，不仅让农大师生，更让我身边的朋友们领略了一次'农大风采'。看似光鲜亮丽的背后，其实是农大人前赴后继扎根曲周 46 年，不辞辛劳战天斗地的结果。5 月份曾带领学院师生到曲周试验站和科技小院现场参观学习，深受震撼，感同身受。我认为，正是因为农大人骨子里的民生情怀和科学精神，才让遍布曲周的盐碱地诞生了农业领域的'两弹一星'。相信农大师生会秉持'解民生之多艰'的初心，继续发扬艰苦奋斗的科学精神，为我国的脱贫攻坚、乡村振兴和绿色发展贡献更多的力量。"

园艺学院 2016 级党支部书记王世尧说："46 年来，农大人在曲周不忘初心、砥砺前行。'曲周精神'秉承中国农大百年历史积淀，以为国为民的家国情怀、敢为天下先的创新追求、自强不息的奋斗精神和追求卓越的创新魄力，深刻诠释了'解民生之多艰，育天下之英才'的校训，是新时代师生'弘扬爱国奋斗精神、建功立业新时代'的生动写照。"

信电学院本科生马超表示："'曲周精神'是我校师生扎根基层服务农民，用自己的知识和力量去真正服务于中国最广大劳动人民的生动写照。把论文写在中国大地上，用科技去解决农民的实际问题，把学术和实践紧密结合起来，真正做到了'顶天立地'。这次学习也使我对"解民生之多艰"有了更深层的理解，曲周工作者秉持的'零门槛、零距离、零时差、零费用'的工作准则，立足田间地头，深入农户耕作劳动的作风使我尤为感动。这是心系农村疾苦，解民之多艰的生动诠释，是农村科技工作者的责任和担当，是值得我们永远学习传承的精神品质。”

科技小院研究生赵向阳表示：“2017年4月第一次来曲周，那时候做完实验会到处走走转转，住宿楼一楼的展厅是我认识‘曲周精神’的开始。记得很多次吃完饭走到大厅都会被吸引，去反复思考那一代的科学家是怎么做出这样的‘丰功伟绩’。在这里生活两年来，和农民的接触，听他们讲述的过去的事情，让我更加充分的认识了‘曲周精神’，这是一段有血有肉的故事，更是一种时代精神。有热爱、有责任才会有改土治碱的成功。我们作为新时代的青年学生，一定要学农、爱农、服务于农，接过前辈们的接力棒，把‘曲周精神’一代一代地传承下去。”

科技小院研究生张俊娜说：“2018年6月，从青岛出发，经历了11个小时的火车，我第一次抵达曲周这块土地，也就是从这一刻起，我成了‘曲周精神’的又一代接班人。半年来，我从‘曲周精神’的历史学起，深入基层开展实践，开展农民培训，录制果树管理小视频、引进捕食螨等生物防治技术，以自己的一分微薄之力，做着接班人应做也必须要做的事情。这期间，因为生活条件差抱怨过，饮食不适应难受过，甚至由于下地劳动太累痛哭过、放弃过，但是当听到农民一句‘有你们的帮助指导真好’时，所有的辛酸苦楚似乎都不重要了。这一刻我肩上多了一分责任，更增加了一种信念，‘农民需要我，我就可以发挥我的价值’。我愿做新一代‘曲周精神’的接班人，扛起一份责任、奉献一段青春、利用一项科技、为民服务一生。”

资环学院学生巨丁倮表示：“这些天来通过对曲周典型事迹的深入学习，再一次深切地感受到了‘责任、奉献、科学、为民’的‘曲周精神’。老一代农大人用自己的坚持、勤劳将白茫茫的盐碱地变成了如今的良田沃土；一代又一代的农大人，他们不断坚守着曲周科技小院，用自己的一点一滴付出，换取了曲周农户们的绝对信任，换取了曲周粮食产量的不断增产增收。身为农大学子，我们要不断发扬‘曲周精神’，学习师兄、师姐、老师们的坚持不懈的精神，为中国农业绿色发展做出自己的贡献。”

曲周典型事迹在师生、校友中及社会上引起热烈反响（9）

发布日期：2019-06-12　信息来源：新闻中心

信电学院党委副书记秦颖表示：“‘曲周精神’中有两个字一直在脑海中回想，一个‘实’、一个‘思’。‘实’，即头上戴顶帽子行走在骄阳下：‘思’，即把田放在我们的心上。两字虽然简单，却深刻地概括了农大人扎根曲周、服务农民的精神，这种深入基层去接触农民，了解农村，从实际问题出发用自己的专业知识去解决农民生产生活中遇到的问题，解决问题的同时还与这里的曲周人民建立起深厚的感情。以上种种都是作为一名农大人为之自豪和感动的，希望未来的农大学子们在自己的专业领域也能发挥出自己的光和热，将农大精神赋予更多的精神内涵。”

水院党委副书记华博表示：“中国农大人在曲周不忘初心、砥砺前行，在奋斗中形成了‘责任、奉献、科学、为民’的‘曲周精神’。水院人扎根石羊河也同样是铭记着对国家对人民强烈的责任感，胸怀农民，兼济苍生，造福百姓。在扎根的过程中义无反顾，将自己的青春韶华献给农业，献给了农村。学习‘曲周精神’，接力棒传承到青年一代手中，希望我们新一代的水院人在自己的学习、生活和工作中不求索取、无私奉献，按照自己的初心继续奋斗，始终耕耘。”

经管学院党委副书记尹金辉表示：“‘曲周精神’，是高等学校教学科研服务社会的有利展示，更是中国农业大学‘解民生之多艰，育天下之英才’的具体体现和生动实践。农大师生几代人，用实实在在的行动，感天动地、感染百姓，用科学、用知识，使沧海变桑田。‘曲周精神’，也是中华民族文化精髓的再形象化、再实践化，是70年新中国的百折不挠、艰苦奋斗的写照。有这股子干劲儿和精气神儿，中华民族伟大复兴的中国梦一定可以实现。”

国际学院副教授齐岩表示：“脚踏实地，将研究做在中国大地上，将论文写在中国大地上！这些天一直被曲周典型事迹感染着、激励着，自豪感、使命感，同时夹杂着深深的感动顿时涌上心头。曲周实验站的创新——科技小院让我领会到了科学服务社会的真谛。科技小院的师生们在学习研究的过程中，为当地农民提供‘四零服务’，即‘零距离、零门槛、零时差、零费用’地为当地农民服务，从生产中发现问题—在农民的田地里做实验—找到解决问题的方法，从实践中来、到实践中去，教学科研的出发点和落脚点解读起来是这么简单，在今天又是这么的重要。曲周实验站的科研服务社会的模式、人才培养的模式，加深了我对教学、科研工作的社会功能和人才培养方式的认识。”

马克思主义学院讲师董济杰表示：“46年来，中国农业大学师生扎根曲周大地谱写篇章，形成了‘责任、奉献、科学、为民’的‘曲周精神’，已经深深融入中国农大人的血脉。曲周的发展是一个县和一个高校合作的历史，也是中农大精神传承和发展的历史。作为中国农业大学的一名老师，为前辈们科学报国、服务‘三农’的家国情怀感到自豪和骄傲，同时也感到责任重大，作为老师我们要向学生讲好农大故事和曲周故事，让‘曲周精神’代代传承，做到‘解民生之多艰，育天下之英才’，搞好科研，扎根农村，脚踏实地服务‘三农’。”

资环学院博士后王红亮说：“将近一年的博士后工作，让我从内心觉得我现在所做的工作是非常有价值的，是利国利民的大事、好事！平日里同白寨科技小院学生一起做调研，跟踪养殖户，培训养殖户，帮助养殖户答疑解惑，每每看到养殖户对我们信任的目光，渴望我们科技小院能给他们解决生产问题、提升养殖效益，内心既是开心又是一丝顾虑。开心的是农民朋友们需要我们，信任我们；顾虑的是怕我们做得不够不好，达不到农民朋友的预期。所以，在以后的工作中，我们作为科技人员一方面要真正走在农民朋友身边，面对面的去帮助他们；另一方面要提高自己的业务水平，用科技力量真正给老百姓做实事儿，让他们的辛苦换来更好的回报！”

植保学院本科三支部党支书王皎洁说：“46年来，从改土治碱到科技小院，中国农业大学师生扎根燕赵大地，和曲周人民一道形成了‘责任、奉献、科学、为民’的‘曲周精神’。46年，‘曲周精神’代代传承。时间在变，问题在变，环境在变，中国农大师生服务‘三农’、为国为民奉献的情怀没有变。正是这种变与不变，谱写了当代中国知识分子‘爱国奋斗、科学报国’的壮丽诗篇。作为农大人，我们更应该具有强烈的责任心，把所学的知识运用到基层、落到实处，把‘曲周精神’一代一代传下去。”

资环学院本科生王姝纯说：“当把‘改土治碱、造福曲周’的故事再一次重现在央视上时，我再一次明白了‘曲周精神’的含义。原来‘责任、奉献、科学、为民’这八个字的背后，有着农大老师立下誓言‘治不好盐碱地不回家’的决心，有着和群众一起在‘盐碱摊’上摸爬滚打的勇气，有着治碱成功后综合开发脱贫致富的担当。我们作为新时代的农大人，一定要秉持把科技的种子扎根沃土的信念，真正将知识和实践结合，把论文写在祖国的大地上。”

动科学院本科生学生干部靳宇航表示：“‘责任、奉献、科学、为民’是‘曲周精神’的精髓与核心，虽然只有简短的八个字，但其深刻内涵适用于我们生活的方方面面。作为一名农大学生，既要重视科学理论学习，对科研时刻保持严谨的态度，实事求是，也要结合实际生产中存在的问题，将科学转化为生产力，为农民解决实际问题。”

生物学院本科毕业生党支部组织委员韩悦表示：“‘责任、奉献、科学、为民’的‘曲周精神’是农大人宝贵的精神财富。我们要不断学习、弘扬、传承‘曲周精神’，打牢专业基础、提高综合能力、练就过硬本领，为新时代中国特色社会主义事业建设添砖加瓦、贡献力量。”

曲周典型事迹的宣传报道，在社会上继续引起热议。

紫光阁官方微博：

@年少轻狂纵马且歌：学以致用，知识为国，不惧艰苦，勇于担当，勇于奉献，真是现代知识分子的榜样，为中国农业大学点赞！

观察者网官方微博：

@天一123456的美好生活55：为实干兴邦的科学家们点赞！实践证明，科研就是力量，科研就是万顷良田，科研就是粮食，科研就是财富，科研就是人类发展的不竭动力！

新华视点官方微博：

@我是阳哥爱吃鱼：扎根曲周，改土治碱，盐碱滩变成了米粮仓，老一辈农大人的爱国情、报国志，激励着一代代农大人深深扎根在祖国乡村大地。“解民生之多艰，育天下之英才”，农大人不忘初心，情系乡土，永远根植祖国大地，践行报国之志！

曲周典型事迹在师生、校友中及社会上引起热烈反响（10）

发布日期：2019-06-13　信息来源：新闻中心

水利与土工程学院副教授陈鑫说：“‘曲周精神’是校训‘解民生之多艰，育天下之英才’精神之体现。面对当地没有麦浪，只有满目的苍凉，以及‘你们到底能待多久’的疑虑，师生们以‘改不好这块地不回北京’这一句最平凡的话，却又是最伟大的诺言让科技种子扎根沃土，使农大精神立足实地，与广大百姓同甘共苦。农大师生积极响应国家号召到祖国最需要的地方去，到环境艰苦的地方去，几十年如一日孜孜不倦，服务于最广大的基层劳动人民，这种精神深深地鼓舞着我们流体系的师生。大家立志以‘曲周精神’为标杆，尽我们所学开展流体机械工程学科前沿问题研究，为国家农业绿色发展做出新的更大的贡献。”

信电学院高级工程师王文成表示：“学习‘曲周精神’，深受鼓舞。‘曲周精神’体现了我校师生报效祖国、艰苦奋斗、踏实作为、自强不息的伟大精神。作为农大人我会把传承‘曲周精神’融入教学、科研工作，为国家、民族的富强做出贡献，不忘初心、砥砺前行，培养出对国家、民族发展有用的人才，努力钻研‘卡脖子’技术，创造出领先的科技成果。”

烟台研究院党委副书记肖冬生表示：“46 年来，一代代农大人扎根曲周大地，昔日的盐碱地变成片片‘米粮川’。漏风、漏雨、漏土的‘三漏房’，拦不住农大师生片片乡土之情；糙面、树叶、棉花壳的‘三合面’，哺育了农大师生分分赤子之心。扎根基层，深入群众，‘四泡老师’身体力行诠释无私奉献；前赴后继，不忘初心，青年学子携手前行立志解民多艰。作为新时代的一名农大教师，我们深深地热爱脚下这片热土，更应该高高举起‘爱国奋斗、科学报国’的大旗，为祖国‘三农’建设贡献自身的力量。”

资环学院本科生任姝琳表示：“‘曲周精神’激励着我努力学习，不断进步，将来也和老一辈人一样为了国计民生而奉献自己的知识和能力，为更多的人服务。作为一名中国农业大学的学子，我们一定要将这种精神与情怀传播给更多的人，影响带动更多的人，这是我们农大人的骄傲和榜样，也希望以后成为一名对国家对社会有用之人。”

动物医学院2014级本科生于荷表示：“‘责任、奉献、科学、为民’的‘曲周精神’，使我对校训‘解民生之多艰，育天下之英才’有了更深层次的理解。老一辈农大人不畏艰苦、默默奉献的精神，并没有随着岁月的流逝而减退，它经得住时代的考验，愈发深入人心。我们新一代农大学子需要做的，是将这种精神不断传承下去。”

食品学院本科生高源远说：“从曲周典型事迹的宣传中，我们深切地感受到，艰苦的环境磨灭不了科研的干劲！老师们与千百农民一同在田间挥洒汗水、在‘漏风、漏沙、漏雨’的屋子里做实验。郝晋珉老师说，‘人一生为了什么最幸福？为名？不是，为利？不对。名利皆为过眼烟云，唯有为人民服务，为人民做实事，被人民铭记在心中的人，才是真正的不朽’。‘责任、奉献、科学、为民’，农大人将此言践行，也必将世代传承。我们新一代的农大人一定要学好自己的科学文化知识，知行结合，早日成为中国特色社会主义的建设者和接班人。”

工学院本科生史高雅表示：“一代代中国农大人把爱国之情、报国之志融入服务乡村振兴之中，融入祖国改革发展的伟大事业之中，融入人民创造历史的伟大奋斗之中。有担当，不怕苦不怕难，为实现中国梦路上的民生问题建立新功。我为农大骄傲！”

经管学院本科生王洪江表示：“46年前，中国农业大学一批教师响应国家号召，来到了河北省曲周县并选择盐碱最为严重的北部张庄村，建立了试验区及治碱实验站，开始了旱涝碱咸综合治理的艰苦创业。半个世纪如一日的坚守，使昔日的‘老碱窝’终于变成现在的‘米粮川’。‘治不好盐碱不回家’掷地有声的承诺彰显的是他们对人民的担当，‘心连在一起，汗流在一起’是他们脚踏实地的工作和‘解民生之多艰’的伟大情怀。我们在新时代发扬‘曲周精神’，就是要从老一代农大人的身上汲取宝贵的精神力量，从而更好地践行‘解民生之多艰’的农大校训。”

科技小院研究生王晨珲表示：“46 年来，从改土治碱到科技小院，中国农业大学的师生扎根曲周，高扬‘责任、奉献、科学为民’的‘曲周精神’，服务乡村振兴，培育时代新人，形成独具农大特色的德智体美全面发展实践育人模式，诠释当代知识分子‘弘扬爱国奋斗精神、建功立业新时代’的精神追求，谱写了一部当代中国知识分子‘爱国奋斗、科学报国’的壮丽诗篇。作为科技小院的一名研究生，更应该向各位老师、师兄师姐学习这种不怕苦、不怕累，一心一意为农民着想，将农业技术送到田间地头，送到农民身边，将我所学的文化知识传递给农民，为王庄村的村民做出贡献，服务好王庄村的村民。我以我自己是一名光荣的服务‘三农’人员而感到骄傲，更为自己可以为农业、农村、农民做出贡献的自豪。”

科技小院研究生刘恩琪说：“一代又一代农大人薪火相传，不仅在曲周创造了丰硕的科技成果，凝练出了‘责任、奉献、科学、为民’的‘曲周精神’，更深刻诠释了中国农业大学百年历史沉淀形成的为国为民的家国情怀、敢为天下先的创新追求、自强不息的奋斗精神和追求卓越的创新魄力，这样的农大精神生生不息、代代相传，成为始终引领农大不断前进的精神力量。”

资环学院本科生韩慧黠表示：“‘责任、奉献、科学、为民’的‘曲周精神’是科学知识与实践的一次完美融合，老一辈农大人用切切实实的行动真正诠释了我校‘解民生之多艰，育天下之英才’的校训。他们坚持不懈为农民着想的精神是爱国主义的最美诠释，更是对我们新一代农大人的一次深刻教育。我们为他们骄傲，每一个农大学子都应该自觉承担自己的责任，努力做好维护地球土壤的一名战士。”

四川省委常委、组织部部长王正谱带队来我校洽谈合作

发布日期：2019-10-21　信息来源：欧阳永志

本网讯　10月21日，四川省委常委、组织部部长、我校校友王正谱带队来学校访问，洽谈省校战略合作事宜。我校党委书记姜沛民、校长孙其信等会见了王正谱一行。

姜沛民、孙其信代表学校对王正谱一行表示欢迎。姜沛民指出，四川是农业大省、人口大省，中国农业大学是国家农业院校的排头兵，省校双方既有区位优势，又有科技人才优势，合作前景非常广阔。党的十九大提出实施乡村振兴战略，这是决胜全面建成小康社会、全面建设社会主义现代化强国的一项重大战略部署，是新时代做好“三农”工作的总抓手。他表示，新时

代新时期进一步加强省校合作，是推进农业农村现代化的重要保障。学校会大力支持并推动省校合作早日落地做实，为推动四川省乃至西南地区的经济社会发展提供智力支持。

王正谱回顾了在母校期间的美好时光，感谢母校的培养。他说，四川是一个农业大省、人口大省，资源丰富、地域辽阔，当前四川的改革、开放、发展等各项事业都是蒸蒸日上，发展势头很好，是干事创业的广阔舞台。这次带队回母校商讨省校合作事宜，一是希望在人才上开展合作，欢迎母校为四川输入各领域的优秀人才，包括选调生等；二是希望和母校在农业技术研究推广方面加强合作。他表示，四川省正处于推进经济高质量发展的关键时期，对科技创新和人才需求极大，希望与母校的合作能早日落地，为全省经济高质量发展注入强大动力、提供有力支持。

孙其信简要介绍了学校的情况。他说，中国农业大学在农业种植业、养殖业、资源环境、农产品加工、畜牧兽医、农业经济、农村社会学等领域在

国内有很强的优势。目前，学校围绕国家的重大战略需求，在国家几大农业区域做了战略性布局，其中在东北布局了国家黑土地保护研究院，对黑土地的可持续利用进行研究；在华北是资源可持续利用，在“双减”基础上确保提质增效，推动农业绿色发展；在西北主要做节水和有机旱作农业；在华东是依托苏州和兴化两个基地开展资源的循环利用和功能食品研究。他表示，西南部地区是非常重要的农业板块，学校会全力以赴做好与四川省的战略合作，围绕四川农业发展，认真谋划好战略布局，以科技和人才合作为抓手，推动四川省乃至西南地区三农事业的发展，为四川省脱贫攻坚、乡村振兴注入农大智慧，贡献农大力量。

座谈会前，王正谱一行还参观了“使命与传承——中国农业大学‘曲周精神’事迹展”和学校科技成果展。

学校领导张东军、秦世成、王涛、龚元石、钱学军、宁秋娅、辛贤、李培景及相关职能部门负责人，四川省省委组织部副部长、省公务员局局长陈冠松，农业农村厅厅长杨秀彬，人力资源社会保障厅厅长胡斌，成都市委常委、组织部部长胡元坤，四川农业大学党委书记庄天慧等参加了会见座谈。

北京市委常委、教工委书记王宁来校调研党的政治建设工作

发布日期：2019-06-27　信息来源：马文哲

本网讯　6月27日上午，北京市委常委、市委教育工委书记王宁来我校调研党的政治建设工作，听取学校党的政治建设工作汇报，对学校党的政治建设工作提出要求。市委副秘书长郑登文，市委教育工委副书记狄涛、李军锋，我校党委书记姜沛民，中国工程院院士沈建忠，党委常务副书记张东军，副校长王涛、钱学军，党委副书记宁秋娅等出席座谈会。

座谈会前，王宁参观了“使命与传承——中国农业大学曲周精神事迹展”，观摩了学校青年马克思主义者协会功能型党支部“读书读经典”活动，并与科技小院和协会师生进行现场交流。他强调，几代农大师生代代相传，扎根曲周46年，铸就了“责任、奉献、科学、为民”的曲周精神，用实际行动践行我们党的初心，也是农大人的初心，希望广大师生继续传承曲周精神，赋予新时代核心内涵，持续指导工作实践，在服务北京

"四个中心"建设、提升农业科技水平上作出更大贡献。

座谈会上，姜沛民详细汇报了我校党的政治建设工作。他讲到，中国农业大学有着深厚的红色基因，百年的发展历程中学校始终与国家命运和党的发展紧密相连；学校牢记总书记的嘱托，始终把党的政治建设摆在双一流建设中的首位，牢牢把握社会主义办学方向，坚守意识形态的阵地，不断提高政治站位，不忘使命担当；学校认真学习贯彻习近平总书记重要指示批示精神，紧紧围绕北京市委的工作部署和要求，大力推进学校党的政治建设，补短板、强弱项、建机制、创特色，学校的党建和思想政治工作取得了新的进展，党委领导更加坚强有力，基层组织更加充满活力，师生的精神面貌更加积极健康向上。党的政治建设是新时代高校党建质量的生命线，学校将根据中央精神和市委工作要求，大力推进学校党的政治建设，把党的政治建设融入管党治党和办学治校全过程，加快推进中国特色、农业特色世界一流大学建设，以更加优异成绩迎接和庆祝新中国成立 70 周年。

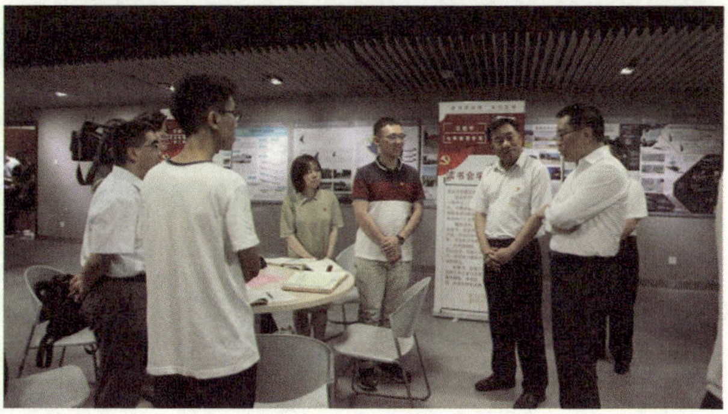

动物医学院院长沈建忠、理学院党委书记周志

强、水利与土木工程学院党委副书记华博、动物遗传育种与繁殖党支部书记连正兴、马克思主义学院思政课教师刘武根、食品科学与营养工程学院辅导员丁倩分别围绕学院基层党建、学生思政工作、党建特色活动、思政课建设等方面进行了交流汇报。

听取汇报后，王宁对学校的党的建设和各项事业取得的发展给予高度肯定。他指出，中国农业大学在党的政治建设工作上始终走在全国前列，是全国高校学习的一面旗帜。中国农大代代相传的红色基因在学校党的建设和各项事业发展方面发挥了突出作用，形成了鲜明特色。中国农大师生扎根河北曲周 46 年服务乡村振兴的先进事迹，并形成了宝贵的精神财富“曲周精神”，深刻体现了中央开展“不忘初心、牢记使命”主题教育的重大时代意义和历史意义。

王宁对学校加强党的政治建设提出了具体要求：一是要坚定政治信仰，牢牢把握中国特色社会主义办学方向；二是要强化政治功能，坚持为党育人、为国育才；三是要加强党的政治领导，把党的全面领导贯穿到管党治党、办学治校的全过程；四是要发挥政治优势，守正创新，筑牢思政工作的生命线；五是要提高政治能力，打造高素质的专业化的干部

人才队伍；六是要涵养政治生态，营造风清气正的校园环境。

王宁指出，今年是新中国成立70周年，大事多、喜事多。学校要以此为契机，进一步加强爱国主义教育，激发师生爱国主义热情，深入开展“我和我的祖国”爱国主题教育活动，要按照“精精益求精、万万无一失”的要求，高标准、高质量完成好国庆70周年各项服务保障任务。

北京市委有关部门、教育工委有关处室负责同志，学校党委各部门负责人、各二级党组织书记、马克思主义学院教师代表、学生辅导员代表等参加座谈。

北京市教育工会主席张锦一行参观我校“曲周精神”事迹展

发布日期：2019-06-06　信息来源：校工会

本网讯　6月5日下午，在校党委常务副书记、校工会主席张东军陪同下，北京市教育工会主席张锦、常务副主席邱爱军及30多位北京高校及区教育工会的常务副主席、副主席，参观了我校“使命与传承——中国农业大学——‘曲周精神’事迹展。”

参观中，张东军讲述了46年来我校师生扎根燕赵大地，峥嵘岁月铸就的“责任、奉献、科学、为民”的“曲周精神”，以及奋斗历程、典型人物和取得的辉煌成就。他向主席们介绍道，46年前农大人是受周恩来总理的嘱托，走进曲周，建立试验站，开始治理盐碱地的伟大工程；从这块土地上中国农大走出两位校长、三位院士，一百多位教授、博士；黄淮海改土治碱工程，获得国家科技进步特等奖，被誉为农业界的“两弹一星”。站在辛德惠院士的展板前，他深情地说：“辛德惠把自己的一生献给了农业，献给了黄淮海。他逝世后，曲周人民强烈要求，把他骨灰留在曲周，供曲周人民祭奠，他的形象已植入曲周人民心中；在新的时代，农大人又在这里创建了‘科技小院’，科技小院以评分第一名的成绩入选中国‘三农’创新榜样。”张东军指出，中国农大“曲周精神”是百年农大精神的缩影，是一代又一代农大人爱国奋斗精神的写照，是广大知识分子科学报国的具体体现，是建功立业新时代的标注，这种精神已融入农大人的血脉中，在“不忘初心，牢记使命”主题教育中，在推动学校“双一流”建设中，将进一步发扬光大！

主席们被农大40多年来在曲周这块土地上取得的成就和事迹所感染，张锦表示，几代中国农大人在曲周的奋斗奉献让自己很受震撼，北京市教育工会要在“弘扬爱国奋斗精神，建功立业新时代”上有所作为，“曲周精神”是一项非常鲜活的教育资源，将组织参加北京高校青年教师教学基本功比赛的青年教师参观学习“曲周精神”，感受农大人的艰苦奋斗的创业精神。要更广泛地学习宣传“曲周精神”，团结引领广大教育系统会员在新时代建功立业，有所作为，不负使命，推动工作向前发展。

北京航空航天大学、北京理工大学、北京大学医学部等北京市26所高校及西城、朝阳等区教育工会的工会常务副主席、副主席参加此次活动。（校工会　供图）

学习“曲周精神”，勇于担当作为，助力乡村振兴

——服务“三区”座谈交流会在我校举行

发布日期：2019-06-10　信息来源：北京建设大学

本网讯　近日，科技助力乡村振兴行动服务“三区”座谈交流会在我校国家大学科技园举行。会议邀请了中国科协原副主席、中国老科学技术工作者协会副会长冯长根出席，中国农技协、中国老教协等领导专家齐聚一堂，共议服务“三农”，服务“三区（革命老区、民族地区和边疆地区）”，科技助力乡村振兴大计。

北京建设大学常务副校长、我校国家大学科技园主任吴加志，首先介绍了当前正在开展的学习“曲周精神”的热潮。近来，新华社、中央电视台《新闻联播》节目、《人民日报》《光明日报》《农民日报》等中央媒体相继刊发、播出了我校师生扎根曲周大地，46年如一日，不忘初心、牢记使命，爱国奋斗、科学报国。从改土治碱到综合发展，从乡村振兴到绿色发展，一代代农大人把青春的汗水洒在曲周大地，以大地为书，以阡陌为笔，书写着锦绣时代的青春答卷。吴加志还汇报了我校科技园积极转型发展，利用自身优势，汇聚各类资源，弘扬和践行“责任、奉献、科学、为民”的“曲周精神”，积极

参与脱贫攻坚、助力乡村振兴的伟大事业，其做法与成效得到与会者的高度赞赏。

冯长根介绍了中国老科协最近出台的《中国老科协助力乡村振兴行动计划（2019—2020）》的情况，号召广大老科技工作者，积极投身到乡村振兴的伟大事业中来。要深入贯彻落实党的十九大精神，紧紧围绕中央推进乡村振兴战略决策部署，按照“产业兴旺、生态宜居、乡风文明、治理有效、生活富裕”的总要求，遵循引导老科协将“资源下沉、人才下沉、服务下沉”的思路，充分发挥老科协的科技和组织优势，以乡村振兴现实需求为导向、提高农村人口综合素质水平为主要内容，动员和组织老科技工作者助力乡村振兴战略实施，为推进农业农村现代化贡献老科协的智慧和力量。他说，经过两年的努力，全国各级老科协助力乡村振兴行动取得较大进展：决策咨询效果明显，服务体系趋于健全，服务品牌开始彰显，服务模式初步形成，长效服务机制基本建立，帮扶村产业兴村取得成效，村民科技素质有所提升，为助力乡村振兴工作奠定基础。到 2020 年，在巩固科技助力脱贫攻坚的基础上，中国老科协在服务体系、服务品牌和服务模式上初步形成特色，探索形成一批各具特色的模式和经验，创建助力乡村振兴的“十百千千万”老科协网络化服务体系，探索老科协助力乡村振兴的长效机制。重点创建：10 个以上中国老科协助力乡村振兴科技示范基地，100 个以上省老科协助力乡村振兴科技示范园，1 000 个

以上市县老科协助力乡村振兴村级示范点，1 000个以上市县老科协助力的家庭农场、农民合作社、农业企业等科技示范新型经营主体，形成一支10 000名以上的老科协助力乡村振兴老科技工作者队伍。

张晓军监事长介绍了中国农技协的相关情况和开展的主要活动，并对我校科技小院的工作给予了高度评价。我校老领导、中国老教授协会常务副会长江树人介绍了中国老教授协会开展的工作，并表达了积极响应、大力支持乡村振兴行动计划；翟志席副会长介绍了农业专业委员会的工作情况，深情回顾了在曲周试验站15年的工作（担任副站长），见证了曲周及试验站的深刻变化，畅谈了中国农大与曲周人民的深情厚谊。校务委员会副主任傅泽田说："乡村振兴是国家战略，离不开各个部门、地方政府以及各种社会组织力量的参与和推动，我们应该协同服务，资源共享，协同推进。同时，我也是其他几个社会组织的参与者服务者，愿意带动更多的人和力量，参与到助力乡村振兴的行动中来。"

大家学习了《求是》杂志发表的习近平总书记的文章《把乡村振兴战略作为新时代"三农"工作总抓手》。文章强调，乡村振兴战略是党的十九大提出的一项重大战略，是关系全面建设社会主义现代化国家的全局性、历史性任务，是新时代"三农"工作总抓手。我们要加深对这一重大战略的理解，始终把解决好“三农”问题作为全党工作重中之重，明确思路，深化认识，切实把工作做好，促进农业全面升级、农村全面进步、农民全面发展。

助力乡村振兴战略实施，服务“三区”活动是一件大好事，也是一件大家都关心的事，与会领导专家就中国老科协、中国老教授协会、中国农技协、中国农业大学、中国农业科技下乡专家团、相关科研院所、农业企业共建协作，为“三区”服务，建立线上线下平台、实用人才培养、农业科技推广、农村创新创业等等进行了热热的讨论。

参加座谈交流会的领导与专家还有，中国农业科技下乡专家团副团长、中国农业科学院原所长李建国，我校经管学院教授、中国老区建设促进会农工委副主任委员陈宝峰，我校经管学院副教授张建胜，北京林业大学森林康养研究中心执行主任刘霞，山西省农机局原副局长姚建忠，山西现代农业工程出版传媒中心主任、山西省品牌研究会会长、农产品加工杂志社社长张成龙，中国农业科技下乡专家团秘书长辛士，北京中农国优推广中心主任葛玉梅，北京比尔比特公司、北京黄河京都会议中心等科研院所及相关企业负责人20余人。

弘扬“曲周精神” 北京市潞河中学设立“辛德惠班”

发布日期：2019-09-03 信息来源：资源与环境学院

9月1日，在北京市潞河中学2019—2020年“向祖国致敬，向梦想出发”的开学典礼上，为了学习以辛德惠院士为代表的中国农大人的“责任、奉献、科学、为民”的“曲周精神”，纪念辛德惠院士的丰功伟绩，潞河中学命名潞河中学2019级高一（13）班、高一（14）班为“辛德惠班”。我校资源与环境学院院长吴文良和潞河中学校长徐华为“辛德惠班”授牌。

吴文良在潞河中学开学典礼上致辞中，回忆了师从辛德惠先生的求学、工作往事，勉励潞河学子学习辛德惠校友为国为民投身农业现代化建设的科学精神和奉献精神，鼓励潞河学子勇于报考中国农业大学。吴文良表示，资源与环境学院拟在学院和辛德惠先生的同事及弟子出资的“辛德惠院士泛生态学基金”支持下，在潞河中学设立“辛德惠院士励志奖学金”。

辛德惠同志1950年毕业于北京市潞河中学，是新中国成立后潞河中学的第一届毕业生。高中毕业报考大学时，辛德惠填写的三个志愿都是农业类院校。那时，他就立志“改良中古式的农业法，以作新中国的工业发展的基础，志愿是在农业中去给人民尽量地工作”。他在日记中写道：“无私无畏，忘我无我，利他利国，才能真正为人民服务，为党的事业奋斗到底。这是我的全部信念和行动指南。”辛德惠同志用生命诠释了他的誓言。

为更好地弘扬“责任、奉献、科学、为民”的“曲周精神”，在资源与环境学院原党委副书记邵辉老师的建议和推动下，潞河中学校领导和资环学院领导互访商议，成功在潞河中学设立了“辛德惠班”。据介绍，2019 级高一（13）、高一（14）两个班级高中毕业后，将“辛德惠班”牌匾交予下届指定班级继承。资源与环境学院后续将在潞河学子的社会实践和科研实践上给予大力支持。

资环学院党委书记潘志华、副书记吴华杰等参加了上述活动。

原创豫剧《天绿》激励农大师生

发布日期：2019-04-12　信息来源：马文哲　学生记者：黄春妮　钱云

本网讯　两个小时的演出，老一辈农大人在曲周改土治碱的故事，深深打动着现场的师生们；当悠扬的旋律响起，观众们用长时间的掌声表达心里的敬意——这是4月12日豫剧《天绿》在西区新教报告厅演出时的场景。学校党委副书记宁秋娅和近1 000位师生全程观看演出。

《天绿》是为庆祝我校与曲周县合作和曲周实验站建站45周年而专门创作的，以弘扬中国农大“曲周精神”为主题，真实再现了曲周人民和农大师生战天斗地、改土治碱的精神风貌，深情讴歌了老一辈农大人怀揣理想、扎根基层、服务人民的无私奉献精神。

这次《天绿》专场演出走进农大校园，师生再一次集中学习“曲周精神”，引发强烈共鸣。观看演出的师生们表示，演出感染至深，震撼人心，用农大师生自己的故事讲述农大人情系乡土、报效国家、为民为国的赤诚之心，生动诠释了“解民生之多艰”的校训精神；从改土治碱到科技小院，这是农大精神一代代薪火相传的典范，勇于担当，善于作为，把论文写在祖国的大地上；在乡村振兴，脱贫攻坚的关键时期，农大人更应该践行“责任、奉献、科学、为民”的“曲周精神”，努力为服务乡村振兴、实现农业农村现代化做出更大的贡献。

《天绿》自去年10月首演以来，观众如潮，反响热烈，已累计演出53场。曲周县委宣传部有关负责同志和中国农大师生一道全程观看演出。（学生记者　石伊琳　陈禹蒙　曾兮　摄影）

《稼穑之歌》复排上演　传承“曲周精神”

发布日期：2019-05-30

信息来源：学生记者　邱雨竹　尹艺璇　徐皓　申澳

本网讯　5 月 20 日晚 19：30，我校原创话剧《稼穑之歌》在曾宪梓报告厅准时上演，传承弘扬“责任、奉献、科学、为民”的“曲周精神”。党委副书记宁秋娅与在场的师生一同重温了我校师生扎根河北曲周 46 年服务乡村振兴的感人事迹。

《稼穑之歌》最初于 2005 年创作并首演。2017 年 11 月，《稼穑之歌》在第六届北京大学生戏剧节荣获多幕剧（普通甲组）金奖。本次上演的《稼穑之歌》，经过艰苦的艺术再创造重回舞台，内容更加丰富，表达形式更加丰满，更加地深入传承弘扬 “曲周精神”，激励师生不忘初心、牢记使命、砥砺前行、服务人民。

46 年前，中国农大一批教师响应国家号召，进驻河北省曲周县，开始了旱涝碱咸综合治理的艰苦创业。剧中的夏教授就是这批教师中的一员：他是一位农大教授，肩上必定扛着人民的保暖安康；但他也是一位父亲，背上必定背负着家庭的幸福和睦。成就“大家”，还是选择“小家”？以夏教授为代表的农大人在国与家之间选择了奉献国家、服务人民。

夏教授与妻子许若水之间的对话间，“父母忠贞为国筹，何曾怕断头。如今天下红遍，江山靠谁守”的荡气回肠中不失悲情；“喜看稻菽千重浪，遍地英雄下夕烟”的英雄豪迈里又添几分儿女情长。“可在这个年代，我没有选择。所以不去选择，就是我的选择。”夏教授的有血有肉、有情有义令人潸然泪下。

民兵队长柱子的成长历程与态度转变也令人动容：从一开始排斥农大教授的到来，到在共同生活的过程中慢慢受到影响，再到最后发自内心地尊重与爱戴他们。正如戏中柱子的独白，“七三年腊月二十八，那是我第一次和夏教授并肩作战。他即使昏迷过去，仍像一尊铁打的雕像定在前面。那一刻，我服了！”真切地表达了村民们对农大回声的接纳、认可与爱戴。

王舒扬在《稼穑之歌》中扮演老年柱子，是以一个叙述者的身份贯穿全剧的角色。“那个年代农大派去曲周的专家，吃的是三红饭，喝的是苦碱水，住的房子三天两头还漏水。在那个年代，许多人一辈子都默默奉献，一心只想把农民喂饱。”通过一遍又一遍地演绎剧本，他对那段艰苦而光荣的岁月了解愈发深入，“我认为‘曲周精神’所蕴含的正是一种无私奉献，一种兼济天下苍生的情怀。”

王耘的扮演者韩龙馨表示，演员们都非常辛苦，经常排练到很晚，有时候甚至要到凌晨一两点。也正是演职人员和工作人员长达数月的辛苦付出，最终成就了《稼穑之歌》这部精彩非凡的话剧。作为大一学生，出演“王耘”一角对她来说是一次不小的挑战。在话剧落幕时，捧着鲜花的韩龙馨抹了一

把眼泪："在台上我感觉自己真正投入了，与角色融为了一体。王耘就是农大学生的一个缩影，不论多么艰难，农大学生都在身体力行地把论文写在大地上。"

艺术中心的王怡老师坦言，剧中的每一个细节都经过了师生们数以百次的雕琢。剧团还曾组织过采风活动，让同学们真正行走在曲周的田间，亲耳倾听当年的老支书讲述当年的故事。不仅如此，为使人物更鲜明，演出更具新颖性，尽可能还原故事的真实性，科技小院、校史馆、饲料博物馆……每一处都留下了主创和演员们认真笃实的脚步。"我们希望通过《稼穑之歌》表现出农大的教授对科研的执着，体现出农大人的努力让'三农'产生了怎样翻天覆地的变化。剧中也体现了我们对国家美丽乡村计划和对青山绿水追求的响应。"王老师笑道。

现场观众对本次话剧表演好评如潮，感动的泪水和落幕时久久不息的掌声都是对本部

话剧的极高肯定。

作为亲友团，王爷爷肯定了节目的震撼性和教育意义：“这几个年代我都赶上了，也早就听说过曲周盐碱地很重，所以我对这部剧非常地感同身受。”说到动情处，他不禁欣慰地感叹：“践行‘曲周精神’的农大人是全国学习的榜样！”

而王爷爷的孙子，正是剧中马县长的饰演者王伟飏。演出结束许久，他仍然是满头大汗。王伟飏表示，演出的圆满谢幕离不开每一个演员对每一个细节的反复修改。在排练过程中他被当年农大人“敢教日月换新天”无畏精神深深打动，并在班级团日活动中向同学们也介绍了农大精神与“曲周精神”。“希望我也可以学以致用，用我学到的专业知识回报社会！”他的眼神认真而坚定。

“看到自己所在的剧社演出讲述学校光辉岁月的剧目，我的心情激动又感动。”食品学院15级学生孙梦峣曾经是行知剧社的成员，观看演出后他的内心无比震撼，“对于我们农大学子来说，《稼穑之歌》讲述的故事是骄傲和自豪，更是荣誉和使命。农大先辈躬身践行的‘责任、奉献、科学、为民’让当下的我们更理解‘解民生之多艰，育天下之英才’的深刻内涵。我们一定要有以人为本的情怀，弄清楚自己所学专业的深刻意义与内涵，背负起新一代农大人在新时代下的使命和责任。”

授人以鱼，不如授人以渔。一代又一代的农大人扎根曲周，与农民同吃、同住、同劳动，把论文写在曲周广袤的大地上。农业发展需要技术，农大人正是这条战线上的中流砥柱，他们深入基层，聚焦民生，科学治碱，理论联系指导实践，不断开拓创新；他们默默坚守，无私奉献，不慕名利，实事求是。“农民不下地，哪知道收成；农大人不下地，哪有收获？”老一辈的农大人留下的“责任、奉献、科学、为民”的“曲周精神”在农大师生中辈辈继承、代代发扬。

46 年来，中国农大人在曲周不忘初心、砥砺前行，在接续奋斗中形成了“责任、奉献、科学、为民”的“曲周精神”。责任，源于解民生之多艰的笃定信念；奉献，源于无私无畏的使命传承；科学，源于对农业发展的不懈探索；为民，源于不忘初心的执着情怀。

“曲周精神”秉承中国农业大学百年历史积淀形成的为国为民的家国情怀、敢为天下先的创新追求、自强不息的奋斗精神和追求卓越的创新魄力，深刻诠释了“解民生之多艰，育天下之英才”的校训，是新时代师生“弘扬爱国奋斗精神、建功立业新时代”的生动写照。

心系苍生，兼济天下。一代又一代农大人孜孜以求农业现代化与农村发展。他们以“拯斯民于水火”的大义，以“敢为天下先”实干精神，谱写了一曲又一曲时代的赞歌。峥嵘岁月里不仅有先辈的奋斗，更维系着我辈的过去和未来。难忘往昔艰辛，难忘肩头重任，每一个农大人铭记“解民生之多艰”的校训，弘扬农大精神传统，传承发扬“曲周精神”，薪火相传，生生不息！

（学生记者　孙佳宇　孙冬　晋娴　摄影）

“曲周精神”事迹展网上 VR 展厅上线迎新

发布日期：2019-08-30　信息来源：新闻中心

1973 年至今，中国农业大学师生扎根在河北省邯郸市曲周县 46 年，从 20 世纪 70 年代开始的改土治碱，到今天的科技小院；从农业综合开发到乡村振兴和城乡一体化发展，我校师生深入曲周以至全国各地，形成了独具特色的社会服务和实践育人模式，谱写了一曲当代中国知识分子爱国奋斗、科学报国的壮丽诗篇。

为了充分介绍我校师生在曲周县 46 年来的奋斗历程，展示“责任、奉献、科学、为民”的“曲周精神”的深刻内涵，由我校档案与校史馆联合党委宣传部、资环学院、曲周实验站，共同举办了“使命与传承——中国农业大学‘曲周精神’事迹展”。展览展示图片 3 000 多张，视频 20 资料多部，实物 40 多件。

本展览自 5 月下旬在两校区开放以来，得到了全校师生和社会的热切响应。校领导班子、学校各基层党组织、各兄弟单位先后实地观展。展览至今，共有各界人士 5 000 多人次，近 200 批次参观了展览。

为更好拓展展示渠道，宣传部制作推出“曲周精神”VR 虚拟展厅，展厅拥有虚拟展厅、在线讲解、虚拟导游等多种功能，使参观者在观看虚拟场景时，有身临其境的视觉效果，师生可以随时随地通过登录 PC 端或扫描二维码观看展览。

展厅网址：https://web.jiaxunyouneng.com/cau-edu/vr/quzhoujingshen/mobile

学校依托形势与政策第一课堂宣讲“曲周精神”

发布日期：2019-04-29　信息来源：党委学生工作部

本网讯　今年4月起，学校以迎接新中国成立70周年为契机，牢抓形势与政策第一课堂主渠道，深入开展“曲周精神”主题宣讲，教育引导学生深刻领会“责任、奉献、科学、为民”内涵，用实际行动继承、传播、发扬“曲周精神”。

宣讲结合“形势与政策”课“我国经济社会发展”专题教学，以乡村振兴战略为切入点，讲好新时代中国故事。向青年学生讲述农大人扎根曲周46年，一代代前仆后继，扎根农村，从改土治碱到脱贫攻坚，从乡村振兴到绿色发展，推动我国农业从贫穷走向振兴的农大故事。用一张张照片、一组组数据、一件件感人事迹，在课堂上诠释“责任、奉献、科学、为民”的“曲周精神”，激励广大学生树立崇高目标，认真学习专业知识，为服务乡村振兴贡献青春力量。

4月至5月，部分校领导、学院书记、院长将与管理服务机构负责人等党政领导干部、思想政治理论课教师、哲学社会科学专业课教师、学生思想政治工作干部、专职辅导员等组成的“形势与政策”课程教学团队，深入32个课堂为全校2017级、2018级本科生开展宣讲。

宣讲团队老师认为通过第一课堂讲曲周好故事、传递曲周好声音、弘扬农大精神传统是学校进一步深化“三全育人”，增强学生“四个正确认识”的重要举措。信息与电气工程学院院长高万林表示，通过“曲周精神”宣讲，激励农大学子以问题为导向，急国家之所急、农民之所急，将长期坚持坚韧

不拔、艰苦奋斗的精神结合学习生活实际，克服困难、勇于创新，争当一懂两爱的智慧农业国际拔尖创新人才。国际学院分党委书记陈明海表示，“责任、奉献、科学、为民”的“曲周精神”值得我们所有教师员工深入学习领会，要在教书育人工作中不断地弘扬和传承“曲周精神”，全面落实立德树人根本任务，为学生发展成长奠定基础。经济管理学院辅导员史煜成表示，作为学生思政一线工作者，有责任、有义务在广大学生中讲好曲周故事，传播“曲周精神”，引导学生扣好人生第一粒扣子。

小院作用大

本次宣讲活动在学生中引起强烈反响。经济管理学院2017级学生余帅表示，“曲周精神”是一种责任，是一种奉献，是一种传承。石元春、吴文良等几代农大人用自己实际行动向我们诠释了“曲周精神”的内涵。作为农大学子，我们理解“曲周精神”的深刻内涵，弘扬传承“曲周精神”。理学院2018级学生王越表示，在农大前辈们身上看到了“艰苦奋斗、无私奉献、认真严谨、脚踏实地、求真务实”的优秀精神品质。青年学子要从中汲取精神力量应用于学习生活，脚踏实地地学透每个知识点，求真务实地设立目标，不要好高骛远、脱离现实。信息与电气工程学院2017级学生米丰表示，作为新时代的青年学子，要勇于担当，善于作为，弘扬传承“曲周精神”，把爱国之情、报国之志融入祖国改革发展的伟大事业之中，融入人民创造历史的伟大奋斗之中。（党委学生工作部　供图）

学校召开“不忘初心，做传承‘曲周精神’的践行者”学生干部座谈会

发布日期：2019-05-31　信息来源：共青团中国农业大学委员会

本网讯　5月29日下午，学校以“不忘初心，做传承‘曲周精神’的践行者”为主题召开了学生干部座谈会，校党委副书记宁秋娅出席会议并与学生干部进行交流。

会上，宁秋娅首先为同学们讲述了老一辈农大人扎根曲周46年爱国奉献、科学报国的光辉历程，生动阐释了“责任、奉献、为民、科学”的“曲周精神”。随后，校学生会主席赵泽宇、研究生会主席李丹阳、人发学院研究生会副主席薛媛睿等先后表达了自己学习“曲周精神”的感受。他们表示，院校两级学生会、研究生会将通过采访践行“曲周精神”的先进代表、举办主题演讲比赛、组织学生去曲周实地参观科技小院等活动，在同学中营造良好的学习践行“曲周精神”的氛围，让更多同学从中获得启迪和汲取新的精神力量。

最后，宁秋娅希望学生干部们能够深刻认识“曲周精神”的历史意义和时代价值，通过开展丰富多样的各类活动在广大同学中掀起学习宣传扎根曲周46年服务乡村振兴先进事迹热潮。她强调，新时代农大青年要以老一代农大人为楷模，用科学知识武装头脑，厚植“懂农业、爱农村、爱农民”的具有“三农”情怀，将论文写在祖国大地上，将青春奉献给伟大祖国。

座谈会结束后，与会学生干部们还一起参观了“使命与传承——中国农业大学‘曲周精神’事迹展”。校团委书记尤泳、校团委副书记姚沫男、人

发学院辅导员，校学生会、研究生会、人文与发展学院主席团等参加了本次座谈会。

我校博士宣讲团开展“曲周精神”主题宣讲活动

发布日期：2019-06-11　信息来源：党委研究生工作部

近日，《人民日报》、新华社、中央电视台《新闻联播》节目、《光明日报》《农民日报》、教育部《微言教育》等媒体平台相继刊发、播出了我校师生扎根河北曲周大地，46 年如一日，不忘初心、牢记使命，爱国奋斗、科学报国的先进事迹。我校博士宣讲团通过认真学习“曲周精神”，在各学院积极开展主题宣讲活动。

我校博士宣讲团成员何思洋以“将青春奋斗在祖国的大地上”为主题面向北京市高校博士宣讲团成员进行宣讲，将曲周师生扎根曲周大地的典型事迹为分享内容，引起各高校宣讲团成员的热烈反响；周航面向马连洼街道百草园社区结合爱国奉献与青年责任进行宣讲；杨圣慧、郝琦伟、杨柯、付晨、刘子凯也分别在工院、马院、生院、理院围绕“曲周精神”做宣讲报告。他们结合专业特色更加生动地与同学们分享学习“曲周精神”的心得体会和践行经历，深深地感染了同学们，并激发同为农大学子应做好不畏艰辛、扎根基层、依靠科学、为民造福的精神传承。

据悉，我校博士宣讲团自 2019 年 3 月成立以来，共有来自 16 个学院的 31 名研究生陆续开展宣讲，现已累计完成宣讲 7 场，覆盖师生近 400 人次。宣讲活动将持续深入开展。

基建处党支部与发展管理系本科生党支部开展“曲周精神”专题学习

发布日期：2019-06-05 信息来源：人文与发展学院

6月3日晚，在东校区新图书馆会议室，基建处党支部、发展管理系本科生党支部联合举办主题为“携手共建、薪火相传”的共建座谈会。副校长、党建指导员钱学军，人文与发展学院分党委书记景发，后勤基建党委副书记，基建处副处长韩丰，基建处党支部书记张越，发展管理系本科生党支部书记龙嘉骞和两支部中的其他同志出席会议。

座谈会上，钱学军为两支部的同志们进行了一堂生动而深刻的党课教育。党课主题为“‘曲周精神’——奋斗是青春最亮丽的底色”，主要讲解了“曲周精神”的由来、具体内涵与深刻意义。钱学军以胡锦涛总书记、习近平总书记及历届中央领导人对我校的重视与关怀开篇，将农大校史娓娓道来。钱学军指出，中国农业大学不仅具有悠久的历史传统，而且具有根植于学校发展进程之中的红色基因。农大师生参加五四运动的历史事件、农大成立首个党支部的探索历程以及老一辈农大人艰苦奋斗的先进事迹等都向我们揭示：在农大的发展史中，从旧中国到新时代，一代代农大人不忘初心、牢记使命，将“解民生之多艰，育天下之英才”的农大精神代代传承。“曲周精神”作为农大精神的突出代表，是农大人践行自身爱国情怀、传承农大优良传统的典型案例。

钱学军说：“‘曲周精神’所传承的就是农大人服务‘三农’、振兴中华的初心与使命。”关于曲周精神的具体内涵，钱学军说道，“责任、奉献、科

学、为民”八个字是“曲周精神”的凝练表达，而更为写实的“曲周精神”生动地体现在曲周由“老碱窝”变成“米粮川”的惊人变化当中，体现在农大老师的艰苦奋斗与坚定意志当中，体现在直至今日曲周人民对于农大的由衷感激当中。当钱学军饱含深情地为大家讲述“老师住土房”“四泡老师”“老师的小板凳”等故事的时候，所有与会党员也深深为之感动。

钱学军指出，“曲周精神”不仅为我们留下宝贵的精神文化遗产，也为我们提供了人才培养、科技推广的方法途径。在曲周精神的感召下，一代代农大人前赴后继，众多农大优秀的老师、同学们积极投身于祖国建设特别是“三农”事业当中，用智慧和汗水书写了无数精彩篇章。最后，钱学军引用习近平总书记《在纪念五四运动100周年大会上的讲话》中的话语作为结束语，寄语与会的老师同学，希望同志们“用青春之我创造青春之中国、青春之民族”，铭记“曲周精神”，传承农大精神，做时代的追梦人。

农学院党委开展弘扬传承“曲周精神”系列活动

发布日期：2019-06-11　信息来源：农学院

近日，《人民日报》、新华社、中央广播电视总台、中央电视台《新闻联播》和《焦点访谈》栏目、《光明日报》《农民日报》、北京卫视、教育部《微言教育》等媒体集中宣传报道了我校扎根河北曲周46年服务乡村振兴的先进事迹。农学院党委高度重视，在全院掀起了学习热潮。

5月30日、31日，各党支部在会议室、教室、实验室、宿舍等通过网络、电视等方式观看了《新闻联播》和《焦点访谈》对“曲周精神”的报道。近日，多个党支部相继前往文化艺术馆、新教报告厅参观了“使命与传承——中国农业大学‘曲周精神’事迹展”。

6月5日下午，农学院党委在新楼报告厅举办了以“发展‘曲周精神’，助力乡村振兴”为主题的讲座。本次活动邀请了曲周实验站第六任站长、我校土地科学与技术学院教授郝晋珉，讲述了农大人在曲周治碱的艰辛历程，阐释了“曲周精神”内涵。

6月6日，农学院党委在新楼1005会议室召开理论中心组学习会，深入学习领会“曲周精神”。会议由农学院党委书记曲瑛德主持，学院领导班子成员、党委委员、教工党支部书记等出席会议。会上，曲瑛德领学了“曲周精神”，解读了我校师生扎根曲周46年来的历程，并指出“曲周精神”是农大人共同的精神财富。

通过此次“曲周精神”系列学习活动，农学院师生产生了极大的触动，

感慨万千。

作物生态与农作学系教工党支部书记、教授陈源泉说道，百余年的历史孕育了“解民生之多艰，育天下之英才”的农大“魂”，近半个世纪的开拓进取诞生了“责任、奉献、科学、为民”的“曲周精神”。这是一代又一代的农大人坚持潜心问道和关注社会相统一、积极投身社会实践与服务、同步培养“一懂两爱三有”人才的缩影。未来，我们将更加发愤图强，面向国家需求和社会发展，坚持做到“育人、顶天、立地、报国”无缝结合，为国家农业农村现代化建设，为中华民族伟大复兴而不懈奋斗。

植物遗传育种与种子科学系教工党支部书记、教授何绍贞表示，“曲周精神”影响着一代又一代农大人。作为新时代农科高校的人民教师，一方面要

继续传承与发扬“曲周精神”，立足基层，服务“三农”发展，助力脱贫攻坚；另一方面要以立德树人为己任，培养“一懂两爱”人才，为“三农”发展和乡村振兴持续输送卓越的后备力量。

作物生态与农作学系教工党支部宣传委员、副教授朱万斌表示，老一辈农大人扎根曲周改土治碱，将寸草不生的“盐碱滩”变为“米粮川”，为解决中国人吃饱饭的问题做出重大贡献；新一代农大人以科技小院再次扎根曲周支撑农业提质增效，引领农业绿色发展，开创了农业农村现代化的新途径。继承曲周传统，发扬“曲周精神”，再创业绩，是今天农大人新时代的历史使命。

本科生第三党支部入党积极分子黄欣说道，作为农大学子，我们要以奋发有为的精神状态，学习科学文化知识，为社会主义事业贡献自己的绵薄之力。我们要学习、弘扬和践行“曲周精神”，学习老一辈农大人身为先民、淡泊明志、

乐于奉献的高尚品格，艰苦奋斗、贴近群众、脚踏实地的工作作风，认真严谨、尊重规律、求真务实的科学态度，锐意进取、敢为人先、勇于探索的开创精神，呕心沥血、孜孜以求、实践育人的执着追求。

生物质工程研究中心研究生党支部孟星尧表示，百年农大，半百曲周。农大的科研最为独特，既要结合实际需求，又要钻研作物的DNA，更难的是要面对复杂多变的环境和喜怒无常的“老天爷”。前辈师生扎根曲周、聆听现状、结合科学基础，穷尽一生的努力奉献在这一方土地，这才是科研人员应有的精神。

为进一步弘扬传承“曲周精神”，农学院党委将通过党团组织生活等各类学习活动，引导师生将“曲周精神”内化于心、外化于行。

植保学院组织观看《新闻联播》曲周实验站专题报道

发布日期：2019-06-04　信息来源：植物保护学院

本网讯　5月30日下午，为进一步学习贯彻“曲周精神”，植物保护学院组织志愿者支队成员以及各班团支部书记参加观看新闻联播对曲周实验站专题报道活动。学院分团委书记张迪，学工办董斌、李佳琪到场观看。

报道介绍了曲周实验站的发展历程与研究成果：在老一辈农大师生的努力下，曲周改土治碱取得巨大成功，从“盐碱滩”渐渐变成“米粮川”，并将旱涝碱咸治理成果推广到全国其他低产田治理中，为我国农业发展做出巨大贡献。

交流环节中，大家纷纷表示将努力学习农大前辈们吃苦耐劳的科研精神，从实践中获取方法与经验，为我国农业发展做出应有的贡献。（植物保护学院　供图）

生物学院组织师生赴曲周实验站开展主题教育实践活动

发布日期：2019-05-30　信息来源：生物学院

本网讯　5 月 11—12 日，生物学院组织师生赴曲周实验站开展主题教育实践活动。

11 日下午，师生们为辛德惠院士举行了祭奠活动，在辛先生墓前敬献花篮，表达对院士的崇高敬意与缅怀之情。在曲周实验站牛灵安书记的带领下，师生们参观了站史馆，了解了改土治碱的历史及曲周实验站的发展情况，加深了对于“责任、奉献、科学、为民”的“曲周精神”的理解。师生们还参观了无损实验室、绿豆和果树试验、垃圾处理厂、污水处理厂、小麦育种试验和长期定位试验田。

12 日上午，在相公庄科技小院、白寨科技小院和前衙科技小院，师生们通过科技小院学生们的讲解，了解了科技小院的发展历史、工作机制和内容，对科技小院学生们为农户提供的零费用、零距离、零时差、零门槛的“四零”服务感慨颇深，由衷地敬佩这些扎根在科技小院学习工作的同学们。

通过两天的实践活动，师生们深入实地了解和学习了农大人扎根基层、服务农民的“曲周精神”。师生们表示，要继承和发扬老一代农大人甘于奉献的高尚品格，要自觉担负起农大人的责任和使命，在新时代努力奋进，建功立业。

生物学院副书记兼副院长饶晓盼带队。学院 24 名教师代表、学生党员、团员骨干参加了此次实践活动。

改土治碱
造福曲周
中国农业大学
生物学院
College of Biological Sciences, CAU

解民生之多艰 育天下之英才

生物学院组织师生开展学习“曲周精神”系列活动

发布日期：2019-06-10 信息来源：生物学院

近日，新华社、《人民日报》、中央电视台等多家媒体对我校扎根河北曲周46周年服务乡村振兴先进事迹进行集中宣传报道。为深入传承弘扬“曲周精神”，生物学院党委高度重视，积极组织师生开展学习“曲周精神”系列活动。

5月31日下午四点，学院在生科楼2018会议室召开了“曲周精神”专题学习会，全体学生党支部书记、50余名党员代表参加了学习会，一起学习和领悟“责任、奉献、爱国、为民”的“曲周精神”。

首先，由博士宣讲团的付晨以“永恒的‘曲周精神’”为题向大家介绍了老一辈农大人进驻河北省曲周县，经过40多年的不懈努力，把盐碱地变成“米粮川”的故事。博士宣讲团的高东民向大家介绍了曲周盐碱地的成因、盐碱的危害及“盐随水来，盐随水去”的水盐运动理论。随后，大家一起观看了新闻联播对“曲周精神”的报道和专题视频。

青年马克思主

义者协会会长、生物学院本科毕业生党支部组织委员韩悦表示，老一辈农大人与曲周人民心手相牵，形成了“责任、奉献、科学、为民”的“曲周精神”，这是农大人宝贵的精神财富。学习精神的同时不忘传承发扬，致敬先贤的同时不忘接续奋斗是农大学子需要具备的思想素质。如今的农大已经发展成为一所以农学、生命科学、农业工程和食品科学为特色和优势的研究型大学，农大人在各个领域也在发挥着重要作用。走入校门，我们要打牢专业基础、提高综合能力，让我们的校园充满生机活力；步入社会，我们要铭记光辉历史、践行校训精神，让我们的农大焕发新的光彩。

研究生第十七党支部书记付晨表示，在准备宣讲材料的过程中，从《战役记》中了解到了在那段艰苦日子的更多细节，比如寒冬渠道决口，为了堵住决口，老师们直接跳进冰冷的水里用身体堵上。我校开创性的科技小院培育着一代又一代的懂农民的研究者，将科学送入农民中间。我校和曲周群众共同创造了“责任、奉献、科学、为民”的“曲周精神”，是我们和曲周人民宝贵的财富，我们一代又一代农大人必将薪火相传！

6月5日下午，生物学院微生物系党支部、办公室党支部、本科生1617级联合党支部及本科毕业生党支部党员前往西区新教报告厅参观“使命与传承——中国农业大学‘曲周精神’事迹展”。学院副书记兼副院长饶晓盼表示，“曲周精神”系列宣传报道在朋友圈刷屏，不仅让农大师生，更让身边的朋友

们领略了一次“农大风采”。看似光鲜亮丽的背后，其实是农大人前赴后继扎根曲周46年，不辞辛劳战天斗地的结果。正是因为农大人骨子里的民生情怀和科学精神，才让遍布曲周的盐碱地诞生了农业领域的“两弹一星”，相信农大师生会秉持“解民生之多艰”的初心，继续发扬艰苦奋斗的科学精神，为我国的脱贫攻坚、乡村振兴和绿色发展贡献更多的力量。

6月6日上午，我院40余名教师围绕学习和弘扬“曲周精神”开展了专题座谈和交流。“曲周精神”是农大人在不懈奋斗的发展历程中积累的文化凝练，是高校教师值得推崇和学习的，老师们表示，要在教学科研工作中践行和发扬“曲周精神”，在育人讲台上身体力行、立德树人，在科研道路上脚踏实地、科学为民。

此次系列活动师生们受到了很大的触动，“责任、奉献、爱国、为民”的精神深深融入了农大人的血脉中，大家纷纷表示要发扬和传承“曲周精神”，不忘初心、牢记使命，爱国奋斗、科学报国。生物学院将继续开展学习“曲周精神”活动，不断传承和发扬“曲周精神”。（生物学院　供图）

薪火相传，不忘初心再出发

——资环学院全体师生学习“曲周精神”

发布日期：2018-12-03　信息来源：资源与环境学院

本网讯　为响应学校的号召，资环学院全体师生开展了“曲周精神”学习交流活动。本次学习以继承、传播、发扬“曲周精神”为原则，旨在引导同学们以“曲周精神”内涵严格要求自己，成为新时代敬业爱民的人才。

本次活动形式丰富多样，通过学院各种交流分享会学习领会“曲周精神”，让同学们在集中学习之余，从生活的各方各面感受“曲周精神”的指导性作用。

11 月 11 日，资环学院“党班团一体化”交流大会上，学院分党委副书记

吴华杰在“无领导小组讨论”环节后的点评中提到了“曲周精神”学习活动对学生干部工作的现实要求：“学习‘曲周精神’，转化到我们工作当中就是要为集体服务，努力营造好个人所在集体的氛围。”

11月17日的资环学院科技创新宣讲会后，学院分团委常务副书记杜鹃也结合自身经历和曲周故事，以“责任、奉献、科学、为民”的“曲周精神”对本次宣讲会加以总结。她提到，在大学学习以及科技创新的过程中也要发扬曲周工作者和人民勇敢进取的精神，在提升自己的同时为服务社会做准备。

同时，学院各团支部、党支部的集中学习也在逐步推进。为全方位了解并发扬“曲周精神”，党团支部中采用多种多样、高效深刻的学习形式。

生态151团支部采取正式党员带头，班级集体讨论发言的模式，让每一位同学都参与进“曲周精神”的学习中来。生态151党支部陈玉真同学感慨道：“在当今，有些大学生追

求的只有高额的薪酬、舒适的生活，“曲周精神”正是对这种错误观念的最好回击。党和国家赋予了我们一切，为国奉献是我们的立身之本。”

18 级新生们也积极地参与进了学习之中。环境 184 团支部的“曲周精神”学习工作在班委的组织安排下有条不紊地展开。在“‘曲周精神’主题班会”后，环境 184 团支部张太林同学说道：“45 年间，一代又一代农大人前仆后继，薪火相传，不仅在曲周创造了丰硕的科技成果，凝练出了‘责任、奉献、科学、为民’的‘曲周精神’，更深刻诠释了中国农业大学百年历史沉淀形成的为国为民的家国情怀、敢为天下先的创新追求、自强不息的奋斗精神和追求卓越的创新魄力。”同学们纷纷表达了自己的见解和对学习内容的感悟。此外，资环学院学生党员、发展对象、积极分子们通过多种方式的学习，对“曲周精神”有了更立体的认识，起到了模范带头作用。

自 1973 年算起，2018 年是我校曲周实验站建站 45 周年。45 年来，我校师生扎根燕赵大地，从改土治碱到科技小院，始终不忘初心、砥砺前行，在连续奋斗中形成了“责任、奉献、科学、为民”的“曲周精神”。“曲周精神”，是农大人的优秀品质，是经得起时间考验、真正能造福人民的品质。加强“曲周精神”的学习，有助于同学们树立崇高理想，明确人生方向，提升作为农大人自豪感与责任感，为国家发展贡献自己的力量。（资源与环境学院　供图）

资环学院组织学生志愿者参与“曲周精神”事迹展览讲解工作

发布日期：2019-07-04　信息来源：资源与环境学院

本网讯　庆祝新中国成立70周年之际，为响应时代号召，传承、弘扬伟大创造精神，我校于6月至7月在东西校区分别设置“‘曲周精神’事迹展”，向老师和同学们展示我校师生在河北省邯郸市曲周县46年的奋斗历程，诠释“曲周精神”的深刻内涵，鼓舞和激励当代师生不忘初心，继续前行。资源与环境学院分团委为“曲周精神”事迹展提供志愿讲解服务，“绿色理念”志愿者支队负具体讲解工作。

5月末，学院针对本次活动进行了志愿者招募，并制作了排班表，完成了一周的活动细节规划。6月1日下午两点，第一次志愿岗位培训在东区文化艺术馆（“曲周精神”事迹展东区展馆）完成。6月2日晚八点，学院在资环楼5-116会议室组织了第二场理论培训课程。

6月1日，学生志愿者正式上岗，场馆负责老师每天在开馆前带领志愿者熟悉场地，反复练习解说词。在一步步的鼓励下，所有的志愿者最终都能很好地适应讲解工作，全身心投入岗位中去。部分志愿者已经形成了自己的讲解风格，给师生带来良好的观看感受。

据悉，参加此次志愿讲解活动的有资环学院的本科生、研究生，科技小院毕业生和资环学院辅导员老师也参与到了服务当中。宣传视频的主角李婷婷也来到场馆中，为大家讲述她和科技小院的故事。

术推广 模式创新
科研创新 顶天立地

动科学院组织师生集中学习观看“曲周精神”新闻

发布日期：2019-05-31　信息来源：动物科学技术学院

本网讯　“中农大扎根曲周46年，盐碱地变良田”“河北曲周：打造绿色发展‘样板间’”“在农业生产的第一线，做最好的科技创新”……5月30-31日，动科学院组织师生在学院党员之家、0126会议室、西校区旧教495、东校区主楼402以及各实验室分别学习了《新闻联播》《焦点访谈》对“曲周精神”事迹的报道。学院教职工、本科生、研究生共约300余人次集中参与了观看。

46年前，中国农业大学一大批教师响应党和国家的号召，来到河北省曲周县，立下誓言“治不好盐碱，不回北京”，由此开始了旱涝碱咸综合治理的艰辛历程。时至今日，一代代农大人扎根曲周，把论文写在祖国的大地上，爱国奋斗、科学报国，深刻诠释了“责任、奉献、科学、为民”的“曲周精神”。

同学们观看新闻后，深受触动。动科本科第二党支部党员姚炳乾表示：“无论身处哪个时代，农业永远是立国之本。而农大人，是此中英才，是中流砥柱，我们须背负使命，砥砺前行，‘解民生之多艰’！”

草业本科党支部书记田丽梅表示：“四十多年来，一代代农大人扎根曲周，挥洒青春热血，改土治碱取得了重大成果，将一块块盐碱滩变成了万亩良田。老一辈科学家们和我们新生代的农大人薪火相传，生生不息，在曲周这片热土上，传递着农大人‘解民生之多艰’的信念。作为新一代农大学子，要勇担时代使命，在乡村振兴、一带一路和生态文明建设等事业中贡献自己的青春力量。”

学院本科生邓蓉蓉表示：“通过学习‘曲周精神’事迹，我深刻感受到几代农大师生对祖国的热爱之情。我校师生深入河北省曲周县的田间地头，

在曲周实验站走过四十余年，以峥嵘岁月铸就了‘责任、奉献、科学、为民’的‘曲周精神’。他们发出‘不治理好曲周我们不离开曲周’的壮志，他们用一生深刻诠释‘解民生之多艰，育天下之英才’。作为新一代的农大人，我应该从中获得启迪和汲取新的精神力量，不忘初心、开拓创新，为实现中华民族伟大复兴的梦想努力，爱国奋斗解民艰！”

学院研究生任成表示：“曲周精神”激励着一代又一代的农大人前赴后继地扎根基层，把解决农民群众的现实问题视为己任，将提高农民群众的生活水平作为自己的使命。将论文写在祖国大地上，这不仅仅是简简单单的一句话，深刻体现了我们农大人“解民生之多艰，育天下之英才”的责任感与荣誉感，更是农大人执着一生的追求。

学院遗传第二党支部书记张萌萌表示：“实践出真知，创新无止境。我农大代代的学子拼搏奋斗于曲周，致力于与当地政府、企业等各方不断拓展合作，促进资源汇聚，让科技之花在实践的沃土中绚烂绽放。他们是值得我们当代青年学者学习的鲜活榜样。”

据悉，后续学院将持续开展形式多样、内容丰富的“曲周精神”学习活动。

工学院组织师生学习“曲周精神”

发布日期：2019-06-01　信息来源：工学院

本网讯　近日，中央媒体集中刊发、播出了我校师生扎根河北曲周大地，46 年如一日，不忘初心、牢记使命，爱国奋斗、科学报国的先进事迹。工学院党委高度重视，组织师生收听收看了直播，一起学习领悟了“责任、奉献、科学、为民”的“曲周精神”。

节目播出后，学院迅速掀起了学习宣传扎根曲周 46 年服务乡村振兴先进事迹热潮。从改土治碱到科技小院，“责任、奉献、科学、为民”的“曲周精神”深深影响着每一个农大人。

我院教师王玲表示：“我校扎根曲周 46 年，将昔日的万亩盐碱地变成了‘米粮川’，真正做到了以田野为实验室，把论文写在祖国的大地上。‘责任、奉献、爱国、为民’的精神深深融入了农大人的血脉。作为一名普通的农大教师，我们要积极响应国家乡村振兴战略，将解决好‘三农’问题放在首要位置，要牢记‘解民生之多艰，育天下之英才’的校训，培养一批‘懂农业、爱农村、爱农民’的具有‘三农’情怀的人才。”

学生党员任雯表示：“‘治不好盐碱地不回家’的誓言，展现了中国共产党人的初心。新时代、新征程，需要一批又一批矢志不渝的闯关人。不忘初心、牢记使命，创造属于这个时代的新长征史诗，我励志做一名中农大闯关人，为祖国奉献青春！”

入党积极分子杨亚飞表示：“在这 46 周年的峥嵘岁月里，我校的老师们奉献担当，情系‘三农’，让昔日的盐碱地变成‘米粮川’，这一开拓创新

的壮丽篇章是践行‘解民生之多艰，育天下之英才’的生动实践。作为一名积极分子，也作为在校的一名学生，传承“曲周精神”、讲好农大故事、传承农大精神即是我们的责任，也是我们的义务。我们应该以‘曲周精神’为镜子，以曲周事迹为榜样，从中获得启迪和汲取新的力量。”

5 月 31 日，“使命与传承——中国农业大学‘曲周精神’事迹展”在文化艺术馆展出。院办党支部党员前往参观，院办党支部书记朱玉龙表示：“‘曲周精神’将一直激励着我们一步一个脚印地努力奋斗，我们要把这种精神传承下去，攻坚克难，爱国奋斗，科学报国。”

信电学院赴曲周开展精品团日活动

发布日期：2019-04-18　信息来源：信息与电气工程学院

本网讯　4 月 13—14 日，信息与电气工程学院组织团员骨干赴曲周实验站开展团员教育主题团日活动。本次活动由信电学院团委书记张鑫、副书记关昕带队，旨在引导团员深刻感悟“曲周精神”，传承弘扬我校的精神文化传统。

4 月 13 日，在曲周试验站副站长张宏彦的带领下，学院团员师生先后参观了王庄、前衙和德众三个科技小院。张宏彦老师为团员们介绍了科技小院的人才培养模式以及小院以“零距离、零时差、零门槛、零费用”的原则开展科技服务工作，尤其是在精准扶贫和乡村振兴过程中所发挥的重要作用。当晚，曲周实验站党支部书记牛灵安为团员们上了一节学习“曲周精神”主题团课，详细介绍了自 1973 年以来农大人在曲周改土治碱的历史以及实验站的建设发展历程，重点向团员们讲述了一代代农大人如何在这里弘扬爱国奋斗精神，形成了“责任、奉献、科学、为民”的“曲周精神”。

4 月 14 日，学

院团员师生们来到辛德惠院士墓前，在学院团委副书记关昕的主持下开展了团员集中教育活动。活动中，张宏彦为团员介绍了辛先生的生平并带领团员为辛先生鞠躬默哀。随后，学院团委副书记吕传翰以新时代继承和弘扬五四精神为主题做了团旗下的演讲，并带领团员重温入团誓词。学院团委书记张鑫强调，学院团员要深入学习传承“曲周精神”并提出三点希望：“第一、立志勤学，深耕细作；第二、脚踏实地，厚植根基；第三、勇担重任，拔节孕穗。”张宏彦带领团员师生参观了曲周实验站的双高实验基地、曲周县育苗产业园和河北晨光生物科技股份有限公司，这里的现代化农业科技发展让信电学院团员们更加坚定了学习科技、服务“三农”、报效祖国的决心。

活动结束后，大家纷纷表示受益匪浅。试验 152 团支书岳晓琴谈到，活动虽然结束了，但一个“实”、一个“思”依旧回响在自己脑海中，“实”，即头上戴顶帽子行走在骄阳下；“思”，即把田放在我们的心上。两字虽简，却饱含农大人扎根曲周、服务农民的精神，身为一名农大人为之自豪和感动的，希望未来也能在专业领域发挥出自己的光和热，传承和弘扬“曲周精神”，建功立业新时代。

据悉，此次主题团日活动结束后，信息与电气工程学院团委将成立学院“曲周精神”宣讲团，各骨干团员将深入各团支部开展以学习传承弘扬“曲周精神”为主题的精品团员教育活动。（信息与电气工程学院　供图）

水院新一届行政领导班子集体参观“曲周精神”事迹展

发布日期：2019-06-17　信息来源：水利与土木工程学院

本网讯　6月14日下午，水院新一届行政领导班子集体参观了“曲周精神”事迹展，开展主题学习教育活动。水院院长杜太生，副院长李云开，分党委副书记华博，副院长王朝元、肖若富，党委委员严海军等参加活动。

我校师生深入基层“解民生之多艰”的“爱国奉献”情怀和事迹，让大家深受感染、深为感动。大家认真倾听工作人员的细致讲解，不断交流心得。在“深入乡村、扶贫攻坚”板块，院领导班子在宣传水利与土木工程学院康绍忠院士团队20余年来扎根西北内陆干旱区传承“艰苦奋斗、团结协作、勇于创新、追求卓越”的石羊河精神展板前驻足并合影留念。杜太生是石羊河实验站创业和发展历史的亲历者与见证者，他深情忆起石羊河实验站20余年来的点点滴滴，高度认同也非常理解传承石羊河精神与“曲周精神”的内涵和价值。

杜太生强调，院班子领导干部要深刻把握学院党委的研究部署，密切联系落实“立德树人”根本任务努力方向同国家发展的现实目标和未来方向，在人才培养的全过程中大力倡导和弘扬新时代科学家“胸怀祖国、服务人民”的爱国精神，“勇攀高峰、敢为人先”的创新精神，“追求真理、严谨治学”的求实精神，“淡泊名利、潜心研究”的奉献精神，“集智攻关、团结协作”的协同精神，“甘为人梯、奖掖后学”的育人精神，围绕“水利强农业之命脉、农建富百姓之菜篮、土木美宜居之乡村”的总体目标和愿景，引导学院师生

在农业节水、大中型灌区泵站改造工程、设施农业、城乡规划与村镇建设等方面有所作为，为“农业强、农民富、农村美”做出我们应有贡献。

参加活动的院领导和青年教师纷纷表示，“曲周精神” 秉承我校百年历史积淀形成的“为国为民”的家国情怀，着实让人动容；水院人也一定会结合自己的学科特点和专业特长，共同努力传承水院优秀文化，面向国家需求，在学校的指导和帮助下，充分发挥节水农业、设施农业等方向的科技创新和人才培养优势，将论文写在大地上，引导师生将新时代科学家精神内化于心、外化于行。将淡泊名利、无私奉献、自强不息、刻苦钻研的“曲周精神”铭记于心，时刻督促自己努力奋斗，不断前进。

学院工会主席董清参加了活动。（水院　供图）

理学院组织学习“曲周精神”

发布日期：2019-06-04　信息来源：理学院

在新中国成立70周年之际，新华社、中央电视台《新闻联播》节目、《人民日报》《光明日报》等中央主要媒体集中报道了我校师生扎根河北曲周46年服务乡村振兴的先进事迹。为引导教育青年学生传承弘扬“责任、奉献、科学、为民”的“曲周精神”，理学院在第一时间组织各党支部、团支部、班级通过观看《新闻联播》《焦点访谈》等报道，参观展览等形式学习我校师生扎根曲周的先进事迹。

从盐碱地到“米粮川”，从乡村振兴到绿色发展，一代代农大人不忘初心、牢记使命，用汗水和行动描绘了一幅波澜壮阔的奋斗画卷。1973年至今，我校师生扎根燕赵大地，服务乡村振兴、培育时代新人，践行“解民生之多艰，育天下之英才”的校训，形成了独具中国农大特色的实践育人模式，诠释了

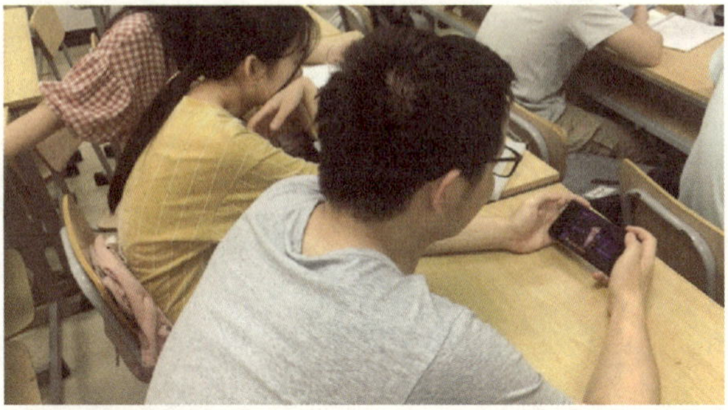

当代知识分子“弘扬爱国奋斗精神、建功立业新时代”的精神追求。

观看结束后，理学院学生通过交流讨论等形式分享心得体会。博士第一党支部周启圳同学谈到：“‘改土治碱、造福曲周’的石碑镌刻着我校师生奉献曲周的艰辛和汗水，同时也激励着我将自己的科研应用到实际生活中。只有当我们的科研能为人民的生产、生活提供帮助或做出贡献时，才是有意义的。”2017级硕士第二团支部朱玉涛同学表示：“伟大中国梦少不了农业梦，农业梦需要我们农大人，我们每一位党员、学生都要以此为荣，不断学习，增强本领，发扬‘曲周精神’，解民生之多艰。”数学151党支部何国星认为：“关注‘三农’，发扬‘曲周精神’是农大人的义务，作为大学生党员，更应该身怀推动农业科技进步的使命，传承自强不息的奋斗精神，不忘初心、牢记使命，为我国农业发展贡献自己的力量。”化学163团支部同学赵益禄认为：“我们应该思考实验室与实际应用之间的距离，只有突破了这道坎，才能让实验室里的研究发挥出最大的价值，用农业科学服务乡村振兴是我们当代大学生应该做的事，也是我们成为社会主义接班人的责任！”化学172班刘紫燕表示：“一代代农大人扎根曲周，投身到曲周的农业建设当中，解决当地人的民生问题，为人民谋福利，真正践行了‘解民生之多艰’的农大校训。而代代曲周农大人累积的‘曲周精神’则是我们每个农大学子最宝贵的精神财富。”工力181班何璐瑶谈到：“扎根曲周是农大人薪火相传的情怀，‘解民生之多艰’是农大人肩负的使命担当。我们学习知识，掌握科学技术，

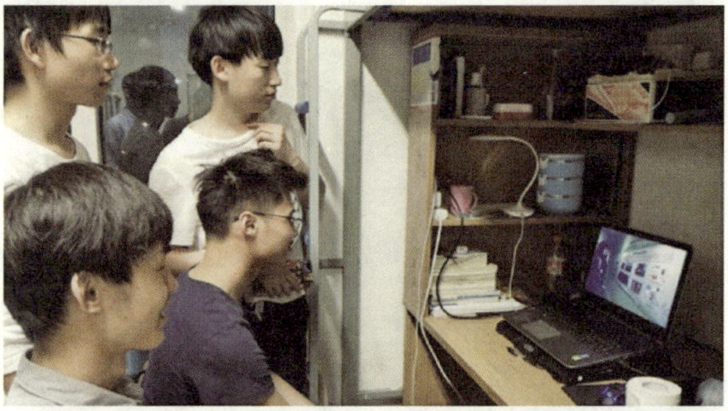

用技术收获美好的未来，把论文写在祖国大地上，这是我们的必修课。”

5月31日，学院还组织学生党员骨干、团学干部在东区文化艺术馆参观了“使命与传承——中国农业大学‘曲周精神’事迹展”。理学院将进一步组织“曲周精神”学习教育实践活动，引导青年学生树立科技报国的伟大抱负，把论文写在祖国大地上，将爱国之情、报国之志融入祖国改革发展的伟大事业之中、融入人民创造历史的伟大奋斗之中。（理学院　供图）

理学院教职工集中参观“曲周精神”事迹展

发布日期：2019-06-18　信息来源：理学院

本网讯　6月12日下午，理学院分别组织东西区教职工前往东区文化艺术馆和新教报告厅参观“使命与传承——中国农业大学‘曲周精神’事迹展”。

生动的图片展示和文字介绍呈现了1973年至今，我校师生扎根曲周大地、服务乡村振兴的感人事迹。在讲解员的介绍下，老师们直观感受到了曲周大地“由盐碱地到米粮川”发生的深刻变化，由衷地钦佩一代代农大人怀揣“解民生之多艰，育天下之英才”的笃定信念，牢记“责任、奉献、科学、为民”的“曲周精神”，践行“把论文写在祖国大地上”结出的丰硕成果。通过这次参观，老师们对于“曲周精神”内涵的理解更加深刻，对于“不忘初心、

牢记使命”的信念也更加笃定和坚持。

参观结束后，老师们都感慨万千，教工化学二支部张建军教授表示：“从老一辈中国农大人改土治碱和新时代科技小院奉献‘三农’的感人事迹中汲取到了精神力量，并将以‘曲周精神’为镜子，以感人事迹为榜样，勇于担当，扎实工作，努力培养德智体美劳全面发展的时代新人，把爱国之情、报国之志融入祖国改革发展的伟大事业之中，融入人民创造历史的伟大奋斗之中，为服务乡村振兴做出应有贡献。”数学教工第一支部侯松波副教授谈到：“46年前，一群农大人怀揣‘为天地立心，为生民立命’的梦想，扎根农村，改土治碱。他们不为形象工程，不为声名利益；只为‘解民生之多艰’，只为永葆初心。在曲周这片辽阔的土地上，他们用实际行动谱写了时代赞歌，诠释了什么叫‘顶天立地’，什么叫扎根‘三农’，更为可贵的是‘曲周精神’生机盎然，传承不息，科技小院中‘曲周精神’在闪耀，脱贫攻坚战中‘曲周精神’在绽放。步入新时代，‘曲周精神’将激励我们继续前行、再创辉煌！”教工化学第二支部张莉副教授认为：“‘曲周精神’是农大人的宝贵精神财富，展现了中国共产党人的初心。学习‘曲周精神’，要求每位老师在做好教学科研本职工作的同时，时刻不忘‘奉献、为民’的初心使命，扎根基层，爱农惠农，不畏艰苦，在新时代新征程中为中国农业可持续发展做贡献！”

据悉，理学院党委高度重视“曲周精神”学习宣传活动，先后组织师生观看《新闻联播》《焦点访谈》节目，开展座谈交流，组织学生骨干、团支部相继参观事迹展，召开理论中心组专题学习会等。此次教职工集中参观再一次推高学习热潮，学院党委将通过党团工会等活动，引导全体师生进一步弘扬与传承“曲周精神”。（理学院　供图）

经管学院工商师生支部开展学习“曲周精神”主题党日教育活动

发布日期：2019-06-11 信息来源：经济管理学院

6月5日下午，在“全覆盖、双提升”工程中结对共建的工商管理系教工党支部与本科工商电商党支部开展“不忘初心、牢记使命”主题党日教育活动。本次活动在院楼103教室进行，主题内容为“学习‘曲周精神’、锤炼能力素养、拥抱时代未来”。党建指导员、学院党委书记张瑞海以及师生支部全体党员与积极分子参加了本次活动。活动由学生支部党员蔡清舟主持。

张瑞海表示，今年是党支部建设年，本科生党支部建设是工作的重点。他表达了深入支部、走向同学的愿望，希望能与积极分子多谈心、多交流，与同学们成为朋友，并向同学们提出了期望，希望大家能够刻苦学习练好本领，持之以恒让农大精神文化一代代传承。张瑞海还用“知行合一”四个字总结和分享了对“曲周精神”的学习体会。

学习交流会上，教工支部支书陈黎明利用思维导图总结了他对“曲周精神”的“责任、奉献、科学、为民”八个字的理解。他认为，应该用心学习领会“曲周精神”，主动提升自身思维能力，积极把握未来智能互联时代带给我们青年学子们的创新创业机遇，只有自身足够强大，才能把精神发扬光大。陈黎明列举了拼多多黄峥、字节跳动张一鸣等几位新时代创新创业典型人物成长的“历史概念类集”，总结分享了未来智能互联时代的创新创业机会点。他表示，农大学子应该踏踏实实做事、认认真真做人，未来在大农业、大健康等相关领域发挥自身优势，成长为新时代拔尖、领军人才。

教工支部党员卢凤君在乡村振兴国家战略实施和农业企业战略运营方面有着丰富的社会服务实践经验，有一套自己的“逻辑智慧＋思维方法”体系。本次活动中，卢凤君基于对“曲周精神”的解读，给师生支部党员讲解了如何锤炼创新创业能力素养。卢凤君认为，在创新创业中，首先要有理念、有精神，然后才有解决问题的智慧。很多事情往往都是主动学、主动思、主动干出来的。卢凤君表示，曲周的盐渍土改良工作取得成功，体现了“集体”的重要性，“曲周精神”的核心是集体精神。精神来自习惯，集体造就氛围。

乡村振兴的关键就在于如何重构集体，利用“场能”。他建议电商工商的学生多多走出学院，联合学校其他专业的同学们建立跨学科交叉研究性学习共同体，希望经管学院能通过组织创新和机制创新培育优秀集体，也期待学校顺势打造北京科技创新中心的农业板块品牌。

学生党员们依次分享了学习“曲周精神”的感悟。大家纷纷表示要在今后的学习生活中，学习和践行“责任、奉献、科学、为民”的“曲周精神”，用刻苦学习掌握的专业理论知识指导为民服务的实践，将理论与实践紧密结合起来。

经济管理学院全体新生参观“使命与传承”“曲周精神”事迹展

发布日期：2019-09-02　信息来源：经管学院

8月30日下午，经济管理学院2019级全体新生在辅导员的带领下走进文化艺术展览馆，开展了参观“使命与传承”“曲周精神”事迹展新生教育活动。

“改土治碱、造福曲周”是我校师生与曲周长达46年的约定。面对严重的盐碱灾害，我校师生毫不退缩，扎根土地与农民同吃同住，运用综合治理手段改土治碱，让昔日的“盐碱滩”变成今日的“米粮川”！透过一幅幅真实的照片，伴着讲解员们认真细致的介绍，新生们边看边听，沉浸在我校一代代师生艰苦奋斗的往事中。

值得一提的是，本次参观活动的讲解员是由2019级新生各班同学志愿担任。入学几天前他们便认真准备，格外珍惜大学生活中的第一次志愿服务活动。在两三个小时的时间里，小讲解员们认真讲解“曲周精神”的动人故事，同学们也用心倾听、频频点头。经济194班的黎璇同学表示，“刚入学就参观‘曲周精神’展览，我觉得很有意义，这次活动让我们深入了解了农大人的精神和担当，激励我们在今后的大学生活中更加奋发向上。”当问及报名讲解员的原因时，她笑着说，“大学就是突破自我的过程，其实第一次在大家面前发言，对我来说是一次机会，也是一次挑战。”

学院新生辅导员王洪江表示，学院开学典礼一结束，全院新生便有序参观“曲周精神”宣传展，深入了解农大的精神内核，对于同学们深入了解农大、传

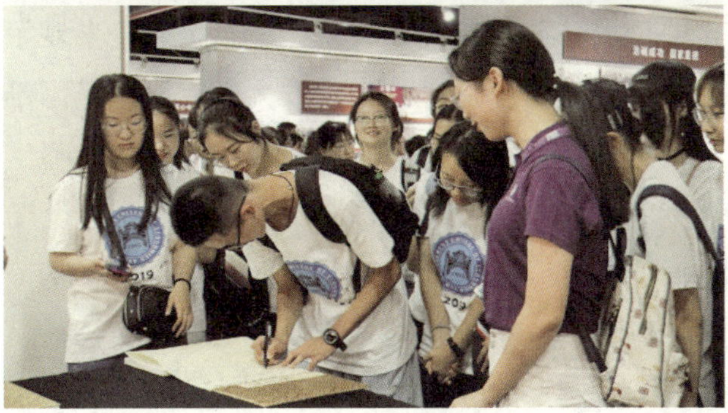

承“曲周精神”具有重大意义。希望通过本次活动，“曲周精神”的种子能在同学们的心里扎根发芽，将来通过优异的成绩和成果为国家和社会做出更大贡献。

作为新一批农大学子，19 级新生们定能以“曲周精神”为未来导向，将报国之志融入服务乡村振兴的责任担当之中，努力学习，提高自身能力，为助力实现中华民族伟大复兴的中国梦再立新功。（经管学院　供图）

人发学院毕业生党员赴曲周开展主题教育实践活动

发布日期：2019-05-30　信息来源：人文与发展学院

本网讯　5 月 10—11 日，人文与发展学院党委组织毕业生党员前往曲周开展主题教育实践活动，学院党委书记景发带队。

回望艰苦岁月，激励奋斗初心

10 日下午，在工作人员的带领下，师生一行人首先参观了站史馆。讲解员带大家仔细回顾了在艰苦岁月里老一辈农大人克服重重困难、矢志不渝把“千年盐碱地”改造成“万亩米粮川”的壮阔历史；随后师生们来到实验楼和实验田，切身感受到几代农大人在曲周从改土治碱，到建设规划、产业发展，再到科研攻坚的心血结晶，更加深刻把握和理解“奉献、责任、科学、为民”的“曲周精神”内涵。

毕业前夕的一次“特殊党课”

10 日晚上 7 点，景发召集毕业生党员在会议室开展集中教育。景发表示，此次活动是学院毕业生党员系列教育活动之一，通过这次实地学习的“特殊党课”，大家应该有更加长远、更有意义的收获。他感慨，如今曲周人民生活质量相较几十年前有了质的飞跃，是几代农大人和曲周人民接续奋斗的结果，是“人定胜天”的现实反映。他指出，正是在党的带领下，全国各族人民同心齐力、团结奋进，稳步实现民族振兴、国家富强和人民幸福的现实局面，而农大人在不同的历史时期认真把握农业发展形势，持续引领科技创新前沿，把智慧、青春和汗水一同浇洒在奋斗的热土上，不改初心、时刻践行着“解民生之多艰”的校训。他要求，毕业生党员们要自觉提高“四个自信”，做到“两个维护”，要认真判断和分析国内外形势，要自觉担负起农大人的责任和使命，作为人文社科专业的学生，更要深入基层和田野乡间，做好调查研究和社会服务，在这样美好的新时代努力锻造自己，回馈社会、报效国家。

毕业生党员们听完毕业前的这次“特殊党课”后，结合习近平总书记在纪念五四运动100周年大会上的重要讲话和景发书记的报告，展开热烈讨论，分享自己的想法。同学们纷纷表示，要牢记习总书记的殷切希望和嘱托，不怕吃苦，练好本领，以青春志气、青年之姿在实现中国梦的伟大实践中不懈奋斗！

发起党员倡议，放歌科技小院

11日上午8点，师生一行人来到辛德惠院士的墓前祭奠，敬献花篮，表达对院士的崇高敬意与缅怀之情；上午9点至12点，师生们依次参观了培育幼苗的育苗产业园、以先进技术培育葡萄的德众科技小院、培育苹果的相公庄科技小院和以粮食增产为主的王庄科技小院，听工作人员讲解小院的工作机制，师生们感慨万千，由衷地敬佩这些扎根在科技小院学习、工作的同学们。

在王庄科技小院考察学习结束之时，本科毕业生党员代表发出倡议：“生逢其时，重任在肩。作为毕业生党员、作为新时代的生力军，我们不仅应当时刻铭记‘曲周精神’，更要继承老一代农大人身先士卒、淡泊明志、甘于奉献的高尚品格，发扬艰苦奋斗、以民为先、脚踏实地、求真务实的工作作风，在新的征程继续为科学理想、造福天下而埋头苦干，践行‘解民生之多艰’，实现伟大中国梦。”随后，研究生毕业党员代表陆昱蓉领唱校歌《金色的希望》：“戴上我们的校徽，就怀揣一片绿色的向往。走进我们的课堂，就走进田野金色的希望……”在嘹亮歌声中，此次毕业生党员主题教育实践活动圆满结束。（人文与发展学院　供图）

人发学院党委组织师生观看“曲周精神”《新闻联播》

发布日期：2019-05-31　信息来源：人文与发展学院

本网讯　5月30日晚7点，人发学院党委在东区民主楼和西区中德楼设立四个分会场，组织师生集中收看了5月30日《新闻联播》。部分师生在办公室或宿舍同步收看了直播。

《新闻联播》中专题报道了中国农业大学扎根河北曲周46年服务乡村振兴的先进事迹。46年前，中国农业大学的老师们来到曲周县，立下誓言“治不好盐碱地不回家”。几十年过去了，在老师们的帮助下，昔日的盐碱地已经变成“米粮川”。46年来，一代又一代的农大人扎根曲周，与农民同吃、同住、同劳动，把论文写在曲周广袤的大地上。他们深入基层，聚焦民生，艰苦奋斗，无私奉献，科学治碱，理论联系实践，不断开拓创新，创立了科研平台、育人基地、服务窗口和决策智库为一体的曲周模式，也形成了具有

农大特色的“责任、奉献、科学、为民”的“曲周精神”。

在场师生认真观看了此次新闻联播，大家纷纷表示，“曲周精神”是我们宝贵的精神财富，也是农大精神的集中体现，值得我们当代农大人去研究和继承。它体现了农大人扎根农业，立足民生的远大理想和对祖国、人民深沉的感情，体现了农大人潜心研究的科学态度，不畏艰险、攻坚克难的决心和意志。我们要把自己的专业知识和祖国人民的需求结合起来，以在农大学习为荣，将自己的学习内容和百姓的生产生活结合起来，学以致用，真正做到“解民生之多艰”。不忘初心、牢记使命，为乡村振兴战略实践贡献力量，创造属于这个时代的新长征史诗。

学院党委将通过不同形式组织和开展学习曲周精神的系列活动。（人文与发展学院　供图）

马克思主义学院师生实地学习“曲周精神”

发布日期：2019-06-01　信息来源：马克思主义学院

本网讯　为进一步感知“解民生之多艰，育天下之英才”的校训，传承弘扬“曲周精神”，5月31日至6月1日，我校马克思主义学院师生赴曲周实验站开展“青春心向党，建功新时代”主题团日活动。此次活动由马克思主义学院党总支副书记兼副院长李桂华带队，李梦雅老师及学院全体研究生参加了此次活动。

在曲周实验站，江荣风站长亲自讲述辛德惠院士事迹，并与马院师生一起向辛德惠院士敬献花篮，深情缅怀辛德惠院士；张宏彦副站长以“爱国奋斗解民生多艰，扎根大地育时代新人”为主题做了报告；刚刚接受完中央电视台采访的相公庄科技小院“院长”贺敬芝为同学们介绍了小院的成长与个

人的蜕变。动人的场景、精彩的讲解、翔实的数据、生动的照片……通过曲周实验站的参观学习，师生们深刻感受到以石元春、辛德惠、张福锁院士为代表的农大人对“曲周精神”的开创、坚守与传承，感受到了一代代农大人扎根燕赵大地、解民生之多艰的报国情怀，增强了作为农大人的自豪感与使命感。

5 月 31 日晚上，适逢《新闻联播》和《焦点访谈》对中国农业大学曲周故事进行相关报道，马克思主义学院师生与曲周实验站的工作人员一同观看学习。一辈辈农大人为国为民的家国情怀和自强不息的奋斗精神深深感动和鼓舞了每一位师生，大家纷纷表示深受触动。学院党总支副书记兼副院长李桂华在接受邯郸电视台和曲周电视台采访时表示，一代代农大人不忘初心、牢记使命，坚持以人民为中心，扎根农村做科研，真正做到了“解民生之多艰”。作为农大思政课教师，应坚持立德树人的根本任务，进一步结合实践培养学

生的爱国情怀、“三农”热忱，服务乡村振兴战略，培育时代新人。2017级硕士研究生李丹梦也表达了对老一辈农大人“改土治碱、造福曲周”的敬佩之情：“薪火相传，四十六年如一日，农大师生与曲周人民的情谊没有变，‘解民生之多艰’的责任没有变，无私无畏的奉献精神没有变，严谨扎实的科学态度没有变。作为新时代青年，我们要为实现中华民族伟大复兴的中国梦不懈奋斗，将青春的故事写在祖国最需要的地方。”

据悉，此次参观实践活动为马克思主义学院“知史爱国、铸魂奋进——纪念五四运动一百周年”主题系列活动之一，相关纪念活动已陆续展开。

国际学院师生赴曲周开展主题教育活动

发布日期：2019-04-17 信息来源：国际学院

本网讯 为传承弘扬“曲周精神”，培养学院师生扎根大地、无私奉献的高尚品德，4月13—14日，国际学院党委组织师生党员骨干60余人赴河北曲周县开展主题教育活动。活动由学院党委书记陈明海带队。

4月13日，学院在曲周县组织师生参加了“曲周精神”专题学习讲座。讲座中，中国农业大学曲周实验站副站长张宏彦和李晓林教授通过一个个生动的故事讲述了实验站建站40多年来的发展成就；两名科技小院的研究生同学贺敬芝、张俊娜分别分享了她们在科技小院的学习、生活、成长的经历。

在听取了讲座后，陈明海号召大家传承弘扬“曲周精神”，在各自的工

作学习岗位上宣传和践行好“曲周精神”，以实际行动迎接新中国成立70周年，不忘初心，继续前行。

4月14日，学院师生赴曲周实验站为辛德惠先生墓敬献花篮，并听取曲周实验站党支部书记牛灵安介绍的辛先生的生平事迹，回顾老一辈农大科研工作者扎根农村、不畏劳苦、默默无闻奉献农业的故事。随后，师生们参观了曲周实验站站史展，并赴王庄科技小院、前衙村科技小院详细了解了科技小院在人才培养、科技创新、服务社会等方面所取得的丰硕成果以及面向未来的发展规划，通过入户调研的方式深入了解了科技小院对当地农业科学普及、新农村建设等方面的积极作用。

师生们通过主题教育活动，感触颇多。学院青年教师柴利谈到，一代一代的农大人秉承着“解民生之多艰，育天下之英才”的校训，将“三农”问

题放在心上，秉持务实求真的科学精神进行探索，才有了曲周的动人故事和显著成果，这种精神值得我们深入学习领会，要紧密结合到我们的教书育人工作中；学院 17 级学生丁秋豪表示，科技小院的研究生师兄师姐们既能辛勤耕耘于田间地头，又能写出高水平的科研论文，并且在融入当地农村的过程中，锻炼了自己的人际交往能力、表达能力，他们身上那种团结、朴实、积极乐观的气质极富感染力，是同学们学习的榜样。

国际学院党委高度重视传承“曲周精神”、服务乡村振兴，此次赴曲周学习实践活动前，学院党委组织学院 30 余名师生观看了反映“曲周精神”的豫剧《天绿》演出，认真阅读了校报《丰碑》专刊所刊登的曲周事迹，学习了农大师生在曲周的感人故事。曲周学习返校后，学院党委还将组织师生交流分享曲周学习体会，在学院范围内掀起学习“曲周精神”的高潮。（国际学院　供图）

国际学院教工党支部召开学习“曲周精神”主题党日活动

发布日期：2019-05-15　信息来源：国际学院

本网讯　近日，国际学院教工党支部开展学习“曲周精神”主题党日活动。支部联系人、宣传部常务副部长王勇和学院党委书记陈明海受邀参加活动并交流了学习体会。会议由支部书记栾志强主持。

与会人员首先回顾了支部在曲周实验站开展实践教育活动的视频材料。栾志强对主题党日活动立项、相关材料学习、党员撰写学习体会等做了总结，支部党员从自身入手，结合教书育人工作畅谈了学习体会。

晏祥琳老师表示，看到盐碱地得到治理，看到研究生将自己的知识和学

习融入当地的农业发展中，很受教育，在今后教学中要将“曲周精神”融入教学内容中去，生动形象地向学生讲好曲周故事。田芳老师说，通过学习对校训有了更深刻的理解，在今后践行“曲周精神”的工作中，要把从改土治碱到科技小院的实践与英语课程结合起来，找到两者的契合点，发挥课程育人功能，帮助学生增强国家意识、家国情怀。齐岩老师谈到，“解民生之多艰”就是首先要了解民生的艰难，走到田间地头去了解百姓生活，在科技小院中真正体会到科技服务社会的重要意义，理论指导实践产生了巨大的实际价值。王晓燕老师表示，农大学子要投入到农村的实践活动中去，将专业学习和服务“三农”、服务社会切实地结合起来，同时，我们要思考如何将“曲周精神”与学院的实际工作密切联系起来，讲好曲周故事，讲好农大故事。

会上，支部成员李岩和王雪梅回顾了国际学院的奋斗历史。二十多年来在学院不断发展壮大的过程中，大家上下齐心、埋头苦干、攻坚克难、无私奉献，国际学院的发展历程激励着党员不忘初心、砥砺前行。

陈明海在总结中肯定了此次主题党日活动准备充分、安排得当、收效显著，并鼓励大家在国际化办学的各项工作中将“曲周精神”的学习收获与立德树人更有效地结合起来，特别是将弘扬“曲周精神”与课程思政更好地融通起来，取得更好的思想政治教育效果。（国际学院　供图）

国际学院多种形式学习“曲周精神”

发布日期：2019-05-31　信息来源：国际学院

本网讯　5月30日，中央电视台新闻联播对我校扎根河北曲周46周年服务乡村振兴先进事迹进行报道，新华社、《人民日报》等媒体集中宣传报道。为深入传承弘扬中国农业大学“曲周精神”，国际学院党委以多种形式组织师生学习“曲周精神”。

5月30日晚，国际学院以班级集中观看新闻联播、全院师生在线自行学习等方式，共同学习“责任、奉献、科学、为民”的“曲周精神”。5月31日，国际学院党委组织全体教职工、党员代表、学生骨干、团员代表参观学习“使命与传承——中国农业大学‘曲周精神’事迹展”，回望农大师生扎根曲周46年“爱国奉献、科学报国”的历程，切身感受这份爱国情、报国志。

教师党员张静萍参观完说：“‘曲周精神’专题展览，使我更加深入地了解到中国农业大学从 1973 年至今 46 年来在河北曲周县改土治碱，将曲周变为‘米粮川’，建立曲周实验站及很多科技小院，帮助曲周开展农业绿色发展的伟大成就。作为农大人，我们应当心系中国农业发展，将‘曲周精神’扎植心中，踏实学识，为我国农业农村发展贡献自己的一份力。”

经济 16 级本科生尹萧涵参观后谈道：“我们看到，以石元春老校长为代表的中国农业大学的一大批师生，在曲周展开了一场轰轰烈烈的黄淮海农业科技战役，在中国农业的发展历程中，在中国农业大学的办学历史上都具有里程碑意义。46 年间，一代又一代农大人薪火相传，不仅在曲周创造了丰硕的科技成果，凝练出了‘责任、奉献、科学、为民’的‘曲周精神’，更深刻诠释了中国农业大学百年历史沉淀形成的为国为民的家国情怀、敢为天下先的创新追求、自强不息的奋斗精神和追求卓越的创新魄力，这样的农大精神生生不息、代代相传，成为始终引领农大不断前进的精神力量。作为农大学子，当以‘责任、奉献、科学、为民’的‘曲周精神’为指导，不断进取，勇挑时代重担。”

体艺部全体教职工参观学习“曲周精神”事迹展

发布日期：2019-06-28　信息来源：体育与艺术教学部

6月24日上午，体育与艺术教学部组织全体教职工参观“使命与传承——中国农业大学‘曲周精神’事迹展”，集中学习“曲周精神”。

体艺部直属党支部书记杜学振结合亲身经历及感悟讲解展览内容。杜学振表示，我校师生从1973年至今扎根曲周大地46年，从改土治碱到科技小院，不忘初心、默默奉献，铸就了“责任、奉献、科学、为民”的“曲周精神”；服务乡村振兴、培育时代新人，形成了独具中国农大特色的德智体美劳全面发展实践育人模式，展现了当代知识分子“爱国奋斗、科学报国”的精神。

杜学振强调“曲周精神”是“弘扬爱国奋斗精神、建功立业新时代”的生动写照，希望体艺部教职工要利用新媒体等方式，继续深入学习，传承发扬“曲周精神”，不忘初心、牢记使命，做出自己的贡献。

老师们通过讲解和参观，更加身临其境地感受到了“曲周精神”的含义，表示：作为新时代的青年教师，通过参观学习“曲周精神”，对“解民生之多艰，育天下之英才”的校训有了更加深刻的理解，今后将不断学习，提升自己的思想境界，努力拼搏，建功立业新时代。

机关党委组织教职工赴曲周开展学习实践

发布日期：2019-07-20　信息来源：机关党委

本网讯　为进一步学习宣传“曲周精神”，引导管理服务机构及直属机构教职工增强责任感和使命感。7 月 15—16 日，机关党委组织教职工赴曲周实验站，开展专题实践活动。

15 日下午，同志们抵达曲周实验站后，对实验站站史馆进行了参观。实验站副站长张宏彦详细讲述了曲周实验站的发展历程以及一代一代农大人与曲周之间的深厚情谊。实验站站长江荣风为同志们做“曲周精神”讲座，围绕曲周实验站的建站史、科技小院建设、“曲周精神”的继承与发扬、人才培养模式等进行了专题报告。

随后，与会人员展开讨论，党委研究室主任赵竹村表示，在一代又一代农大人的努力下，实验站经历了天翻地覆的变化；从改土治碱到科技小院，曲周实验站不断涌现出新的成果。作为管理干部，要发扬“曲周精神”，不忘初心、勇担使命。校友工作办公室主任骆骢表示，要把“曲周精神”与人才培养紧密结合，为国家培养真正懂农业、爱农业的人才队伍。

16 日上午，同志们来到辛德惠院士墓前进行扫墓，并敬献花篮，表达对辛德惠院士的崇高敬意。

随后，同志们前往王庄科技小院、德众科技小院和前衙科技小院进行实地考察调研。科技小院的研究生们介绍了小院的日常工作和科研任务，同志们与小院师生及当地村民进行了深入交流。

为期两天的学习实践，让同志们感触很深。大家对一代又一代农大人与

不忘初心 科学报国

解民生之多艰

曲周的故事深受感染和震撼，更加深刻地理解了“责任、奉献、科学、为民”的“曲周精神”内涵。

机关党委书记杨志希望通过此次学习，激励同志们立足工作岗位，继承和发扬“曲周精神”，勇担学校改革发展的使命，主动作为，为学校“双一流”建设贡献自己的力量。

宣传部党支部与工学院机械本科生党支部联合开展“曲周精神”学习活动

发布日期：2019-06-17　信息来源：王姗

本网讯　6 月 12 日下午，为深入传承弘扬“曲周精神”，宣传部党支部与工学院机械本科生党支部联合开展“曲周精神”专题学习活动。

按照学校党委“全覆盖、双提升”大学生党支部建设工程相关部署，宣传部党支部与工学院机械本科生党支部结为结对共建党支部。在“曲周精神”专题学习活动中，两个党支部首先参观了“使命与传承——中国农业大学‘曲周精神’事迹展”。宣传部岳庆宇老师围绕展览内容，深入讲解农大师生 46 年扎根曲周默默奉献、砥砺前行、接续奋斗的感人事迹，老师和同学们深受感动，更深刻地体会到“责任、奉献、科学、为民”的真正含义。

参观结束后，两个支部召开了座谈交流会。机械本科生党支部党建指导员、党委宣传部常务副部长王勇介绍了支部共建的背景和意义，仔细了解了本科生党支部的情况，并为党员们讲授了“曲周精神”专题党课。他介绍了农大从改土治碱到科技小院，从综合开发到绿色发展的扎根大地办大学的光辉历程，讲述了我校师生扎根曲周事迹被各大媒体集中宣传报道的幕后故事，深入阐释了“曲周精神”的缘起和内核。王勇鼓励同学们铭记光辉历史、树立家国情怀、勇挑时代重担、发扬创新精神，做奋斗在新时代的“种子”，将“曲周精神”厚植于心、薪火相传，接续践行“解民生之多艰，育天下之英才”的校训，服务曲周、服务全国、服务世界，为学校发展再创新辉煌。

随后，两个党支部的成员交流了学习体会。党委宣传部闻静超老师谈到，

几代农大人的青春年华都凝聚在这46年中，让曲周大地变了“色”，让农大师生变了样，让校地变了“情”，而唯一不变的，是师生心中的爱国情、报国志，是“解民生之多艰，育天下之英才”的初心和使命。欧阳永志老师指出，农大师生扎根曲周46年，靠的是为国为民的家国情怀和对农村农民的真挚感情，他鼓励同学们学农、爱农、服务于农，投身祖国建设的伟大事业中，书写新时代的青春答卷。学生党员黄启航通过参观学习深刻感受到科技和人民、科技和社会的关系，为自己的学校感到自豪和骄傲，也更加明确了奋斗目标，要努力汲取科学文化知识，为以后进入社会服务人民打下坚实基础。学生党员罗天伦认为，“曲周精神”不仅是一种担当，还是一种科学的实干精神，作为一名设计专业的学生，要做出实实在在能改善人民生活的设计，接力棒薪火相传，要身体力行续写“曲周精神”。

党委宣传部副部长李洪栋、宣传部党支部党员、机械本科生党支部党员和积极分子等50余人参加了此次活动。（欧阳永志　摄影）

机关党委纪委（监察处）党支部和本科生环境工程党支部共同参观“曲周精神”事迹展

发布日期：2019-09-02　信息来源：资源与环境学院

8月29日上午，机关党委纪委（监察处）党支部和资源与环境学院本科生环境工程党支部共同到东校区文化艺术馆集体参观了“使命与传承——中国农业大学‘曲周精神’事迹展”。机关党委纪委（监察处）党支部纪委监察处副处长陈旭、蒋俊朋，监察综合科科长彭学森，教育审理科科长吴宝利、副科长刘哲以及资环学院本科生环境工程党支部书记路庆玲和党员（预备党员）、积极分子共6名参加了活动。

在资环学院本科生谭兵同学的讲解下，党支部的老师和同学们一同回顾了我校师生在曲周县的46年奋斗历程。从1973年至今，中国农业大学师生扎根在河北省邯郸市曲周县46年，从上世纪70年代开始的改土治碱，到今天的科技小院，从农业综合开发到绿色发展和乡村振兴，我校师生秉承着“责任、奉献、科学、为民”的“曲周精神”，服务乡村振兴，培育时代新人，形成了独具特色的社会服务和实践育人模式，谱写了一曲当代中国知识分子“爱国奋斗、科学报国”的壮丽篇章。

在随后进行的座谈会上，大家纷纷表示今天参观更加深刻了解了“曲周精神”的内涵，对曲周事迹有了更深的体会与感悟。老师们既表达了对老一辈农大科学家的敬佩之情，又表示了要将“责任、奉献、科学、为民”的“曲周精神”融入服务国家具体实践中去的决心和坚持。同学们不仅感叹于农大

师生的默默奉献与坚守，还对我校师生发挥学科、科研、人才和基地优势资源在全国各地开展工作，将“曲周精神”发扬光大的事迹感到敬佩和自豪。

同时，陈旭给同学们讲授了纪委知识，并表示多举办支部共建活动有利于促进双方共同成长，作为机关党支部可以有效获得学生相关学习生活的第一手资料，并为支部党建工作注入新鲜血液，碰撞思维火花。

本次机关党委纪委（监察处）党支部和本科生环境工程党支部的共建活动，不仅加深了师生党员对“曲周精神”的认识和体会，也增强了师生间的交流。（资源与环境学院　供图）

学工部组织本科生党员骨干学习扎根曲周服务乡村振兴先进事迹

发布日期：2019-05-31　信息来源：党委学生工作部

本网讯　为响应学校党委“学习‘曲周精神’、弘扬‘曲周精神’、践行‘曲周精神’”的号召，迅速掀起学习宣传我校扎根曲周46年服务乡村振兴先进事迹热潮，5月30日，学工部组织本科生党员骨干通过参观“使命与传承”中国农业大学“曲周精神”事迹展和集体收看《新闻联播》带头开展学习。

当天下午，在东区文化艺术馆“曲周精神”事迹展展区，曲周实验站原站长郝晋珉教授以自身丰富的经历和感悟为师生们生动讲解。郝晋珉师从辛

德惠院士，他将自己的大学时光和毕生事业奉献给曲周试验站，是曲周盐碱地变“米粮川”的亲历者、见证者。他自豪地说道：“数代农大师生在当地与农民同吃同住、并肩奋战，改变了曲周‘春天白茫茫，夏天水汪汪，只听耧声响，不见粮归仓’的贫穷落后面貌，并将科技攻关经验推向全国和世界。”我校牵头的“黄淮海平原中低产地区综合治理的研究与开发”也因此获得1993年国家科技进步特等奖，成为我国第一个获此殊荣的农业科研项目，被誉为农业的“两弹一星”。他还深情地讲述了导师辛德惠把践行“为人民服务”的宗旨作为毕生追求，以身殉职、奉献曲周的感人事迹，在场师生闻言热泪盈眶。

常驻曲周科技小院的资环学院研究生李婷婷介绍了当代农大人对“曲周精神”的传承与发扬。她说到，农大的师生们在遍布全国的科技小院、教授工作站、野外试验站与村民同吃、同住、同劳动，将科研课题瞄准当地农业生产的实际问题，用科学知识服务国家乡村振兴、助力脱贫攻坚，是对“曲周精神”最生动的诠释。

认真参观聆听后，师生们纷纷表示深受鼓舞。国际学院学生党支部张雪筠表示，观展让她更加理解了“责任、奉献、科学、为民”的含义和分量，不禁心生崇敬和向往。人发学院社会学系本科生党支部李宜霖感慨“曲周精

神”让人无比震撼，当代大学生要扎根祖国、心系人民，才能让个人的人生价值得到真正地实现。信电学院本科第八党支部吕传翰表示，作为一名农大人就应该有逢山开路、遇河架桥的意志，勇做走在时代前列的开拓者、奉献者，争做中国特色社会主义事业的建设者和接班人。

晚上，学工部组织学生党员骨干集体实时收看新闻联播播出的《爱国情，奋斗者——中农大扎根曲周46年，盐碱地变良田》节目，大家纷纷表示，农大师生把论文写在祖国大地上，用实际行动服务乡村振兴，为保障国家的粮食安全做出了重大贡献，作为农大人倍感骄傲和自豪，后续将结合“不忘初心、牢记使命”主题教育和“全覆盖、双提升”大学生党支部建设工程深入党员宿舍责任区、开展党建精品实践项目等形式宣讲好“曲周精神”，带动广大同学学习、弘扬和践行“曲周精神”。

学工部党支部与共建的信电本科生第八党支部、农学院本科第四党支部党员，大学生党员先锋班学员50余人参加活动。

党委教师工作部党支部和食品学院本科第五党支部共同参观“曲周精神”专题展览

发布日期：2019-06-19　信息来源：党委教师工作部

本网讯　为深入落实“全覆盖、双提升”工程相关部署，6 月 18 日，党委教师工作部党支部全体党员与食品学院本科第五党支部开展支部共建活动，一同前往东区艺术展览馆参观“曲周精神”事迹展。

两支部党员观看了新闻联播关于我校师生扎根曲周大地，46 年如一日，不忘初心、牢记使命，爱国奋斗、科学报国的报道。随后，党委教师工作部党支部书记江丽结合展览内容就“曲周精神”内涵进行了讲解。

通过一幅幅照片、一段段文字、一件件实物，师生们深切感受到了农大人不忘初心，始终秉承“解民生之多艰，育天下之英才”的校训精神，经过不懈的奋斗与努力将昔日的盐碱地变成了今日的米粮川。从改土治碱到综合发展，从乡村振兴到绿色发展，农大师生用实际行动践行着“责任、奉献、科学、为民”的“曲周精神”。

党委教师工作部支部成员高菲表示，通过参观了解到老一辈农大人为了治好盐碱地而做出的巨大努力，被师生们赤诚的爱国之心所感染，“曲周精神”将不断激励自己，为农大更加美好的明天而努力奋斗。食品学院本科第五党支部高源远说，从盐碱荒地到万亩良田，从寸草不生到金黄遍野，千百农大人将青春与热血洒在曲周。作为新一代的农大学子，一定要学好科学文化知识，知行结合，早日成为对国家有贡献的人!

党委教师工作部副部长严一川、食品学院本科第五党支部党员共20余人参加此次活动。

科研院党支部和动科学院本科生第四党支部共同参观“曲周精神”专题展览

发布日期：2019-06-21　信息来源：科学技术发展研究院

本网讯　6月19日下午，科研院党支部和动物科学技术学院本科生第四党支部开展支部共建活动，一同参观“曲周精神”事迹展。

按照学校党委安排，两支部党员前期已经分头组织学习观看了《新闻联播》《焦点访谈》等主流媒体关于我校师生46年如一日扎根曲周大地，“不忘初心、牢记使命”以及“爱国奋斗、科学报国”的系列报道。通过此次参观更加深

了同志们对“曲周精神”的认识和理解。

展览中，老一辈农大人科研报国的事迹和精神深深感动了大家，更激发了大家作为学校科研管理服务人员为学校新时期改革与发展事业努力奋斗的动力。学生党员同样深受感动和启发，表示一定要认真学习和领会前辈“责任、奉献、科学、为民”的精神，学好知识、锤炼本领，早日为国家和社会发展进步贡献力量。

人事处党支部与食品学院本科生党支部联合开展“曲周精神”专题学习活动

发布日期：2019-06-14　信息来源：人事处

本网讯　6月12日下午，人事处党支部和食品学院本科第三、本科第四党支部在东区主楼四楼报告厅联合开展“曲周精神”专题理论学习活动，深入学习以“责任、奉献、科学、为民”为核心的“曲周精神”。副校长辛贤作为党建指导员出席学习活动并主讲微党课。学习活动由人事处党支部书记隋熠主持。

辛贤与在座师生党员分享了学习曲周精神的感想，他从老一辈“改土治碱、造福曲周”的奋斗历程谈起，回顾了我校师生在曲周不忘初心、科研报国的感人事迹，带领大家思考农大学子的使命传承与责任担当。辛贤强调，作为农大学子，从进入校园之际就肩负起助力国家农业现代化建设的光荣使命，同学们要勇于承担国家和时代赋予的使命与责任，立足专业，发挥所长，为“三农”事业和社会主义现代化建设贡献力量。

中国农业大学“曲周精神”博士宣讲团成员杨勇琴为全体师生党员作曲周精神学习报告。他从“跨越两个世纪，农大改变了什么”“46年如一日，农大不变的是什么”“进入新时代，我们能够做什么”三个方面对“曲周精神”进行了全面解读，以朴素的语言讲述了扎根曲周的师生从改土治碱到建立科技小院的鲜活故事。一位位教授、专家、学生，用自己的学识与技术，立志将贫瘠变沃土，将“解民生之多艰”的校训精神书写在曲周大地上。

学习活动结束后，与会党员进行了交流分享。食品学院本科第三党支部

书记袁雨晴表示，“曲周精神”深深鼓舞着每一位农大人，作为当代大学生，我们应该加倍努力学习，为我国食品行业的发展做出贡献。本科第四党支部书记欧阳成政表示，“曲周精神”意味着淡泊名利、无私奉献、刻苦钻研、不忘初心，我们应该将这样的精神内化为督促自己前进的动力源泉。

隋熠主持了人事处党支部与食品学院本科生党支部对接活动，她表示人

事处党支部高度重视“全覆盖、双提升”支部共建活动，将努力高质量完成各项规定任务，并积极创造条件助力各位学生党员的成长。

人事处副处长徐启飞、杨凌晔、郭晓旭，食品学院党委副书记周晓璇参加了本次学习活动，人事处党支部及食品学院本科第三、本科第四党支部成员共同参加此次学习活动。（人事处　供图）

人事处党支部与食品学院本科生党支部联合开展“曲周精神”主题党日活动

发布日期：2019-07-09　信息来源：人事处

本网讯　7月5日，人事处党支部全体党员联合食品学院本科第三党支部、本科第四党支部的党员同学开展“曲周精神”主题党日活动，共同参观学习“使命与传承——中国农业大学‘曲周精神’事迹展”，开展主题教育活动。

本次主题党日活动是继校领导微党课、曲周精神博士宣讲团专题宣讲、师生交流学习体会等学习活动后，进一步深入生动学习“责任、奉献、科学、爱民”的“曲周精神”的又一次主题实践活动。

3个党支部成员跟随学生讲解志愿者的介绍，全面回顾、学习了我校师生代代相传、奔赴曲周的先进事迹和取得的卓越成就。从1973年我校第一批老师进驻曲周，至今46年，曲周已经从昔日的“盐碱滩”蜕变为今日的“米粮川”，实现了吃救济粮到交公粮，到如今更是已经成为了邯郸地区的富饶地区。通过一幅幅老照片、一个个生动的故事，大家感受着一代代农大人对“三农”事业的追求和情怀。新世纪，曲周正在探索绿色农业发展，在当地设立的科技小院不断迎来农大师生接力前行，将“曲周精神”一直传承和发扬下去；同时也看到，在服务“三农”、服务国家重大需求的各个战线上，许许多多的农大人在为之努力和奋斗，这种精神不仅体现在扎根一线的师生身上，也应体现在每一个农大人的身上。党员们无不为之所触动，并在留言薄写下了立志传承、发扬“责任、奉献、科学、爱民”的“曲周精神”的决心。

人事处党支部书记隋熠结合对“曲周精神”的学习和理解做了总结和分享。她表示，参观展览深入学习“曲周精神”的实质内涵，是一次重要的精神洗礼。在这个过程中大家深受触动、深受感染、深受教育，同时感受到身上的责任。她号召在场师生党员，传承“曲周精神”，把个人的成长发展与学校发展、时代和国家的需求紧密结合起来。同时，希望党员同学们利用假期时间积极参与社会实践，走进“三农”、了解“三农”，度过一个充实而有意义的假期。

人事处党支部、食品学院本科第三党支部、本科第四党支部 40 余名师生党员共同参加了主题党日活动。（人事处　供图）

学校人才办党支部与学生党支部学习“曲周精神”

发布日期：2019-06-04　信息来源：人才工作办公室

近日，新华社、中央电视台《新闻联播》和《焦点访谈》节目、《人民日报》《光明日报》《农民日报》等相继报道了我校师生扎根河北曲周大地，践行“解民生之多艰，育天下之英才”为使命的服务“三农”事迹。为贯彻落实学校党委“全覆盖、双提升”大学生党支部建设要求，学校人才办党支部与水院大学生第四党支部一起收看新闻联播，认真学习相关报道精神，并于6月3日组织参观以“使命与传承”为主题的中国农业大学“曲周精神”事迹展。

在展览馆内，曾在曲周科技小院工作过的我校研究生李婷婷结合自身实践，为我们讲述了曲周试验站从改土治碱到乡村振兴，从“专家大院”到“科技小院”的发展历程。一代代农大人把勤劳的汗水洒在曲周大地，一名名研究生通过理论与实践相结合，将论文写在曲周大地。农民和教授、耕种和科研、乡村农事和权威期刊，一组组珍贵的照片、一个个生动的故事，想农家事、思农家愁、解农家难，中国农大人46年的持续接力，铸就了“责任、奉献、科学、为民”的“曲周精神”。

参观过程中，老师学生与讲解员不时互动，问这问那，时而为艰苦奋斗的条件感到震惊，时而为取得成功感到骄傲，感受很深。学生第四党支部书记王楚认为：“我们为前辈们不畏艰苦、扎根基层的精神和事迹深受感动。学习‘曲周精神’，更加领会到了‘奉献、为民’的思想核心，我们当奋勇

拼搏，为基层人民做贡献。传承‘曲周精神’是一种责任，这种责任是对老一辈农大人精神的继承和弘扬，同时也是对中国农业大学校训的实践，更是新时代新青年的社会担当。”

学生杨宇晨、张灏晖等同学表示：“46 年来，一代代农大人赶赴曲周，为民奉献的‘曲周精神’从未改变。身为农大学子，我们也应该在自己的领域做出应有的奉献，让‘曲周精神’成为我们不断前行的精神力量。”

人才办主任刘竹青认为：“在党中央部署‘不忘初心、牢记使命’专题教育之际，中央和地方媒体对我校扎根河北曲周 46 年服务乡村振兴先进事迹进行集中报道，是对中农大人‘守初心、担使命’的高度肯定，更是激励我们继续传承和发扬‘曲周精神’、农大精神，发挥党员先锋模范带头作用，为学校改革创新发展做出贡献。”

财务处组织参观“曲周精神”事迹展

发布日期：2019-06-18　信息来源：财务处

连日来，新华社、中央电视台《新闻联播》节目、《人民日报》等媒体平台集中宣传报道了我校师生扎根河北曲周大地、服务乡村振兴的光荣事迹。财务处支部组织党员同志通过各种形式深刻学习了“曲周精神”。

6月12日和6月14日，财务处分别组织教职工在东区文化艺术馆和西区报告厅参观了“使命与传承——中国农业大学‘曲周精神’事迹展”。通过讲解员饱含深情的讲解，我们了解了曲周治碱的背景和历史。从改土治碱到综合发展，从乡村振兴到绿色发展，一代代农大人在曲周大地挥洒青春和汗水，富饶了这片原本贫瘠的土地。更有老一辈的科学家把自己的一生都奉献给曲

周。现在有很多农大学生与农民同吃、同住、同劳动，最终扎根曲周，用实际行动，响应国家号召，践行科技兴农，科技兴国，为服务“三农”贡献力量。

从展览中大家也了解到，我校在乡村振兴，科技扶贫方面做了很多工作，在全国很多省市、贫困乡都有实验站，曲周只是其中一个典型。作为农大的教职工，大家深受感动，纷纷表示要把“曲周精神”运用到自己的本职工作中去，努力工作、不忘初心，为学校的发展建设贡献力量。（财务处　供图）

审计处党支部和法学系本科生党支部联合开展主题教育活动

发布日期：2019-06-11　信息来源：审计处

6月6日下午，为进一步落实学校“全覆盖、双提升”大学生党支部建设工程要求，审计处党支部与人发学院法学系本科生党支部联合开展了以“学习‘曲周精神’，领悟五四情怀”为主题的支部共建活动。审计处处长刘罡作为党建指导员参加活动。

两个共建党支部共同参观了“使命与传承——中国农业大学‘曲周精神’事迹展”，深入了解46年来，一代代农大人扎根农村做科研，在曲周大地“治碱、治贫”的道路上所经历的风风雨雨，体会“责任、奉献、科学、为民”的“曲周精神”内涵。一代代农大人扎根燕赵大地，从改土治碱到科技小院，

服务乡村振兴、培育时代新人，形成了独具中国农大特色的实践育人模式。大家感慨万千，深深地被“曲周精神”感染和激励着，纷纷表示将不忘初心、牢记使命，用课堂所学投入社会实践，践行伟大“曲周精神”。

随后，两个支部召开了“全覆盖、双提升”支部共建座谈会。会上，法学系本科生党支部书记杜凯瑞对本支部党员情况及支部建设现状做了介绍；审计处党支部书记李易倩将审计支部的各位教工党员一一介绍给同学们，并对此次党支部共建活动在增强大学生支部凝聚力方面和加强党员思想教育工作方面提出了具体的指导建议。

座谈会上，刘罡作为党建指导员为参会党员们讲授了一堂题为“传承‘曲周精神’，领悟五四情怀，激发青年担当”的党课。他结合我校曲周实验站的发展历程，为大家讲述了“曲周精神”在农大的传承：每一位农大人都是在自己的岗位上，一步一个脚印走好每一步，才造就了今日的“曲周精神”；

一代又一代的农大人攻坚克难，砥砺前行，将青春奉献给了曲周大地，这是一个延续的、不断传承的过程。他结合习近平总书记在纪念五四运动一百周年大会上的讲话精神，带领大家共同回顾了五四运动的背景和过程，强调青年学生要把爱国意识融入血脉，注重品德修养的培养，鼓励学生党员要心安志远、脚踏实地，在书本中学知识，在实践中学本领；他勉励同学们发挥法学专业优势，为“依法治国”新征程贡献自己的力量。

2017 级预备党员段成涛、2015 级毕业生党员延然等同学分别就自己关于“曲周精神”、五四精神的领悟和理解做了发言。

座谈会上，支部党员们还共建微信群，方便师生党员展开进一步的互动交流，密切联系，随时随处解疑解困。（审计处　供图）

国资处和发规处党支部组织参观“曲周精神”展览

发布日期：2019-06-11　信息来源：国有资产管理处

连日来，我校师生扎根河北曲周46年服务“三农”的典型事迹在各大媒体相继报道。为进一步加强学习，在教职工队伍中弘扬“曲周精神”，6月5日下午，国资处党支部联合发展规划处党支部，到东区文化艺术馆参观“曲周精神”展览。

参观中，一幅幅生动的图片、一段段感人的文字，深深地吸引了大家。在讲解员的介绍下，老师们了解到：农大师生始终不忘初心，扎根曲周默默奉献的感人事迹。经过几代农大人的奋斗和传承，完成了曲周北部28万亩盐碱地的综合治理，并成功推动了黄淮海平原、三江平原、黄土高原、北方旱涝和南方红黄壤等五大区域的农业综合治理与开发；在此基础上不断探索从传统农业向现代化农业的致富之路，先后承担了多项国家重点、重要科学研究任务，取

得了丰硕成果。

老师们纷纷表示，参观完“曲周精神”展，更加身临其境地感受到了“责任、奉献、科学、为民”的真正含义，虽然我们的分工和岗位不同，但不论在哪个岗位上都应当发扬和传承“曲周精神”，不忘初心、牢记使命、勇于担当，用实际行动推动我校各项事业的不断发展，努力为学校双一流建设贡献自己的力量，以饱满的精神状态和优异成绩迎接新中国成立70周年。

此次工商管理系教工党支部与本科工商电商党支部共建活动为大家创造了一个相互学习交流的平台。对本科工商电商党支部成员而言，得到了很多思想上的指导；对工商管理系教工党支部成员而言，了解了同学们更全面、更真实的学习思想状态，实现了师生联动、同学共进。（经济管理学院　供图）

国际处党支部与人发学院本科生党支部联合参观“曲周精神”事迹展

发布日期：2019-06-17 信息来源：国际合作与交流处

本网讯 6月14日下午，国际合作与交流处党支部与人文与发展学院外语系本科生党支部在合作共建支部的基础上，共同参观了“使命与传承——中国农业大学‘曲周精神’事迹展”。

在志愿者的带领与讲解下，共建党支部的师生们了解了我校师生在曲周县的46年奋斗历程，发扬了令人尊敬的“曲周精神”，将“责任、奉献、科学、为民”的“曲周精神”融入服务国家的具体实践中。师生们对我校师生发挥学科、科研、人才和基地优势资源在全国各地开展工作，将“曲周精神”发扬光大的事迹感到敬佩和自豪，尤其在了解了科技小院的工作内容后，对于我校师生在田间地头躬身实践，一切为民的工作态度与奉献精神有了更深刻的认识和感悟。

在参观展览结束后，共建党支部的师生们纷纷表达了自己的感想。国际处党支部乌尼日老师表示，通过参观，深刻领会了“责任、奉献、科学、为民”的“曲周精神”以及“解民生之多艰，育天下之英才”的校训，在今后的外事工作中要将“曲周精神”落到实处，服务好师生，为学校“双一流”和“一带一路”重点建设工作做出自身贡献。赵小慧老师表示，此次展览让她感受到了我校师生不畏艰难、一心为群众着想的“曲周精神”，同时也了解到了学校为曲周经济社会发展提供了强大的科技支撑，为曲周培植了创新创业的“科技基因”，感受到了科技强国的力量。这些精神和力量会一直鼓舞我。

外语系本科生党支部张可欣表示，通过参观和讲解，大家了解到盐碱地治理的难度和农大师生“解民生之多艰”的笃定信念。他们将知识应用于实践，秉承着为国为民的家国情怀和农业情怀，不忘初心，传承“曲周精神”，不断进行科学研究和社会服务，体现了奉献为民的责任担当。吴俊阳认为，曲周的实验从无到有，从有到成功，从成功到推广，充分说明了老一代农大人的无私奉献，不畏艰难险阻的精神，作为新一代农大人更应该努力发扬这种“曲周精神”！

共建党支部通过此次联合参观活动，学习“曲周精神”的同时加深了党支部之间的沟通和交流。双方都希望在支部共建合作的基础上，开展更多有益双方党支部、有益师生工作学习的建设性党支部活动。（国际合作与交流处　供图）

国际处党支部开展学习“曲周精神”主题党日活动

发布日期：2019-07-16　信息来源：国际合作与交流处

本网讯　7月11—12日，国际处党支部组织部分老师赴曲周实验站开展了以学习“曲周精神”为主题的党日活动。党支部成员们先后参观了实验站以及王庄、德众和后老营科技小院，并召开了学习总结座谈会。

在曲周实验站站长江荣风的带领下，老师们通过馆内大量的图片、雕塑、文字资料详细了解了曲周46年来的发展历程、农大师生在曲周改土治碱的工作以及取得的卓越成果。他讲道，1973年以来，农大师生从实验站走进村里，建立科技小院，与农民同吃、同住、同劳动，经过近十年的不懈探索，逐步建立了农业科技创新、社会服务和人才培养“三位一体”新模式。在王庄科技小院的基地里，党支部成员与小院的研究生展开互动，听取并学习了他们研究的课题内容。

在曲周实验站副站长张彦宏和主任王邵雷的带领下，老师们还参观了德众科技小院和后老营科技小院。在德众科技小院的葡萄养殖大棚里，德众合作社的李得宾经理给大家生动讲述了他们在农大老师的帮助下，通过推广水肥一体化技术，实现了葡萄绿色种植。在后老营科技小院里，研究生们亲切地为大家介绍了十年来，针对西瓜连作障碍和施肥过度等问题，他们创新地设计了“小麦/西瓜/玉米”双高技术体系，使得西瓜的产量提升、农民的收入有了提高。研究生们对小院的热爱、奉献、责任使得农民越来越信任农大学生，这是曲周与农大之间深厚情谊的真实见证。

参观结束后，国际处党支部在实验站会议室召开了期末组织生活会暨“曲周精神”交流座谈会。国际处党支部书记冯伟哲总结了上半年的党建工作，希望大家将“责任、奉献、科学、为民”的“曲周精神”落实在党委部署的奋进攻坚行动中，推动科技小院模式在非洲落地，继续做好坦桑尼亚“千户万亩玉米增产示范田”的工作，并向更多“一带一路”沿线国家推广。他强调，要认真贯彻落实习近平总书记提出的“不忘初心、牢记使命”，国际处的初心和使命便是扎扎实实开展教育领域外事工作，为提升国家农业高等教育和科技在世界的影响力和话语权不懈奋斗，为促进世界农业科技教育发展贡献中国智慧、提供中国方案。

随后，老师们就“曲周精神”展开交流并纷纷表达了自己的感想。王艳彩认为，牢记使命、开创未来是曲周之行的最深感触。曲周在新时代将创新发展绿色农业、牧业、农业机械化、废物、废水的处理及循环利用等一系列工程，落实乡村振兴、绿色发展，成为农业人才的摇篮、国家使命传承的红色育人基地。靳晓男表示，深入了解曲周旧貌新颜后，才深刻体会到一代代农大人的“艰难困苦、玉汝于成”。在今后工作中，要以农大前辈们为榜样，用自己激扬的青春、不懈的努力，谱写出农大国际合作新篇章。（国际合作与交流处　供图）

后勤基建党委开展“曲周精神”专题学习活动

发布日期：2019-06-25　信息来源：后勤基建党委

本网讯　6月20日下午，为深入传承弘扬“曲周精神”，后勤基建党委组织教职工参观“使命与传承——中国农业大学‘曲周精神’事迹展”，开展主题学习教育活动。

跟随讲解员的介绍，参观同志认真观看展览内容，回顾我校师生扎根曲周46年爱国奉献、科学报国的光辉历程：1973年以来，我校师生扎根在河北省邯郸市曲周县46年，从灾害最严重的“碱窝子”改土治碱起步，与当地人民一道，先后聚焦土壤改良、综合治理与开发、双高示范等时代课题，与23个省区的29家科研院所合作，建立了120多个科技小院，在大地上谱写了当代农科教育工作者科学报国的壮丽诗篇，在这一过程中也汇聚形成了“责任、奉献、科学、为民”的“曲周精神”。

通过观展，大家进一步感受到，我校师生在曲周40多年的实践，是“解民生之多艰，育天下之英才”校训的当代实践，也是农大人事业追求和精神情怀的生动呈现。从中产生的“曲周精神”是农大精神的重要组成部分，这种精神不仅体现在扎根一线的师生身上，也应体现在每一个农大人的身上。

参观展览后，后勤基建党委书记杜学振组织同志们在体育馆会议室进行“曲周精神”学习讨论。杜学振表示，通过参观使我们更加深刻地感受到了“责任、奉献、科学、为民”的真正含义，各部门要贯彻好学习工作，切实将“曲周精神”发扬到后勤基建各项工作当中，不忘初心、牢记使命，勇于

担当，深入落实好“服务育人、管理育人、环境育人”，用实际行动推动学校各项事业的不断发展。后勤基建党委委员、后勤保障处处长张永生结合自身工作经历，分享了早年参与曲周工作的体会。他表示，四十多年来几代农大人参与曲周建设，从改土治碱到科技小院，每到曲周，我们都能感受到曲周人民对农大人的感激之情。我们要继续发扬好“曲周精神”，不断提高服务质量，做好各项保障工作。基建处处长汪九林谈到，他曾与多任曲周实验站站长都有过工作接触，“曲周精神”体现的家国情怀和责任奉献是我们后勤基建学习的榜样，我们要身体力行续写“曲周精神”，扎实推进各项工作，向广大师生交上一份合格的答卷。

参加学习的其他同志纷纷表示，老一辈农大人科研报国的事迹令人深受感动，大家一定会认真学习、领会、发扬、传承“责任、奉献、科学、为民”的精神，踏实做好本职工作，努力为学校“双一流”建设贡献自己的力量。

后勤、基建系统处级领导、党委委员、党支部书记、中心主任和机关全体教职工等 50 余人参加了此次活动。（后勤基建党委　供图）

“曲周精神”感动图书馆　党建书屋上架多种相关著述

发布日期：2019-06-13　信息来源：图书馆

本网讯　连日来，新华社、中央电视台、教育部《微言教育》栏目、《人民日报》《光明日报》《农民日报》《科技日报》等各大媒体集中宣传报道了我校师生扎根河北曲周大地、服务乡村振兴的感人事迹。图书馆党总支高度重视，6 月 5 日下午，专门组织全体馆员聆听土地科学与技术学院教授（原曲周实验站站长）郝晋珉在植保学院新报告厅举行的“曲周精神”先进事迹报告会。

从 1973 年到今天，中国农业大学几代师生奔赴改土治碱的第一线曲周，高扬“责任、奉献、科学、为民”的精神，服务乡村、培育人才，将“解民生之多艰，育天下之英才”的校训根植心灵，生动谱写出“爱国奋斗、科学

报国”的时代篇章。郝晋珉教授把46年如一日，从改土治碱到综合发展，从乡村振兴到绿色发展，一代代农大人把青春的汗水洒在曲周大地，以大地为书，以阡陌为笔，书写着锦绣时代青春答卷的故事娓娓道来，在图书馆广大馆员中引起热烈反响。大家一致表示，黄淮海平原盐碱地综合治理，是我国历史上最大的一次农业科技大会战，在世界史上史无前例，可誉为中国农业的“两弹一星”。听了郝教授的报告，大家从内心里对扎根基层、服务农民的师生们的敬意油然而生，也又一次为自己身为农大人而感到骄傲和自豪，纷纷表示一定要以他们为榜样，学习他们吃苦耐劳的精神，不忘初心、牢记使命，踏踏实实做好本职工作，为学校教学、科研提供有力的文献信息服务保障。

为了配合学习“曲周精神”，方便读者深入了解奋斗历史，图书馆近期还特意从馆藏资源中梳理出20余种我校师生扎根大地写就的科研著作，集中在党建书屋内供大家随时阅览。（图书馆　供图）

图书馆西馆教工党支部组织学习“曲周精神”

发布日期：2019-06-20　信息来源：图书馆

6月19日，图书馆党总支西馆教工党支部组织全体党员前往校史与档案馆参观“使命与传承”专题展，学习“曲周精神”。

1973年以来，我校师生扎根在河北省邯郸市曲周县46年，从灾害最严重的“碱窝子”改土治碱起步，与当地人民一道，先后聚焦土壤改良、综合治理与开发、双高示范等时代课题，在大地上谱写了当代农科教工作者科学报国的壮丽诗篇，在这一过程中也汇聚形成了“责任、奉献、科学、为民”的“曲周精神”。

为深入学习“曲周精神”的丰富内涵，并以此精神激励党员同志奋发有为工作，西馆教职工党支部组织党员前往参观。在校史与档案馆大厅，党员同志们观看展览内容，倾听讲解员的解说，认真学习我校师生在曲周的奋斗事迹。通过观展，党员同志们进一步感受到，我校师生在曲周40多年的实践，是“解民生之多艰，育天下之英才”校训的当代实践，也是农大人事业追求和精神情怀的生动呈现，从中产生的“曲周精神”是农大精神的重要组成部分，不仅体现在扎根一线的师生身上，也应该体现在每一个农大人的身上，在我们的工作实践中要学习、体现、弘扬这种精神。

在学习“曲周精神”过程中，西馆教工党支部为每位成员发放记录学校师生奋战曲周的校报专刊《丰碑》，通知收看新闻联播节目及主流媒体相关报道，并组织党员参加了“曲周精神”主题学习辅导报告会。

曲周实验站党支部与曲周县委组织部开展“党日共建”活动

发布日期：2019-04-04　信息来源：资源与环境学院

本网讯　为迎接新中国成立70周年礼庆，积极响应中央宣传部号召，加强学习宣传“曲周精神”，3月29日，曲周实验站党支部会同曲周县委组织部，组织全县青年干部和新党员开展了“党日共建”活动。

活动当天正值辛德惠先生逝世20周年，全体活动人员为辛先生墓敬献花篮，听取曲周实验站党支部书记牛灵安介绍辛先生的生平事迹，回顾老一辈农大科研工作者扎根农村，不畏劳苦，默默无闻奉献农业的故事。全体党员还重温了入党誓词。

活动举办了“党日共建”报告会，曲周县委常委、组织部部长朱继坤同志从“要讲政治、有信念，始终不改初心永向党；要重学习、强素质，始终本领过硬不恐慌；要敢担当、善作为，始终攻坚克难不懈怠；要勤修身、严自律，始终心存敬畏不逾矩”四个方面给大家上了一堂生动的党课。

会上，牛灵安号召大家牢记并宣传好“责任、奉献、科学、为民”的“曲周精神”，进一步深化新形势下的县校合作，不忘初心，继续前进，以实际行动迎接新中国成立70周年。4名新党员在大会上做了工作和思想汇报。

报告会结束后，资环学院副院长兼曲周实验站站长江荣风、副站长张宏彦带领与会成员参观了实验站全貌，并为大家介绍了实验站概况及实验站46年的发展史。（资源与环境学院　供图）

缅怀先辈伟业 传承“曲周精神”

发布日期：2019-04-05 信息来源：曲周实验站

本网讯 清明节前夕，我校师生和曲周人民陆续到曲周实验站，以各种方式缅怀辛德惠院士，缅怀农大先辈伟业，掀起了学习“曲周精神”的高潮。

4月4日，曲周实验站全体教职工和科技小院学生列队来到辛德惠院士墓前，共同缅怀农大先辈栉风沐雨改土治碱、呕心沥血奉献一生的感人事迹。实验站师生们表示要继承老一辈科学家爱国奉献、艰苦奋斗的优良传统，传承“曲周精神”，为曲周绿色发展、乡村振兴做出自己的贡献。

4月3日，曲周第四疃镇各中小学先后组织学生开展了“缅怀先贤”的清明节扫墓活动，教育学生继承先贤的光荣传统，弘扬“曲周精神”，感受清

明节的传统文化。迎着朝阳，学生们列着整整齐齐的队伍前来拜谒辛德惠院士墓，为辛德惠院士敬献花篮，大家怀着无比肃穆的心情向辛德惠院士致敬，缅怀先贤。看到农大老一辈们改土治碱的感人故事，学生们宣誓明志，努力学习本领，成长成才，为祖国建设贡献力量。

3月28日，继续教育学院党支部组织全体党员和教职工赴曲周实验站，学习农大老一辈科学家扎根祖国大地、艰苦奋斗爱国奉献的高尚品格，传承“曲周精神”，服务乡村振兴。在曲周实验站副站长张宏彦和原曲周政协主席胡耀东的带领讲解下，大家参观了曲周实验站建站45周年发展成就展，亲临目睹实验站建设新貌。一个个历史镜头，一段段奋斗故事，感染激励着在场的每一位。

曲周实验站喜迎县校团体考察学习“曲周精神”

发布日期：2020-01-14　信息来源：曲周实验站

在新中国成立70周年之际，新华社、《人民日报》、中央电视台、《光明日报》《科技日报》《农民日报》《中国青年报》等中央媒体集中连续报道了我校师生扎根河北曲周服务乡村振兴事迹。6月期间来自我校和曲周县相关单位共计17批次、1 200多人赴曲周实验站、科技小院实地参观考察学习传承“曲周精神”，在曲周掀起学习中国农大“曲周精神”的热潮。

我校开展“爱国奋斗、科学报国”学习“曲周精神”活动以来，先后有来自信电学院、国际学院、人发学院、生物学院、马克思主义学院、园艺学院、资环学院以及河北农大资环学院等单位党员群众、师生代表和曲周县有关单位相继赴曲周实地考察参观，学习“曲周精神”，为辛德惠院士敬献花篮，深刻体会“责任、奉献、科学、为民”的实质内涵。马克思主义学院副院长李桂华老师表示，一代代农大人不忘初心、牢记使命，坚持以人民为中心，扎根农村做科研，真正做到了“解民生之多艰”，作为农大思政课教师，应坚持立德树人的根本任务，进一步结合实践培养学生的爱国情怀、“三农”热忱，更好地服务乡村振兴战略、培育时代新人。曲周科技小院硕士研究生们表示，“46年来县校合作取得了丰硕成果，看到《新闻联播》《焦点访谈》和各级媒体的连续报道，非常骄傲和自豪，更深知身上的责任重大。作为农大的学子，作为科技小院的一员，我们将继承发扬‘曲周精神’，在祖国大

地上奉献我们的青春，奉献我们的力量”。

曲周县委、县政府、县人大、县政协四套班子以及县政协、统计局、交通运输局、公安局、教育体育局、住建局、县医院、农发行等单位组织党员干部相继到实验站开展“学农大、守初心”的主题党日教育培训活动，组织实地学习观摩，聆听“曲周精神”宣讲报告，深入学习农大“曲周精神”，激励广大党员干部和职工要以“曲周精神”为指引，以农大师生为榜样，不忘初心、牢记使命，勇担责任、甘于奉献，扎实工作、勇于创新，为曲周县乡村振兴、绿色发展做出新的更大贡献。曲周县天运中学、四疃镇红星幼儿园、新城幼儿园、四疃中学师生实地参观曲周实验站和科技小院，为辛德惠院士扫墓献花，缅怀农大先贤，学习老一辈农大人科学报国、无私奉献的精神。

中国农大先进事迹系列报道还深深感动了其他部门党员干部。山东省菏泽市科协、内蒙古杭锦旗等单位领导带队专程来到曲周，实地考察改土治碱成就、参观科技小院，学习“曲周精神”。据统计，曲周实验站和科技小院6月份接待参观学习代表达1 280余人。

（曲周实验站　供图）

校工会党支部与园艺学院本科 2018 级党支部联合开展“曲周精神”学习活动

发布日期：2019-06-10　信息来源：校工会

6 月 4 日上午，校工会党支部与结对共建的园艺学院本科 2018 级党支部联合开展支部活动，围绕“不忘初心、牢记使命”主题，共同学习“曲周精神”。

按照“全覆盖、双提升”大学生党支部建设工程相关部署，加强支部规范化建设，校工会党支部与园艺学院本科 2018 级党支部结为结对共建党支部。在全校掀起“曲周精神”学习热潮之际，两个支部 8 名师生党员首先在校工会办公室学习了 3 月 30 日中国农大校报《丰碑——传承“曲周精神”，服务乡村振兴》专刊，大家分别畅谈了最近这段时间各自从不同渠道学习“曲周精神”的体会。工会党支部书记张海涛表示，这两天观看新闻联播和各方面报道，再回想起曾经到曲周学习时目睹了曲周发生的变化，由衷地钦佩农大人扎根曲周 46 年改碱治土，让盐碱地变良田，这是几代人前仆后继，践行“责任、奉献、科学、为民”的“曲周精神”所带来的巨大成果。农大工会是学校服务教职工的窗口单位，我们每一名党员都应熟知这段农大故事，深入学习身边典型事迹，将“曲周精神”融入自身工作中，服务好全校教职员工。

园艺本科 201 级党支部书记冯钟萱说，目前本支部 4 名党员都是硕士或博士研究生辅导员，目前正带领本支部 11 名大一入党积极分子开展“曲周精神”的学习活动。作为从事园艺、果蔬及病虫防治方向研究的研究生，我们更应将本专业的学习、研究与提高农民群众的生活水平紧密结合，将“论文写在

祖国大地上”、体现在自身的责任与使命中，更是作为农大人执着一生的追求。

随后，两个支部的党员前往学校展览馆现场参观“使命与传承——中国农业大学‘曲周精神’事迹展”，现场聆听讲解，更加深入地了解了农大师生扎根曲周46年“治不好盐碱地不回家”的感人故事，对“解民生之多艰，育天下之英才”这一校训的真正含义有了更加深刻的理解。（校工会　供图）

校工会党支部联合园艺本科2018级党支部开展“曲周精神”学习活动

发布日期：2019-09-02　信息来源：校工会

本网讯　8月30—31日，校工会党支部与园艺学院2018级本科生党支部一同赴中国农业大学曲周试验站，实地开展“不忘初心，学习曲周精神”主题党日活动。这是继两个支部党员集体参观学校“使命与传承——中国农业大学‘曲周精神’事迹展”之后，又一次联合开展的“曲周精神”学习活动。

学习参观团抵达试验站之后，首先参观了曲周站史馆，观看了中国农大与曲周县校合作图片展，听取了曲周实验站发展历程、“曲周精神”内涵的讲解，并在曲周实验站副站长张宏彦等带领下参观了试验站的无损实验室、垃圾处理厂、污水处理厂等站内设施。

在学习“曲周精神”的座谈会上，曲周政协原主席、县校合作促进会会长、曲周试验站顾问胡耀东饱含深情地讲述了46年来我校几代师生在改变曲周面貌的过程中，与曲周人民结下深厚情谊的动人故事。他希望青年学子们要继承老一辈农大人在这里创建的“责任、奉献、科学、为民”的“曲周精神”，走进农村、走近农民，在农村这片广阔的天地里，有所作为，成长、成才。

次日，学习参观团一早来到辛德惠院士墓前，怀着无比敬仰之心聆听了辛德惠院士的生平介绍，向这位曲周人民心目中的“功臣、亲人”敬献了花篮。在张宏彦等带领下，学习参观团先后来到位于相公庄和前衙村的科技小院以及育苗产业园进行考察，听取了正在这里实习的我校研究生的工作情况及成

果介绍，实地感受农业科技给当地人民生产、生活带来的可喜变化。

参加此次党日活动的师生都被农大人扎根曲周46年将昔日荒芜的盐碱地变为今日“米粮川”的先进事迹深深震撼和感动。谈到此次学习参观活动的感受，校工会党支部书记张海涛表示，“曲周精神”是农大几代人通过自己的奋斗和奉献树立起来的，是农大宝贵的精神财富，我们一定要继承并使之发扬光大，把这种精神带入工会的实际工作中，不忘初心、敢于担当，进一步做好工会的本职工作，为教职工服好务，为学校的建设发展做出工会人的贡献。园艺学院2018级党支部党支部书记冯钟萱表示，在如今这个人心略显浮躁的社会当中，人们很少再谈情怀，但是一代又一代的农大人心怀拳拳赤子之心，将科

研成果书写在祖国的大地上，用自己的青春和汗水诠释校训“解民生之多艰，育天下之英才”的精神令人动容，也需要青年学子传承发扬。副书记申晓帅表示，四十余年以来，数代农大人呕心沥血、艰苦奋斗，破解了曲周县长久难治的盐碱地难题，让人民过上了丰衣足食的生活。对于即将步入本科大二学习的同学们，通过本次党日活动增强了对本专业的自信心和自豪感，自己也将努力学习专业知识，并在以后可以学以致用，将“曲周精神”不断传承，践行校训精神，书写对祖国“三农”事业的青春誓言。

按照机关党委“全覆盖、双提升”大学生党支部建设工程相关部署，加强支部规范化建设，校工会党支部与园艺学院本科2018级党支部结为结对共建党支部。此次活动由校工会党支部书记张海涛带队，两位支部党员及积极分子20人参加了活动。

继教学院组织教职工参观“曲周精神”事迹展

发布日期：2019-06-21　信息来源：继续教育学院

6月21日上午，继续教育学院组织全体教职工到西区校史馆集中参观“使命与传承——中国农业大学‘曲周精神’事迹展”。

在讲解员的带领与介绍下，大家或驻足聆听，或交流感悟，一幅幅生动的图片展示和文字介绍，呈现了我校师生从1973年至今扎根曲周大地、服务乡村振兴的感人事迹。从改土治碱到综合开发，从高产高效到绿色农业，一代代农大人用自己的坚定执着、攻坚克难，铸就了“责任、奉献、科学、为民”的“曲周精神”，诠释了“解民生之多艰，育天下之英才”的校训。

据悉，从年初学校党委号召学习“曲周精神”以来，继教学院组织开展了一系列“曲周精神”培训学习、调查研讨活动。3月初，学院举行专题培训会，邀请资环学院郝晋珉教授讲授曲周故事和曲周精神；3月底，组织全体党员和入党积极分子赴曲周实地调研，与曲周县委组织部、曲周实验站老职工和科技小院的学生和农民座谈，并与曲周县委组织部、曲周实验站、

河北工程大学签订四方合作协议；4 月初，召开“传承‘曲周精神’，服务乡村振兴”交流研讨会，制定学院和个人践行“曲周精神”行动方案；近期，在中央各大媒体集中报道我校曲周事迹和“曲周精神”的情况下，学院组织大家通过电视、网络、文字等多种渠道对报道材料及时学、跟进学，促进学习进一步走深走实，推动学习达到新高潮。

第二期观海论坛举行　深入学习“曲周精神”

发布日期：2019-12-06　信息来源：研究生院

12月3日晚，烟台研究院第二期“观海论坛”在行政楼报告厅举行，中国农业大学曲周实验站副站长张宏彦副教授以“爱国奋斗解民生多艰，扎根大地育时代新人”为主题向同学们深入讲述了“曲周精神”内涵和传承发展。

论坛围绕改土治碱、综合开发、高产高效、绿色发展等四个阶段讲述了中国农业大学与曲周县46年来的合作历史，介绍曲周实验站发生的变化，以及我校师生在服务曲周时46年如一日的科学态度和“三农”情怀。46年前，我校师生与农民携手奋战在生产一线，把自己的理论知识与曲周县的盐碱土实况结合起来，将曲周县盐碱地治理变成“米粮川”；如今，建立了以曲周实验站为核心，以科技小院为依托的农业生产服务体系，贯彻了“从生产中来，到生产中去”的农业理念。

分享过程中，张宏彦老师列举我校涌现出的先进教师模范和优秀学生代表事例，总结出“责任、奉献、科学、为民”的“曲周精神”传承会越来越有力量。最后张老师将我校校训内涵与“曲周精神”相结合，提出对同学们未来发展的要求和期待，鼓励同学们要实事求是、善于思考，将理论与实际联系起来，提高自己综合素质，真正扎根于土地，为农业发展注入新的活力。

烟台专项研究生纷纷表示要继承发扬“曲周精神”，将理论与实践结合，扎根基层，把论文写在祖国的大地上。

校办产业系统开展学习“曲周精神”活动

发布日期：2019-06-05　信息来源：校办产业办公室

本网讯　为深入贯彻落实学校关于学习宣传扎根曲周46年服务乡村振兴先进事迹的部署，校办产业系统于6月3日组织开展“学习‘曲周精神’，弘扬爱国奋斗，践行科学报国”活动。副校长钱学军与老师们一同参加了学习活动。

参加活动人员集体收看了《中国农大扎根曲周46年，盐碱地变良田》《一座小院》《一株心苗》《一捧咸土》等中央媒体的宣传报告，参观了“使命与传承——中国农业大学‘曲周精神’事迹展”。我校老一代教师在极端艰苦的环境下扎根曲周，改土治碱，“不破楼兰终不还”的英雄气魄，新一代师生接续奋斗，服务乡村振兴，奉献担当、情系“三农”的踏实精神，深深感

染了大家。老师们纷纷表示，要学习他们“爱国奉献、科学报国”的伟大精神，踏踏实实做好本职工作，围绕着学校立德树人的根本任务，为学校教学科研服务。

钱学军表示，“曲周精神”是农大精神的缩影，也是农大精神的集中体现，在过去的46年中，农大人用实际行动诠释了“责任、奉献、科学、为民”的“曲周精神”，用科学知识打造了数千万亩的“米粮川”。校属企业要大力弘扬和传承“曲周精神”，把企业经营好，为学校教学、科研提供实习实践平台，为“双一流”建设提供产业支持，为国家乡村振兴事业做出贡献。”

校办产业党委成员、各党支部书记、资产经营公司班子成员，校属企业的董事长、总经理，经资办及资产公司全体成员50余人参加活动。（欧阳永志　摄影）

出版社党支部赴曲周开展“弘扬‘曲周精神’，践行初心使命”主题党日活动

发布日期：2019-09-02　信息来源：出版社

为深入学习我校师生扎根曲周、科学报国的感人事迹，深刻领会并更好地传承和弘扬“曲周精神”。出版社党支部于近日赴曲周实验站开展“弘扬‘曲周精神’，践行初心使命”主题党日活动。此次活动由出版社常务副社长兼党支部书记董夫才带队，社长席清等党员同志参加了此次活动。

2007年春天，出版社组织全社人员到曲周实验站考察学习。12年过去了，据张宏彦副站长介绍，实验站无论是场地和硬件设施还是科研和教学条件，都发生了巨变。更为重要的是，在10年前，实验站首先在白寨村成功孵化了解决农技推广“最后一公里”难题的科技小院。如今，全国已陆续建立了127个小院，仅曲周就有8个。曲周已发展成为国家农业绿色发展的示范区，“村里产业似画廊，葡萄无垠环绕旁；石榴树弯果香甜，乡村新貌展新颜；田间远近似棋盘，美景创造胜自然”的美好景象正是一代代农大人接续奋斗、发扬“曲周精神”的最佳印证。

在站史馆，实验站支部书记牛灵安为大家讲述了实验站建站46年来的发展历程以及国家、地方以及学校对实验站发展的高度重视和大力支持。

在国际合作与交流中心，张宏彦通过一个个生动的故事以及一张张珍贵的照片讲述了石元春、辛德惠等老一辈农大人扎根曲周、“解民生之多艰”的感人事迹，深入地阐释了“曲周精神”的深刻内涵。

在辛德惠院士的墓碑前，通过王邵雷主任对辛院士的生平介绍，出版社支部党员深切缅怀了辛院士改土治碱、舍己为民的感人事迹和报国情怀，感受着“责任、奉献、科学、为民”的精神力量。

在王庄、白寨和前衙村 3 个科技小院，王晓奕等同学为大家生动地讲解了所在小院的主要功能、工作机制以及未来的工作计划。从他们身上所体现出的那份坚定和自信，就是对“培育时代新人”、传承“曲周精神”最好的注解。

一代代农大人对“曲周精神”的开创、坚守与传承让大家深有感触。席清希望出版社党员发挥带头作用，把“曲周精神”带回去，为曲周实验站、科技小院和学科建设和发展提供更多、更好的出版服务。董夫才表示，今后双方加大合作，使出版社成为曲周实验站和科技小院的出版基地，并号召每位党员传承践行“曲周精神”，坚守出版社为学校教学和科研服务的初心，为振兴乡村、为学校“双一流“建设做出更多的贡献。 支部副书记王笃利作为邯郸人表达了对在曲周工作和奋斗过的农大师生们的感激之情，并介绍了出版社为实验站和科技小院成果的传播和推广所做的工作和取得的成绩，特别是张福锁院士科研团队完成的 6 种学术著作获得国家出版基金资助立项，表示今后围绕科技小院深入研究并做好相关选题出版工作。

本次活动，出版社为曲周实验站捐赠图书共计 2 万余元，今后将继续为农业绿色发展这个多学科交叉融合的新农科建设提供文献支持。